UN HIVER MEURTRIER

JUNIUS PODRUG

UN HIVER MEURTRIER

*Traduit de l'anglais
par Frank Reichert*

belfond
12, avenue d'Italie
75013 Paris

Titre original :
WINTERKILL
publié par Headline, Londres.

Si vous souhaitez recevoir notre catalogue
et être tenu au courant de nos publications,
envoyez vos nom et adresse, en citant ce livre,
aux Éditions Belfond,
12, avenue d'Italie, 75013 Paris.
Et, pour le Canada, à
Édipresse Inc., 945, avenue Beaumont
Montréal, Québec, H3N 1W3.

ISBN 2.7144.3410.X

À ceux sans qui rien n'aurait été possible :
Hilda, Carol McCleary, Steve Jones,
Pamela Hopkins et Cate Paterson

Chapitre 1

ÉGLISE BASILE-LE-BIENHEUREUX, MOSCOU

Une église bâtie avec du sang, une ville fondée sur le meurtre.

« Passionnant, non ? L'histoire de Moscou regorge de meurtres et d'intrigues, hurlait la vieille femme en tentant de couvrir le rugissement de la foule qui envahissait la place Rouge. Le guide a dit qu'un meurtre — tel prince ou tel autre vengeant son frère, assassiné de la main même de son épouse infidèle — est à l'origine de la ville. J'adore les villes riches en légendes ténébreuses, pas vous ? Comme Londres, par exemple, avec ses histoires d'Éventreur. Je suis allée à Milwaukee pour visiter la maison où Jeffrey Dawner a dévoré tous ces gens... »

La femme devançait Lara d'une courte enjambée, cependant que le groupe de touristes se ruait vers l'entrée de l'église et qu'une émeute menaçait d'éclater sur la place.

Légendes ténébreuses. Lara se retint de s'écrier qu'elle-même avait un passé ténébreux, qu'elle avait quitté Moscou plus de vingt ans auparavant, petite fille terrifiée, et que, par une âpre journée d'hiver, alors que sa mère venait tout juste d'emballer son repas pour l'envoyer à l'école, il s'était produit des choses inimaginables.

« Ivan le Terrible a fait crever les yeux des architectes pour qu'ils ne puissent plus jamais créer une telle splendeur », s'époumonait le guide pendant que le petit groupe de femmes se pressait vers la grande église.

« Il paraît qu'on ressent encore leur présence, poursuivit la vieille femme en entrecoupant ses mots de panaches de buée. Il a tué des millions de gens, voyez-vous, Ivan le Terrible. J'ai entendu dire qu'il avait utilisé le sang de ses ennemis dans la confection du mortier servant à construire l'église. Passionnant, n'est-ce pas ? »

Le froid empourprait les joues rebondies de la femme, et son nez, qui avait viré au bleu de cobalt, semblait sur le point de se détacher. Elle portait un sac d'emplettes à chaque main qu'elle balançait comme des pagaies. Lorsque Lara s'était jointe à leur groupe, un peu plus tôt, elle avait découvert que la femme, comme d'ailleurs les autres participantes de la visite, était une employée à la retraite de la compagnie de téléphone de Chicago.

Lara, elle, n'était pas une touriste ; elle était revenue vers l'église pour affronter la brutale inconnue qui hantait ses cauchemars depuis son enfance. Les convocations étaient parvenues à son bureau de San Francisco : meurtre en noir et blanc — une photo de l'identité judiciaire, au gros grain, d'une femme nue tailladée et mutilée, gisant au sol à proximité d'un lit. La photo était arrivée dans une enveloppe sans adresse d'expéditeur, mais le cachet était celui de Moscou. En contemplant cette photographie, la gorge serrée, l'estomac soudain ravagé par l'acidité, elle avait réalisé qu'elle allait devoir retourner à Moscou pour débrouiller le mystère planant encore sur toute cette violence, cette violence qui s'était soldée par la mort de sa mère et avait fait d'elle, à sept ans, une orpheline maltraitée et violée.

La photographie avait été envoyée pour l'appâter, par quelqu'un qui souhaitait la voir revenir à Moscou. Et c'est à Saint-Basile, précisément, que les cauchemars de son enfance avaient été enfantés. À présent qu'elle se rapprochait de la grande église, un vent glacé fouettait ses joues nues et lui cinglait les yeux, tandis que la peur allumait un brasier dans sa poitrine. Le vent nocturne était impitoyable, dans cette ville où la première bouffée d'air frais inhalée par ces matins d'hiver meurtrier suffisait à vous mettre les poumons en feu.

Derrière elle, la foule grossissait, de plus en plus dense, effervescente et menaçante : des milliers de nostalgiques du communisme, hurlant des slogans et brandissant des torches enflammées. Tout aussi soudainement, les troupes fidèles à

Boris Eltsine convergèrent sur la place. Le chahut frénétique qui s'ensuivit cueillit Laura au creux de l'estomac, en même temps que les cris de guerre des communistes résonnaient à ses tympans : « Mort à Eltsine ! Rendez la Russie au communisme ! »

— Vous croyez qu'ils vont se battre ? cria la femme par-dessus le tumulte.

— Je n'en sais rien, dit Lara.

— C'est excitant, vous ne trouvez pas ?

La femme gloussait de ravissement à la perspective de pouvoir raconter à sa famille qu'elle avait assisté à une émeute à Moscou. Trois mois s'étaient écoulés depuis l'échec de la tentative de prise du pouvoir en août, et, dans un carrousel ininterrompu de putschs, le parti communiste avait perdu, en même temps que l'Union soviétique se désagrégeait.

— L'Histoire en marche, laissa tomber Lara.

Peu désireuse de se voir réduite à l'état de pourcentage statistique dans les manuels d'histoire, elle accéléra le pas pour pénétrer dans l'église tandis que la foule déchaînée, vociférante, passait, embrasant de la lueur vacillante de ses torches les couleurs déjà agressives de l'édifice. Armées ignares par les plaines enténébrées, se dit-elle, sans trop se rappeler où elle avait lu ça.

Dans le vestibule, le groupe fit halte, tandis que le guide commentait la visite. Les femmes avaient déjà admiré, un peu plus tôt, les fresques des chapelles constituant la cathédrale, et revenaient à présent visiter le Saint des Saints et les escaliers qui serpentaient à travers les neuf chapelles rassemblées sous les dômes baroques d'une tour haute de trente-cinq mètres environ et de huit coupoles en forme de bulbe. Saint-Basile ne ressemblait à aucune autre église ; d'ailleurs, il ne s'agissait pas à proprement parler d'une église — ses petites chapelles n'étaient pas réellement conçues pour l'adoration, mais évoquaient plutôt des monuments érigés à la gloire des batailles et des effusions de sang.

« Le chant que vous entendez actuellement est exécuté par la chorale des Cosaques du Don, fit le guide. Le chœur diffuse une émission de Noël depuis l'église. »

Une émission de Noël à Moscou ! Trois quarts de siècle s'étaient écoulés depuis la dernière célébration nationale de Noël ; aujourd'hui, les communistes avaient été balayés, livrant Moscou et le reste de la contrée au froid, à la faim et à la peur, et vidant les boulangeries, alors que les Russes vivaient leur premier Noël depuis que le tsar, sa femme, leurs quatre filles et leur fils en bas âge avaient été égorgés.

Angoisse et paranoïa galopante soufflaient sur la ville comme une mauvaise haleine. Lara, tel un vampire assoiffé d'émotions, inhala une goulée de cette atmosphère infestée de peur, sentant les griffes de la terreur se refermer sur elle, comme cela se passait depuis qu'elle avait débarqué à l'aéroport, deux semaines plus tôt.

Jour après jour, elle était venue sur la place Rouge pour fixer l'église, cette couronne de gloire d'un suzerain pris de démence, d'apparence exotique et barbare autant par ses couleurs que par ses formes stupéfiantes, expression du choc de deux cultures, l'orientale et l'occidentale, qui caractérise la Russie. Mais elle n'était encore jamais entrée dans l'église, n'avait jamais réussi à puiser en elle le courage nécessaire, avant de se mettre à la remorque de ce groupe de touristes, cet après-midi même.

Quelqu'un l'avait appâtée, l'avait incitée par la ruse à revenir à Moscou.

L'église faisait partie intégrante du cauchemar.

Au moment d'emboîter le pas au groupe de touristes qui venait d'emprunter un lugubre escalier, elle sentit sa gorge se serrer à en suffoquer et le sang cogner à ses tempes. Des images, des lambeaux de souvenirs aussi indicibles que les cruautés des maîtres démentiels de la sainte Russie, venaient crever la surface de sa mémoire, remontant du recoin le plus profond et le plus ténébreux de son subconscient où ils étaient enfouis jusque-là.

Elle avait sept ans et on lui faisait monter l'escalier. Une voix dans l'obscurité, un chuchotis étouffé, émis par une femme au visage masqué par l'écharpe rouge de sa mère. Lui faisant signe. Approche, Lara...

— Vous n'êtes pas forcée de m'attendre, fit une voix dans son dos.

— Quoi ?

— Je suis vieille et grosse, mais j'y arriverai.

La femme aux sacs s'imaginait que Lara jouait les lanternes rouges pour lui tenir compagnie.

En son for intérieur, Lara décréta que la pauvre femme

aurait déjà fort à faire pour hisser le fardeau de son propre poids jusqu'en haut des marches, sans parler des sacs d'emplettes.

— Laissez-moi au moins porter vos sacs.

— Je me débrouille très bien et, d'ailleurs, ces sacs sont vides. On aurait pu tirer à boulets rouges dans les allées du GOUM sans toucher la moindre marchandise. Vous êtes pâle comme la mort, ma chère, haleta la vieille femme. Est-ce *moi* qui vais devoir vous porter jusqu'en haut de cet escalier ?

— Je vais très bien, dit Lara.

Elle se toucha le cou et, d'un geste délibéré, remonta son écharpe. Cette impression d'étouffement, de strangulation, qui l'avait tirée à moitié asphyxiée des cauchemars de son enfance, était revenue lorsqu'elle avait reçu la photographie. Elle s'efforça de recouvrer son calme, s'obligea à respirer normalement et régulièrement pour suivre la femme et le reste du groupe dans l'escalier.

Il faisait froid, un froid pesant, un froid de pierre tombale.

Les voix puissantes de la chorale des Cosaques du Don s'élevaient derrière elle, emplissant les lieux. La musique lugubre qui faisait vibrer la cage d'escalier jouait sur ses nerfs. La chanson parlait de Noël chez les bateliers de la Volga mais, comme toujours avec la musique russe, l'accent était mis sur la peine et le dur labeur, les voix montaient de la terre noire de Mère Russie, éveillant des images de moujiks courbés sur le sol gelé des toundras et travaillant comme des bêtes de somme, à s'en briser l'échine, des images d'armées russes battant en retraite en incendiant derrière elles leurs propres villes pour égarer l'envahisseur étranger, des images de famine, de douleur et de cannibalisme, causés par la guerre et les rêves sanguinaires de tsars ou de commissaires du peuple.

Un souvenir lui traversa la tête, fulgurant, nourri des accents funèbres des cosaques et du froid sinistre de la pierre.

Elle était en dixième, à la petite école située juste derrière la place Rouge.

« Ta mère est venue te chercher », lui avait dit son institutrice, debout devant la fenêtre, en montrant du doigt la femme qui l'attendait en bas, dans la rue, emmitouflée dans le long manteau gris, le chapeau et l'écharpe rouge que portait toujours sa mère, l'écharpe remontée sur sa bouche et sur son nez pour la protéger des rigueurs d'un vent perfide et glacé.

Elles avaient quitté l'école ensemble et traversé la place Rouge jusqu'à la basilique.

Elle gambadait à côté de sa mère en la tenant par sa main gantée, les joues mordillées par un cuisant vent d'hiver.

Elle avait demandé à sa mère pourquoi on l'avait enlevée de l'école, pourquoi elles étaient venues à l'église, ce qui les attendait en haut de la grande tour.

Elles étaient entrées dans la basilique et avaient gravi le sombre escalier désert, de plus en plus haut vers le sommet de la grande tour, plus de trente mètres au-dessus du sol.

La femme ne répondait à aucune de ses questions et, lorsque Lara avait enfin vu ses yeux, elles étaient presque arrivées au sommet...

À revivre cet instant de pure terreur, elle en eut la chair de poule, et un frisson lui remonta l'échine. Lara se massa la gorge pour essayer d'en dénouer les muscles. Ils m'ont dit que c'était ma mère mais ce n'était pas vrai, pensa-t-elle. Sa mère l'aimait et ne lui aurait jamais fait de mal. Tous ses sens se liguaient pour lui donner raison. La répulsion proche de la nausée qu'elle ressentait à présent dans cet escalier n'était en rien conciliable avec les tendres souvenirs qu'elle gardait de sa mère — faits de gâteaux et de lait chaud, d'étreintes contre sa poitrine tiède, et d'un gros baiser sur la joue avant qu'on ne l'envoie bien couverte dans la rue, direction l'école.

L'envie impérieuse de faire demi-tour, de dévaler l'escalier et de regagner le havre de son hôtel la taraudait mais, chaque fois qu'elle se sentait faiblir, elle revoyait la photographie, la femme étendue sur le sol près d'un lit, visage et seins en partie masqués par une couverture, comme si elle avait tenté de préserver sa pudeur alors même qu'elle agonisait, victime de féroces blessures. Sa peau nue et la literie dans laquelle elle était entortillée étaient éclaboussées de taches sombres — du sang.

Le seul fait de repenser à cette horrible photographie et à la merveilleuse et chaleureuse personne qu'avait été sa mère la stimula, exacerbant sa colère et la poussant à avancer malgré elle, machinalement, un pas derrière l'autre, marche après marche.

« L'église Basile-le-Bienheureux a été édifiée pour commémorer la victoire d'Ivan le Terrible sur les Tartares, à Kazan et à Astrakhan », leur expliqua le guide, leur groupe s'accordant une courte pause sur un palier pour retirer écharpes et

14

manteaux. Lara garda le sien. Elle grelottait, en dépit des grosses gouttes de sueur qui ruisselaient sur ses joues. « Les Russes vivaient alors sous le joug des Barbares tartares et leur payaient tribut sous forme d'or et de vierges russes à la chevelure dorée. Le tsar Ivan bouta les hordes hors de nos villes, et ce fut à notre tour de violer leurs femmes. »

— Passionnant, non ? demanda la vieille femme à Lara. Ivan était fou, figurez-vous. À lui seul, il a tué plus de Russes que tous les envahisseurs. Lui et Staline. La femme de Staline s'est suicidée. À moins que ce ne soit son fils ? Il les a peut-être tués tous les deux. Dingue, ça aussi, non ? Vous ne quittez pas votre manteau, ma chère ? Vous êtes en sueur.

— J'ai froid, mentit-elle, trop gênée pour avouer à cette femme que c'était de peur qu'elle tremblait.

Angoisse et souvenirs lui asséchaient le gosier, lui glaçant et lui poissant l'épiderme.

Elle avait cessé d'essayer de donner le change lorsqu'elles étaient entrées dans la cage d'escalier, cessé de sautiller en fredonnant une comptine de l'école au moment où elles avaient commencé d'escalader l'escalier de la grande tour, de plus en plus haut.

Elle avait pris peur et renâclé lorsque la femme qui portait le manteau et l'écharpe rouge de sa mère avait serré sa main plus fort et tiré sur son bras pour la faire avancer.

Elle lui avait demandé où elles allaient, mais on ne lui avait pas répondu.

Elle avait fixé les yeux inconnus, au regard glacé.

— Venez-vous, ma chère ?

— Pardon ?

— Nous montons, nous montons encore, plus haut, toujours plus haut, lui dit son aînée.

Lara balaya les souvenirs d'un haussement d'épaules et força ses jambes flageolantes à grimper les marches.

— C'est cette musique, aussi, cette fichue âme slave des Russes, vous comprenez ? laissa-t-elle tomber, s'aidant du son de sa propre voix pour refouler le cauchemar qui poignait en elle.

— Vous êtes américaine, n'est-ce pas ? demanda la vieille femme. Nous nous posions la question, parce que nous vous avons entendue vous adresser au guide en russe, quand vous lui avez demandé si vous pouviez vous joindre à notre groupe pour la visite de l'église. Vos parents sont russes ?

Lara secoua la tête :

— Américain et anglais. Je... je suis née à Moscou, et je suis allée à l'école ici avant de rentrer aux États-Unis.

— Oh, je vois, des parents dans la carrière. J'envie tellement les gens du corps diplomatique, bien que ce soit sûrement très pénible pour les enfants.

Lara se garda bien de lever l'équivoque, de dissiper les illusions de cette femme, qui s'imaginait que ses parents avaient appartenu au corps diplomatique. En un sens, d'ailleurs, c'était effectivement le cas, mais d'une façon que la femme aurait été bien en peine de comprendre. Elle aurait pu reconnaître le nom de sa mère, si Lara l'avait mentionné. Le nom d'Angela Patrick avait hanté les chaumières dans les turbulentes années soixante. Jeune professeur à Berkeley, elle avait été l'une des premières meneuses du mouvement pacifiste, un brandon de discorde qui portait son cri de ralliement contre la guerre hors des amphithéâtres et jusque dans la rue. Elle avait fui l'Amérique après une manifestation qui avait mal tourné, laissant le pavé ensanglanté.

La femme, néanmoins, n'aurait pas reconnu le nom de son père. Gallois, né dans une misérable bourgade minière, c'était un poète et un révolutionnaire ; un coureur de jupons, un soiffard et un battant qui avait bazardé sa propre vie au cours de quelque mission, aussi idéaliste que saugrenue, destinée à rendre l'Afrique aux Africains. C'était, à l'instar d'Angela Patrick, un pur rejeton des sixties. Le père de Lara avait été tué très peu de temps après sa naissance, mais Lara avait pu entrevoir tout son amour par les yeux de sa mère. C'étaient l'un et l'autre des gens merveilleusement passionnés, se disait Lara, débordant d'un goût immodéré de la vie, et remplis d'amour pour tous les êtres vivants.

Sa mère lui avait insufflé la même passion, avait instillé en elle cet amour de la vie et des gens, mais cette passion avait été étouffée dans l'œuf alors qu'elle était enfant. Elle allait devoir la retrouver, tout comme elle devait retrouver un meurtrier.

— Et on revient en visite maintenant que le communisme s'est écroulé ? souffla la vieille dame à côté d'elle.

— En visite, répéta machinalement Lara.

Retour à un enfer privé qui n'avait strictement rien à voir avec la politique. Si les histoires de meurtre et de perversion

16

titillaient à ce point cette femme, Lara aurait pu lui apprendre certaines choses susceptibles de lui retourner l'estomac. Elle était l'un des procureurs attachés au bureau du district attorney de San Francisco, chargée de superviser la brigade des Crimes spéciaux, spécialisée dans les crimes de sang perpétrés contre femmes et enfants, et qui avait pour mission d'inculper des criminels dont l'esprit dérangé aurait décontenancé Ivan le Terrible lui-même.

— Bien dommage, cet échafaudage sur la grande tour, ne trouvez-vous pas ? dit la femme. Ils se décident à la peindre juste au moment où je viens faire des photos de Moscou.

Lara leva les yeux vers le haut de l'escalier, derrière la femme. La tour principale, la sphère centrale de la basilique, haute de plus de trente mètres. C'était là que la femme au manteau gris et à l'écharpe rouge l'avait conduite.

À dix-sept heures trente, les gardes quittèrent leur faction devant le portail de l'église et empruntèrent le corridor où elles se tenaient elles-mêmes pour admirer le célèbre chœur russe. Ils ne fermèrent pas la porte à clé puisque le groupe de touristes encore présent dans l'escalier — le tout dernier de la journée — devait ressortir quelques minutes plus tard.

L'un des gardes sentit un courant d'air glacé à la base de sa nuque et se retourna, le temps d'entr'apercevoir une silhouette de femme qui s'engouffrait dans l'antichambre, vers l'arrière, où se situait l'accès à l'escalier.

— Qu'est-ce qui se passe ? demanda l'autre garde.

Le premier haussa les épaules.

— Une femme en manteau gris, qui vient d'entrer. Bah, une touriste qui rattrape le reste du groupe.

Chapitre 2

Une église bâtie avec du sang, une ville fondée sur le meurtre.

Ces mots continuaient à la poursuivre pendant qu'elle gravissait l'escalier en colimaçon plongé dans l'obscurité.

C'est par ici, songeait Lara. C'est là qu'on m'a amenée.

Les souvenirs qu'elle avait de cette dernière matinée à Moscou débutaient dans l'appartement qu'elle partageait avec sa mère. Elle se rappelait l'avoir repoussée avec agacement, tandis qu'elle se livrait à d'ultimes rajustements sur son manteau et son écharpe, pour rattraper ses amies en courant et faire le trajet avec elles jusqu'à l'école. Elles se tenaient sur le palier de leur appartement...

Le palier. Pourquoi ce palier sollicitait-il donc tellement sa mémoire ? Elle secoua la tête en se massant les tempes, tout en feignant d'ignorer le regard que lui jetait la vieille dame du groupe de touristes.

— Une migraine, mon chou ?

— Non, répondit Lara.

Elle aurait bien aimé que ce fût aussi simple. Je dois m'efforcer d'avoir de la suite dans les idées, s'enjoignit-elle. Oublions ce palier. Seul compte l'escalier de l'église. Mais le souvenir l'obsédait.

Lorsque sa mère eut enfin terminé de tripoter son manteau et son écharpe, elle avait embrassé Lara sur la joue et glissé un sablé supplémentaire dans sa poche. Lara avait agrippé son cartable et

18

s'était retournée pour dévaler l'escalier, lorsque quelque chose avait attiré son attention. Une femme, en uniforme d'infirmière, sur le palier du dessus...

Une douleur fulgura comme un coup de poignard entre ses deux tempes. Elle s'immobilisa et s'adossa au mur. La tension qui raidissait sa nuque lui nouait la gorge, comme si celle-ci menaçait de s'obstruer. Elle savait parfaitement qu'il s'agissait d'une réaction due à la panique et que sa gorge était dégagée, mais elle n'arrivait absolument pas à endiguer cette impression de suffocation.

Elle s'écarta du mur d'une poussée et s'intima l'ordre de poursuivre son ascension, de mettre un pied devant l'autre sans s'arrêter. Sans cesser de poursuivre son travail d'anamnèse.

Tout cela était mort et enterré depuis si longtemps, enfoui au plus profond de sa mémoire depuis ce jour où, orpheline en état de choc, elle avait quitté Moscou, ce jour où on l'avait installée dans un avion en partance pour l'Amérique, pour y retrouver une grand-mère qu'elle n'avait jamais vue. Elle se rappelait qu'elle avait quitté l'école et qu'on l'avait conduite à Saint-Basile, se remémorait l'escalier, mais ensuite c'était le trou noir et son premier souvenir, immédiatement après, était celui d'une hôtesse de l'air compatissante, qui lui avait offert un ours en peluche qu'un autre enfant avait abandonné dans l'avion.

Quelque part, dans les recoins des étages supérieurs de la grande église russe, se trouvait la réponse à ce « temps perdu » ; aux cauchemars qui l'avaient poussée à se réveiller toutes les nuits en hurlant, après son arrivée en Amérique, jusqu'à ce qu'un médecin « guérisse » ces cauchemars en lui administrant un médicament qui la plongeait dans un sommeil profond et sans rêves.

Comme elles faisaient de nouveau halte sur un palier, la voix du guide dériva dans leur direction :

« Staline lui-même, en dépit de sa puissance et de sa volonté, Staline dont on dit qu'il aurait fait assassiner trente millions de personnes par folie sanguinaire et ambition personnelle, et vaincu la Bête nazie dans la Grande Guerre patriotique, Staline lui-même n'a pu profaner cette église qui symbolise la puissance et la gloire de la Russie... »

Une tempête rugissait sous le crâne de Lara, grossie par

19

la funèbre musique qui remontait l'escalier comme un vent mugissant, un tohu-bohu démentiel de pensées et d'images fragmentées. Trente millions de personnes assassinées par un fou... la Bête nazie...

Une pièce exiguë, à peine plus grande qu'un placard. Elle était si petite, si terrifiée. L'écharpe rouge et le chapeau dissimulaient la plus grande partie du visage de la femme, sauf qu'elle voyait ces yeux fixés sur elle...

Des yeux brûlants. Les yeux de sa mère. *Non !* Pas les yeux de sa mère. Sa mère n'était pas un monstre aliéné, égaré par les drogues. Ce qui lui était arrivé ce jour-là, aucune mère aimante ne l'aurait fait à sa propre enfant.

Une main, se tendant vers elle dans la pièce obscure, un murmure étouffé, émis par une silhouette sombre qui lui fait signe d'avancer. Approche...

La voix du guide bloqua net le flot de souvenirs qui refluaient en Lara.

« La visite se termine ici. Nous allons regagner le rez-de-chaussée par un autre escalier, de l'autre côté. »

Lara rejoignit le groupe alors qu'il s'engageait dans un corridor. Elle avait la gorge nouée et palpitante.

La vieille dame avait à présent rattrapé le gros du peloton et bavardait avec une autre touriste, tandis que le groupe tournait et disparaissait.

Lara regardait fixement les marches qui menaient au sommet de la tour. Elle était là-haut, cette pièce. Il lui suffisait de grimper les marches pour la trouver. Elle devait combler les lacunes de sa mémoire, rétablir l'enchaînement de ces souvenirs qu'elle avait éludés pendant près de vingt ans.

Alors qu'elle gravissait la première marche, elle entendit un bruit derrière elle et s'arrêta. On eût dit des bruits de pas, faisant résonner l'escalier que le groupe et elle-même venaient de quitter. Elle s'immobilisa totalement et prêta l'oreille. Il y a toutes sortes d'explications à la présence de gens dans cet escalier, se convainquit-elle. Je suis dans une église, et les popes de l'Église russe orthodoxe, avec leurs longues robes noires bouffantes et leurs hautes toques, doivent y pulluler.

Elle remonta lentement les marches, une main dans le dos pour battre en brèche sa terreur et la musique agressive. Ces marches étaient bien celles qu'on l'avait forcée à gravir. La température de son corps s'éleva brusquement, et elle desserra l'écharpe autour de son cou.

Elle fit halte sur un palier, deux volées de marches plus haut ; la cage d'escalier se dédoublait, formant une fourche. Elle hésita, plus très sûre du trajet qu'elle avait emprunté petite fille, et opta finalement pour la branche de gauche.

Celle-ci se terminait en cul-de-sac et elle revint sur ses pas, mais s'arrêta net dans son élan en entendant un craquement, évoquant une lourde chaussure faisant grincer une marche de bois, encore qu'elle fût totalement incapable de dire s'il provenait d'au-dessus ou d'au-dessous d'elle. Elle hésita derechef à la fourche. Fermement décidée à ne pas se laisser fourvoyer par les tours que lui jouait son imagination, elle s'obligea à faire un premier pas, puis un deuxième, et entreprit de gravir lentement l'escalier de droite.

Quelques instants plus tard, elle arrivait dans l'embrasure d'une porte béante, donnant sur une petite pièce plongée dans les ténèbres ; tout juste une lueur avare, portée par la faible ampoule qui luisait dans le corridor, et qui s'insinuait en laissant de vastes flaques d'ombre dans les recoins. Le plafond était bas, et la tête d'un homme aurait touché les chevrons. C'était là que la femme l'avait amenée.

Elle distingua sur les murs les formes de croix de bois de tailles diverses, et un autre souvenir lui revint. La pièce servait à ranger les croix qui pendaient aux murs, accrochées à des tringles. Ces croix devaient être entreposées ici depuis au moins soixante-dix ans, sans que personne n'y touche, se dit-elle ; les croix chrétiennes n'étaient pas une marchandise particulièrement recherchée pendant l'interrègne communiste.

Elle se souvint d'avoir libéré sa main de l'emprise de celle de la femme et d'être demeurée dans l'encadrement de la porte pendant que cette dernière s'enfonçait plus avant dans la pièce. Elle avait sorti de sa poche un morceau de corde, puis avait fait quelque chose avec la corde en tournant le dos à Lara. Ensuite, elle s'était retournée.

Approche-toi, avait-elle dit, en tendant sa main gantée vers Lara. La femme l'avait attirée à elle et entrepris de...

Son esprit regimbait à ce souvenir. La femme l'avait déshabillée. Elle avait retiré le chapeau, l'écharpe et le manteau de Lara et... ce souvenir la révulsait.

Oh, mon Dieu, j'étais toute nue. Il faisait froid et j'étais nue. J'ai pleuré, je sais que je pleurais pendant qu'elle me déshabillait. Elle a retiré mes vêtements et je suis restée plantée là, toute nue, à l'implorer en sanglotant. En la suppliant de me laisser tranquille.

Convulsé à ce souvenir, un nerf tressauta près de son sein gauche, comme si son cœur même tremblait de frayeur dans sa poitrine. Des larmes lui piquaient les yeux, refusant de couler. Elle aurait voulu prendre ses jambes à son cou, dégringoler l'escalier et regagner sa chambre d'hôtel pour aller enfouir son visage sous son oreiller, mais elle savait que si elle faisait ça elle ne serait jamais plus en mesure d'affronter le passé... ni l'avenir. Elle n'était plus une petite fille désarmée, à présent, mais une femme adulte. Et il n'y avait pas de croquemitaine.

Pourtant, au moment précis où elle s'obligeait à s'engager dans la pièce, elle entendit des bruits de pas dans l'escalier et pivota sur elle-même pour faire face à la porte, les nerfs à vif. Quelqu'un était là, dehors. Quelqu'un l'avait suivie...

Les pas se rapprochant, elle battit en retraite, s'enfonça plus profond encore au sein des ténèbres.

La pièce était sans issue.

Cette pensée faillit la paralyser. À sa droite, les volets de la fenêtre ferraillèrent, agités par le vent. La fenêtre n'était qu'une ouverture béante, sans vitres, ses volets étaient décrochés et paraissaient faciles à ouvrir, d'une simple poussée, mais elle donnait à pic sur la place Rouge, trente-cinq mètres plus bas.

Piégée. Je suis *piégée*. Son souffle était court, hoquetant. Les pas se rapprochaient, et ses émotions la terrassaient, comme si elle assistait à la renaissance de ses cauchemars.

La femme l'avait attirée contre elle, non pas vers la fenêtre, mais contre le mur qui s'élevait derrière elle. Quelque chose pendait à l'une des entretoises inférieures... une corde. La femme avait noué une corde autour de la poutre. Le bout de la corde se terminait en nœud coulant.

Lara vacilla, hagarde, comme assommée. Le souvenir prenait de l'ampleur, enflant comme un nuage noir dans sa mémoire. Une silhouette sombre passa devant la porte et poursuivit son chemin dans le corridor, et c'est à peine si son esprit enregistra qu'il s'agissait d'un prêtre en robe bouffante.

Sa vision recouvrant lentement sa netteté, elle se remit à

scruter les ténèbres de la pièce. Quelque chose pendait au plafond, que ses yeux identifièrent lentement.

Une corde.

Une corde terminée par un nœud coulant.

Son hurlement s'étrangla dans sa gorge, quelqu'un venant brusquement de refermer sur son cou l'étau d'une main puissante. Elle se cramponna à la main, pour essayer de se dégager de l'étreinte de ces doigts vigoureux qui l'asphyxiaient.

Qui lui broyaient la gorge, tandis que l'autre main de son agresseur troussait sa jupe et s'insinuait dans sa culotte. L'objet lisse au toucher et de forme phallique qui prolongeait cette main fut enfoncé de force entre ses jambes, dans cette partie intime de sa personne. Les ténèbres de l'inconscience menaçaient déjà de se refermer sur elle, en raison de la privation d'oxygène, mais l'intrusion brutale dans son entrejambe de ce qui semblait être une verge en plastique suffit à déchaîner sa fureur.

D'une torsion, elle se libéra de la main qui enserrait sa gorge et, paniquée, se mit à faire pleuvoir sur son agresseur un déluge frénétique de coups de poing et de coups de coude. Au moment où elle battait en retraite en titubant, elle eut la vision fugace d'une longue chevelure châtain sombre et d'une écharpe rouge dissimulant un visage de femme. Elle recula d'un pas, flageolante, au moment précis où la personne fondait sur elle. Les volets de bois s'ouvrirent brutalement, tout le poids de son corps venant les télescoper. Son agresseur la plaqua et elle poussa un hurlement en se sentant basculer par la fenêtre...

Chapitre 3

— Croisez les jambes, lui dit le docteur. Décroisez.

La table d'auscultation métallique était glacée. Elle se sentait toute flasque, éreintée et endolorie, après ce vol plané du haut d'une des plus célèbres églises du monde.

— Levez les bras au-dessus de la tête, reprit le médecin. Parfait. Vous pouvez remercier la lenteur des ouvriers russes. L'officier de police m'a dit que les travaux de l'église étaient achevés depuis une semaine, mais que personne n'était encore revenu démonter l'échafaudage.

Sa chute de près de quatre mètres de haut sur l'échafaudage n'avait eu, pour toute conséquence, que quelques contusions et écorchures. Les gardes, prévenus par des gens qui se trouvaient sur la place Rouge, l'avaient traînée à l'intérieur. Elle n'avait finalement pas passé plus de cinq minutes — ou un millénaire, tout dépendait de celui qui chronométrait — sur l'échafaudage.

Les geignements de douleur d'une jeune femme, dans l'un des cabinets de consultation adjacents, la rendaient folle.

— Mais qu'a donc cette fille ? demanda-t-elle.

— Son petit copain lui a brisé les deux bras parce qu'elle refusait de baiser avec un type qui lui offrait de la came en échange.

— Vous ne pourriez pas lui donner des calmants ? Elle a l'air de souffrir horriblement.

— Des calmants ? Nous ne disposons que d'un maigre rationnement, destiné à soulager les derniers instants de nos malades en phase terminale. Les antibiotiques, eux, manquent encore plus cruellement. Les maris doivent acheter eux-mêmes au marché noir les calmants qui serviront à soulager les douleurs de l'enfantement de leur épouse. Quant aux rayons X, on les a mangés hier midi.

Elle l'étudiait pendant qu'il nettoyait les éraflures le long de sa jambe. Il était jeune, harassé et soucieux — non, se corrigea-t-elle, pas soucieux, lugubre. Il avait perdu l'espoir, cessé de se ronger, et était tout bonnement devenu sombre et efficace. Plus jeune qu'elle (avec ses vingt-huit ans) de plusieurs années et déjà les plis du stress et de l'amertume aux coins de la bouche et au front, lequel était perpétuellement plissé, les rides du souci.

Comparée aux services d'urgences à technologie de pointe des hôpitaux américains — dont la marge bénéficiaire était encore plus scandaleuse que dans la joaillerie ou les produits de beauté —, la salle des urgences moscovite lui semblait surannée, ambiance années trente.

— Vous n'arrêtez pas de vous toucher la gorge, lui dit-il. Je ne vois rien de bien significatif. À part une légère rougeur.

— J'ai rarement des bleus.

Son cou se ressentait douloureusement de la tentative de strangulation, mais ce n'était pas pour cette raison que ses mains s'y portaient. La sensation d'étranglement perdurait et elle savait qu'elle allait devoir prendre sur elle pour s'en défaire définitivement. Il n'était pas en mesure de distinguer la cicatrice autour de son cou, parce que la chirurgie infantile l'avait gommée, du moins pour un œil non averti. Mais elle était encore bien présente dans son esprit.

— Tout est rationné, à Moscou. Même la vie et la mort, murmura-t-elle sans réellement s'adresser à lui, pensant à haute voix.

— La vie et la mort sont en passe de devenir une marchandise de marché noir, dit le médecin. (Son visage trahissait sa fureur.) Un gosse est mort dans cet hôpital la semaine dernière, parce que certains membres du staff ont réduit les doses de médicaments pour en revendre une partie sous le manteau. Les mères et les nouveau-nés attrapent des infections parce qu'elles sont deux ou trois à accoucher dans la même salle et qu'on ne change pas la literie après la délivrance.

— C'est toujours mieux que de vivre sous le joug, dit-elle. Les problèmes finiront par se résorber d'eux-mêmes.

— Vous pourrez toujours vous raconter ça la prochaine fois que vous entrerez dans un magasin pour acheter des tampons hygiéniques. Si vous n'avez pas pensé à apporter votre propre réserve d'Amérique, vous devrez vous trimbaler avec un gros paquet d'ouate dans votre sac à main, comme les femmes russes.

La jeune femme cria encore dans la pièce voisine, et Lara ressentit ses souffrances au creux de l'estomac.

— Si vous avez fini, je peux peut-être débarrasser le plancher, fit-elle.

— Vous payez en devises fortes. Ça fait de vous un client privilégié. (Il leva les yeux, en affichant un petit sourire contraint comme pour adoucir ses paroles.) Non, je blague. Sans les instruments adéquats, la médecine reste lettre morte, dit-il. Nous avons plus de têtes nucléaires que de couveuses pour les prématurés.

Elle s'apprêtait à lui répondre lorsqu'une infirmière passa la tête entre les rideaux qui servaient de porte au cabinet de consultation.

— L'officier de police est revenu. Il voudrait vous parler, docteur.

Le médecin sortit parler au policier, laissant le rideau entrouvert de quelques centimètres. Lara se rhabilla en prêtant l'oreille à leur discussion. Elle se demandait si l'on avait des nouvelles de son assaillante.

Elle enfilait sa seconde botte quand le docteur revint dans la pièce. Son attitude austère s'était modifiée. À présent, il fuyait son regard :

— J'ai fini de nettoyer vos plaies.

— Le policier est encore là ? demanda-t-elle. J'aimerais savoir s'il a une piste.

— Il est reparti. En disant que vous pourriez passer demain au commissariat pour faire votre déposition.

— J'ai failli être assassinée, et c'est moi qui dois passer faire une déposition ? En partant, tout à l'heure, il disait qu'il essaierait de découvrir si quelqu'un avait aperçu cette femme qui m'a fait basculer par la fenêtre.

26

— Êtes-vous bien sûre qu'il s'agissait d'une femme ?

— Je ne suis sûre de rien. C'était une personne vigoureuse, plus que la moyenne des femmes en tout cas, mais, bon Dieu, je n'en sais trop rien, de nos jours, des tas de femmes font de la musculation. Ce n'est pas avec un pénis, ce qui est sûr, qu'on a tenté de me pénétrer. C'était trop... lisse, comme du plastique. Chez moi, on appelle ça un godemiché. J'ai déjà tout raconté au policier.

— Une femme en manteau gris et en écharpe rouge ?

Il s'exprimait d'une voix neutre, et une brusque bouffée de colère envahit Lara.

— C'est ça, en manteau gris et en écharpe rouge.

Son timbre trahissait sa panique, elle en était consciente. Et les mots sortaient tout seuls, comme pour singer le médecin.

— Exactement comme la première fois, dit-il.

— Parfaitement, exactement comme la première fois. Sauf que, cette fois-là, un pope m'avait trouvée accrochée à la corde et l'avait tranchée. (Sa voix échappait totalement à son contrôle.) Il vous a dit que j'étais cinglée, n'est-ce pas ?

— Non. Voilà ce qu'il m'a dit. (Il choisissait soigneusement ses mots.) Que vous étiez revenue à Moscou, que vous aviez quittée enfant. Que vous êtes allée trouver la police pour l'interroger sur la mort de votre mère, survenue il y a vingt ans. Qu'on vous avait... molestée quand vous étiez petite. Sexuellement...

— Et qu'en revivant ce passé révolu j'étais tombée par la fenêtre par le plus grand des hasards. (Elle enfila rageusement son manteau.) Superbe théorie... qui épargne un maximum de travail à la police. J'imagine qu'il a dû aussi vous dire que ma mère me brutalisait quand j'étais petite, mais c'est un pur mensonge. Elle était aimante, attentionnée...

— Votre mère était une étrangère, une gauchiste qui sortait d'une université américaine. Et il y aurait également une histoire de drogues psychédéliques.

— Encore un mensonge. (Elle chercha son argent dans son sac.) Merci pour les soins. Gardez tout : ça servira à acheter des calmants pour la fille d'à côté.

Sa voix irascible la poursuivit hors de la pièce : « Nous avons assez de problèmes comme ça en Russie. Vous feriez mieux de rentrer délirer chez vous. »

Chapitre 4

L'ambiance générale et l'odeur qui se dégageaient du couloir du troisième étage de l'hôtel Gorki rappelaient celles d'une chambre froide de boucherie. La température était juste assez basse pour empêcher Lara de se sentir vraiment à l'aise.

Quel égout, se dit-elle devant un papier mural qui s'était décollé du mur. Si le Gorki pouvait éventuellement passer pour un hôtel — hall, ascenseurs, couloirs, chambres, penderies, toilettes —, l'établissement évoquait plutôt les bureaux d'un ministère. Il péchait par manque d'humanité, d'hospitalité et d'agrément. Tout y était fonctionnel et rien ne fonctionnait. Ameublement et agencements étaient massifs et disgracieux, comme si une société qui se targuait d'avoir aboli les classes sociales se devait également d'être sans visage.

Sa main tremblait pour insérer la clé dans la serrure de la porte de sa chambre. Elle ouvrit et entra. Il n'y avait pas de verrou et elle cala une chaise sous la poignée.

Une fois assise sur le rebord du lit, elle prit sa tête entre ses mains. Son cœur battait la chamade et son estomac lui semblait tapissé d'acide. Elle avait envie de pleurer, son âme et son esprit aspiraient à cette purification, à cette détente mais, comme d'habitude, les larmes lui manquaient. Elle respira profondément, pour tenter de recouvrer le contrôle de son corps. Et s'efforça de faire remonter les souvenirs à la surface.

Au fond de son cœur, elle savait pertinemment que tout ce

qu'ils avaient raconté sur sa mère n'était que mensonge — le voyage au LSD, la correction sadique infligée à sa propre fille, la course folle en voiture qui se serait terminée par le télescopage de plein fouet d'un camion-citerne.

La collision n'avait pas laissé de dépouille, rien qui soit digne d'être enterré. Angela Patrick était vouée au néant de l'oubli : nulle tombe où reposer sa tête, nulle stèle marquant son séjour sur cette terre. Lara était le seul témoin, la seule mémoire vivante de son passage ici-bas. Et, au terme d'une longue période de latence, elle était revenue à Moscou, où le nom de sa mère avait été sali, où son dernier jour sur cette planète était synonyme d'infamie.

Et maintenant, quelqu'un essayait de la tuer. La même personne qui avait déjà essayé quand elle était petite.

Inspire. Fort. Plus fort.

Il menaçait de fuser, ce subit haut-le-cœur qui remontait dans sa gorge, et elle se rua vers la salle de bains. Le temps qu'elle atteigne le lavabo et tout jaillissait à grands jets, tout le contenu toxique, avarié, de son estomac, lui noyant l'œsophage et débordant de sa bouche.

Après ça, elle se rinça la bouche à grande eau et se brossa les dents à trois reprises. L'image qu'elle croisait dans le miroir de la salle de bains n'était pas jolie-jolie. Cheveux châtains, yeux noisette, teint clair et lisse de blonde ; tout dans son aspect et dans son attitude corporelle semblait clamer au monde entier de se tenir à l'écart. La « Reine des Glaces », l'avait baptisée un certain procureur, après qu'elle eut décliné plusieurs fois ses invitations à déjeuner.

« Bon Dieu que je te hais, dit-elle à son reflet. Tu te retrouves toute seule parce que tu as la trouille. Admets-le, tu as peur de t'investir. Peur de laisser voir tes émotions. »

Comme ceux du médecin, ses traits étaient trop sévères, trop sombres. Elle s'essaya à sourire, mais ses lèvres étaient trop contractées, de sorte qu'elle préféra se persuader qu'elles se crevasseraient si elle forçait la dose.

Elle rompit là, coupant court à cette confrontation avec elle-même, et retourna dans la chambre. Trop épuisée pour se déshabiller, elle se glissa sous les couvertures, toujours vêtue de son blouson de ski, de son chandail et de sa jupe, et enfouit sa tête sous les draps.

Elle ferma les yeux et sa gorge endolorie se rappela aussitôt à son souvenir. *Quelqu'un essayait de la tuer.*

Elle jaillit de sous les draps, empoigna le téléphone, appela la réception et laissa sonner, interminablement, tandis qu'étendue sur son lit elle fixait toujours les fissures du plafond.

Elle appelait pour demander qu'on lui passe les lignes aériennes.

Elle allait rentrer chez elle.

Le jeu n'en vaut pas la chandelle, se dit-elle. Quelqu'un avait essayé de la tuer. Quelqu'un avait réactivé ses cauchemars. Elle allait rentrer, se cloîtrer pendant un moment dans sa résidence, retourner travailler pendant quelques mois, disons un an, et économiser assez pour revenir lorsqu'elle s'en sentirait la force et le courage. Peut-être la ville, alors, ne serait-elle plus infestée de rumeurs de cannibalisme.

Elle laissa retomber le récepteur sur sa fourche. L'installation téléphonique de Moscou avait au moins un bon côté : on ne risquait pas d'y prendre de décisions hâtives. On ne trouvait même pas d'annuaires en ville. Pas d'annuaires, pas moyen de contacter qui que ce soit rapidement... sûrement une des méthodes employées par le régime communiste pour garder le contrôle de la situation.

Si elle se sauvait maintenant, elle ne reviendrait jamais. Elle allait devoir affronter ses démons et les vaincre. Affronter le passé, et cette ennemie surgie du passé.

Bientôt trente ans, des rapports strictement sporadiques avec les hommes et aucune amie fille. Aucun ami intime, point à la ligne. Et aucune famille dont elle ait connaissance, maintenant que sa grand-mère était décédée.

Seule au monde et lasse de cette solitude, lasse de cette vie stérile. La passion avait fait partie intégrante de sa vie, la passion pour tout ce qui vivait, pour les autres, mais elle avait subi une lobotomie psychique à l'âge de sept ans et toutes ses émotions avaient été enrayées. Elle se sentait prête à exploser, toute débordante de vie, de sensualité, d'amour et d'amitié mais, tel un volcan obstrué par un bouchon de lave, toutes ces fabuleuses émotions restaient coincées dans sa gorge, croupissant en elle.

Sa mère avait été pleine de vie, de rires et d'amour, toutes ces émotions qu'elle avait partagées avec Lara. C'est cela, précisément, qui confortait cette dernière dans sa certitude qu'elle n'aurait jamais fait de mal à quiconque ; sans même parler de ces grotesques fariboles de drogues psychédéliques.

Bon, après qu'une manifestation eut mal tourné dans une rue de Berkeley, faisant un mort, sa mère s'était retrouvée fichée par la police, alors qu'elle n'était pour rien dans cette tragédie. Elle avait pris le premier vol pour le Canada et accepté l'invitation de l'URSS de venir y enseigner. Si les Soviétiques avaient vu en elle un quelconque instrument de propagande, ils s'étaient lourdement trompés. Elle n'était pas communiste et refusait de s'impliquer dans quelque discours anti-US que ce fût.

Pourquoi n'ai-je pas connu l'amour comme mes parents l'ont connu ? se demanda-t-elle.

À Moscou, sa mère était tombée amoureuse de Keir Thomas, un poète gallois activiste, réfractaire et impulsif, un réfugié politique accusé d'avoir chanté sur tous les toits qu'il ferait sauter le Parlement le jour de Guy Fawkes. Aussi sauvage et idéaliste que sa poésie, il s'était rallié à un groupe de jeunes étrangers expatriés en Russie, qui s'étaient engagés comme mercenaires bénévoles en Afrique pour en extirper les derniers vestiges du colonialisme européen ; tout ça pour se laisser embringuer du mauvais côté dans une guerre tribale et se faire tuer par ceux qu'il était venu libérer.

Fidèles à leur nature profonde et à cette époque, si utopiste et cérébrale, qu'étaient les années soixante, les parents de Lara n'avaient pas jugé bon de légitimer la grossesse d'Angela en recourant à quelque cérémonie de mariage que ce fût. Des détails aussi prosaïques que le mariage et les projets relatifs à l'éducation d'un enfant n'avaient pas le moindre sens pour une génération qui s'efforçait de conquérir le monde par l'amour, l'herbe et d'occasionnels affrontements avec les autorités.

La mort de sa mère — comme les événements qui avaient pu se dérouler lors de sa dernière journée à Moscou — était un sujet tabou dans la maison de sa grand-mère. Le seul commentaire que cette dernière eût jamais fait à ce sujet, c'était que les Soviétiques avaient assassiné Angela, mais Lara avait toujours refusé d'y croire. Elle n'avait jamais pu lui expliquer pourquoi ; ce n'était pas une chose qu'on pouvait formuler avec des mots ; surtout pour cette vieille femme qui se dispo-

31

sait à prendre sa retraite, sinon à mettre prématurément, pleine de fiel et d'aigreur, un pied dans la tombe, lorsqu'une fillette de sept ans lui était tombée sur les bras.

Sa grand-mère considérait qu'elle avait raté sa vie. Son mari était mort bien des années avant qu'elle ne se sente prête au veuvage, et sa seule enfant avait viré, en l'espace d'une nuit, de la hippie pacifiste aux yeux limpides à la criminelle en cavale qui faisait la une des journaux. Elle s'était réfugiée dans la fréquentation du Christ et s'abritait derrière des citations bibliques, jusqu'à ce qu'un vent mauvais charriât jusqu'à elle cette petite-fille. Pour elle, élever Lara avait été un fardeau.

Lara avait quitté Moscou porteuse de lourds et terribles secrets, implantés dans sa cervelle comme une tumeur cancéreuse. Sa grand-mère n'avait jamais réellement tenté d'adoucir cette souffrance. Elle était restée en elle, enfouie, pendant plus de vingt ans, pendant que Lara grandissait et qu'elle se transformait, de fillette terrifiée, en jeune femme pleine de méfiance, qui ne sondait jamais cet obscur repli de son esprit où s'ébattaient de féroces molosses. Pendant la majeure partie de son existence, elle avait accepté son destin, s'était résignée à devenir cette femme qui s'abrutissait de travail, respectée par les officiers de police et ses confrères procureurs pour ses brillantes capacités intellectuelles et ses façons autoritaires ; le respect de ses collègues, l'amour de son chat, une résidence à deux pâtés de maisons de l'océan... qu'est-ce qu'une femme peut bien demander de plus ?

La bulle avait crevé quand les énigmatiques convocations en provenance de Moscou lui étaient parvenues. Elle avait alors commencé à revivre son passé et à réfléchir à toutes ces années perdues qui s'étaient écoulées dans l'intervalle.

Lara ferma les yeux. Elle allait s'endormir quand quelqu'un cogna à la porte. Elle empoigna le téléphone posé à son chevet, fit un faux mouvement et lâcha le récepteur. Elle le récupéra et, le cœur battant, appela la réception.

Personne au standard à cette heure de la nuit. L'employé de la réception allait-il décrocher ? On frappa de nouveau et sa tension sanguine s'accéléra. Laissant le téléphone décroché pour qu'il continue à sonner, elle alla jusqu'à la porte, en espérant qu'il ne s'agissait que de la surveillante d'étage, venant se plaindre que Lara ne s'était pas présentée à elle en rentrant.

32

— Qui est-ce ?

— Gropski.

Elle respira de soulagement. Gropski était le vigile de l'hôtel, un petit bonhomme trapu, aux grosses lèvres, au nez camus, à l'énorme tête, et auquel la peau, mouchetée d'affreuses taches brunes, conférait l'aspect d'une grenouille restée trop longtemps exposée au soleil, scénario bien peu vraisemblable à Moscou, où le soleil était tout sauf une encombrante commodité.

— Que voulez-vous ?

— Vous m'avez posé questions.

Sa voix, un peu empâtée, laissait entendre qu'il avait légèrement forcé sur la vodka, état fréquent, en revanche, dans un pays où pratiquement tout ce qui se faisait prenait sa source dans l'abus de vodka. Elle n'allait certainement pas lui ouvrir sa porte ; c'était un taré, un visqueux dont l'immonde pif rouge et aplati semblait avoir trempé un peu trop longtemps dans le linge sale et les verres de gnole.

— On est au beau milieu de la nuit, dit-elle.

Ce n'était pas l'entière vérité. L'aube poindrait dans deux heures.

— Vous être sortie.

— Que voulez-vous ? répéta-t-elle.

— J'ai renseignements pour vous.

La phrase lui était parvenue, à travers la porte, dans un bredouillement d'ivrogne. Rien que d'imaginer sa face lunaire, ses yeux larmoyants et injectés de bile, et elle voyait une grenouille en plein soleil.

— Glissez-les sous la porte.

— La porte ? Soyez pas stupide, petite madame. C'est bouche à oreille.

Définitivement hors de question, se dit-elle.

— Écoutez, je n'ai absolument pas l'intention de vous ouvrir cette porte. J'ai justement la réception au bout du fil et je compte bien leur demander d'envoyer quelqu'un si vous ne me dites pas ce que vous voulez ou si vous ne filez pas.

De l'endroit où elle se tenait, elle entendait parfaitement la sonnerie ininterrompue du téléphone. Toujours pas de réponse de la réception.

— Envoyer quelqu'un ? C'est Gropski vous parler. Le détective de l'hôtel. Vous appeler, on envoie moi.

— Écoutez-moi bien, Gropski. Dites-moi ce que vous me voulez ou je porte plainte au ministère dès demain matin.

Quel ministère pouvait bien chapeauter les détectives affectés aux hôtels, maintenant que le KGB avait capoté, elle n'en avait pas la moindre idée.

— Information pas gratuite, ronronna-t-il, en mettant dans son intonation tout le sous-entendu égrillard qu'un petit crapaud ventripotent comme lui pouvait concevoir.

— Dites-moi d'abord ce que vous m'apportez. Si je trouve que ça en vaut la peine, je glisserai l'argent sous la porte.

— Pas argent. On peut prendre autre arrangement.

— *Je vais me plaindre au ministère !*

— D'accord, d'accord, sur le tombeau de Lénine, j'essaie seulement d'aider vous. Vous m'avez demandé de me renseigner sur moyens d'arranger accès à, euh, certains dossiers.

— Oui ?

— J'ai contacté homme qui peut faire arrangements. Lui maître du *blat.*

Le *blat*. L'art et la manière de pousser sur le bon bouton pour extorquer au gouvernement certaines faveurs — n'importe quoi, depuis un réfrigérateur jusqu'à une datcha. Avec l'effondrement du régime communiste, les milliards de documents qui retraçaient par le menu les soixante-dix dernières années d'atrocités soviétiques devenaient enfin accessibles. Elle voulait consulter les dossiers relatifs au décès de sa mère, dossiers qui mettraient en lumière toute la tartuferie de la version officielle.

— Il y a prix à payer, chuchota le crapaud à travers la porte.

Il y a toujours un prix à payer.

— Qui est cette personne ?

— J'ai noté renseignement pour vous. Ouvrez la porte et je vous donne.

— Glissez-le sous la porte et je vous fais passer un billet de cent dollars.

— Argent d'abord.

— On va faire ça ensemble.

Ces voleurs n'ont pas une once d'honneur, pas plus d'ailleurs que qui que ce soit d'autre à Moscou, songea-t-elle. Les temps sont durs. Quelques mois plus tôt, les gens comme Gropski jouissaient encore d'un petit prestige, même en tant que chef de la sécurité d'un hôtel borgne comme le Gorki. À présent, il se voyait relégué au rang de fourgue, réduit à divulguer contre argent comptant des informations sur le gouvernement à ceux-là même qu'il était chargé d'espionner autrefois.

Lara empoigna un billet de cent dollars dans son sac et se baissa devant la porte.

— Prête, dit-elle.

Gropski glissa juste ce qu'il fallait de papier sous la porte pour qu'il dépasse un peu de son côté. Elle fit lentement coulisser sa coupure sous la porte, en tirant en même temps sur le bout de papier, pendant qu'il s'emparait du fric.

Quand elle se releva pour lire le message, ses os douloureux se rappelèrent à elle, ravivant le souvenir de ses blessures. « M. Belkine. 20 heures ce soir. Parc patriotique. Entrée Sud. »

Elle se colla un peu plus contre la porte.

— Pourquoi devrais-je le retrouver dans un parc, quand il y a un bar en bas ? Gropski ? Gropski ?

Mais le crapaud avait décampé.

Elle soupira avec lassitude. Toute seule, personne pour la serrer sur son cœur, la réconforter, partager ses soucis. Même ce fichu chat était à l'autre bout du monde.

Elle tituba jusqu'au lit, s'arrêtant au passage pour raccrocher le téléphone, et rampa de nouveau sous les draps, en grelottant, mal fichue, souffreteuse, au trente-sixième dessous.

Chapitre 5

À huit heures du soir, la nuit était déjà tombée sur Moscou depuis longtemps et dans la rue qui passait devant le Gorki, il faisait presque aussi noir qu'à minuit passé.

— Ils rationnent la lumière dans les rues, lui expliqua le portier. Ils éteignent les réverbères dans tous les secteurs, alternativement, pour économiser l'énergie. Demain soir, c'est nous qui serons éclairés. Très démocratique, ajouta-t-il.

Elle ne savait pas trop s'il essayait d'être drôle, si son dernier commentaire était une pointe d'humour. Il était petit et tout ridé, les cheveux blancs, des chicots jaunes et pourris, la peau grise et blafarde. Dans son pesant uniforme de lainage pourpre tout dépenaillé, aux épaulettes dorées ternies, il avait l'air d'un roi nain sorti tout droit d'*Alice au pays des merveilles*.

— Toujours pas de taxis ?

— Non, ils sont tous réservés aux meilleurs hôtels. Ils rationnent aussi l'essence des bus, dit-il. Ils se retrouvent en panne sèche à la moitié du trajet. (Il secoua la tête.) Exactement comme pendant la grande guerre patriotique. Tout était rationné. Les gens sont de nouveau affamés. Exactement comme pendant la guerre. (Son cerveau revint s'atteler au problème des transports.) Vous voulez que je vous appelle un taxi ?

— Ils ne viennent jamais.

— C'est vrai. Ils préfèrent rester autour des grands hôtels.

Ils manquent de carburant, eux aussi. C'était déjà comme ça pendant la guerre, mais il n'y avait plus du tout de lumière. Les bombardiers...

Elle l'abandonna à ses souvenirs de la Seconde Guerre mondiale et sortit dans la rue, légèrement suffoquée au début par la température, bien au-dessous de zéro, qui enflammait sa gorge et ses poumons. Elle s'empressa de couvrir son nez et sa bouche de son écharpe et de tirer son chapeau sur son visage, jusqu'à ce qu'on ne voie plus que ses yeux. Le froid s'attaquait aussi à ses yeux et la forçait à cligner des paupières pour en chasser les picotements.

Les rues étaient noires, dans quelque direction qu'on se tournât, et elle se demanda quelle taille pouvait bien avoir le « secteur » victime de l'extinction des feux. Le carrefour où elle devait retrouver le dénommé Belkine allait-il lui aussi être soumis au couvre-feu ? Zut, zut et zut. Ce crétin de Gropski aurait mieux fait de fixer ce rendez-vous au bar de l'hôtel, de *n'importe quel* hôtel. Bon sang, elle préférait de loin prendre le risque d'introduire son copain dans sa propre chambre, plutôt que d'arpenter les rues noires et glacées de Moscou. En plus on avait tenté de la tuer — la ville la plus sûre du monde avait vu augmenter vertigineusement son taux de criminalité en quelques années, le contrôle se relâchant au fur et à mesure que le communisme dépérissait. Elle avait passé pratiquement toute la journée à dormir et ne s'était décidée à sortir de son lit, péniblement, qu'une paire d'heures à peine plus tôt. Elle avait bien essayé de joindre Gropski pour lui demander de changer le lieu du rendez-vous, mais il s'était absenté, sans doute pour arroser ses cent dollars mal gagnés, et les claquer dans une bouteille et une prostituée.

Pas de taxis, pas de bus, des rues noires et désertes : se promener toute seule dans ces conditions frisait carrément la démence. Mais il n'est jamais que huit heures, se persuada-t-elle, et ce n'est qu'à quelques pâtés de maisons.

Elle fit demi-tour et rebroussa chemin jusqu'à l'hôtel. Elle donna au portier un billet de cinq cents roubles.

— Restez sur le pas de la porte et regardez-moi remonter la rue, lui demanda-t-elle.

— Vous regarder ?

— Agresseurs. Violeurs.

Il opina du bonnet et la suivit à l'extérieur.

— Les rues ne sont pas sûres. Rien ne marche, pas même la police. On nous dit qu'on est libres, mais quand les communistes dirigeaient le pays, les rues étaient tranquilles et les bus arrivaient à l'heure. À quoi bon être libre, si c'est pour crever de trouille ? Pendant la guerre, quand on attrapait un agresseur...

De retour dans la rue, elle fendit précipitamment la nuit glacée vers le lieu de son rendez-vous, les oreilles encore toutes vibrantes des dernières paroles du portier. Une rare voiture en maraude passait de temps en temps en faisant couiner ses pneus sur la chaussée mouillée, sombre et miroitante, que ses feux avant faisaient scintiller. Le Gorki était situé dans un quartier de bâtiments administratifs, une zone totalement désertée dès l'instant où les bus cessaient de rouler, à sept heures du soir, après avoir rapatrié chez lui le dernier travailleur en vadrouille. Les immeubles étaient tous de style soviétique pur jus : d'imposantes et robustes constructions de béton gris, sans cachet, sans grâce et dénuées du moindre intérêt architectural.

Ses pieds faisaient crisser la neige tassée. Les gens chargés de la voirie municipale se débrouillaient pour déneiger la plupart des chaussées, mais ils entassaient la neige le long des caniveaux, en longues congères sales qui se déversaient sur les trottoirs.

Elle jeta un coup d'œil par-dessus son épaule pour s'assurer que le portier continuait à la suivre du regard depuis le portail de l'hôtel.

Froid, froid, froid.

Elle avait horreur du froid. Elle était pourtant chaudement vêtue, quasiment équipée pour une randonnée sur l'Himalaya, mais ça ne l'empêchait nullement de crever de froid et de grelotter.

Elle fit une pause au premier coin de rue et jura silencieusement. La rue était noire, sur une distance de deux pâtés de maisons. Là-bas, devant l'hôtel, le portier était rentré.

Elle grinça des dents et accéléra le pas, en dardant des regards furtifs sur les portes cochères, la rue derrière elle et les intervalles entre les immeubles. La trouille aurait-elle le don d'augmenter votre sensibilité au froid ? se demandait-elle.

La crainte de voir quelqu'un jaillir d'une ruelle obscure ou d'une porte cochère lui ôtait tous ses moyens ; elle tituba sur de la neige sale et se mit à courir à perdre haleine.

À un demi-pâté de maisons du lieu de leur rendez-vous, elle l'avait déjà repéré : solide et massif, une grande carcasse de bœuf russe bien nourri.

Il se tenait dans la pénombre, juste à la lisière du halo du réverbère du coin, faisant preuve d'une rassurante discrétion. Elle remercia Dieu d'avoir, pour cette nuit, épargné le couvre-feu au parc.

Il la regarda traverser la rue. À l'instant même où elle mettait le pied sur le trottoir, de son côté, il se détourna brusquement et entreprit de remonter le sentier du parc, tout en lui signifiant du regard de le suivre.

Elle lui emboîta le pas en silence, se répétant que les parcs russes n'avaient rien de commun avec leurs homologues américains, qu'ils étaient la propriété du peuple et non le royaume des gangs et des pervers de tout poil, qu'il n'y avait rien de bizarre à déambuler ainsi avec un inconnu, la nuit, dans ces lieux plongés dans les ténèbres. Normal, se disait-elle.

D'autres gens, jeunes ou vieux, passaient aussi par là, et même un jeune couple poussant un landau, ce qui ne manqua pas de ramener sa frayeur à des proportions raisonnables, mais il n'était quand même pas question qu'elle le suive hors du sentier principal, si jamais il lui prenait l'envie de communier avec la nature.

Il pila pour lui permettre de remonter à sa hauteur, tout en fouillant des yeux le sentier derrière eux. Elle retira l'écharpe de son visage en se rapprochant. Ni Belkine ni la grande majorité des gens qui les croisaient n'étaient comme elle vêtus pour affronter des conditions arctiques. Vivre à Moscou devait sûrement vous refroidir le sang.

— Vous attendez encore quelqu'un ? s'enquit-elle.

— Non, aboya-t-il. Et vous ?

Mauvais début, se dit-elle. Il faut dire aussi que son niveau de parano était passablement élevé.

— À part vous. (Elle sourit, mais c'était un sourire forcé.) On ne pourrait pas trouver un endroit un peu plus chaud ?

— On est mieux ici, répliqua-t-il.

Il continuait à avancer et elle le suivit de mauvais gré. Une inimitié spontanée, jointe à la méfiance instinctive que lui inspirait cet homme lui avaient mis la puce à l'oreille. Gropski était un perdant-né ; celui-ci était un fumier.

Certains détails crevaient les yeux ; c'était un matou gras à lard, dans un Moscou affamé et étique ; sa toque était en zibeline, en un temps où les gens, réduits à leur dernière extrémité, cherchaient désespérément un moyen d'accommoder les toques en zibeline en bortsch. Son manteau était en cachemire et, si l'on en jugeait par ses revers, l'intérieur était doublé de fine fourrure.

Tout en lui trahissait l'apparatchik — l'un de ces bureaucrates fascistes de base, appartenant à l'appareil du Parti, qui avaient dirigé le pays et l'avaient saigné à blanc, écrémé ; du moins de la crème qui n'avait pas servi à engraisser les membres de la Nomenklatura.

Mais il y avait un autre aspect en lui qui la mettait encore plus mal à l'aise et venait redoubler les frissons que déchaînait déjà le froid moscovite. Son visage grêlé de petite vérole, ses grosses lèvres cruelles, ses cheveux noirs et pommadés, bien soigneusement lissés en arrière, lui conféraient cet air de communiste à l'ancienne, au cerveau de brute, tels ceux qui portaient des vestes de complet à larges revers et des pantalons taillés pour habiller des troncs d'arbre. Il émanait de tout cela une sorte de menace latente — non pas inspirée par la méchanceté ou la folie, mais liée au glacial sang-froid d'un salopard de bureaucrate qui, pour obéir aux ordres, était capable d'aligner une file de paysans devant une fosse commune, afin de leur coller ensuite à chacun une balle dans le crâne...

— Vous avez le meurtre en tête.

Ces mots la désarçonnèrent.

— Hein ?

— Vous n'êtes pas venue à Moscou pour vérifier, vingt ans après, si votre mère avait bien été tuée dans un accident. Mais pour dévoiler la vérité, démonter une conspiration du silence entourant la mort de votre mère.

Elle inspira une longue goulée d'air avant de lui répondre. Elle faillit lui dire que c'était plutôt la tentative de meurtre contre sa propre personne qui la préoccupait pour le moment.

— Si vous insinuez que ma présence ici est liée à une espèce de chasse aux sorcières politique, destinée à prouver que ma mère a été assassinée par les communistes, vous faites erreur.

Elle avait dit la même chose à Gropski. S'efforcer de mettre en lumière des fautes qui naguère, sous l'ancien régime, avaient fait figure d'agissements vertueux était chose assez mal venue dans la nouvelle Russie, et ce pour une bonne raison. Non seulement la plupart des responsables d'aujourd'hui détenaient déjà les leviers de commande quelques mois plus tôt, avant l'effondrement de l'Union soviétique, mais encore le communisme avait-il imprégné jusqu'à saturation tous les rouages de la société ; certains sont là pour commander, et la masse obéit.

— Ma mère a été tuée par un maniaque.

Lara se garda bien d'ajouter que, s'il était plausible que sa mère n'ait pas été tuée pour des raisons politiques, elle n'en était pas moins convaincue que des motifs de cet ordre présidaient à la falsification de la cause réelle de sa mort.

— J'étais en position, à l'époque du décès de votre mère, d'avoir certaines lueurs sur le sujet. Ce que je veux dire, se hâta-t-il sèchement d'ajouter, c'est que mon poste me permettait de prendre connaissance de certains rapports qui n'étaient pas destinés aux masses. Votre mère a pris une substance psychédélique, du LSD ou un hallucinogène du même tonneau. Elle a perdu la tête, tenté de vous molester, vous, sa propre fille, et trouvé la mort au volant d'une voiture lancée à pleine vitesse, en se jetant la tête la première dans un camion-citerne. Boum ! (Il avait projeté ses mains vers le ciel.) Terminé !

Elle prit de nouveau une profonde inspiration.

— Pas vraiment. Ma mère était certes une gauchiste, à Berkeley, dans les années soixante, et il est très commode pour les gens de faire l'amalgame entre elle et les trips à l'acide, mais moi, je sais pertinemment que c'est faux. Ma mère ne prenait pas de drogues. C'était une militante qui se battait contre la guerre au Vietnam, pas une hippie. Un professeur de fac et une intellectuelle...

— Comme le professeur Leary, le gourou américain de l'acide ?

— En outre, poursuivit-elle en feignant d'ignorer son interruption, ma mère était une pacifiste et une fanatique de la santé. Elle n'avait rien à voir avec le portrait de la gauchiste qui s'adonnait à l'acide que les journaux ont dressé d'elle.

41

La noire nuit de l'hiver moscovite mordait ses joues nues et son nez. Elle aurait tellement aimé pouvoir dire à ce fumier arrogant d'aller se faire foutre.

— Vous ne m'abusez nullement, dit Belkine. J'ai travaillé pour le gouvernement. Vous pensez que votre mère a été assassinée il y a des années et, maintenant, vous revenez traquer son meurtrier. Ai-je raison ou pas ? Oh que oui, j'ai raison.

Il lui jeta un regard noir, comme un homme qui se demande s'il va écraser un cafard.

Lara détourna les yeux pour qu'il ne puisse lire ses pensées. Ce bâtard sans âme pérorait, parlait de meurtre, d'arracher la vie à une personne débordante d'amour, sa mère, comme s'il s'agissait du chiffre de la production annuelle du blé. Ce digne rejeton de l'ancien régime ne semblait pas plus apte à comprendre ce qu'était sa mère qu'un dinosaure le fonctionnement d'un ordinateur.

Le détecteur de mensonges qui pousse entre les deux oreilles de tout bon procureur, au bout de quelques années de métier, était en train de tirer la sonnette d'alarme dans sa tête, exactement comme le moniteur de surveillance d'un service de cardiologie lors d'un arrêt du cœur. Et son flair ne lui disait pas seulement qu'il était un homme dangereux, à qui on ne pouvait en aucun cas se fier, mais encore qu'il avait un agenda secret.

Les apparatchiks sont des bureaucrates, des fonctionnaires nantis d'un cœur en dotation délivré par le gouvernement, et d'une âme de classeur métallique ; mais elle subodorait encore autre chose en lui, qui la terrifiait. Il faisait vibrer en elle une corde sensible, au plus profond de son être, et lui rappelait quelqu'un, mais elle n'arrivait pas à mettre un visage sur ce souvenir.

Calme-toi, ne le laisse pas t'en imposer. Ne laisse pas cette ville t'atteindre.

La noire nuit hivernale s'appesantissait à présent sur eux, retombant en brume glacée et, bien que le sentier le long duquel ils progressaient fût éclairé, les lampadaires ne projetaient qu'une pauvre lueur blafarde ; un peu en aval, elle distinguait les silhouettes d'arbres fantomatiques, que les mains glacées de l'hiver avaient dépouillés et réduits à l'état de squelettes.

La lumière lugubre lui donnait le cafard. Tant de gens meurent en hiver. Sa mère était morte par une froide journée d'hiver comme celle-ci.

Les gens se hâtaient dans les deux sens sur le chemin, tandis qu'elle continuait de progresser au rythme de Belkine. Un halo lumineux blanchissait la nuit au loin et elle percevait les échos ténus d'une musique.

Elle jeta un œil par-dessus son épaule et il croisa son regard.

— Juste un zeste de parano, parce que je me retrouve la nuit dans un parc, lui confia-t-elle.

— Les parcs de Moscou appartiennent au peuple, de jour comme de nuit, fit-il. Nous ne les avons pas abandonnés aux criminels de toutes sortes, comme vous autres Occidentaux. Mais, aujourd'hui... (Il leva les mains au ciel, comme s'il existait là-haut, dans les ténèbres qui les surplombaient, un firmament communiste susceptible d'entendre sa prière.)... avec le nouveau régime...

— Nous aurions mieux fait de nous retrouver dans un restaurant, dit-elle. Je ne sais pas comment vous faites, ici, pour supporter ce froid. Je suis pourtant née à Moscou... J'ai les pieds gelés.

— Parlez-moi de cette photographie, fit-il.

Elle poursuivit son chemin sans répondre. Cette rencontre avait été arrangée pour qu'elle recueille des informations, et non pour qu'elle en divulgue. Elle décida de ne pas lui en dire plus long que n'en savait Gropski, étant donné que ce dernier, de toute façon, avait déjà dû cafarder.

— C'est une photo en noir et blanc de l'identité judiciaire, montrant le théâtre d'un crime : une femme, lacérée à coups de couteau.

— Et qu'attendez-vous exactement de moi ?

Elle avait longuement ruminé la question et se sentait prête à décrocher l'anneau d'or.

— Je veux avoir accès aux dossiers du KGB. Ceux qui sont entreposés à la Loubianka.

Chapitre 6

— Cette femme, sur la photo... ? s'enquit Belkine. C'était votre mère ?

— Oui.

Il n'avait absolument pas réagi à l'énoncé de sa requête. Tout le monde voulait avoir accès aux archives du KGB. Les dossiers top-secret étaient, paraît-il, entreposés à la Loubianka, la fameuse prison qui avait servi de quartier général au KGB, en plein cœur de la ville.

Il lui jeta un coup d'œil.

— Vous répondez par l'affirmative, mais il y a un petit quelque chose dans votre voix...

— Je suis sûre que c'est elle. Il se trouve simplement qu'une partie du visage de la femme est dissimulée par les draps. Mais elle est du même âge et de la même taille que ma mère. De plus, je vois mal pour quelle raison on me ferait parvenir cette photo s'il ne s'agit pas d'elle.

— Le message qui était joint à la photo... que disait-il ?

— Il n'y avait rien d'écrit.

Belkine s'arrêta pour la toiser :

— Pas de message ?

— Juste la photo. Avec le cachet de Moscou.

— Et vous avez parcouru la moitié de la planète pour une simple photo, sans le moindre message ?

— J'ai parcouru la moitié de la planète parce que je suis

44

persuadée que la photo est en soi un message. Je sais que ma mère ne se défonçait pas aux hallucinogènes et qu'elle ne s'est pas jetée contre un camion-citerne.

— Vous aviez sept ans.

— Je ne les ai plus. Je suis revenue à Moscou il y a deux semaines, et l'une des toutes premières choses que j'ai faites, c'est de me rendre sur les lieux de l'accident : une longue ligne droite sur une route déserte, à soixante-quinze kilomètres environ de la ville. Il y a un petit village à proximité, j'y suis allée pour consulter les registres de la police à la date de la prétendue mort de ma mère. La police du village a conservé ces rapports, bien proprement manuscrits, qui remontent jusqu'à l'époque tsariste. Ils étaient très fiers de pouvoir me les montrer.

Après ça, elle avait dû graisser la patte du responsable en fonction, aurait-elle voulu ajouter.

— Le jour de la mort de ma mère, il est fait mention d'un tracteur enlisé dans un fossé, d'une épouse se plaignant de son ivrogne de mari, d'un pneu volé sur la voiture d'un quidam. Le tracteur embourbé a droit à dix-huit lignes mais l'épouvantable accident impliquant un véhicule privé entrant en collision avec un camion-citerne, accident qui, de surcroît, aurait coûté la vie à une célèbre militante pacifiste américaine, n'y figure même pas.

« Les deux véhicules auraient, paraît-il, explosé, et le chauffeur du poids lourd aurait été miraculeusement projeté hors de sa cabine juste avant l'explosion. À coup sûr, l'événement le plus spectaculaire jamais survenu dans ce village en plusieurs décennies. Pourtant, il n'en reste pas une trace.

Belkine émit un son inintelligible, quelque chose qui s'apparentait à un grognement, tandis qu'ils reprenaient leur chemin.

— Un accident impliquant une étrangère n'aurait pas été pris en charge par les autorités locales.

— Non, mais par le KGB, dont la juridiction s'étendait à tout ce qui concernait les étrangers. Ça ne signifie pas pour autant qu'un événement aussi insigne n'aurait pas été consigné sur la main courante du commissariat local. D'autre part, et dans tous les cas, la police locale aurait contacté le KGB et pris note de ce fait. J'ai repéré plusieurs écritures de ce type concernant d'autres incidents, y compris lorsqu'on faisait appel au KGB parce qu'un étranger roulait en état d'ivresse. Et pourquoi le commissaire, qui est en exercice là-bas depuis plus de trente ans, n'a-t-il pas le moindre souvenir de l'accident le plus spectaculaire qui se soit jamais produit dans sa juridiction ?

— Cette photo d'une femme — ce message sans paroles —, vous pourriez me la montrer ?

Ce n'était pas une question, c'était un ordre. Et il y avait autre chose dans sa voix — une sorte d'urgence. Il crevait d'envie de voir cette photo. Ce seul fait suffit à faire tinter une nouvelle sonnette d'alarme dans sa tête. Rien ne cadrait, chez ce type. Les informations sur le passé — l'accès aux archives gouvernementales — étaient l'un des articles les plus prisés du marché noir ; les conversations sur ce thème démarraient par « combien ? » et tournaient court abruptement si les parties en présence ne parvenaient pas à s'accorder sur un montant. Les deux cents dollars qu'elle s'était plus ou moins attendue à devoir débourser n'auraient pas payé les arrhes de ses bottines italiennes cousues main, mais, même dans ces conditions, il ne jouait pas le jeu.

À sa grande surprise, il n'insista pas outre mesure pour voir la photo.

— Vous êtes procureur dans votre pays, si je ne m'abuse ? s'enquit-il. Vous avez demandé aux autorités d'examiner cette photo ?

Il n'était strictement pour rien dans cette question — Gropski savait qu'elle était procureur et qu'elle avait adressé la photo au labo de la criminelle.

— Le labo n'a pu la dater, mais ils ont dressé le portrait-robot mental de la personne qui avait infligé les blessures.

— Un profil psychologique ?

— Oui, un profil de l'état de santé mentale du meurtrier, s'appuyant sur l'analyse des blessures infligées.

Nouveau grognement. Il était probablement plus habitué, se dit Lara, à analyser les criminels avec une lance d'arrosage qu'avec un ordinateur.

— C'était un crime passionnel ?

— Un crime de maniaque. La... la femme... (Elle n'arrivait pas à dire : ma mère.) a été mutilée, victime d'un carnage sadique incluant la lacération de ses parties génitales. Elle n'a

46

pas été poignardée, mais férocement massacrée par un agresseur en proie à une crise de démence hystérique.

— Je me souviens d'une affaire similaire, fit-il. Qui s'est produite à peu près à la même époque, il y a un peu plus d'une vingtaine d'années. Un garçon de dix-sept ans avait tué une femme dans l'immeuble où il vivait. La femme était étrangère. Scandinave. Indubitablement, c'est son attitude provocante qui a servi de déclencheur.

Seigneur. Quel abruti !

— Les Finlandaises — elle était finlandaise, je me rappelle — sont de notoires détraquées sexuelles. Un tel crime n'aurait jamais été perpétré en Union soviétique, n'était l'influence étrangère.

Accordait-il vraiment foi à toutes ces conneries ? Ses commentaires relevaient de la plus pure langue de bois bolchevique. Rien, officiellement, n'aurait jamais existé en Union soviétique qui puisse porter ombrage à la ligne du Parti. Elle aurait aimé lui rappeler que Beria, l'ancien dirigeant du NKVD, faisait enlever des femmes par ses hommes dans les rues de Moscou, pour ensuite les violer et les brutaliser. Les pères et les maris qui osaient élever une quelconque objection finissaient dans les camps de travail ou connaissaient une mort brutale.

— Vous avez jeté votre argent par les fenêtres en venant à Moscou. Cette photo vous a probablement été envoyée par un quelconque pervers, pour vous émoustiller.

— Monsieur Belkine, à la brigade des Crimes spéciaux pour laquelle je travaille, nous ne recevons pas tous les jours des photos de femmes mutilées, mais nous avons très fréquemment à traiter ce genre d'affaires. Je reste persuadée que quelqu'un, en m'envoyant cette photo, m'a adressé un message. Et le message en question, c'est que la version officielle de la mort de ma mère est une contre-vérité.

— Grotesque ! Les autorités compétentes ont enquêté sur le décès de votre mère. Leurs conclusions ne sauraient être remises en question.

— Je me suis rendue à l'université où enseignait ma mère. Il n'existe là-bas aucun dossier à son nom. Comme si elle n'avait jamais existé. J'ai étudié les dossiers de la milice, ici même, à Moscou : on n'y trouve aucune mention du prétendu accident de ma mère. Je suis allée dans le vieil immeuble où nous vivions. Le gérant est en vacances, mais j'ai réussi à persuader sa bru de me montrer le registre des locataires de l'époque. Il manque une page, celle sur laquelle aurait normalement dû être consigné notre séjour dans cet immeuble. Vous me suivez ? (C'était presque une supplication.) Comme si quelqu'un avait craché sur l'ardoise et entièrement effacé ma mère. Une vie entière niée, réduite à néant.

— Donc, vous croyez le KGB impliqué dans la mort de votre mère ?

Elle haussa les épaules :

— Qui d'autre, en Union soviétique, pourrait se permettre de faire disparaître toute trace d'une personne ? Mais pourtant, non, je ne crois pas que le KGB soit pour quelque chose dans sa mort. Ce n'est pas la folie politique, mais une tout autre forme de démence qui est à l'origine de son meurtre.

Le KGB lui aurait collé une balle dans le crâne, mais ne l'aurait pas mutilée, songea-t-elle, en se gardant bien d'exprimer le fond de sa pensée. Il n'avait toujours pas réclamé d'argent. Il voulait la photo. Mais pourquoi ? se demandait-elle. Pourquoi ce bonhomme tient-il tant à la photo d'une morte ?

— Si vous ne soupçonnez pas le KGB d'avoir éliminé votre mère, pourquoi voulez-vous avoir accès à ses dossiers ?

Encore en train de jouer sur les mots, se dit-elle. Il savait parfaitement pourquoi elle souhaitait avoir accès aux dossiers du KGB.

— Pour la raison que je viens tout juste de vous donner — le KGB aurait dû enquêter sur sa mort. Quelqu'un s'est donné la peine de faire passer à la trappe tout ce qui pouvait avoir un quelconque rapport avec son décès. Je veux savoir qui a fait ça.

— Vous croyez pouvoir débusquer votre tueur en fouillant dans les paperasses ? Grand bien vous fasse ! Pures fadaises pour roman de gare ! Vous voyez des complots partout ! Je ne vois, moi, qu'incompétence gouvernementale.

Alors pourquoi veux-tu cette photo, sale fumier de faux-cul ?

Ses pieds étaient gelés, elle ne sentait plus ses orteils. Tout son corps n'était plus qu'un bloc de glace. Une fille de Californie pouvait geler à mort dans ce Moscou aux hivers meurtriers.

— Qu'est-ce qui vous arrive ? Vous tremblez ? Seriez-vous malade ? l'interrogea Belkine.

— Non, mais j'ai perdu l'habitude de ces froids rigoureux.

— C'est le froid qui nous rend forts, nous autres Russes. L'hiver, la vodka et les femmes brûlantes de désir.

Il essaya de lui passer un bras autour de la taille et elle s'écarta.

La musique était plus forte.

— J'entends une musique, fit-elle.

— Oui, il y a une fête foraine. On va aller voir ça.

Les lumières de la foire faisaient resplendir un dôme chatoyant dans la brume glacée qui les surplombait, et la musique gagnait en puissance à chacun de leurs pas. Il n'y a vraiment que les Russes, se dit-elle, pour aller installer une fête foraine au diable vauvert, dans un parc plongé dans le noir et par une nuit glaciale. Tout dans cette ville, depuis son arrivée, lui rappelait furieusement l'ambiance glauque d'un *film noir*[1] aux images légèrement brouillées.

Calme-toi, ne le laisse pas t'atteindre, ne laisse pas cette ville de dingues prendre le dessus.

— Ce sont des chants de Noël.

Elle accéléra le pas et, se fiant aux sons, suivit une courbe du sentier. Ce dernier redevenait rectiligne tout de suite après et conduisait à une fête foraine à l'ancienne, avec grande roue, manège et stands de jeux avec des lots pour les gagnants.

— Sidérant, dit-elle. Ils ont décoré les stands de guirlandes de Noël, mais ces gnomes qui rabattent la foule m'ont tout l'air de...

— De bohémiens.

À son expression, elle comprit que pour lui les bohémiens n'étaient qu'autant de cafards, tout juste bons à écraser.

Un peu en retrait sur la droite et grimpés sur un monument massif dédié aux « héroïques travailleurs des mines de l'Oural » qui avaient fourni leur acier aux tanks soviétiques, des enfants aux joues roses de chérubins chantaient des hymnes de Noël pour un public encore plus fourni de parents radieux.

Trois adolescentes gloussantes passèrent en courant, pressées d'arriver aux stands. Belkine reluqua leurs fesses comme s'il s'agissait de morceaux de viande à l'étal ; ses énormes

---

1. En français dans le texte.

49

pognes s'ouvraient et se refermaient, comme pour malaxer une portion particulièrement succulente de leur anatomie.

Subitement, elle sut qui il lui rappelait. Un type qu'elle avait inculpé environ deux ans plus tôt, le tenancier d'une boîte de strip-tease de Market Street qui avait cogné l'une de ses filles, puis avait refermé ses énormes paluches sur ses seins artificiellement épanouis et les avait broyés jusqu'à ce que les implants de silicone explosent. Au tribunal, au moment de tourner le dos au jury, Lara avait croisé ses yeux vitreux et vu ses grosses mains broyer l'extrémité de la table du banc de la défense.

Le froid s'était insinué sous l'écharpe qu'elle portait au cou et faisait courir un coulis glacé le long de son échine.

Elle se gratta la gorge.

— J'aimerais parvenir à un arrangement (vous payer, voulait-elle dire, en fait) pour, euh, examiner le dossier que le KGB a établi sur ma mère. M. Gropski m'a certifié que vous pouviez m'ouvrir les portes des archives du KGB.

Un long laps de temps s'écoula avant qu'il ne réponde.

— Des phénomènes. Il y a une galerie des horreurs. Et un nain.

La galerie des horreurs était située un peu plus haut sur leur gauche. Le flanc de la tente était tapissé de photos de gens frappés de difformités. Une petite personne, coiffée d'une haute toque de cosaque et vêtue d'un lourd pardessus en fourrure, était plantée sur une estrade et agitait sa canne à l'attention de la foule de badauds qui s'écoulait devant lui, exhortant les gens à entrer voir la plus grosse femme du monde, l'homme-serpent, l'homme tatoué et l'homme-crocodile.

— Les galeries des horreurs sont interdites aux États-Unis, fit-elle observer.

— Les phénomènes me fascinent.

Sa réponse la stupéfia. Elle aurait volontiers cru que rien ni personne ne pouvait le fasciner. Les apparatchiks ne sont guère enclins aux transports d'imagination.

— En même temps, ils me répugnent. Monstruosités humaines. Vous avez déjà rencontré un monstre ?

Ne considérant pas pour sa part les handicaps physiques comme des monstruosités, elle n'avait pas la réponse à sa question.

— J'en connais un, répondit-il à sa place. J'ai étudié un monstre. C'est leur... anomalie qui fait tout leur intérêt. N'ai-je pas raison ? Bien sûr que si. (Il lui sourit.) Regardez-moi ces crétins, poursuivit-il en montrant la foule. Ils s'angoissent, ne savent pas comment nourrir leurs mômes, se servent du même os pour trois soupes d'affilée, et ils viennent ici gaspiller leur fric et le distribuer à ces aigrefins.

Des gens qui, normalement, auraient dû se tracasser pour leur pain quotidien faisaient la queue en files serrées devant les stands, tentaient de gagner des animaux en peluche en jetant des pièces de monnaie dans des assiettes à la surface glissante, ou bien essayaient d'enfiler des anneaux de plastique au col de bouteilles de vodka ou de crever des ballons avec des couteaux. Les couteaux sont tellement plus russes ou gitans que les fléchettes. Devant un stand de tir, un groupe de paras russes en état d'ébriété avancé, bardés de décorations de la campagne d'Afghanistan, disputaient un concours serré de lancer de projectiles sur des canards en fer-blanc.

La galerie des monstres remportait encore plus de succès que le vieux grand-père givre, immense et verglacé, et la vierge de neige, qui déambulaient entre les baraques. Lara constata que les autres personnages traditionnels du Noël russe essayaient de vendre, au lieu de les distribuer gratuitement, de petits cadeaux emballés de papier-cadeau multicolore. Le tout dans un parfait esprit de Noël libre-échangiste.

— On devrait envoyer ces vermines en rééducation en Sibérie, fit remarquer Belkine en parlant des Gitans. Avec tous ces tarés qui leur donnent leur fric et encouragent la corruption. Il n'y a pas si longtemps, on aurait nettoyé le parc de toute cette racaille.

— Laissez-les donc s'amuser, fit-elle. L'économie du pays ne cesse de se dégrader, tout le monde s'attend à un nouveau putsch, et cette fête foraine fait une excellente diversion. De plus, voyez donc ces visages dans la foule. Les adultes sont aussi excités que les gosses.

Elle regarda encore par-dessus son épaule.

— Vous êtes sûre de n'avoir pas été filée ? demanda-t-il.

— Pourquoi m'aurait-on filée ? Je ne connais personne à Moscou. C'est juste ce long trajet dans la nuit qui m'a bien secouée. Je vais prendre un taxi pour rentrer.

— Il vous faudrait un homme pour vous protéger, gouailla-t-il, paillard.

Ce dont elle avait surtout besoin, c'était d'un bon vieux colt américain, et pas des allusions grivoises de ce pourri.

— J'ai fixé notre rendez-vous dans ce parc et de nuit par mesure de sécurité, voyez-vous. Mais, la prochaine fois, nous nous retrouverons à votre hôtel. Dans votre chambre, à l'abri des regards indiscrets.

Sûrement pas. Pas si elle avait son mot à dire.

Un petit garçon tenant un ballon au bout d'une baguette frôla Belkine d'un peu trop près, et ce dernier envoya valser le ballon d'une gifle, le crevant. Il leva la main en l'air en feignant l'innocence, pour montrer à Lara une grosse chevalière ornée d'un énorme diamant.

— Pas fait exprès.

Lara jeta un coup d'œil compatissant au petit garçon.

L'enfant brandit un index vengeur.

Elle haussa les épaules. Les gosses russes n'étaient guère différents de leurs congénères américains.

— Saviez-vous qu'on vend de la viande humaine dans les boucheries ? demanda-t-il.

— Oui, j'ai entendu dire ça. À propos de contrôleurs du gouvernement qui auraient découvert une phalange humaine dans un sachet de pieds de porc. Mais les rumeurs les plus folles courent toujours par temps de crise.

— Le cannibalisme, dit-il d'un ton suffisant. On y a déjà eu droit pendant les deux guerres mondiales, et voilà que ça remet ça. Des étrangers, agressés sur les routes, leurs cadavres tirés ensuite à l'intérieur de la forêt pour y être équarris. Pesez bien ces mots : cette invasion de romanichels, au moment précis où nous découvrons de la chair humaine à l'étal de nos boucheries, ne doit rien au hasard. Si ceux d'entre nous qui sont aptes à diriger ce pays ne reviennent pas au pouvoir, on verra bientôt les Gitans enlever les enfants russes pour vendre leur viande à l'encan. N'ai-je pas raison ? Bien sûr que si.

Une vieille Gitane, naine comme l'homme qui faisait l'article pour la galerie des horreurs, s'approcha de Belkine et lui effleura le bras.

— Laissez-moi dire la bonne aventure à...

— Vas-tu me lâcher, vieille toupie détraquée.

Il dégagea son bras avec une telle brutalité que la vieille femme tituba en arrière et tomba à la renverse.

Lara se précipita pour l'aider à se relever. Elle se retourna pour jeter un regard à Belkine. Il avait la tête de l'homme qui vient d'écraser un cafard.

— Je vous retrouve dans une seconde, déclara-t-elle à ce salaud. On ne m'a encore jamais prédit l'avenir.

Elle tenta de se forcer à sourire, mais sans y parvenir.

Ayant suivi la Gitane jusqu'à un petit stand dressé à proximité de la galerie des horreurs, elle prit place sur une chaise de bois branlante, face à la voyante, puis jeta un coup d'œil dans son dos pour s'assurer que Belkine restait bien dans les parages. Il était en train de contempler les affiches qui exhibaient les anomalies et autres difformités des attractions vedettes de la galerie des monstres.

Les yeux noirs de la Gitane la détaillaient.

— Tu es grande et belle. Beaucoup trop mince pour l'hiver russe. Tu plairais beaucoup à mes frères gitans. Cet homme qui t'accompagnait... il ne mérite pas tant de beauté.

Lara rougit.

— Cet homme n'est pas un ami à moi. Il doit me fournir certains renseignements concernant... un problème personnel. Je suis désolée qu'il vous ait brutalisée.

Le regard de ses yeux rusés se vrillait dans les siens.

— Je sais qu'il n'est pas votre ami.

— Vous pouvez vraiment prédire l'avenir ?

— Tu n'es pas russe, dit la Gitane, mais tu parles presque comme une Russe.

— Vous non plus, vous n'êtes pas russe. Et votre accent est encore pire que le mien.

— Je viens de partout, dit la femme, et de nulle part. (Elle ne souriait pas, mais continuait à fixer Lara intensément, de ses yeux brûlants.) Cet homme, poursuivit-elle en désignant d'un signe de tête Belkine, qui avait légèrement dérivé et était à présent campé devant un stand où l'on vendait des articles de magie et des philtres d'amour, ce n'est pas un homme bon. Il ne vous veut pas de bien.

— C'est exact, dit Lara. Je m'en étais déjà rendu compte.

Craignant de perdre Belkine, elle sortit une liasse de roubles de son porte-monnaie et en tira une coupure de mille roubles

— à peu près un dollar au taux actuel du change, pas bien loin du salaire journalier moyen officiel.

— Je suis navrée qu'il vous ait bousculée comme ça.

Elle posa l'argent sur la table et se leva.

La femme fourra prestement l'argent dans sa manche.

— Tu es désorientée, dit-elle.

Lara secoua la tête.

— Je suis à Moscou pour... pour raisons personnelles. J'ai l'impression que ce fichu hiver me porte sur les nerfs. Tout est si gris, si froid. Je me sentirai beaucoup mieux dès que je serai rentrée chez moi, au soleil.

— Une ombre marche dans ta foulée.

— On dirait un vieux conte gitan, dit Lara en sortant de la tente.

Les paroles de la Gitane la rattrapèrent alors qu'elle s'éloignait déjà.

— Cette ombre est porteuse de mort.

La femme tira les rideaux qui fermaient l'entrée de la tente. Lara revint sur ses pas, mais hésita à les rouvrir. C'est de la pure comédie, ça fait partie du truc, se disait-elle, mais la phrase la taraudait et elle finit par ouvrir les rideaux d'un coup sec.

La femme était partie. Elle s'était faufilée par l'arrière.

Lara contourna la petite table dressée au milieu de la cabine et farfouilla gauchement dans les replis des rideaux. Trouvant enfin l'ouverture, elle se glissa au travers et ressortit derrière la tente. La diseuse de bonne aventure n'était nulle part en vue mais un grand type aux cheveux noirs et drus, sans chapeau et vêtu d'un pardessus bon marché trop grand pour lui, était adossé à un réverbère. Ses mains étaient enfoncées dans les poches de son manteau et une cigarette lui pendait aux lèvres.

— Salut, lui dit-elle en souriant. Vous n'auriez pas vu la diseuse de bonne aventure ?

Il ôta la cigarette de sa bouche et, sans lui rendre son sourire, donna un coup de menton en direction de l'entrée des artistes de la galerie des horreurs.

— Elle est entrée là-dedans. Probablement pour enfiler sa peau de crocodile pour le prochain spectacle.

— Merci, dit-elle, en se sentant parfaitement idiote de traquer une diseuse de bonne aventure, naine et femme-crocodile par-dessus le marché.

Chapitre 7

Belkine était toujours installé devant le stand qui vendait des articles de magie et des philtres d'amour. Au moment où elle était sortie de la tente de la diseuse de bonne aventure, il lui tournait le dos. Des flocons aussi translucides que du cristal — de minuscules paillettes, juste assez grosses pour porter le nom de neige — s'étaient mis à tourbillonner dans le ciel nocturne.

Les paroles de la Gitane l'avaient fortement ébranlée. Tout en s'approchant lentement de Belkine, elle s'efforçait de dominer sa terreur en concentrant toute son attention sur ce dernier.

Pourquoi n'avait-il pas parlé d'argent ? Ça la tracassait. Tous ceux qu'elle avait contactés — du chef des détectives de l'hôtel aux employés de bureau de l'administration en passant par les chauffeurs de taxi — pour essayer de leur extorquer des informations, tous s'étaient montrés vénaux, avaient âprement exigé cet argent magique qu'on appelle devise forte. Belkine, de son côté, lui avait fait des avances non déguisées, mais le pot-de-vin avait été fixé avant le rendez-vous, de sorte que le sexe n'était en aucune façon le mobile premier de sa prodigalité en matière de renseignements. C'était tout juste un bonus, une prime que ce pourri avait décidé de s'adjuger après l'avoir rencontrée.

Pourquoi ce communiste pur et dur tenait-il tant à cette photo ? Pour la brûler ? La revendre ?

55

Au moment où elle arrivait derrière lui, il se retourna pour lui faire face. Il la fixait, les yeux écarquillés, la bouche béante, les deux mains crispées sur le manche d'une dague ensanglantée qui saillait de sa poitrine.

Son regard était rivé sur la dague, pétrifié, hypnotisé par le sang. Elle tenta vainement d'actionner les muscles de sa mâchoire, et le cri finit par lui échapper, un hurlement qui figea sur place les protagonistes des mille et une scènes qui se déroulaient autour d'eux. Les aboyeurs cessèrent d'aboyer, les barons de sortir du fric de leurs chaussures, le nain sur son estrade, devant la galerie des horreurs, s'interrompit net au beau milieu de sa harangue, sa canne brandie au-dessus de sa tête. Tous les regards se reportèrent sur Belkine et sur elle.

Son cerveau était comme engourdi ; elle aurait voulu arracher ses yeux à la contemplation du gâchis sanglant qui souillait son manteau, de la poignée saillante de la dague, mais ses réflexes étaient anéantis.

L'expression de Belkine se détendait peu à peu. L'une de ses grosses pognes se porta à sa poitrine et en arracha la dague. Celle-ci lâcha prise dans un jet de sang bouillonnant.

Un ricanement, monté du plus profond de sa vaste poitrine, vint exploser à l'air libre, quasiment sous la forme d'un niais gloussement de pintade, en même temps qu'il désignait du doigt, à l'aplomb de leur tête, l'enseigne en forme de symbole magique du stand.

La tension retomba abruptement et, tout autour d'eux, les gens se mirent à éclater de rire les uns après les autres ; un glapissement suraigu, caquetant, leur parvint, déchirant la nuit, de l'estrade de la galerie des monstres où officiait l'aboyeur lilliputien.

Lara aurait voulu se blottir au fond d'un trou noir pour y mourir.

Un couple de vieilles gens s'éloigna et la dame agita son index dans sa direction. « Petite idiote. »

Belkine gloussait encore lorsqu'ils laissèrent derrière eux la fête foraine. Lara commençait à regretter qu'il n'ait pas réellement été poignardé.

La nuit glaciale, cette stupide fête foraine, la vieille Gitane et ce fumier avaient finalement eu raison de ses nerfs et épuisé ses réserves de patience.

— Monsieur Belkine, l'objectif de ce rendez-vous était de me permettre de recueillir des renseignements. Pouvez-vous oui ou non m'aider à accéder aux dossiers du KGB de la Loubianka ?

— Êtes-vous déjà entrée dans la Loubianka ?

— Non, jamais. Mais il faut un commencement à tout.

Il la regarda.

— Si vous réussissiez, je serais enchantée de, euh, vous verser les honoraires appropriés.

Son grognement la renseigna amplement : l'argent n'avait aucune importance. Après quoi courait-il, dans ce cas ?

— Vous risquez d'être très déçue, en admettant que vous parveniez à mettre la main sur le dossier que vous cherchez. Vous découvrirez que le KGB était le rouage le plus important de l'État, s'agissant de garantir une justice démocratique et équitable pour tous, que les racontars que vous avez pu entendre sur ses excès ne sont que... des racontars, justement. Si une femme avait été molestée, le KGB aurait très certainement été le premier à vouloir châtier l'agresseur, sans arrière-pensées politiques.

Ben voyons. Lara n'avait aucune peine à imaginer cet homme abusant de son autorité pour peloter et violenter des jeunes femmes. Il ressemblait même à l'image qu'elle se faisait du fameux Beria. Les années passées au sein de la brigade des Crimes spéciaux n'avaient guère contribué à rendre plus élastique sa tolérance envers ceux qui traitaient les plus faibles en joujoux qu'on pouvait impunément démolir et jeter à la casse.

— Regardez-moi ces immondices dans la rue, fit-il. Cette ville sera bientôt aussi répugnante qu'une ville américaine. Déjà la drogue envahit le pays. On aura bientôt droit aux fusillades dans les drive-in.

Elle s'éclaircit la gorge et dut faire appel à d'insoupçonnables trésors de patience pour pouvoir supporter, ne serait-ce que quelques minutes supplémentaires, ce type ignoble.

— J'imagine que les rues étaient plus propres et, euh, mieux entretenues sous le régime soviétique.

Il désigna du doigt le ciel nocturne et la neige légère qui continuait de tomber paresseusement.

— Même la neige était plus blanche, sous les Soviets.

Seigneur, donnez-moi la force...

— S'agissant de l'accès aux archives du KGB... pouvez-vous me donner un coup de main ?

L'arrogant personnage laissa la question sans réponse.

— Monsieur Belkine...

— J'ai déjà pris toutes les dispositions. Mais, en guise d'honoraires, je veux cette photo. Une copie, assura-t-il sans s'émouvoir.

— D'accord. Une copie. Mais pas avant d'avoir obtenu ce que je désire. Pourrai-je avoir accès aux archives ?

— Vous pourrez. Montrez-moi cette photo, maintenant.

— Je ne l'ai pas sur moi. Elle est restée dans ma chambre.

Ses yeux se braquèrent sur son sac à main et elle dut faire appel à toute sa volonté pour ne pas serrer ce dernier plus fort. Belkine paraissait balancer entre une forte envie de le lui arracher des mains et le désir de gober sa piètre excuse. Elle comprit brusquement d'où lui venait la conviction que la photo était dans son sac. Gropski avait probablement fouillé sa chambre.

— Je l'ai soigneusement dissimulée dans ma chambre, dit-elle. On ne peut se fier à personne dans ces hôtels moscovites. Trop de voleurs. Et j'en ai confié un exemplaire à l'attaché d'ambassade des États-Unis, mentit-elle. Dans une enveloppe scellée. Si je peux avoir accès aux archives, je vous remettrai cette copie.

La tension qui nouait ses énormes épaules se relâcha d'un iota.

Seigneur, j'ai gagné, se dit-elle.

— Je veux voir la photo...

— Non. D'abord l'accès aux archives. Écoutez, monsieur Belkine, je ne voudrais pas me montrer grossière, mais je viens de passer deux journées fort déplaisantes. En ce moment même, je crève de froid et je suis à deux doigts de m'évanouir. Si vous êtes désireux de conclure un marché selon mes conditions, parfait. Sinon, navrée de devoir en arriver là, mais on trouve pratiquement à tous les coins de rues des gens disposés à céder à bon prix les vieux secrets des Soviétiques.

— Très bien, grommela-t-il. Vous les consulterez, vos dossiers. Et, lorsque vous aurez terminé, vous me remettrez une copie de cette photo. Sinon...

Rien de tel qu'une menace tacite pour atteindre son but.

— Comment ferai-je pour entrer ? demanda-t-elle.

58

— Ce soir, à une heure du matin, vous retrouverez un dénommé Minski à la station de métro place-de-la-Loubianka. Il sera dans le salon de thé près de l'entrée.

— Ce soir ? Au beau milieu de la nuit ? On ne pourrait pas...

— Ne soyez pas stupide. Il s'agit des archives qui recèlent les dossiers secret-défense du KGB. L'accès n'a jamais été autorisé au grand public. Préférez-vous vous présenter demain matin au ministère de la Sécurité pour leur annoncer que vous avez l'intention d'aller farfouiller dans les archives ?

— Combien dois-je payer...

Belkine balaya la question du revers de la main.

— Minski s'occupera des détails. Il vous facturera ça cinq cents dollars américains. (Il s'arrêta de marcher pour lui faire face.) Et ne montrez cette photo à personne, pas même à ce taré de Gropski. Vous avez bien compris ?

— Oui. Parfaitement.

— Quand vous sortirez des archives, je vous attendrai au salon de thé. Nous regagnerons ensemble votre chambre et vous me donnerez cette photo.

— Vous pourrez la voir, mais il n'est pas question que je vous remette cette photo. Nous en ferons faire une photocopie demain matin.

Impossible de dire, à son expression, si son explication l'avait exaspéré, ou s'il était écœuré jusqu'à la nausée de sa personne, de la situation présente et de la vie en général, parce qu'il se voyait obligé de marchander avec des cinglées de son acabit, au lieu de les broyer purement et simplement.

— Ce soir, dit-il.

Il tourna les talons et se dirigea vers le coin, où un groupe de gens attendaient déjà pour traverser la rue. Elle s'éloigna délibérément dans l'autre sens pour essayer de trouver un taxi.

Quinze mètres plus loin à peine, elle jeta un coup d'œil par-dessus son épaule pour voir s'il la filait. Le large dos de son pardessus couleur poil de chameau se détachait très distinctement dans la foule qui patientait au feu. Alors qu'elle se retournait en soupirant, se demandant pour quelle raison Dieu permettait à des rats visqueux comme Belkine d'arpenter cette planète, elle entendit derrière elle le fracas d'une collision, suivi de hurlements. Elle pivota sur elle-même. Un camion s'était rangé le long du trottoir un peu plus bas dans la rue, et la foule commençait de s'amasser autour d'un corps qui gisait à terre, le visage dans le caniveau. La personne portait un manteau couleur poil de chameau.

Elle rebroussa chemin en courant, manquant de peu de s'affaler en dérapant dans la neige fraîche.

Les gens s'agglutinaient déjà autour du gisant, et elle dut se frayer un chemin à coups de coude. C'était Belkine. Les gens babillaient sur ce qui s'était passé.

— Cet homme s'est jeté sous les roues du camion.

— On l'a poussé.

— Il est mort.

— Ce type est blessé. Quelqu'un a appelé une ambulance ?

Lara se rapprocha difficilement du caniveau pour mieux voir, mais une vieille femme lui administra un grand coup de coude, refusant obstinément de bouger pour la laisser regarder. C'était la femme qui l'avait traitée de petite idiote quand elle avait hurlé.

L'ignorant, Lara se haussa sur la pointe des pieds et se tordit le cou. Elle sentit tout contre son dos l'intolérable promiscuité d'un corps et entendit une voix rauque lui chuchoter à l'oreille : « *Approche...* »

Au moment où elle se retournait, on la bouscula. Elle bascula en avant sur la vieille, l'entraînant dans sa chute. La femme la griffa, tandis que Lara se débattait, tentant de se dégager pour voir qui l'avait poussée.

— Vous avez vu cette infirmière ? demanda quelqu'un.

— Une infirmière ? (La voix de Lara chevrotait.)

Une image fulgurante lui traversa la tête. *Le palier, devant chez elles. Sa mère l'emmitouflant pour partir à l'école. Quelqu'un en blanc... en uniforme d'infirmière, sortant d'une chambre sur le palier du dessus...*

— J'ai vu une infirmière debout juste à côté de vous. Elle aurait pu aider ce blessé, mais elle a détalé. C'est ça, le drame, avec...

Lara ne pensait plus qu'à filer. Elle sentait sa gorge se nouer, les battements de son cœur s'accélérer. Ce mot la hantait, cinglant sa chair à vif, la lacérant.

Approche...

Chapitre 8

Ses genoux tremblaient encore lorsqu'elle traversa le hall du Gorki.

Le menton entre ses mains, l'employé de la réception était penché sur un journal étalé devant lui sur son bureau. Il releva les yeux à son approche.

— Puis-je vous être utile ?

— Gropski, l'homme de la sécurité ? Où est-il ?

— Il n'est pas dans nos murs. Auriez-vous un problème concernant la sécurité ?

— Oui... non, je quitte l'hôtel.

— Très bien. Souhaitez-vous qu'on fasse transférer vos bagages...

— Non, une seconde ; finalement, je vais rester.

Une vague houleuse de nausées la secoua, et elle dut s'appuyer au comptoir pour ne pas perdre l'équilibre.

— Vous restez, donc. Souhaitez-vous un médecin ?

— J'ai besoin d'un... revolver, faillit-elle dire, mais elle se retint au dernier moment. (Elle prit une profonde inspiration et essaya péniblement de fixer son regard sur l'employé.) Je suis désolée, je ne quitte pas encore l'hôtel. Pas ce soir, mais demain matin. J'ai encore à faire ce soir.

Elle lui tourna le dos et fonça vers l'ascenseur.

Une fois en sécurité dans sa chambre, elle claqua violemment la porte derrière elle, trop épuisée, mentalement et nerveusement, pour songer à la barricader. Elle s'assit sur le lit et contempla le plancher.

Belkine avait été renversé par un camion ; il était blessé ; elle ignorait le degré de gravité de ses blessures. À en juger par les conversations qu'elle avait surprises, elle avait l'impression qu'il n'était pas mort, mais elle n'aurait pu en jurer. Pour l'instant, d'ailleurs, elle n'aurait pu jurer de rien.

Concentre-toi, s'enjoignit-elle. C'est ce que tu fais d'habitude quand les choses commencent à te dépasser un peu trop. Sérier les problèmes, et les résoudre l'un après l'autre.

Elle était filée. C'était une certitude. Belkine avait été grièvement blessé. Ce pouvait être un accident — non, la coïncidence était par trop flagrante. Plus vraisemblablement, la personne qui la filait avait poussé Belkine sous les roues du camion. Pourquoi ? Parce que Belkine l'aidait, parce qu'il convoitait la photo, parce que... Elle ignorait le pourquoi, elle savait simplement que ça ne pouvait absolument pas être l'effet du hasard.

La veille au soir, une femme portant une écharpe rouge et un manteau gris l'avait agressée. Ce soir, une infirmière s'était collée contre elle et lui avait murmuré « *Approche...* » à l'oreille. Ces deux personnes n'en faisaient qu'une. C'était évident.

De nouveau, l'image s'imposa à elle : une infirmière, débouchant sur le palier du dessus au moment où elle partait pour l'école, en ce matin maudit. Immédiatement, à ce souvenir, une lancinante pulsation se déclencha entre ses tempes. Elle secoua la tête et chassa l'image, incapable de composer avec elle. Affronte le présent, s'intima-t-elle. Le reste t'écraserait, contente-toi du présent.

Une chose au moins était claire, s'agissant de Belkine. Ce n'était pas un simple intermédiaire, auquel le détective de l'hôtel aurait fait appel par le plus grand des hasards. Belkine savait quelque chose sur cette photo ; sinon sur la photo elle-même, du moins sur la mort de sa mère. Peut-être était-ce lié à son emploi au KGB... Car elle était persuadée qu'il avait appartenu au KGB. Qu'avait-il dit, déjà ? Qu'à l'époque son poste lui permettait de prendre connaissance de certains rapports ayant trait à la mort de sa mère qui n'étaient pas destinés aux masses.

Il voulait la photo. Pour quelle raison ? Pour couvrir quelqu'un ? Pour exercer un chantage ? Pour obtenir de l'avancement ? Se venger ?

Elle secoua la tête. C'était trop de spéculations, trop de pistes pour que son esprit puisse les explorer toutes. Pour l'instant, il fallait se concentrer sur le problème le plus critique : quelqu'un l'avait attirée à Moscou, quelqu'un qui essayait de la terroriser... de la tuer. Et elle allait devoir ressortir dans les rues ténébreuses de Moscou pour se rendre au KGB.

Qu'est-ce qu'on est censé faire, quand quelqu'un essaie de vous tuer ? se demanda-t-elle. Et pas n'importe qui, mais très probablement un dangereux maniaque.

Éviter de sortir dans la rue après l'extinction des feux.

Rester dans les endroits publics.

Embaucher un garde du corps.

Demander à la police d'enquêter.

La police posait problème. Ce n'était pas tant la barrière des langues, elle parlait russe pratiquement comme une autochtone. Pas plus qu'une question de crédibilité, qui les inciterait à la prendre pour une Californienne ravagée. Le problème, c'était que depuis le putsch d'août dernier, rien ne fonctionnait véritablement en ville. Le KGB dissous, la police locale, mal entraînée et mal encadrée, était incapable de lutter contre la mafia russe et d'endiguer le trafic de drogues. La brigade des Enquêtes criminelles de la police de Moscou, lorsqu'elle était venue les interroger sur la mort de sa mère, n'avait pas paru particulièrement passionnée. Lorsqu'elle avait commencé à évoquer la conspiration du silence, le chef-adjoint l'avait prise par un bras et fermement raccompagnée jusqu'à sa porte, en lui conseillant de rentrer en Amérique. « Nous n'allons pas ressusciter le passé pour punir les vivants et réhabiliter les morts », lui avait-il dit. D'autant qu'après l'incident de l'église Saint-Basile la police avait dû définitivement l'inscrire sur sa liste rouge, à la rubrique « Malades mentaux ».

Une horrible pensée la traversa. Et s'ils me collaient l'accident de Belkine sur le dos ? Non, se dit-elle, il doit y avoir des témoins, quelqu'un qui aura vu qu'on le poussait — ou assisté à sa chute. Mais on l'avait bel et bien poussé, elle en était persuadée.

Il lui fallait un garde du corps. Elle pouvait provisoirement engager Gropski, ou trouver quelqu'un par son entremise.

Mais Gropski n'était pas dans les parages et Belkine avait arrangé un rendez-vous à une heure du matin, dans un délai de quatre heures. Pas le genre de rendez-vous qu'on peut reporter d'un simple coup de fil.

Elle se rejeta en arrière dans son lit, en tirant les couvertures sur elle, trop gelée et trop secouée pour ôter ses bottes. Il lui fallait un plan. Elle ne pouvait manquer ce rendez-vous. Et il n'était plus question qu'elle arpente toute seule ces rues noires. Il lui fallait un garde du corps.

À minuit et demi, elle descendait dans le hall. L'employé de nuit était assoupi sur son comptoir, la tête posée sur ses bras croisés.

— Euh, excusez-moi, monsieur.

L'homme sortit de sa torpeur et rectifia sa position en poussant un profond bâillement, qui le fit presque dégringoler de sa chaise.

— Puis-je quelque chose pour vous ?

— M. Gropski est rentré ?

— Non, il ne s'est pas encore présenté.

— Qui s'occupe de la sécurité en son absence ?

— M. Nosenko.

— Je voudrais parler à M. Nosenko.

— Il est en vacances au bord de la mer Noire.

Sa colère monta d'un cran.

— Eh bien, qui est... (Non, elle commençait à connaître la rengaine.) Gropski est absent, Nosenko est absent, donc, j'en conclus que personne, en leur absence, n'est responsable de la sécurité de cet hôtel. Je me trompe ?

L'employé essayait de sortir de sa léthargie.

— Non, M. Nosenko est responsable de la sécurité quand M. Gropski est...

— Mais Nosenko est au bord de la mer Noire, non ?

— Oui, mais quand M. Gropski s'absente, ça signifie...

— Laissez tomber.

Elle se retourna et se dirigea vers la porte d'entrée en fulminant. Ces gens s'étaient pliés aux oukases du gouvernement pendant si longtemps qu'ils en avaient perdu l'usage de la pensée.

Elle suivit les ronflements pour localiser le portier. Il était vautré sur un banc à bagages, profondément endormi, dans un petit réduit situé juste derrière son bureau.

Réveillé, il sortit de sa caverne en s'excusant et en reboutonnant le manteau de son uniforme.

— Je voudrais que vous m'accompagniez jusqu'à l'hôtel Metropole, pour que je puisse y prendre un taxi.

— Vous voulez que je porte vos bagages ?

— Pas de bagages. Je ne sors pas seule dans ce noir.

— Je pourrais vous en appeler un.

— Viendra-t-il ?

Il haussa les épaules.

— Probablement pas.

— Alors ne l'appelons pas. Il y a cinq dollars américains pour vous si vous m'accompagnez.

Toute trace d'assoupissement disparut immédiatement de son regard et il claqua pratiquement les talons.

— Je vous accompagne. C'est très risqué pour une femme seule de se promener la nuit.

— Je quitte l'hôtel, lui confia-t-elle à l'extérieur. La sécurité y est nulle, le restaurant empoisonne ses clients — les rares fois où il se décide à ouvrir ses portes —, il n'y a jamais un taxi. Et ce bouge est une vraie glacière.

— Oui, oui, haleta-t-il derrière elle. Ah, mais au bon vieux temps...

— Quand la neige était plus blanche, aboya-t-elle sèchement.

— Oui ! Vous vous souvenez. Oh que oui, elle était plus blanche. Croyez-moi, pendant la grande guerre patriotique...

— Voilà un taxi !

Un taxi approchait de l'hôtel et Lara fit marche arrière vers le portail pour se ruer à sa rencontre.

— Vous voudriez peut-être un autre taxi ? s'enquit le vieux portier en se précipitant sur ses talons.

— Vous aurez tout de même votre argent.

— Celui-ci est très bien. Juste un petit peu cabossé...

Deux hommes en complet-veston descendirent du taxi, la cravate débraillée, laissant dans leur sillage un relent de vodka. À en juger par leur accent, ils devaient être ukrainiens.

L'un d'eux porta la main à son bras lorsqu'elle s'avança vers le taxi pour monter dedans.

— Venez donc boire un verre avec nous, jolie madame, proposa-t-il dans un russe pitoyable.

Elle repoussa sa main d'une tape, grimpa dans le taxi, claqua la portière derrière elle et verrouilla le loquet. Elle descendit sa vitre au moment où le taxi démarrait, le strict minimum, juste assez pour glisser un billet de cinq dollars au portier.

— Les hommes de ce pays, et même de cette partie du monde, retardent d'un bon siècle sur le chapitre des droits de la femme, dit-elle au chauffeur, une femme.

Le « jolie madame » ne l'avait pas particulièrement flattée — son écharpe dissimulait une bonne partie de son visage. Aux yeux de l'ivrogne, tout ce qui porte jupon est une « jolie madame ».

— Les Russes sont des fumiers, lui dit la femme. J'aime mieux les étrangers, surtout les Français et les Italiens. Ils savent vivre. Où je vous dépose ?

— À la station de métro, près de la place de la Loubianka.

La femme décocha un regard à Lara dans son rétroviseur, en même temps qu'elle louvoyait entre les quelques rares voitures.

— Un taxi, pour aller à une station de métro ?

— Je dois, euh, y retrouver un ami, dit Lara.

La femme haussa les épaules.

— Loin de moi, d'ailleurs, l'idée de vous reprocher de prendre un taxi ; le métro n'est pas sûr la nuit. Ils parlent de poster des anciens combattants d'Afghanistan armés de fusils d'assaut dans les rames, pour protéger les honnêtes citoyens. Parti comme c'est, cette ville ne va plus tarder à ressembler à New York. Les truands sont mieux armés que la police.

Lara avait déjà eu l'occasion de voir la Loubianka de jour en faisant sa tournée d'information sur sa mère mais, à la sinistre lumière nocturne, le plus fameux bâtiment de Russie revêtait un aspect sépulcral.

— Paraîtrait qu'ils fourgueraient Dzerjinski en pièces détachées. Un ami à moi prétend détenir son gros orteil gauche.

Lara acquiesça ; elle écoutait, tout en contemplant l'énorme piédestal dont l'occupante, la statue du fondateur de la Tchéka, illustre précurseur du KGB, avait été déboulonnée après le putsch d'août dernier. Elle donna un généreux pourboire à la chauffeuse de taxi et s'empressa de descendre, légèrement embarrassée par les protestations de reconnaissance de la femme.

L'escalier de la bouche de métro était jonché de journaux, et deux hommes s'y vautraient, partageant la même bouteille de vodka. Elle les dépassa en vitesse, regrettant que le mystérieux Minski n'ait pas plutôt choisi de lui donner rendez-vous à ciel ouvert.

Le salon de thé n'avait qu'un unique client, qui la regarda entrer avec appréhension.

— Monsieur Minski ?

Il tressaillit et regarda tout autour de lui pour voir si quelqu'un avait pu entendre son nom. La seule autre personne présente dans le kiosque était la grosse dame qui lavait les tasses sales.

Lara s'assit en face de lui, soulagée de constater que son visage n'affichait pas la brutalité sans mélange de celui de Belkine. Il ressemblait plus à un lapin qu'à un cadre moyen du KGB.

La femme qui faisait la plonge derrière le comptoir lui jeta un regard, et Lara secoua la tête : non, elle ne voulait rien prendre.

— M. Belkine m'adresse à vous. Il m'a dit...

— Oui, oui, je sais, inutile d'en discuter.

Le lapin était une loque, au bord de l'effondrement nerveux. Elle se demanda s'il avait eu vent de l'accident de Belkine. Si tel n'était pas le cas, il valait mieux s'abstenir d'y faire allusion : il tremblait déjà dans ses bottes à la seule vue de Lara.

Il arrosa son thé d'une larme de vodka tirée d'une fiasque et engloutit son verre d'une gorgée, en en renversant quelques gouttes sur le devant de sa veste, où le breuvage vint se mêler aux autres reliefs de repas ou de boissons antérieurs.

Il était plus vieux qu'elle ne s'y était attendue, environ la soixantaine. Rien d'un matou bien nourri à la Belkine ; les vêtements de M. Minski étaient certes de lourds vêtements d'hiver, mais usés jusqu'à la trame, et ses épaules étaient saupoudrées de pellicules. Il ressemblait plus à un rat de bibliothèque décati qu'à un gardien de nuit. Ses cheveux clairsemés étaient d'un blanc sale, ses épais sourcils broussailleux et neigeux ; ses yeux, roses, et son visage, pour sa plus grande part, s'était avachi en fanons formant d'innombrables replis mal rasés, où pointaient quelques poils blancs épars, telles les minuscules aiguilles d'un cactus albinos. Il lui rappelait un lapin aux gros pieds, vieux, usé... et bizarre. Un lapin qui vient tout juste de sortir de son terrier et regarde autour de lui, tout étonné que le monde soit encore là.

Il posa violemment sa tasse sur la table et toussa dans le revers de sa manche de veste. Puis il leva enfin les yeux sur elle, s'empara d'un feuillet du journal qu'il lisait l'instant d'avant et le lui tendit.

— Regardez, mais regardez-le donc, en train de singer les anciens boyards.

Il faisait allusion à un article de presse sur un certain industriel moscovite, *l'enfant terrible* des nouveaux riches de la nouvelle Russie, qui venait de s'offrir un palais-musée, racheté au comité de travailleurs qui le gérait depuis des lustres. Tout le pays ne parlait que de ça, l'homme devant se débattre contre les entreprises du gouvernement, qui tentait de récupérer l'édifice.

— Essayer de nous réduire au servage, nous autres miséreux, marmonna Minski. Il vole un palais et il appelle ça sa datcha. Un jour le KGB, le lendemain un milliardaire.

La main de Minski tremblait en brandissant le journal. Il était si monstrueusement fébrile que sa nervosité commençait de la gagner.

— L'argent. Américain, chuchota-t-il.

Elle sortit cinq cents dollars de son sac à main et les posa sur la table.

— Monsieur Minski, je...

Il abattit le journal sur la liasse et lui jeta un regard horrifié.

— Désolée, fit-elle, en se giflant mentalement pour avoir effectué le transfert d'argent au grand jour.

Elle n'avait pas l'habitude de la dissimulation. Le procureur qu'elle était avait rarement l'occasion d'assister à des remises de pots-de-vin, sauf sur des enregistrements vidéo ou des clichés de la police, réalisés au cours de planques.

Minski jeta un coup d'œil vers le comptoir pour s'assurer que la serveuse leur tournait toujours le dos, avant de glisser sa main sous le journal et de s'emparer de l'argent. Après avoir jeté alentour un dernier regard furtif, il compta les billets, en prenant bien soin de garder ses mains sous la table.

Si d'aventure il s'était trouvé un flic embusqué dans l'établissement, l'attitude coupable de Minski lui aurait sauté aux yeux comme une enseigne au néon.

— Il n'y a que cinq cents dollars. Il m'en faut mille.

Son pouls s'accéléra et sa température grimpa de quelques degrés.

— Le tarif convenu était de cinq cents dollars. Vous n'aurez pas un sou de plus.

Au taux de change actuel des devises fortes, ça équivalait au minimum à une année du salaire de ce type. À son taux à elle, c'était carrément ruineux.

— Nouvelle donne, fit-il, sur un ton qu'il voulait inflexible, mais qui s'avérait plus servile qu'implacable. La plupart des gens paient mille dollars pour avoir accès aux archives. Je peux y perdre mon boulot et ma retraite. Je veux plus.

Des touffes de poils blancs dépassaient de ses narines. Pendant qu'il se lamentait, l'une de ces touffes s'humecta d'une goutte indéfinissable qui menaçait de tomber.

Elle détourna les yeux, une rame venant d'entrer en gare. Le métro bouclait à une heure du matin et le train qui venait de s'arrêter ne vomit que deux usagers avant de repartir sans avoir chargé personne. Elle ne pouvait pas se permettre de lui verser mille dollars et, en eût-elle eu les moyens, elle détestait se faire pigeonner. Les pots-de-vin n'étaient décidément pas son fort.

Faisant preuve d'une détermination qu'elle était à mille lieues d'éprouver, elle se retourna vers lui.

— Monsieur Minski, le tarif qu'on m'a annoncé et auquel j'ai souscrit était de cinq cents dollars. Si ça ne vous convient pas, rendez-moi mon argent. Et..., ajouta-t-elle en se penchant un peu pour se rapprocher, ... avant que l'idée saugrenue de garder mon argent ne vous traverse l'esprit, laissez-moi vous dire que j'ai la ferme intention d'aller frapper à la porte du ministère de la Sécurité, demain matin dès l'ouverture, si vous ne me restituez pas cette somme jusqu'à son dernier cent.

Ses yeux roses lui sortirent de la tête et son visage vira au cramoisi.

— Suivez-moi, coassa-t-il.

Elle lui emboîta le pas, le long du couloir haut de plafond qui conduisait à l'extérieur de la station — un procureur débarqué de Californie, cheminant de conserve avec le gardien de nuit russe à qui il vient de graisser la patte pour accéder aux dossiers secrets de son gouvernement.

Corpulent, arthritique et asthmatique, il avait la respiration sifflante, aussi bien pour inspirer que pour expirer.

— Le nouveau gouvernement, avec ses vieilles idées capitalistes, oblige tous les hommes honnêtes à se faire voleurs.

Elle jeta un regard autour d'elle, sur les épaves qui hantaient le métro, et ne vit aucun honnête homme. Elle en déduisit qu'il faisait allusion à son propre cas.

— Ils essaient d'exterminer les vieux. La nouvelle Russie appartient aux jeunes. Ils ne veulent pas payer la retraite des vieux. Ils nous tuent en nous affamant et en nous faisant crever de froid. Ils feraient mieux de nous tirer comme des lapins. Mieux vaut une mort rapide...

Elle changea de sujet.

— Vous êtes gardien de nuit aux archives ?

— J'étais autrefois chroniqueur du KGB. (Une brève bouffée d'orgueil avant le retour à l'apitoiement sur soi-même.) Mais il n'y a plus rien à enregistrer. Le KGB est mort et un vendu de ministre a pris la relève. Jadis, j'archivais l'Histoire. Aujourd'hui, je reste assis devant ma table à fumer des cigarettes et à regarder l'Histoire tomber en poussière.

Elle se sentit soudain désolée pour lui. Il avait passé sa vie entière, travaillé, fait des projets, économisé au sein d'un système, et s'apprêtait à prendre sa retraite au moment précis où ce système s'effondrait, atteint de vétusté, et où l'inflation s'envolait vers des sommets, non pas multipliée par deux, mais par mille.

— Je suis en train de devenir un délinquant, parce que je ne gagne plus assez pour mettre de la viande dans mon bortsch, et parce que des étrangers exigent de connaître nos secrets.

Ils passèrent sous les marches d'escaliers mécaniques conduisant au niveau de la rue et empruntèrent une porte surmontée d'un panneau en interdisant l'entrée. Une ampoule emprisonnée dans une cage métallique pendait au-dessus, diffusant une lumière avare.

Il pressa un bouton dissimulé dans une moulure du chambranle et, un instant plus tard, un œil derrière un judas les inspecta. Exactement comme dans les tripots clandestins de l'époque de la Prohibition, se dit-elle. La porte s'ouvrit à la volée et un homme à l'aspect peu amène, nanti d'une grosse moustache et d'une énorme panse, les fit entrer. La porte était épaisse, assez solide pour sceller une chambre forte.

Le poste de garde consistait en une unique chaise métallique agrémentée d'un coussin ; quelques journaux, les reliefs d'un déjeuner et une bouteille Thermos étaient posés à terre à côté de la chaise. Le gardien lui jeta un œil mauvais tandis qu'elle croisait son regard. Un autre retraité ; mais celui-là semblait aussi teigneux que vicelard.

— Il faut lui donner deux cents dollars, lui expliqua Minski.

— Quoi ?

Minski haussa les épaules et regarda ailleurs.

— Je l'ai déjà payé, déclara-t-elle à l'homme.

— Maintenant vous me payez moi.

— Pas un sou. Je lui ai versé cinq cents dollars.

L'homme regarda Minski.

— Pas plus ? Tu divulgues les secrets du KGB pour des prunes ?

Minski haussa derechef les épaules :

— Je ne suis pas quelqu'un de cupide.

— Vous êtes tous les deux... (Elle s'interrompit net, consciente qu'elle ne gagnerait pas. Elle sortit cinq coupures de vingt dollars de son sac.) Je vous donne cent dollars. Si ça ne vous suffit pas, je repars.

L'homme prit l'argent sans piper mot et elle les vit échanger un regard. Ils partageraient le butin ultérieurement.

— Vous avez intérêt à ce que les mauvaises surprises s'arrêtent là, déclara-t-elle à Minski, alors qu'ils longeaient, côte à côte, le couloir qui sentait le moisi.

Il souffla, haletant.

Le corridor cimenté était pauvrement éclairé. Tuyaux rouillés, murs suintants, cadavres de rats et petits filets d'eau, voilà pour le décor.

— Où m'emmenez-vous exactement ?

— Aux archives. (Nouveau chuintement.)

— Nous sommes sous la Loubianka, là ?

— Vous verrez, vous verrez, marmotta-t-il.

Que diable voulait-il dire par là ? Cette vieille fripouille était pire encore que Belkine. Belkine aurait été facile à manipuler, moyennant un peu de flirt et quelques flagorneries.

Minski n'était qu'un trou sans fond dans lequel elle balançait son fric, sans autre contrepartie que des halètements.

Elle s'étonnait de l'étrange tournure que prenait sa vie. Si les endroits ont une âme, celle de la Loubianka devait brûler en enfer pour crimes contre l'humanité.

Une autre porte susceptible d'arrêter un blindé les attendait au bout du couloir.

Autre garde, autre chaise, autres journaux, autre Thermos de café.

Et cent dollars de plus.

— Ça suffit comme ça, dit-elle à son guide essoufflé. Ça s'arrête là. Il me reste juste assez d'argent pour rentrer en taxi à l'hôtel. En voilà assez.

L'homme haussa les épaules.

— Que sont cent malheureux dollars pour une riche Américaine ?

Il se remit à siffler et à tousser et s'appuya au mur, le temps de reprendre haleine. Elle se rendit brusquement compte qu'une espèce de douce hilarité se dissimulait au sein de ce halètement.

— Vous avez gagné la guerre, non ? Maintenant il faut payer, gloussa-t-il. N'est-ce pas ce que font toujours les Américains ? Ils gagnent la guerre et ensuite ils crachent au bassinet.

Ils arrivaient devant une autre porte et, cette fois-ci, elle explosa.

— Non, non, la rassura-t-il. C'est mon poste de garde.

Un couloir bien éclairé s'ouvrait derrière la porte massive. Après avoir parcouru trois, quatre mètres, il lui fit franchir de hautes portes blindées, pour entrer dans un tout autre monde.

Des murailles de rangements, s'élevant peut-être jusqu'à cinq, six mètres de haut, formaient d'étroites allées obscures qui semblaient disparaître à l'infini dans toutes les directions. Les murailles se composaient de boîtes et de caisses empilées sans ordre — cartons, caissons en bois, récipients en plastique, cantines et fichiers métalliques, entassés à perte de vue derrière des grillages ou des barreaux d'acier.

Elle déambula un moment à travers le dédale, enregistrant les détails, les toiles d'araignée et la poussière, l'odeur de vieux papier fané et jauni — tous ces abus, ces débordements, ces atrocités qui s'effaçaient au fur et à mesure que le papier s'effritait et retournait en poussière. Il lui semblait qu'elle venait d'entrer dans le ventre d'un dinosaure. Un rat fila sous ses pas, traversant une allée pour longer ensuite un petit chenal d'eau, dont le lit stagnant semblait tapissé d'une vase noire et visqueuse.

— Les archives du KGB, dit-elle à haute voix, plus pour elle que pour lui.

— Oui, mais on raconte que M. Eltsine garde sous son coude les documents les plus secrets.

— Ceux qui pourraient éventuellement avoir une utilisation politique ?

Minski haussa les épaules et chuinta.

Elle regarda autour d'elle, abasourdie, et comprit soudain pourquoi les universitaires du monde entier semblaient si avides d'y pénétrer. Tout devait être là. Soixante-dix ans de rapines, de chantages, de massacres, d'assassinats isolés et collectifs, de tromperies et d'atrocités. Elle ressentait toute la mesure de la tragédie, l'ampleur du drame humain ; il ne s'agissait pas de documents ayant trait à des récoltes de blé, mais de *vies humaines* — de gens de chair et de sang, de gens comme sa mère, avec leur orgueil et leurs préjugés, leurs phobies et leurs ambitions ; tout ce qu'il y avait eu en eux d'humain ou d'inhumain était à présent engrangé dans ces caisses, comme autant d'âmes de papier.

— Où se trouve le dossier de ma mère ? demanda-t-elle.

Minski lui tourna le dos pour regarder une mouche escalader la paroi.

— Le dossier de votre mère ?

— Le dossier de ma mère, oui. Le dossier dont la consultation me coûte près de mille dollars, répartis entre vos copains, Gropski et vous-même.

Halètement sifflant. Il plia un morceau de son journal pour en faire un chasse-mouches, sans quitter une seconde des yeux cette mouche qui paraissait si fascinante.

— Vous vouliez entrer aux archives pour trouver le dossier de votre mère. Ma mission se limitait à vous y introduire, pour vous permettre d'effectuer vos recherches.

— Alors je peux...

Elle jeta encore un regard autour d'elle. Retrouver un chien en train d'aboyer dans cette jungle de paperasses demanderait des mois à une équipe d'universitaires. Puis elle réalisa qu'il devait nécessairement exister un catalogue.

— Parfait. Où est votre index ?

— Index ?

Chapitre 9

— Espèce de salaud !

Minski recula, ses grosses bajoues tremblotantes, en brandissant le chasse-mouches devant lui comme pour se défendre, pour se protéger de ses hurlements.

— Je vais vous faire jeter en prison. Vous n'aurez plus à vous inquiéter du prix de la viande ou de la vodka jusqu'à la fin de vos jours. Vous n'êtes qu'un voleur, un menteur...

— Vous m'avez acheté, moi, un officiel du...

— Jamais de la vie ; je suis une innocente touriste américaine, attirée ici sous de faux prétextes pour être dépouillée. Lorsque j'aurai raconté mon histoire au public américain, la Russie pourra faire une croix sur l'aide étrangère. Quant à vous, vous serez à l'ombre. Je m'en vais, mais je reviendrai demain à l'aube, pour tenir une conférence de presse sur les marches du portail de la Loubianka.

Il se laissa lentement tomber à terre. Il s'agenouilla à ses pieds, les bajoues ruisselantes de sueur.

— Je vous en supplie... ma retraite...

Elle fut prise d'un sursaut de pitié, mais son instinct de procureur reprit le dessus : Réclame sa tête.

— Où est le dossier de ma mère ?

— Je n'en sais rien, Dieu m'en soit témoin.

Un communiste, invoquant le nom de Dieu ?

— Comment je le trouve ?

74

Il agita fébrilement ses mains devant lui.

— Vous ne pourrez pas, pas ce soir. S'il existe, il faudrait des jours et des jours pour le retrouver. Et son nom seul ne suffira pas.

— Il n'y a pas un système d'index ?

— Aucun, je peux vous le jurer.

Ça paraissait vraisemblable. Autre moyen de contrôle, comme l'absence d'annuaires.

— Alors comment vous retrouvez-vous dans ce... dans ce..., bredouilla-t-elle en désignant l'immense caverne.

— Une grosse part du classement est faite par le service du KGB, puis répartie en sections.

— Par années ?

— Parfois mais, pour chaque année, il faudrait chercher à des dizaines d'endroits différents.

— Comment faites-vous pour vous y retrouver ?

— Nous y retrouver ? Mais il n'y a rien à retrouver. On ne cherche jamais rien. Personne ne tient à ressusciter le passé.

Il haletait, la respiration sifflante.

— Relevez-vous.

Minski se remit péniblement debout.

— Asseyez-vous.

Il s'assit. Jusqu'ici, tout allait bien.

— Et maintenant, écoutez-moi bien : vous m'avez vendu des informations et vous allez me les dénicher. Vous pouvez vous payer un infarctus, je m'en tape. C'est vu ?

Il hocha la tête et essuya la sueur qui perlait sur ses bajoues flétries avec le journal qu'il tenait à la main, laissant des traînées noires sur sa figure.

— Belkine et vous, vous avez dû en discuter et tomber d'accord sur quelque chose Ou alors vous me mentez tous les deux depuis le début, et...

— Je vous en prie, je vous en prie, nous en avons parlé. Je lui ai dit que je ne retrouverais jamais le dossier de votre mère. Mais il y aurait peut-être un moyen.

— Lequel ?

— Belkine m'a dit que votre mère était morte dans une collision avec un poids lourd. Vous ne connaîtriez pas le nom du chauffeur ?

— Si, c'est d'ailleurs à peu près tout ce que je sais de lui.

75

Un nom vieux de vingt ans. Impossible de mettre la main dessus.

— Mais on pourrait peut-être retrouver son dossier.

— Pourquoi le sien plus que celui de ma mère ?

— Si l'accident s'est produit dans les environs de Moscou, c'est qu'il travaillait probablement pour la section motorisée locale du KGB. Ces dossiers sont peu nombreux, ici. Avec son nom et l'année où il exerçait, on pourrait trouver dans son dossier des renseignements sur l'accident.

— Je n'ai jamais dit qu'il travaillait pour le KGB.

— Vous avez parlé d'un accident qui ne s'était jamais produit. Seul le KGB pouvait faire qu'une chose ne se soit jamais produite.

Une heure plus tard, elle trouvait le dossier du chauffeur Joseph Guk, de la section motorisée du KGB.

Il avait travaillé pour la division mécanisée d'appui logistique, dans la région de Moscou, pendant plus de trente ans, pris sa retraite cinq ans plus tôt, conservé tout ce temps la même adresse en zone rurale et, s'il ressemblait peu ou prou à la grande majorité des gens de ce pays, devait toujours demeurer à cette adresse. À condition d'être encore de ce monde.

Le dossier conforta encore les soupçons qu'elle nourrissait déjà sur l'accident : il n'était mentionné nulle part. Joseph Guk avait été cité tous les ans au mérite pour son excellente conduite, y compris l'année du décès de sa mère. Il n'avait, de toute sa carrière, enregistré que deux pare-chocs froissés ; dans aucune de ces deux affaires, toutes deux minutieusement relatées sur le même ton morne typiquement soviétique, sa responsabilité n'avait été engagée. Mais pas un mot du féroce télescopage qui avait coûté la vie à sa mère.

Elle se sentait souillée et vannée, après avoir enfin déniché et lu le dossier de Guk. Vers trois heures du matin, Minski s'extirpa de sa chaise et la raccompagna en se traînant jusqu'à la sortie. Il ne lui posa aucune question sur ce qu'elle avait trouvé, et elle ne fit aucun effort, de son côté, pour lui donner des précisions. Elle s'interrogeait sur la véritable nature de ses relations avec Belkine. Elle décida de donner un coup de sonde.

— À propos, fit-elle, j'ai oublié de vous dire : ce soir, au

76

moment de me quitter, M. Belkine a été renversé par un camion. Il a été assez gravement blessé, me semble-t-il.

Minski laissa échapper un rauque gargouillis, plus proche du râle d'agonie que du halètement asthmatique.

Il fit quelques pas à reculons, puis lui tourna le dos et se mit à cavaler.

De retour dans sa chambre, elle cala la porte avec une chaise, consolida cette dernière avec une autre pour faire bon poids et se mit presque aussitôt au lit. Les questions tournaient en rond dans sa tête comme un chien qui se mord la queue. Toutes, tout bien pesé, semblaient la ramener à une seule et unique interrogation.

Qui l'avait fait venir ?

Néanmoins, juste avant de sombrer dans le sommeil, une dernière question vint la turlupiner : la salle où elle avait mené ses recherches n'était pas réservée au classement ordinaire, c'était une salle spéciale où étaient entreposées des archives top secret qui n'avaient pas encore été déclassifiées, dans la mesure où elles rapportaient les brutales atrocités commises par plusieurs générations successives de la police secrète soviétique.

Que venait faire le dossier d'un insignifiant chauffeur de poids lourd dans les archives du KGB les mieux protégées du pays ?

Chapitre 10

L'aube poignait à peine qu'un grand fracas à sa porte la réveilla en sursaut. Elle se redressa brutalement dans son lit. On était en train d'essayer de forcer sa porte, en dépit de la chaise calée sous la poignée.

Un homme jura.

— Elle l'a coincée avec une chaise.

Elle jaillit hors de son lit et se rua vers la porte en glapissant.

— J'ai appelé la police ! J'ai un revolver !

— C'est nous, la police ! Balancez votre arme dans le couloir ou nous tirons !

— Une seconde ! Je n'ai pas de revolver ! Ne tirez pas !

— Bordel de merde !

Puis, le silence. Une calme voix d'homme retentit dans le couloir :

— Ôtez cette chaise.

Elle écarta les deux chaises de la porte, qui s'ouvrit, poussée de l'extérieur.

Deux hommes se tenaient sur le seuil, l'un de taille normale et l'autre d'une stature gigantesque. Ils portaient la tenue standard du flic russe en civil : complet bon marché, chemise blanche fripée au col jauni, bouton de col dégrafé, cravate avachie et chaussures éculées par un trop grand nombre d'heures de vol.

Elle s'éloigna de la porte pour les laisser entrer, le plus petit en tête. Au regard qu'il lui jeta, elle se rappela qu'elle était toujours en caleçon long et elle arracha un drap du lit.

— Que voulez-vous ? demanda-t-elle.

Le plus grand arborait une grosse moustache en guidon de vélo à la cosaque, un crâne rasé et un torse en forme de barrique. Il jeta machinalement un coup d'œil à son collègue, attendant manifestement de l'autre qu'il réponde à la question.

— Votre nom ? s'enquit ce dernier.

— D'abord le vôtre. Et montrez-moi vos papiers ou je hurle.

Il regarda son taciturne partenaire en arquant les sourcils.

— D'abord elle a un revolver et, maintenant, c'est le style gueularde. (Il lui présenta une carte.) Inspecteur Kirov. Mon coéquipier, l'inspecteur Stenka.

Elle examina attentivement la carte. Inspecteur Iouri Kirov, de la division spéciale, milice de Moscou. La police locale.

— À présent, présentez-nous vos papiers, s'il vous plaît, dit Kirov.

Le « s'il vous plaît » n'était nullement une marque de politesse. Ses mains tremblaient et cafouillaient pour chercher son passeport. Elle était persuadée qu'on allait l'arrêter pour corruption d'un employé des archives. Quelle idiote elle faisait. Tout avait probablement été enregistré par des caméras cachées.

Kirov était rapide, concentré et faisait preuve d'une civilité purement professionnelle. Il déambulait dans la chambre pendant qu'elle cherchait dans son sac, en enregistrant tous les détails, tandis que Stenka restait adossé au mur, les bras croisés, à proximité de la porte.

Iouri Kirov passa la main dans sa tignasse noire, tout en étudiant son passeport. Elle remarqua qu'il avait les yeux exceptionnellement noirs, des yeux de romanichel, comme auraient dit certains Russes.

Puis ça la frappa.

— Une petite seconde. Je vous ai déjà vu, vous, lui dit-elle. Hier au soir. (Elle pointa son index sur lui.) Vous étiez à la fête foraine, derrière la tente de la diseuse de bonne aventure.

— Exact. Et vous chassiez une naine, il me semble.

79

Elle rougit.

— Je... je... Que fichiez-vous là-bas ?

— Affaires de police. Pourquoi êtes-vous à Moscou ?

— En visite.

— À qui rendez-vous visite ?

— À Moscou. Je fais du tourisme.

— Vous parlez russe à la perfection. Vos parents sont russes ?

— Américains et anglais. Je suis née à Moscou.

Elle était complètement retournée. Comme avait-elle pu être assez bête pour enfreindre la loi d'un pays étranger ? Il s'agissait nécessairement d'un traquenard, d'une provocation. Elle s'étonnait même de n'avoir pas été arrêtée en sortant des archives. Elle allait devoir demander assistance à l'ambassade américaine.

— Quelles sont vos relations avec Nikolaï Belkine ?

— Belkine ? Je l'ai rencontré ici même, à Moscou.

— Dans quel but ?

L'inspecteur Kirov reprit sa déambulation et alla ouvrir la porte de sa penderie.

— Pardonnez-moi, mais avez-vous un mandat ?

— Un mandat ? (Il se tourna vers Stenka et leva les paumes au ciel.) Comme c'est grossier de ta part, Stenka. Montre-lui le mandat.

Sans un battement de cil, Stenka ouvrit son manteau pour dévoiler un automatique .9 mm dans son étui d'aisselle.

Kirov désigna le pistolet.

— En Russie, c'est un mandat de perquisition valide.

— C'est démentiel. J'appelle mon ambassade.

Elle se dirigea vers le téléphone installé au chevet du lit.

Kirov parlait tout en fouillant la penderie.

— Votre téléphone est en dérangement. Stenka a demandé au standardiste de le couper. (Il se retourna vers son collègue en secouant la tête.) Un flic coriace. De la vieille école.

Il se dirigea vers la coiffeuse et, tout en continuant de parler, entreprit de farfouiller dans les tiroirs. Elle se sentait totalement impuissante.

— Pourquoi êtes-vous descendue dans cet hôtel ?

— Pourquoi pas ?

— C'est un taudis.

— Je ne roule pas sur l'or.

— Vous êtes américaine.

— Ne prenez pas au mot tout ce que vous pouvez lire sur les Américains.

— Vous êtes une prostituée ?

— Hein ? De quel droit osez-vous me poser pareille question ? Déguerpissez de cette chambre. Non, mieux que ça, c'est moi qui vais sortir. Pour aller de ce pas trouver vos supérieurs.

Elle fit un premier pas vers la porte. Stenka haussa les sourcils à l'intention de Kirov, qui secoua la tête.

— Laisse-la filer. Elle gèlera à mort dans son caleçon avant d'avoir trouvé un taxi.

Merde. Elle avait totalement oublié sa tenue. Elle revint dans la chambre en traînant le drap dans son sillage et se campa devant Kirov, nez à nez avec lui, le visage en feu.

— Je suis procureur et, chez moi, je travaille avec la police. Je sais faire la différence entre une authentique perquisition et du harcèlement policier. Je vous ai vu hier soir. Vous avez...

— D'accord, d'accord, calmez-vous, et je vous explique pourquoi nous sommes là.

Il s'écarta d'elle à reculons, se laissa tomber dans un fauteuil capitonné près de la coiffeuse et alluma une cigarette.

— J'ai horreur qu'on fume dans ma chambre.

— Personne ne vous y oblige.

Elle s'assit sur le rebord du lit et le fixa froidement. Elle se passa les doigts dans les cheveux et ils se prirent dans des nœuds. Elle devait offrir un spectacle épouvantable. Elle resserra le drap autour de son corps.

Kirov souffla un nuage de fumée.

— Je m'excuse pour cette remarque à propos de prostitution, mais (il comptait sur ses doigts) primo, vous descendez dans un hôtel minable, qui ne reçoit pas d'étrangers d'ordinaire. Secundo, vous y logez depuis quinze jours, alors que visiblement vous n'êtes à Moscou ni pour tourisme ni pour affaires. Tertio, vous étiez hier soir en compagnie de Nikolaï Belkine, à l'heure où cet individu faisait un vol plané sous un camion. M. Belkine, en dehors de son vol plané, est bien connu des services de police de Moscou pour être un notoire brandouilleur de saucisse. Vous êtes procureur. Vous pouvez comprendre.

Elle comprenait à merveille. Dans son propre service, on

les nommait les « dépendeurs d'andouille » : ces types qui sortaient leur verge pour faire peur aux femmes — un exhibitionniste. Un grand soulagement l'envahit. Ils enquêtaient sur l'accident de Belkine, et non sur son intrusion dans les archives.

— Et, quatro, une vieille dame qui assistait à l'accident a déclaré qu'une jeune femme étrangère qui accompagnait Belkine se conduisait bizarrement. Cette bonne citoyenne est prête à témoigner que cette jeune femme agissait sous l'influence d'une drogue. De surcroît, vous vous trouviez derrière la tente de cette Gitane quand je vous ai rencontrée. Et vous n'êtes pas sans savoir que les Gitans introduisent énormément de drogue en Russie.

— Ah, parce que maintenant je suis une *mule* ? Je cherchais cette voyante à propos d'une chose qu'elle m'avait dite. Écoutez, inspecteur, je ne vends pas de drogue et je vois mal M. Belkine en dealer ou en consommateur. Vous enquêtez sur les stupéfiants ?

— Hier soir, j'enquêtais sur Belkine. C'est un vieux cheval de retour. J'étais sur une autre affaire quand je vous ai repérée. Quelles sont vos relations avec Belkine ?

— Rien qui concerne la police. Amicales, tout au plus.

Oh, Seigneur ! Curieuse façon de qualifier ses relations avec un « dépendeur d'andouille » !

Kirov regarda Stenka en haussant les épaules, l'air de dire : « Que peut-on bien ajouter à ça ? » Elle rougit encore plus violemment, mais se garda bien d'ouvrir la bouche.

Kirov souffla un autre panache de fumée et demanda :

— Avez-vous violé une quelconque loi russe ?

Elle s'adossa au montant du lit, croisa les jambes, s'emmaillota un peu plus fort dans son drap et décocha à Kirov son plus éblouissant sourire.

— Pourquoi ne me confieriez-vous pas une liste de ces lois, inspecteur ? Pour que je puisse vous indiquer celles d'entre elles que j'ai violées ?

Stenka ricana et Kirov lui jeta un regard noir, puis sourit tout à trac — un authentique sourire —, tout en passant sa main dans ses boucles noires. Le sourire estompait la sévérité de son visage rugueux et le rajeunissait. Aux quelques touches de gris émaillant ses cheveux, on aurait pu lui donner la trentaine finissante, mais ses traits étaient trop marqués pour qu'il ne se soit pas frotté plus longuement aux dures réalités de la vie.

Elle savait ce sourire uniquement destiné à lui faire baisser sa garde. Si la douceur ne payait pas, il repasserait au registre « flic de choc ».

— La raison de notre visite, c'est qu'il y avait dans la poche de Belkine un papier portant votre nom et l'adresse de votre hôtel. Une femme correspondant à votre signalement a été aperçue hier soir sur les lieux de l'accident. Compte tenu du passé chargé de Belkine, nous nous voyons contraints d'enquêter.

Il ne lui disait pas tout.

— M. Belkine n'est pas mort, au moins ?

— Non, je peux vous certifier qu'il survivra à ses blessures.

— Alors, pourquoi ne pas lui poser directement la question ?

Elle ne prenait pas un bien gros risque. Le type de la sécurité ne lui avait-il pas dit que Belkine était un maître du *blat* ?

— Excellente idée ! (Il se releva d'un bond.) Habillez-vous. On va l'interroger ensemble.

— Ensemble ? À quel propos ?

Une radio braillait du rap dans la chambre voisine. L'alarme d'un réveil, très certainement.

Kirov pointa son pouce vers le mur.

— Voilà ce que nos jeunes apprennent en se frottant à la culture occidentale... drogue, sexe et musique nullissime. Habillez-vous.

Il sortit bien poliment de la chambre, et Stenka le suivit, laissant la porte entrouverte.

Dans le couloir, Kirov alluma une autre cigarette et se posta de manière à pouvoir l'observer par l'entrebâillement pendant qu'elle s'habillait.

— Au cas où elle planquerait une arme, murmura-t-il à Stenka.

Le grand type s'adossa de nouveau au mur du couloir et croisa les bras.

— On n'enquêtait pas dans le parc, hier au soir.

C'était la première fois qu'elle prenait place en tant que suspect dans une voiture de police. Stenka conduisait, et sa masse imposante remplissait largement l'espace réservé au conducteur dans la petite voiture de la milice. Elle était assise à l'arrière avec Kirov. Personne ne pipait mot. Il descendit sa vitre et cracha un nuage de fumée par la fenêtre. La fumée revint à l'intérieur, accompagnée d'une rafale d'air glacé.

Toute cette affaire la mettait horriblement mal à l'aise. Iouri Kirov prétendait qu'il n'était pas dans le parc pour les surveiller, Belkine et elle. Mais... elle avait horreur des coïncidences. D'un autre côté, Iouri Kirov semblait un pro et ça impliquait une certaine sincérité à son égard. Un flic honnête et franc du collier pouvait s'avérer fort utile — à condition toutefois qu'elle puisse le convaincre au préalable qu'elle ne vendait ni sexe ni drogue.

La voiture se rapprochant de l'hôpital, Kirov demanda à Stenka d'aller se garer sur l'arrière, près des marches qui conduisaient au sous-sol.

— Le chemin le plus direct pour arriver à sa chambre, expliqua-t-il.

Tout en dévalant derrière Kirov une volée de marches cimentées, talonnée par le gabarit impressionnant de Stenka, elle se demandait quel était le degré de gravité des blessures de Belkine. De toute évidence, il n'était pas dans un état critique, sinon on n'aurait pas autorisé flics et suspects à aller et venir dans sa chambre comme dans un moulin.

Kirov montra sa carte à un poste de garde situé près de l'entrée et poursuivit son chemin rapidement, descendant le couloir dépouillé à vive allure, assez vite pour que Lara soit contrainte d'allonger le pas afin de ne pas se laisser distancer. Le couloir de l'hôpital était encore plus glacial que celui de l'hôtel : on aurait pu y faire congeler de la viande.

Iouri poussa une double porte battante pour entrer dans une salle aux murs blancs et aux lumières éblouissantes, la jeune femme sur ses talons. Comme il s'effaçait et que la masse de Stenka arrivait sur elle à toute allure, elle faillit, dans son élan, se retrouver allongée sur une civière.

Un corps nu gisait sur la civière, celui d'un homme velu dont le pénis se dressait, en pleine érection : Belkine, on ne peut plus mort, tout le flanc gauche décoré d'ecchymoses noires et bleues, un bras brisé et mutilé, une plaie béante à la hanche.

Elle battit en retraite, suffoquée, repoussant d'un vigoureux coup de poing la main de Kirov qui se tendait vers elle.

« Espèce d'enfoiré ! » Elle passa devant Stenka en coup de vent et, d'une bourrade, ouvrit la double porte à la volée, manquant de peu de tamponner une autre civière qu'un aide-soignant poussait dans le couloir. Un drap glissa de la civière au moment où elle s'en dépêtrait et une vieille femme aux yeux grands ouverts et à la bouche béante, le visage déformé par la rigidité cadavérique, la contempla fixement.

Sans ralentir, elle remonta le couloir et gravit les marches qui menaient au parking. Elle allait franchir la porte, au bas des marches, lorsqu'elle aperçut le panneau, près du poste de surveillance : MORGUE DE L'HÔPITAL.

Iouri Kirov la rattrapa au beau milieu du parking. Il marcha à sa hauteur pendant un moment, sans souffler mot.

Arrivée au bord du trottoir, elle descendit sur la chaussée pour héler un taxi.

— Je suis désolé, fit-il. Je devais absolument voir votre réaction.

— Ma réaction ? Et comment vouliez-vous que je réagisse à une chose pareille, nom de Dieu ?

Elle en tremblait encore.

Un taxi la repéra et slaloma entre les files de voitures pour remonter jusqu'à elle.

— Vous m'avez tendu un piège, en me racontant des bobards à propos de ses blessures. J'espère que vous en rigolerez bien au bureau, avec vos petits camarades.

Elle ouvrit la portière arrière et allait grimper dans le taxi lorsqu'il ajouta :

— J'ai dit, effectivement, qu'il n'était pas mort des blessures de l'accident. Il a été assassiné. Ultérieurement.

Les yeux noirs de Iouri Kirov la fascinaient. L'air d'*Otchi Tchornye* — « Les yeux noirs » —, la vieille chanson d'amour russe, résonnait dans sa tête lorsqu'ils s'installèrent, en vis-à-vis, à une table de café. Ce dernier proposait de l'expresso, du cappuccino, du moka et des desserts. Un écriteau, au mur, précisait qu'il s'agissait d'un établissement en copropriété, appartenant conjointement à une société italienne et à des entrepreneurs russes.

Cappuccino et expresso coûtaient l'un comme l'autre un millier de roubles. Elle remarqua que la plupart des clients semblaient étrangers, ce qui n'avait rien de bien surprenant, le Russe moyen pouvant, pour cette somme, s'acheter assez de provisions pour survivre un jour ou deux.

Il insista pour prendre un café ordinaire.

— Je ne suis pas très porté sur les boissons de marque. Tout marche comme ça, maintenant. Fringues de marque, voitures de marque, drogues de marque. Ça va bientôt poser un très gros problème à la Russie. Pour l'instant, la plupart des drogues sont encore hors de prix. Mais pour trouver de quoi nourrir leur famille, la moitié des chimistes au chômage du pays fabrique des drogues de synthèse dans leur cuisine. Soit ça, soit de la vodka. Et la vodka artisanale est parfois plus mortelle que la came de qualité médiocre.

— Je parie que ça enfonce même le cannibalisme.

— Le cannibalisme ?

— Désolée. Une mauvaise plaisanterie. Vous deviez m'expliquer comment Belkine était mort.

Elle remarqua que Iouri portait toujours le pardessus de mauvaise qualité qu'elle lui avait vu sur le dos à la fête foraine. Nouvelle preuve de son honnêteté foncière. Les policiers moscovites gagnaient probablement moins de cent dollars par mois. Quelques tasses de ce café représentaient vraisemblablement une journée de son salaire.

Il but une gorgée de café.

— Je vous ai effectivement promis de vous expliquer ça, mais dans un moment de panique, alors que j'avais très peur pour moi, persuadé que vous alliez m'assommer et me rouler dessus en taxi. Mais...

— Il n'y a pas de mais.

— Mais si je m'exécute sur-le-champ, je vais me retrouver Gros-Jean comme devant, tel le prestidigitateur qui explique son truc et perd son public. On ne pourrait pas se décontracter un peu, bien tranquillement, en profitant des merveilles que les Italiens ont créées pour notre seul plaisir ?

Elle se pencha par-dessus la table.

— Inspecteur Kirov...

— Iouri, s'il vous plaît...

— Inspecteur Kirov, vous me semblez un policier zélé et dur à la tâche. Les rares fois où vous m'avez offusquée, c'est soit en me jouant vos tours de cochon, soit en me faisant des amabilités. N'essayez pas de jouer les gentils. Ça ne vous va pas au teint. Dites-moi plutôt ce qui est arrivé à Belkine.

— Il a été tué.

— Assassiné ?

— La question fait toujours l'objet d'une enquête. Sa mort pourrait être accidentelle.

Elle poussa un grognement.

— Vous m'avez soutenu il n'y a pas trois minutes qu'il avait été assassiné. (Tirer les vers du nez de Iouri Kirov n'allait pas être de tout repos.) Est-ce qu'il va encore s'agir d'un de ces suicides où le trucidé s'est tiré une balle dans la tête et poignardé dans le dos, avant de se pendre sans même s'aider d'une chaise ?

— Un suicide ? De quoi diable voulez-vous parler ?

— Désolée, c'est une mauvaise blague. Ma façon personnelle de réagir à vos manières évasives. Comment a-t-il été tué ?

— Par injection de potassium. Mais elle aurait pu être accidentelle. Nous cherchons encore l'aide-soignant qui l'a piqué.

Ses intestins se retournèrent. Elle chercha son cappuccino à tâtons et en but une gorgée pour ne pas trahir son émoi.

— Un aide-soignant ? Employé de l'hôpital ?

— Nous n'en sommes pas certains. L'une des surveillantes de nuit a vu une personne en uniforme s'introduire hier soir dans la chambre de Belkine. Elle ne l'a pas reconnue et en a déduit qu'elle devait venir du privé. La gestion des hôpitaux russes n'est pas toujours bien efficace. Les piqûres mortelles ne sont parfois qu'une fatalité, un risque inhérent aux soins.

— Homme ou femme ?

— L'aide-soignant ? J'ai remarqué que vous aviez réagi quand j'ai parlé... d'aide-soignant.

— En effet. Hier soir, avant que M. Belkine ne soit renversé par un camion, une femme, l'une des personnes qui avaient assisté à la scène, a montré du doigt une infirmière qui s'en éloignait, alors que son aide était requise.

— Vous avez pu la voir ?

— Non.

— Et vous croyez que celle qui a piqué Belkine et celle qui l'a poussé sous les roues ne sont qu'une seule et même personne.

— On l'a poussé ?

Iouri haussa les épaules.

— Nous avons des versions contradictoires. Nous ignorons s'il a été poussé par quelqu'un en particulier ou s'il a perdu l'équilibre sous la pression de la foule.

— Vous n'avez pas assisté à l'accident ? s'enquit-elle.

— Non, j'étais retourné à la fête foraine. J'ai appris ça plus tard.

Elle mourait d'envie de tout lui raconter : la photo qui avait servi d'appât, « l'accident » de sa mère, ce qu'elle avait découvert aux archives, mais elle se retint à temps. Elle ignorait jusqu'à quel point elle pouvait se fier à lui. Elle l'aimait bien, certes, se sentait détendue en sa compagnie, subodorant derrière ce masque de limier acharné — qu'il devait d'ailleurs cultiver, comme une espèce de risque du métier — un être humain doué de sensibilité et de raison, néanmoins...

Elle avait désespérément besoin d'un allié mais que savait-elle de lui, finalement ? Si c'était un ripou, il le cachait bien ; outre son pardessus de pure camelote, il portait un costume élimé, des chaussures éculées, une chemise lavée et repassée à la maison.

Elle se surprit soudain à espérer qu'il fût célibataire, et chassa promptement cette pensée de son esprit.

Il alluma une autre cigarette.

Elle avait horreur des fumeurs, presque autant que du froid.

— Je sais. Vous détestez qu'on fume.

— Vous lisez dans les pensées ? Je connais une certaine fête foraine où vos talents trouveraient preneur.

— Je lisais dans vos yeux. Vous disiez être née à Moscou. Vos parents étaient-ils des diplomates ?

— Non, tout au contraire. Mes père et mère fuyaient la justice de leur pays.

Ce détail eut le don d'éveiller son intérêt.

— Ma mère était une militante pacifiste. Elle était prof à Berkeley... une université californienne.

— Je vois... autodafés de soutiens-gorge, l'amour en public, bagarres avec les flics.

— Elle ne participait pas à tout ça, mais c'est effectivement à la suite d'une rixe avec les policiers qu'elle a dû s'expatrier...

Et elle se retrouva subitement en train de lui narrer par le menu l'itinéraire de ses parents, jusqu'à leur rencontre à Moscou :

— ... une bande d'étudiants exaltés, des têtes de linotte

88

qui avaient eu la sottise d'aller chanter sur les toits qu'ils feraient sauter le Parlement le jour de Guy Fawkes.

Iouri faillit s'étrangler avec son café.

— N'oubliez pas que ça se passait dans les années soixante, fit-elle observer.

— Ben voyons. J'allais oublier que dans les années soixante on était autorisé à faire sauter le siège du gouvernement et à massacrer des gens pendant les manifestations politiques.

— Quoi qu'il en soit, mon père s'est envolé pour les Pays-Bas. Son œuvre poétique de socialiste y jouissait, semble-t-il, d'une certaine notoriété. C'est là-bas qu'une association de jeunes poètes l'a invité à venir lire sa poésie à Moscou.

— Il vit toujours ?

— Non. Il était très... idéaliste, impulsif — rebelle et sauvage. C'est du moins ce qu'on en dirait aujourd'hui. Un groupe de volontaires avait été levé et dépêché en Afrique pour porter assistance à un quelconque leader communiste en difficulté. Mon père se voyait déjà en train de purger l'Afrique des dernières séquelles du colonialisme. Il est mort là-bas dans un accrochage avec l'armée de celui-là même qu'il était venu sauver.

« Je regrette vraiment de ne pas l'avoir connu. J'ai gardé de ma mère de merveilleux souvenirs, plus fondés sur des émotions que sur des faits tangibles, puisqu'elle est morte quand j'avais sept ans, mais c'est déjà ça. (Elle sirota une gorgée de son cappuccino.) Parlez-moi de vos parents.

— Il n'y a strictement rien à en dire. Je n'ai pas vos merveilleux souvenirs, moi. Je suis orphelin.

— Oh, mais alors vous devez certainement avoir des parents d'adoption ?

— Non, je ne faisais pas partie des chanceux. Adolescent, je me suis retrouvé dans un prytanée militaire pour les cadets. Quand j'ai atteint l'âge requis, je me suis engagé dans l'armée. C'est ainsi que je suis devenu officier de police, dans la police militaire. Qu'est-il arrivé à votre mère ?

— Elle a été tuée dans un accident. (La voix lui manqua. Elle détourna le regard un instant, avant de le reporter sur lui et de le fixer droit dans les yeux.) C'est pour ça que je suis à Moscou. Je ne crois pas à la version de l'accident.

Elle lui rapporta sa visite au poste de police rural et la

carence totale d'un quelconque procès-verbal faisant allusion à la collision.

Il l'écoutait en buvant son café à petits traits. Son expression ne trahissait rien de ce qu'il ressentait, l'incitant à se confier davantage.

— Ce n'est pas seulement l'absence d'un rapport de police. Elle a été rayée des cadres, partout, à l'université et même dans notre ancien appartement. J'ai reçu quelque chose par la poste. D'où ma présence à Moscou.

Elle lui parla de la photo, tout en maudissant sa propre ingénuité. Oh, elle était lucide, consciente de se montrer trop confiante, mais elle se sentait si seule, si terrifiée. Il lui fallait un allié. Et y avait-il à Moscou meilleur allié qu'un flic endurci ?

Un long silence s'installa ensuite entre eux. Finalement, il alluma une autre cigarette et s'étira.

— Selon moi, vous tirez de cette histoire plus de conclusions qu'elle n'en mérite. Vous partez du principe que la femme de la photographie est votre mère, tout en reconnaissant qu'on ne distingue même pas ses traits. Vous présumez également qu'une conspiration du silence s'est échafaudée autour du meurtre de votre mère. Le régime soviétique était efficace jusqu'à l'incurie. Nous étions trop rigides, trop tendus, trop dépendants du système pour y voir clair et sérier les problèmes, de sorte qu'on ne faisait jamais rien de concret. J'ai l'impression que vous prenez la gabegie administrative pour un complot ourdi contre votre mère.

— On croirait entendre Belkine.

— Vous en avez parlé avec Belkine ?

— Euh, oui, un peu...

— Et il se disposait, juste avant que l'accident ne survienne, à vous fournir des informations sur votre mère...

— Quel accident ? Il a été assassiné.

— Ça reste encore à prouver.

C'est reparti, se dit-elle.

— Oublions Belkine. Que dire de la photographie et de la tentative de meurtre contre moi ?

Il balaya son argument d'un geste avec sa cigarette.

— Vous soupçonnez vaguement qu'un meurtre aurait été perpétré il y a vingt ans. Vous n'avez ni preuves ni aucun moyen d'en obtenir. Vous perdez votre temps à Moscou.

— Je perds mon temps ? (Elle s'éventa, chassant la fumée agressive.) Vous n'avez pas écouté un mot de tout ce que j'ai dit. À vous entendre, on dirait que vous excusez ces soixante-dix années de médiocrité soviétique. Rien d'étonnant à ce que vous ayez perdu la guerre froide.

— Nous ne l'avons pas perdue, nous y avons mis fin.

— Oh, mille pardons, serait-ce la toute dernière excuse en vogue pour justifier un régime qui n'arrivait pas à produire assez de blé pour nourrir son propre peuple ?

— Mais qui a envoyé le premier homme dans l'espace...

— Écoutez, lieutenant Kirov...

— Inspecteur.

— Comme vous voudrez. Je ne veux pas ergoter avec vous. En fait, je ne veux strictement rien avoir à faire avec vous.

Elle se leva et farfouilla dans son porte-monnaie.

— Et moi, je vous suggère de prendre le premier avion en partance pour les États-Unis, fit-il. Il semblerait que certains des... travers qui déparent votre famille, des deux côtés, soient héréditaires.

— Je vois. Je suis cinglée. C'est la version officielle, n'est-ce pas ? Pauvre Lara, qui a été violentée quand elle était enfant et qui ressasse maintenant tout ça interminablement. Très brillant, en vérité, mais c'est un fichu mensonge. La seule chose que j'aie réellement imaginée, c'est que vous étiez un bon flic. Mais vous avez une cervelle d'armoire métallique, comme tous les autres bureaucrates de ce pays.

Elle fit claquer les cinq dollars sur la table.

Il bondit sur ses pieds, renversant sa chaise en arrière.

— Qu'est-ce que c'est que ça ?

— Je paie l'addition, cracha-t-elle. Vous n'avez pas les moyens de...

Elle s'interrompit net et se dirigea vers la sortie.

Il l'agrippa par un bras et lui enfonça de force le billet de cinq dollars dans la main.

— Vous êtes en Russie, fit-il vertement. Les hommes ont encore des couilles, ici, pas comme ceux de chez vous, en Amérique. C'est moi qui paie.

Elle libéra son bras d'une saccade et sortit du café.

Chapitre 11

Dans le taxi qui la ramenait à l'hôtel, elle s'injuria copieuse-ment. Merde, merde et merde. Son dernier espoir de trouver de l'aide s'envolait. Elle tenait là une occasion unique d'avoir de son côté un flic musclé, armé d'un revolver et de toute l'autorité légale, et il avait fallu qu'elle se dispute avec lui. Cette altercation au sujet de la guerre froide était-elle bien nécessaire ? Et était-elle vraiment obligée, pour couronner le tout, de l'insulter aussitôt après en proposant de régler l'addi-tion ?

Il ne lui restait aucun espoir. Elle était vouée à finir ses jours dans la peau d'une vieille fille, après avoir remisé au placard aux accessoires sa passion et son romantisme, comme un avare amasse son or en espérant l'emporter dans la tombe.

Iouri Kirov l'attirait indubitablement — jusqu'au moment où il avait révélé son ignorance crasse en débitant des inepties bolcheviques. Décidément, ces gens ne s'étaient jamais remis de leur lavage de cerveau. Néanmoins, l'espace d'un court laps de temps, dans ce café à expresso, elle s'était sentie à l'aise en sa compagnie, en sécurité.

Et maintenant, elle se retrouvait seule, de nouveau.

Tout le drame de ma vie, se dit-elle.

Il était encore tôt. À peine dix heures du matin, et elle avait l'impression d'être passée à la moulinette. Elle médita la chose un instant et décida de ne pas gaspiller en sommeil une miette de cette journée — du moins tant qu'il ferait encore *jour*.

Saint-Basile était le premier défi qu'elle avait dû affronter en revenant à Moscou. Deux bonnes semaines s'étaient écoulées avant qu'elle ne relève le gant en entrant dans l'édifice, et ça avait bien failli lui coûter la vie.

La petite école était le deuxième volet de son cauchemar.

— J'ai changé d'avis, annonça-t-elle au chauffeur.

Dès que le taxi se rapprocha de la place Rouge et de l'école, elle sentit venir la migraine.

— Pas question de rebrousser chemin.

Le chauffeur de taxi lui jeta un coup d'œil par-dessus son épaule.

— Pas anglais.

— Sans importance, lui répondit-elle en russe. Je parlais toute seule.

La Petite École, comme tout le monde l'appelait, en dépit de son titre officiel à rallonge, était tapie dans un immeuble situé un peu en retrait, à proximité du monstrueux GOUM et à un pâté de maisons de la place Rouge. Enfant, son trajet aller-retour évitait la place Rouge pour emprunter une ruelle latérale.

C'était en vérité une très « petite » école : vingt salles de classe, arrachées de haute lutte aux entrailles d'un immeuble de bureaux ; le gymnase situé au-dessus des classes était ce qui ressemblait de plus près à une cour de récréation. Ce que l'école perdait en taille, elle le rattrapait en prestige, puisque seuls y étaient admis les rejetons les plus brillants des officiels les plus haut placés du Kremlin. Sa mère n'avait pas fait partie de la Nomenklatura mais un de ses amis, employé au ministère de l'Éducation, avait réussi à y faire entrer Lara — celle-ci ayant décroché des notes particulièrement élevées à ses évaluations —, sous le prétexte qu'elle représenterait pour les autres enfants un très stimulant « défi culturel ».

Elle savait que l'école existait toujours et que I. Malinovski, son institutrice de dixième, faisait encore partie de la maison. Un simple coup de fil lui avait permis de s'en assurer. Tout en arpentant le long couloir intérieur débouchant sur l'escalier qui menait à l'étage des classes, elle tentait encore de surmonter sa migraine.

Elle s'arrêta au bureau de l'administration et demanda à la réceptionniste de lui indiquer la salle de classe de I. Malinov-

93

ski. Elle ignorait quel prénom se cachait derrière l'initiale « I ». Elle n'avait jamais appelé son institutrice que I. Malinovski.

— Dernière porte à droite au fond du couloir. (La femme consulta sa montre.) En vous pressant un peu, vous pourrez la trouver pendant la pause de milieu de matinée, avant le retour des enfants.

Lorsque Lara était en dixième, I. Malinovski avait l'habitude de rester en classe pendant cette récréation, pour corriger les copies, ou lire, en prenant une tasse de thé. Lara ne se souvenait plus trop à quoi elle ressemblait et se demandait si son souvenir de ce thé du matin était réel, ou s'il s'agissait de l'amalgame des souvenirs d'autres institutrices.

En descendant le couloir, elle entendit le martèlement de centaines de jeunes pieds dans le gymnase qui le surplombait. Elle s'en souvenait encore. La gymnastique était le sport en vogue chez les jeunes filles, à l'époque. Elle n'était pas assez menue, ou pas assez dégourdie, peut-être, pour y avoir excellé.

D'autres souvenirs lui revenaient par bribes : l'odeur de la colle blanche qui servait à fixer les feuilles mortes aux carreaux des classes, un hymne patriotique parlant de travailleurs et de paysans héroïques que la classe entonnait en chœur tous les matins, les réprimandes pour avoir poursuivi son amie Anna jusqu'au robinet...

Elle se revoyait debout devant la fenêtre, à côté de son institutrice, celle-ci désignant du doigt la rue où était plantée une femme, une femme en manteau gris et en écharpe rouge. « Ta mère est venue te chercher. »

La porte de la classe était ouverte et elle s'arrêta devant une seconde, avant d'entrer, prenant le temps d'examiner la femme assise à son bureau, face à la classe. I. Malinovski lui rappelait vaguement quelque chose mais, encore une fois, elle n'arrivait pas très bien à faire la distinction, dans cette impression de déjà-vu, entre le souvenir réel et les réminiscences que la seule présence de cette femme assise sur une chaise d'institutrice pouvait éveiller en elle.

La femme approchait probablement de la retraite ; quelques rares fils noirs striaient encore ses cheveux, ramassés en un chignon sévère ; ses rides, qu'elle ne devait assurément pas au soleil moscovite, dessinaient sur son visage la carte revêche d'une dure existence.

Non, rectifia Lara, ce n'est pas le mot. Ces lèvres formant

une mince ligne blanche, dont la douloureuse crispation faisait naître ces plis qui lui balafraient les joues, le froncement acariâtre de ce front ridé, et ce tailleur gris austère, qui tenait plus de l'uniforme que du tribut payé à la mode, c'étaient là les stigmates d'une vie insatisfaite.

Seigneur, se dit Lara, en sentant un poignard lui traverser le cœur. Encore vingt ans et, si je ne remets pas un peu d'ordre dans ma vie, c'est à ça que je vais ressembler.

— Je peux vous aider ?

— Oui. Je cherche I. Malinovski.

— C'est moi-même.

Comme la femme se levait, Lara entra dans la classe.

— S'il s'agit d'un de vos enfants, le règlement exige que vous preniez rendez-vous.

— Non, il ne s'agit pas de ça. J'étais l'une de vos élèves.

— L'une de mes élèves ? (La femme la dévisagea attentivement.) Ça doit remonter à bien longtemps.

— Vingt ans. Je suis Lara Patrick.

Lara écarta ses cheveux de son front, d'un geste intentionnel.

— Patrick. L'Américaine.

L'attitude de la femme, de sèchement professionnelle qu'elle était jusque-là, vira soudain à l'ahurissement.

— Parfaitement.

— Je me souviens de vous. Oui, une petite fille d'origine étrangère. Votre mère était une communiste américaine.

La femme semblait chercher ses mots ; rien à voir avec la réaction à laquelle Lara s'était attendue. Sa vieille institutrice paraissait plus terrifiée qu'étonnée par sa soudaine réapparition.

— Elle n'était pas communiste. Mais militante pacifiste.

La femme se rassit et considéra Lara du haut de sa chaise, tandis que ses traits déjà renfrognés se rembrunissaient encore d'inquiétude.

— La petite Patrick, mais oui, bien sûr, une étrangère, qui n'était pas vraiment à sa place dans cette école, une enfant brillante, intelligente.

Malinovski s'exprimait comme si elle parlait d'une tierce personne. Mal à l'aise, Lara déplaça légèrement les pieds et fit le tour de la classe des yeux. Il y avait quelque chose d'anormal.

— Qu'est-ce qui vous amène ? demanda l'institutrice.

— Rien. Je suis juste passée dire bonjour. Depuis tout ce temps...

À sa réplique, la femme parut légèrement se détendre.

— Oh, je vois, oui, c'est vrai, ça fait un bout de temps. Vous n'avez certainement pas oublié l'école. Vous aviez, voyons, huit ans ?

— Sept.

I. Malinovski croisa ses mains sur son ventre et sourit.

— Eh bien, nous sommes toujours ravies de voir nos élèves revenir nous dire un petit bonjour.

— Vous vous souvenez encore de ce jour-là ? demanda Lara.

Le sourire de la femme s'évanouit.

— Quel jour ?

— Mon dernier jour à l'école. Vers la fin du trimestre. Vous m'aviez dit que ma mère était venue me chercher.

— Me souviens pas.

La colère transparaissait en filigrane dans les paroles de la femme et une sourde agressivité révulsait ses traits.

— Une femme habillée comme ma mère est venue me chercher. Je ne suis jamais revenue à l'école. Vous devez au moins vous souvenir de ça. J'étais la seule étrangère de toute l'école.

— Ça fait tant d'années, et il y a tant d'élèves qu'au bout d'un moment on finit par toutes vous confondre.

— Qui est venu me chercher à l'école, ce jour-là, en se faisant passer pour ma mère ?

— J'ignore de quoi vous parlez.

— Je dois absolument savoir qui m'a raccompagnée ce jour-là.

La femme se leva.

— Ça fait vingt ans. Je n'ai plus le moindre souvenir de cette insanité.

Lara la toisa. La peur se lisait dans la voix de la femme.

— Je ne suis jamais retournée à l'école. J'ai été victime d'un... d'un accident, à Saint-Basile. Blessée. Vous l'avez sûrement appris, il a dû y en avoir des échos ici, les gens se sont probablement posé des questions, ont dû se demander pourquoi je ne revenais pas. Quelqu'un de l'école a forcément été mis au courant.

— Je ne suis pas responsable des agissements de votre mère. Vous étiez étrangère, de toute façon, vous n'étiez pas d'ici.

— Pourquoi dites-vous « ma mère » ? Vous lui avez parlé ? A-t-elle...

— Je ne me souviens plus de rien.

Malinovski se dressa subitement, le visage convulsé de fureur, les lèvres tremblantes.

— Sortez immédiatement, allez-vous-en. Je n'écouterai pas ces sottises une seconde de plus.

Lara secoua la tête.

— Pourquoi réagissez-vous comme ça ? Vous saviez qui j'étais dès l'instant où je vous ai dit mon nom. Vous n'avez nullement besoin de remonter vingt ans en arrière. Vous m'attendiez.

— Je ne sais pas de quoi vous voulez parler.

— De quoi avez-vous si peur ? Quelqu'un est venu vous trouver, pas vrai ? On vous a prévenue que j'allais passer et on vous a gentiment conseillé de la boucler.

— Je ne veux pas entendre un mot de plus. Pour qui vous prenez-vous, pour entrer dans ma classe et me parler sur ce ton ? (Elle glapissait pratiquement.) Sortez. Sortez d'ici ou j'appelle la police.

— Parlez-moi, je vous en prie. C'est capital.

— Capital ?

Elle révoqua le mot d'une gesticulation.

— Vous parler ? Qu'est-ce qui vous donne le droit, après toutes ces années, de débarquer d'Amérique pour proférer des accusations contre moi ? Je suis une institutrice...

— Je ne vous accuse pas...

— Une pédagogue, une enseignante, comprenez-vous, et ce depuis plus de trente ans. Mes élèves ont grandi. Ils dirigent ce pays et passent leurs week-ends dans leur luxueuse datcha, pendant que moi je croupis ici, comme une pauvresse démunie de tout.

— J'ai besoin de votre aide.

— De mon aide ! (La femme avait hurlé ce dernier mot. Le plastron du manteau de Lara était éclaboussé de postillons.) Je ne peux aider personne. Pas même moi. Sortez, sortez, rentrez chez vous, en Amérique. On n'a pas besoin de vous ici. Les

97

malheureux Russes essaient de survivre. Rentrez chez vous, dans votre pays de richards.

Lara fit halte devant la porte.

— C'est la femme qui s'est fait passer pour ma mère, pas vrai ? Elle est revenue vous voir.

— SORTEZ !

Malinovski s'effondra en arrière sur sa chaise, comme si ce cri avait eu raison de ses dernières forces. Lara l'entendait encore sangloter en redescendant le couloir en sens inverse. Sa migraine avait empiré, aussi insupportable, à présent, qu'un étau qui comprimerait ses deux tempes et se resserrerait jusqu'à lui broyer le crâne.

Au pied d'un escalier, elle s'obligea à prendre à gauche vers la place Rouge, trajet qu'elle avait précisément évité pour se rendre à l'école. Ses genoux se dérobaient sous elle et son crâne menaçait d'exploser, mais elle ne s'en forçait pas moins à avancer.

À chaque pas, les souvenirs la ravageaient davantage — elle, marchant aux côtés de la femme, lui demandant pourquoi on la retirait de l'école, où elles allaient...

Lara déboucha sur la place Rouge et pila net. Son corps se refusait à faire un pas de plus.

Devant elle s'ouvrait la place des Crânes, l'estrade de pierre sur laquelle on procédait aux exécutions, au temps des tsars. Le mausolée de Lénine et le haut mur du Kremlin se dressaient un peu plus à droite. Par les portails armés de grilles du Kremlin, on apercevait le siège du pouvoir absolu qui avait régné sur toutes les Russies.

Elle tourna le dos au mur et prit lentement sur sa gauche, sentant se contracter les muscles de sa gorge, jusqu'à ce qu'elle eût l'impression de suffoquer de terreur. Mais elle continua à progresser, à mettre un pied devant l'autre, en baissant les yeux, se laissant guider par ses pieds puisque son esprit renâclait.

Elle s'arrêta et leva les yeux vers l'église, cet édifice stupéfiant, le plus impressionnant de toute la Russie avec ses huit dômes sublimes ; une église que Staline lui-même n'avait pas osé désacraliser.

Le sang martelait ses tempes et un déferlement nauséeux la secoua, révulsant son estomac, obstruant son œsophage. Sonnée, flageolante, elle força son regard à se porter au-delà des huit dômes, vers la haute tour qui culminait à plus de trente-trois mètres.

Elle vit une femme en manteau gris entrer dans l'église en tenant une petite fille par la main, et son crâne vola en éclats. Elle vacilla et se sentit tomber, en même temps qu'un poussier noir engloutissait sa conscience.

Chapitre 12

La circulation s'ouvrait devant eux, fendue par l'étrave ulu-
lante de la sirène d'une ambulance lancée à pleine vitesse. Lara
était assise sur le sol métallique de l'ambulance, enveloppée
dans une couverture.

— L'usine qui répare les brancards est en Lettonie, lui
avait dit l'infirmier de l'ambulance. La Lettonie a fait acte
d'indépendance et refuse de réparer les brancards russes, à
moins d'être payée d'avance, et en devises fortes.

Il paraissait bien jeune pour un infirmier, pas plus de dix-
neuf ans, se dit-elle, encore au stade où on lutte contre l'acné
et où on est emprunté avec les filles.

— Il y a bien une usine d'Ukraine qui fabrique de nouveaux brancards, poursuivit-il. Mais elle ne consentira à nous
en céder, elle aussi, qu'à condition d'être payée d'avance en
monnaie forte. Comment le leur reprocher ? Le rouble perd
un peu de son pouvoir d'achat tous les jours. Si ça continue,
il en faudra bientôt une pleine brouette pour acheter un litre
de vodka.

— Si bien que cette plaque de métal, dit-elle en la tapotant
du talon, vous sert de civière ?

— Provisoirement.

Il sourit. Elle l'aimait bien.

L'ambulance se trouvait à proximité de la place Rouge lorsqu'elle avait reçu un appel, leur disant qu'une femme s'était

évanouie tout près de Saint-Basile. Lorsqu'ils l'avaient ramassée, il lui avait d'abord demandé si elle était enceinte. Comme elle lui répondait que, dans son cas, un tel état n'aurait pu s'expliquer que par l'opération du Saint-Esprit, il lui demanda si elle avait faim. Se voyant répondre par la négative, et découvrant qu'elle était américaine, il lui demanda alors si elle avait le sida.

L'ambulance négocia un virage brutal à pleine vitesse, toutes sirènes hurlantes, tandis que le pied de la conductrice écrasait le champignon. Une large ligne droite se présenta à elle et elle fonça alors pleins gaz le long du terre-plein qui séparait les deux voies, contraignant un agent de la circulation à battre en retraite, paniqué, et les autres voitures à zigzaguer pour ne pas entrer en collision.

— Tout cela est-il bien nécessaire ? s'enquit Lara. Vous n'avez qu'à me déposer à mon hôtel.

Il lui adressa un grand sourire, dévoilant un plombage à l'une de ses incisives.

— Olga est un chauffeur en extra qui arrive de banlieue. Elle n'a pas souvent l'occasion de rouler à tombeau ouvert en plein centre-ville.

Lara s'adossa à la paroi intérieure et ferma les yeux. Cet évanouissement sur la place Rouge, en plein jour, l'avait tout d'abord plongée dans un profond embarras et, à la seule idée qu'elle avait peut-être été filmée et se verrait ce soir même aux actualités télévisées moscovites, elle se recroquevillait sur elle-même. Mais la gentillesse et la bonne humeur des ambulanciers avaient beaucoup contribué à dissiper sa gêne.

Micha, l'infirmier, était toujours aussi curieux des raisons de son malaise mais, au lieu de lui avouer carrément qu'elle était hypertendue, elle préférait éluder la question. La vérité, c'était que lorsqu'elle avait levé les yeux pour regarder Saint-Basile, elle avait éprouvé un tel accès de panique paralysante que son cerveau avait préféré se court-circuiter plutôt que de l'affronter.

Olga prit un nouveau virage à pleine vitesse. Lara se redressa et adressa un pâle sourire à Micha.

— Je vais vomir.

Il s'empara d'un récipient métallique suspendu à un crochet de la paroi et le fit glisser dans sa direction.

— On ferait peut-être mieux de vous amener à l'hôpital, dit-il.

Le moment était mal choisi : une crise de fou rire la convulsa ; hoquetante, elle faillit renverser sur ses genoux le contenu du récipient.

— On y crève, suffoqua-t-elle, dans les hôpitaux de Moscou.

L'ambulance se rangea devant son hôtel et le ululement de sa sirène s'éteignit doucement. Micha ouvrit la portière arrière et descendit. Il l'aida à sortir, tandis qu'une foule de curieux commençait déjà à se rassembler.

— Remerciez Olga pour moi.

Lara avait laissé une liasse de billets de cinq cents roubles à l'arrière de l'ambulance... Micha, lui, avait refusé d'accepter le moindre argent.

— Ça manque de taxis, annonça-t-elle au portier ébahi en passant devant lui pour entrer.

Elle réalisa subitement qu'elle avait quitté l'hôtel le matin même dans une voiture de police, et qu'elle y revenait en ambulance. Qu'y avait-il de si étonnant, quand cette ville tout entière tournait à l'asile de dingues ?

Elle ouvrit la porte du bureau de la sécurité, s'attendant plus ou moins à y trouver Gropski. Un type de la même étoffe que le crapaud, vêtu d'un complet bon marché à fines rayures et nanti d'une bedaine rondouillarde et d'une chemise à l'encolure trop étroite d'au moins deux tailles, leva les yeux derrière son bureau métallique, pour la regarder entrer. Ledit bureau et une chaise en acier constituaient le seul mobilier de la pièce.

— Oui ?

— Je cherche le chef de la sécurité.

— C'est moi. Nosenko.

— C'est M. Gropski que je cherche.

— Gropski ne travaille plus pour cet établissement.

Lara le dévisagea.

— Serait-il décédé ?

Les sourcils du bonhomme s'arquèrent.

— Décédé ? Si seulement... Il a quitté son poste et j'ai dû rentrer de vacances pour le remplacer. S'il n'est pas déjà mort, il le sera quand j'en aurai fini avec lui.

— Quelqu'un saurait-il où il est ?

— En enfer, pour ce que j'en ai à faire. (Ses yeux la détaillaient de pied en cap.) Vous avez un problème de sécurité ? (Il commença à se déplier.) On pourrait peut-être aller boire un verre pour...

— Merci bien, mais je suis pressée.

Elle retourna dans le hall. Pas la moindre envie de remonter dans sa chambre. C'était encore le matin. Elle avait deux priorités : avant tout se chercher un nouvel hôtel, puis aller trouver Guk, le chauffeur de poids lourd qui avait si miraculeusement survécu à la collision avec la voiture de sa mère.

Elle ne se sentait pas l'audace d'aller tout droit tirer sa sonnette. Elle ressortit du Gorki et méprisa ce rarissime phénomène : un taxi libre patientant devant l'entrée de l'hôtel. Elle sentait les regards du chauffeur et du portier rivés sur son dos.

Que diable était-il bien arrivé à Gropski ? Aurait-il eu vent de la mise à la retraite prématurée de Belkine, et pris peur ? Lui aurait-*on* rendu visite ? La même personne, peut-être, qui avait déjà terrorisé son institutrice ?

Elle avait l'impression de se tenir au beau milieu d'une clairière à ciel ouvert, cernée par des maniaques en maraude. La mort de sa mère revêtait des tonalités de plus en plus sinistres. Le sens commun continuait à lui dicter de prendre le premier avion en partance pour retrouver sa résidence et son chat, mais son entêtement prenait le pas sur son bon sens.

La conscience aiguë d'être perdue dans une ville inconnue et d'y être observée, sinon filée, avait un côté singulièrement terrifiant, mais un certain nombre de choix s'offraient encore à elle, du moins en état de veille, et elle pouvait lutter. Le plus effrayant, c'était encore de se retrouver toute seule dans son lit, face à ses cauchemars.

Embaucher un gorille, si elle devait rester à Moscou, lui semblait toujours une excellente idée. Elle mourait d'envie d'appeler Iouri Kirov à sa rescousse, mais ne parvenait pas à s'y résoudre.

Serais-je suspendue par un doigt au rebord d'une falaise que je n'appellerais pas au secours, se dit-elle. Je dois changer, apprendre à composer avec les gens. Je sais donner, non ?... Alors, il ne me reste plus qu'à apprendre à recevoir.

On lui avait fait une réputation de procureur implacable. Les avocats de la défense l'avaient même baptisée « Perpette

Bob », l'affublant du sobriquet d'un juge à la retraite, célèbre pour les peines inflexibles qu'il requérait. Certes, elle était dure... mais juste, du moins l'espérait-elle. Elle se refusait tout simplement à transiger avec des fumiers.

Elle traversa, évitant le trottoir animé et bordé de magasins, et reprit son chemin sur le trottoir d'en face, qui longeait le parc.

Il avait neigé pendant la nuit, mais un ciel partiellement bouché autorisait quelques rares rayons de soleil à briller sur la ville. Leur lumière contribuait un peu à lui remonter le moral, sans l'empêcher de se sentir bien seule et vulnérable. Personne vers qui se tourner. Sa grand-mère l'avait pourvue du bagage nécessaire pour qu'elle puisse mener son chemin dans la vie, mais avait fait l'impasse totale sur les ressources en chaleur humaine.

Une enfant étrange, disait-elle de Lara. Étrange, parce que peu loquace, parce qu'elle jouait toute seule, paraissant se défier de tous. Elle avait mis ça sur le compte du dépaysement, du choc culturel et de la mort de sa mère. Lara, quant à elle, se trouvait tout à fait normale. C'est juste qu'elle préférait rester seule. C'est du moins ce qu'elle se racontait. Elle s'occupait l'esprit, se réadaptait aux écoles américaines, obtenait d'excellents résultats à ses examens, travaillait dur au lycée pour intégrer l'école de droit, puis pour sortir de cette dernière dans les premiers de sa promotion et s'étonner ensuite elle-même, en refusant le poste au salaire mirifique que lui offrait une multinationale, de lui préférer celui de procureur adjoint, dans la brigade chargée des prévenus inculpés de crimes contre des femmes ou des enfants.

Elle s'était jetée à corps perdu dans son travail, présentant à ceux qu'elle côtoyait la façade d'une courtoisie toute professionnelle. Personne ne la connaissait vraiment. Elle n'allait pas aux pots du bureau, ne passait jamais à la « succursale », ce trou d'eau où les grands fauves, procureurs, flics et responsables de tutelle se retrouvaient après le boulot, pour s'abreuver et boire leur minable apéro. Elle déjeunait seule devant son bureau et ne descendait jamais à la cafétéria pour s'accorder une petite pause-café. Elle n'avait jamais eu de relations intimes avec quiconque. Ses seuls amis, hommes ou femmes, étaient les gens avec qui elle travaillait, et leurs relations prenaient fin à l'heure de quitter le bureau. Point final. Deux personnes s'étaient montrées assez concernées et sincères pour lui reprocher de s'être complètement refermée chaque fois qu'elles avaient fait le premier pas, préférant rentrer dans sa coquille.

Le fait d'être passée directement de l'enfance à l'âge adulte — sans rien connaître de cette période intermédiaire qu'est l'adolescence — y était assurément pour beaucoup. Si au moins sa grand-mère avait tenté de panser ses plaies, de lui témoigner un peu d'amour au lieu de cette indifférence pure et simple...

La photo de Moscou tombait à pic, au moment précis où, doutant d'elle-même, en pleine crise d'identité, elle passait des nuits blanches à se morfondre, essayant de recoller les morceaux.

Je déteste être seule, je hais la solitude, je la hais, je la hais. J'ai passé ma vie à me mentir, parce que tout me fait peur.

Peur. Une autre pièce du puzzle, de son puzzle. Une existence entière passée à crever de peur. Les médicaments avaient dissipé les cauchemars, mais les peurs étaient toujours là, tapies tout au fond d'elle-même, latentes, non résolues.

Elle aspirait ardemment à aimer et à être aimée. Et il eût été préférable d'avoir déterré ces quelques vérités sur elle-même dans sa confortable petite résidence du bord de mer. Son retour à Moscou n'avait rien d'un retour au pays natal ; c'était celui d'une victime revenant sur le théâtre de son lynchage.

Quelque chose la heurta dans le dos. Elle pivota sur elle-même, au moment où la boule de neige venait s'écraser à ses pieds.

Trois gamins, dans le parc, dix, douze ans environ : voilà pour ses agresseurs. L'un d'eux hurla :

— Tu veux t'battre, m'dame ?

Un autre balança une boule de neige sur une vieille femme, qui descendait la rue en s'appuyant sur une canne.

Lara vit rouge. Elle ramassa une poignée de neige, la tassa en une boule dure et la projeta. Sa boule de neige rata sa cible — elle n'atterrit même pas dans le parc. Les gosses hurlèrent de rire et ripostèrent par un feu nourri.

Elle s'abrita derrière un arbre, tandis que les boules de neige la rasaient en sifflant. Dès qu'elle en eut compté trois, elle sortit de sa cachette et ajusta, ne ratant cette fois-ci son coup que d'un bon kilomètre. Sa migraine s'était dissipée. Un, deux, trois — elle jaillit de derrière son arbre, tournoyante, et une boule de neige la percuta en pleine poitrine. Ils l'avaient prise à son propre piège. Elle recula en titubant et balança une boule vers les gosses puis retourna se réfugier derrière son arbre. Une boule de neige vint frapper le tronc juste au-dessus de sa tête. Ils l'avaient prise à revers.

Elle se baissa pour ramasser une autre poignée de neige, au moment où trois fusées piquaient droit sur elle.

Elle entendit couiner des pneus et un homme fut subitement à ses côtés. Il balança une boule de neige, se réapprovisionna, puis tous deux attaquèrent en même temps. Les gosses, qui chargeaient déjà, refluèrent en désordre.

— On va en faire une bouchée.

Sur ses talons, Lara largua ses missiles au moment où les enfants sonnaient la retraite.

— On s'est pas trop mal débrouillés, étant donné leur écrasante supériorité numérique, s'esclaffa l'homme.

Du matériau de couverture de magazine ; pas vraiment le cow-boy de Marlboro, plutôt le minet craquant en minislip contemplant de sa fenêtre les lumières de la ville. Il lui semblait l'avoir déjà vu quelque part.

— Nous nous connaissons ?

— Je m'en souviendrais. Je suis Alexeï Bova.

Oh, mon Dieu, elle ne voyait que trop qui il était, à présent. L'*enfant terrible* des nouveaux riches de la Russie nouvelle. Probablement l'homme le plus fortuné de Russie. Le célibataire le plus convoité du pays. Les Moscovites passaient la pause-café du matin à se narrer ses derniers exploits et à discuter à tire-larigot pour savoir s'il valait mieux l'abattre ou le déifier.

Des cris de guerre leur parvinrent, provenant de la direction dans laquelle leurs assaillants s'étaient éparpillés. Les rangs des gosses s'étaient grossis de deux nouveaux combattants et leur armée, forte à présent de cinq membres, les chargeait bille en tête.

— Vite, grimpez dans ma voiture.

Alexeï était rapide. Il était au volant et le moteur tournait déjà avant même que Lara n'ait claqué la portière côté passager. Il écrasa le champignon et l'automobile, aux pneus crissants, souffla au visage des gosses un nuage de gaz d'échappement. Elle se retrouva collée à son siège, exactement comme si elle venait de décoller à bord d'une navette spatiale. Les voitures qu'ils longeaient, garées le long des trottoirs, se fondaient en un flou indistinct.

Il rétrograda, ramenant la puissante machine à une vitesse plus humaine, et elle reprit son souffle. Le moulin rugissait comme un moteur d'avion. C'était un modèle de sport rouge, portant un emblème connu. Elle cherchait encore la marque lorsqu'il devança sa question muette : « Lamborghini. Une bonne bagnole russe. » Il s'esclaffa derechef.

Le prix de la voiture d'importation italienne aurait certainement suffi à nourrir une centaine de familles russes pendant toute une année. Il portait une veste en zibeline, de coupe très masculine, et assez onéreuse pour nourrir un petit village. Son rire était rauque et tonitruant. Il lui sembla soudain plus âgé qu'elle ne l'avait cru de prime abord ; il faisait un peu plus de la trentaine mais devait en réalité avoir dans les quarante ans, sinon approcher de la cinquantaine. Quel que soit son âge exact, il n'en avait pas moins la dégaine d'un top-model. Ses cheveux dorés ne présentaient que d'infimes touches de blanc, et son visage bronzé, au nez et au menton ciselés à la perfection, était encore lisse et avenant.

— Merci, lui dit-elle. Si vous n'étiez pas venu à ma rescousse, ces gosses m'auraient sans doute infligé une correction humiliante.

— C'était très amusant. Probablement ma première bataille de boules de neige. (Il jeta un coup d'œil sur sa montre.) Désolé, mais je crains fort d'avoir une importante réunion avec une tripotée d'édiles de la ville parfaitement rasoirs J'arrive toujours en retard à ces rendez-vous mais, aujourd'hui, mon retard frise l'incivilité.

Il désigna l'immeuble qui se dressait au bout de la rue marchande. Elle le reconnut immédiatement : la Tour noire, l'un des premiers immeubles de bureaux de grand standing bâtis avec des fonds privés et très certainement l'édifice le plus sujet à controverse de toute la Russie.

— Maintenant que nous avons combattu dos à dos et anéanti les ennemis de l'espèce humaine, fit-il, ou tout du moins opéré une retraite en bon ordre, nous devons fêter notre victoire. Dînez avec moi ce soir, je vous en prie.

Dîner avec l'homme le plus riche et le plus beau de toute

la Russie ? Quelle occasion incroyablement excitante. Quelle veine d'enfer.

— Non, je suis vraiment navrée, mais ça m'est impossible, lâcha-t-elle enfin, en rosissant.

— Alors, il faut absolument que vous veniez à ma réception demain soir. Les gens les plus en vue de Moscou seront là.

— Eh bien, je ne suis pas certaine de...

— Voilà ma carte. Passez-moi un coup de fil si vous changez d'avis. Maintenant, je vais vous reconduire à votre hôtel.

— Non, ça ira. Déposez-moi tout simplement ici.

— Vous en êtes sûre ? Ça ne me...

— Non, non, je vous assure. J'allais faire un tour dans ces magasins, de toute façon.

Il rangea la voiture le long du trottoir et elle lui serra la main en sortant.

— Merci, monsieur Bova, de m'avoir sauvée d'un sort pire que la mort.

— Tout le plaisir était pour moi, Lara. Si vous changiez d'avis, appelez-moi.

Elle s'éloigna, légèrement sonnée. *Idiote, triple idiote.* Mais qu'est-ce qui me prend ? Le Donald Trump moscovite m'invite à dîner, puis à une soirée qu'il donne pour la crème du pays et je lui raconte que je suis occupée. Occupée à quoi, hein ? À compter les fissures du plafond, dans ma chambre d'hôtel sordide ?

Elle shoota dans un réverbère. Méprisant les regards des passants, elle réitéra. Puis fonça tête baissée vers son hôtel. Elle avait eu honte de lui demander de la déposer devant l'un des plus minables hôtels de Moscou. Elle aurait dû lui dire qu'elle était descendue au Metropole — l'endroit où il faut *absolument* descendre cette saison, ma chère.

Pourquoi ai-je dit non ?

Parce que je meurs de trouille. Et que je n'ai aucune confiance en moi. Par ailleurs, tu ne trouves pas ça un peu gros, toi, qu'il se soit justement trouvé là en renfort, à point nommé ? Ou bien est-ce que je deviens complètement parano ? Je vais manger ma soupe et mon pain sec en solitaire dans ma petite chambre, ce soir, parce que j'ai horreur d'aller dîner seule au restaurant. *Idiote, triple idiote.* J'aurais pu souper dans un restaurant chic, dorlotée par les serveurs, pendant que tout le Gotha des nouveaux riches moscovites se demanderait quelle est cette mystérieuse beauté qui accompagne le plus beau parti du pays...

Dans le taxi qui la ramenait à l'hôtel, elle regarda par la vitre arrière la tour d'Alexeï Bova, noire sur fond noir, avec ses vitres fumées, le genre de baies vitrées qu'on imagine mieux, d'habitude, dans des endroits ensoleillés comme la Californie, plutôt que dans la grisaille du ciel plombé de Moscou. Elle était dotée d'une haute flèche, coiffée d'un large anneau qui débordait de part et d'autre de l'édifice. L'anneau était en principe destiné, dans les plans que la ville avait approuvés, à devenir un restaurant tournant. Alexeï Bova ayant achevé le restaurant, il avait ajouté au toit une structure de verre et, ce faisant, déchaîné les fureurs de tous, parce que la Tour noire dépassait désormais la tour du Bourdon.

Elle croyait se souvenir que ce building avait suscité encore bien d'autres controverses. De fait, Alexeï Bova était la coqueluche d'une presse affamée de scoops. Tout ce qu'il entreprenait était prétexte à controverses. Il clamait haut et fort vouloir édifier une Russie nouvelle ; ses détracteurs, de leur côté, l'accusaient de vouloir se l'approprier.

Elle était à mi-chemin de son hôtel lorsqu'une idée lui traversa l'esprit. Il m'a appelée Lara. Lui ai-je donné mon prénom ? *Très certainement.* Ne sois donc pas si parano, s'intima-t-elle. C'était une rencontre de pur hasard.

Elle secoua la tête. Je lui ai forcément dit mon nom. Ma mémoire est complètement h.s. Le froid doit me griller les neurones...

Le taxi se gara devant son hôtel et elle resta assise dans le hall un petit moment à réfléchir : remonter dans sa chambre ne l'avancerait en rien.

Il fallait qu'elle aille trouver ce chauffeur de poids lourd.

Seule.

Pourquoi n'ai-je pas été plus aimable avec Iouri ? Je ne brûle pas mes vaisseaux, je les dynamite.

Joseph Guk, le chauffeur au parcours sans reproche, résidait quelque part à l'ouest de la ville, en retrait d'une importante autoroute. Elle indiqua au chauffeur de taxi l'endroit où elle voulait qu'il la dépose et récolta pour toute réponse un véritable tir de barrage de faux-fuyants.

— Ça fait loin.

— Combien pour la longue course ?

— Les routes sont mauvaises, dans le coin.

— Combien pour les mauvaises routes ?

— Il va sûrement neiger.

— Combien ?

Dès que les verrous administratifs avaient cédé, les chauffeurs de taxi avaient été la première corporation à sauter à pieds joints dans l'économie de marché. Pas une course qui n'ait mis son portefeuille à rude épreuve. À l'aéroport, le jour même de son arrivée, un chauffeur de taxi avait bouclé sa valise dans le coffre de son bahut et lui avait annoncé sans vergogne qu'il en coûtait cent dollars américains pour le trajet jusqu'à Moscou. Seule sa résolution bien arrêtée d'appeler la police de l'aéroport à sa recousse, jointe à un refus obstiné de dégager la route pour le laisser passer, l'avait finalement incité à revenir à un tarif plus raisonnable.

Toutes ces années de chicanes, consacrées à marchander avec des escrocs, des détraqués sexuels, des avocats et des flics avaient fini par l'endurcir, avait-elle cru. Mais c'était avant qu'elle n'ait à négocier avec un chauffeur de taxi moscovite.

Consentant finalement à lui payer le double du tarif raisonnable, elle s'adossa à son siège et s'efforça de concocter une fable susceptible de convaincre M. Guk. Car ce n'était certainement pas en allant trouver ce dernier pour lui demander de but en blanc s'il était partie prenante dans un complot qui s'était traduit par un accident bidon, une fallacieuse mise en scène destinée à justifier la mort de sa mère, qu'elle arriverait à ses fins avec lui.

Chapitre 13

Une demi-heure plus tard, le taxi quittait l'autoroute principale et descendait en grinçant une route étroite semée de nids-de-poule.

Lara ne distinguait aucun signe apparent d'une quelconque fierté de petit propriétaire, pas la plus petite touche personnelle à laquelle on aurait été en droit de s'attendre à la campagne. Cette zone était totalement dépourvue de chaleur ou de charme rustique. Des maisons éparpillées, plus des cabanes qu'autre chose, flanquées de remises et d'appentis vétustes, croulant sous le poids de la neige ; les poteaux de palissades démantibulées par l'hiver glacial figuraient les os blanchis de cette terre squelettique. En comparaison, les rues grises et lugubres de Moscou lui semblaient riantes et lumineuses.

C'était là un pays où la terre prenait plus les gens en otages qu'elle ne les nourrissait, se dit-elle. Elle était consciente qu'il devait exister en Amérique des endroits similaires, des terrains sur lesquels seules la roche, la neige et la misère poussaient, mais ces lieux, aux yeux d'une citadine comme elle, n'étaient que des sujets pour les flashs d'infos de la radio, à peine plus réels qu'une inondation en Chine ou une voiture piégée en Israël.

Elle ne put réprimer un frisson, à la pensée qu'elle pourrait vivre dans l'une de ces maisons privées de sanitaires intérieurs, et devoir aller s'asseoir dans l'un de ces cabinets au fond du jardin, par l'une de ces nuits russes où la température tombait très bas en dessous de zéro.

Quelques kilomètres plus loin, à la vue d'une rangée de boîtes aux lettres de bois brut se dressant à l'embouchure d'un pont étroit et enneigé, elle comprit qu'elle était arrivée à destination. L'une des boîtes portait le numéro indiqué sur l'adresse de Guk. Le pont enjambait un petit torrent gelé. Une demi-douzaine d'habitations érigées sur de vastes lotissements s'élevaient sur l'autre rive ; six demeures à l'abandon, dont ni la neige ni les festons de glace ne parvenaient à faire des cottages rustiques : sales, noirs de suie, ils contribuaient au contraire à en souligner la désolation.

Le taxi dépassa la carcasse délabrée d'une ancienne fabrique avant d'arriver au pont. Une pancarte, lacérée et balafrée par le temps et les éléments, déclarait que l'usine avait jadis produit des engrais chimiques destinés à fertiliser l'Union soviétique.

Lara descendit la vitre et passa la tête par l'ouverture pour mieux distinguer les maisons. L'air sentait la neige, offensant ses narines de sa morsure cuisante, très légèrement additionnée d'une puanteur de pollution, qui l'incita à se demander si l'usine ne serait pas encore en activité — ou si son cadavre ne pourrissait pas littéralement sur pied.

— Un marécage créé par les déjections de l'usine, lui dit le taxi pour expliquer la puanteur, en désignant du doigt une zone située près des ruines de la fabrique. Pratiquement gelé.

Un brouillard glacé commençait de s'abattre autour d'eux, et c'est tout juste si elle distinguait le marécage, distant d'à peine cinquante mètres de la route. Le lotissement de l'usine désaffectée était envahi de broussailles touffues et de mauvaises herbes, mais rien ne poussait près du marécage stagnant, à telle enseigne qu'elle s'interrogea sur les produits chimiques qu'ils avaient utilisés pour fabriquer leurs engrais.

La perspective de devoir quitter cette zone mal aimée de Dieu pour s'engager dans le blanc néant qui les environnait n'avait pas l'air de ravir le chauffeur.

— Vous savez où nous sommes, j'imagine ?

— Que voulez-vous dire ?

— Le citoyen R vivait quelque part par là.

Les journaux désignaient les criminels russes par des noms

de code — citoyens A, B, et ainsi de suite — et elle mit un petit moment à percuter.

— Celui qui tuait des enfants ?

— Pour leur dévorer le cœur. Vingt-deux enfants, du moins identifiés. Mais probablement plus. Des fugueurs, dont on ne remontera jamais la piste.

Le citoyen R avait été capturé avant son arrivée à Moscou, mais nombre d'histoires circulaient encore sur lui. L'ancien régime se refusant à rendre publiques ce genre d'affaires, de peur qu'elles n'éclairent son « système social parfait » d'un jour par trop sinistre, le citoyen R et quelques-uns de ses semblables s'étaient révélés encore plus difficiles à débusquer en Union soviétique qu'ils ne l'étaient à l'Ouest. Un journal avait récemment établi que la plupart des tueurs en série de Russie sévissaient toujours, lâchés dans la nature, la population n'étant même pas informée de leur existence ; le journal suggérait la publication d'articles de presse, comme en Occident, dans lesquels leur signalement serait diffusé et porté à la connaissance de tout le monde.

Pendant le trajet, le chauffeur avait de nouveau essayé de saler l'addition, et le refus qu'elle lui avait opposé avait dégénéré en jérémiades. Il avait commencé à grommeler et à maugréer dès leur sortie de la ville, et haussé encore le ton en quittant l'autoroute pour s'engager sur la route cabossée : il allait casser son taxi, à tous les coups, et il ne trouverait jamais les pièces détachées ; ils allaient s'embourber dans l'un de ces monstrueux nids-de-poule ; il allait neiger et les routes seraient impraticables ; le ciel plombé leur tombait dessus comme un drap noir. La vision du pont avait déclenché son ultime doléance :

— Peux pas traverser ce pont. Trop risqué.

Le pont semblait ciselé dans la glace.

— Il croule sous la glace, en effet, mais les gens du coin doivent bien le traverser pour aller et venir.

Il se contorsionna pour la regarder, la fusillant du regard.

— Peut-être que leurs pneus à eux sont pas lisses. Vous tenez tant que ça à finir noyée dans le torrent ?

— D'accord, j'irai à pied. Mais vous allez m'attendre. J'ai besoin de vous pour me ramener en ville.

— Payez d'avance, alors. Aller et retour.

Elle hésita.

113

— Qui me dit que vous m'attendrez ?

Il vit rouge :

— Qui vous dit que le soleil se lèvera demain matin ?

— À Moscou, je ne parierais pas ma chemise là-dessus. (Elle lui tendit néanmoins l'argent.) Je n'en ai pas pour long-temps.

Elle descendit et claqua la porte derrière elle. Elle aurait souhaité que le taxi vienne se ranger devant la porte de chez Guk, en cas de problèmes, mais le chauffeur, plutôt que de franchir ce pont, aurait préféré laisser l'empreinte de ses roues sur son corps.

Le courage et la détermination qui l'avaient galvanisée ce matin même dans sa chambre, et plus tard encore, assise bien au chaud et en sécurité dans le taxi, commençaient singulière-ment à s'effilocher, maintenant que le moment d'affronter réellement Joseph Guk approchait.

Elle ne savait rien de lui, à part deux choses : il avait appar-tenu au KGB et était, d'une façon ou d'une autre, impliqué dans la mort de sa mère.

Lasse, exaspérée, elle fit ce qu'elle faisait toujours en pareil cas : mettre un pied devant l'autre et continuer d'avancer. À mi-parcours, au milieu du pont, une bourrasque de vent gla-cial la fouetta, manquant de peu lui faire perdre l'équilibre, ses chaussures de ville à semelle de cuir dérapant sur la glace.

À mesure qu'elle progressait, elle détaillait les maisons qui se dressaient sur l'autre rive. Le décor évoquait une gravure en noir et blanc de la Russie d'avant la grande guerre patrioti-que, ce paysage campagnard de l'URSS des années vingt et trente, quand Staline faisait ingurgiter de force le socialisme à des moujiks qui n'avaient jamais lu une seule ligne, et encore moins le *Manifeste du parti communiste*.

Elle priait pour que la demeure de Guk fût l'une des deux plus proches du pont. Les autres n'étaient plus que des sil-houettes indistinctes dans la grisaille ouatée qui, déjà, avait fait basculer dans la nuit la courte journée hivernale. Un chien aboya sur le perron le plus proche, et un second lui fit écho. Elle les ignora, du moins se garda-t-elle de jeter un coup d'œil dans leur direction, se fiant au fait qu'on ne doit jamais regar-der un chien féroce dans les yeux. C'étaient des molosses, de ces fauves vicieux qu'on trouve dans les décharges publiques et mieux valait ne pas les défier.

Une femme corpulente était en train de prélever des bûches sur un tas de bois, devant la troisième maison sur le chemin, et Lara accéléra le pas, se disposant à la héler avant qu'elle ne rentre.

— Hep... hep...

La femme ignora son interjection et retourna chez elle sans jeter un seul regard en arrière.

Accueillants, les voisins, se dit Lara.

Les habitations ne portaient pas de numéro, et elle poursuivit sa route, cherchant un indice lui permettant de localiser celle de Guk. Les chiens continuaient à aboyer et à gronder, et elle essaya de puiser en elle la force d'aller frapper à l'une des portes, pour demander où vivaient les Guk. À deux reprises, elle vit frémir des rideaux, et quelqu'un l'épier de derrière une fenêtre.

Le brouillard glacé tombait de plus en plus vite. Elle allait devoir expédier son entrevue avec Guk, réalisa-t-elle : le taxi ne l'attendrait pas éternellement.

De nouveau, un rideau bougea. Fonce. Au moins, quelqu'un savait qu'elle arrivait. Elle allait franchir le portail, lorsqu'elle aperçut une camionnette à plate-forme, garée dans la cour du fond de la maison qu'elle venait de dépasser.

Rassemblant tout son courage, elle bifurqua d'un pas résolu vers le portail de la cour des Guk, l'ouvrit et fit un premier pas sur l'allée gelée qui menait à la porte d'entrée, s'obligeant à avancer, à surmonter la faiblesse de ses genoux et les défaillances de son cœur.

La maison était aussi hideuse que ses voisines, mal entretenue et dépourvue de tout charme esthétique — murs de bois sombre et toit de tôle incliné s'affaissant sous les congères. Mais c'était la plus vaste de tout le chemin, avec une surface au sol d'au moins une fois et demie celle de ses congénères. Et elle avait repéré un autre détail qui la distinguait dans la masse. Dans la cour du fond, près du camion à l'arrêt : une antenne satellite parabolique. Un pur article de marché noir, au prix exorbitant, aussi incongru et déplacé, à côté de cette bicoque, qu'une Mercedes flambant neuve.

Une petite structure se dressait à gauche de la porte d'entrée, une caisse carrée, d'un mètre vingt environ de côté et, à son approche, elle se demanda ce que c'était. Elle n'en était plus qu'à quelques pas lorsqu'un volet se souleva brutalement sur l'un des flancs de la boîte, et qu'un énorme chien en jaillit.

Elle recula en titubant et s'affala, au moment précis où l'animal bondissait en grondant haineusement et en montrant les crocs. Il courut jusqu'au bout de sa chaîne et se dressa sur ses pattes arrière, à une soixantaine de centimètres d'elle, en faisant claquer ses mâchoires et en la fixant avec férocité de ses yeux jaunes injectés de sang. Elle s'éloigna sur les fesses, mettant une prudente distance entre elle et ce chien enragé, aux yeux fous et aux mâchoires claquantes.

La porte d'entrée s'ouvrit et la porteuse de bois au visage rébarbatif sortit sur le seuil.

— Qu'est-ce que c'est ?

Lara la dévisageait, bouche bée.

— Il est enchaîné. Vous voulez quoi ?

Elle respira fort et déglutit.

— Madame Guk ?

— C'est bien moi. Qu'est-ce que vous me voulez ?

— Je suis à la recherche de votre époux. J'appartiens à l'administration, ajouta-t-elle.

— À l'administration ?

— Nous (elle ravala de nouveau sa salive, son mensonge restant coincé en travers de sa gorge), enfin, le ministère des Transports a mis récemment en chantier un, disons une sorte de livre d'or des meilleurs conducteurs de la région de Moscou, pour, euh, servir de modèles aux autres. Les gens conduisent comme des cochons, de nos jours, madame Guk.

— Qui ça peut bien intéresser, son dossier de carrière ? Il est à la retraite.

— Eh bien, il se pourrait qu'on lui rende hommage, sous forme d'une, euh, prime...

L'aigre visage de Mme Guk s'adoucit légèrement dès qu'il fut question d'argent.

— Je vais éloigner le chien. (Elle s'empara d'une matraque qui gisait sur le sol et en assena un grand coup sur l'arrière-train du chien.) Rentre là-dedans.

Comme le chien essayait de la contourner pour bondir à la gorge de Lara, Mme Guk lui flanqua un autre coup sur le museau. Deux coups encore, et le chien s'engouffrait derrière le battant de sa niche.

Lara attendit que la femme eût rabattu le loquet du volet pour reprendre le cours normal de sa respiration.

— Entrez.

Lorsque Lara passa devant sa niche, le chien grattait encore le volet de la patte.

— Pourquoi n'aboie-t-il pas comme tous les autres chiens ? s'enquit-elle.

— Plus de larynx, dit Mme Guk, en mimant un égorgement du tranchant de la main.

Le laryngophone du bestiau avait probablement été débranché, pour qu'il puisse attaquer sans crier gare.

Charmantes personnes.

La maison était meublée dans le plus pur style « fonctionnel soviétique » — épais fauteuils et divans rembourrés, tables massives, lampes robustes, sans élégance ni goût.

À l'exception, notable, du système audiovisuel, qui occupait toute une paroi. À la vue de la télévision à écran géant, du magnétoscope deux pistes et de la chaîne stéréo à lecteurs multiples, les yeux lui sortirent de la tête. Des étagères, bourrées de CD et de cassettes vidéo et audio, s'élevaient du sol au plafond.

L'épouse de Boris Eltsine disposait probablement d'une télé noir et blanc et d'un vieil électrophone déglingué. Mais le chauffeur de poids lourd à la retraite et son épouse, qui vivaient quasiment dans un bidonville, possédaient un équipement électronique qu'on ne trouvait probablement qu'au marché noir, et à des prix prohibitifs.

— Pour quelle branche du ministère travaillez-vous ? demanda Mme Guk.

Lara sourit et s'apprêtait à lui répondre, lorsque son regard fut attiré par une photo accrochée au mur derrière la femme, la photo d'un homme plus âgé, debout près du camion garé derrière la maison ; Mme Guk se tenait à ses côtés. Elle portait un uniforme d'infirmière.

Un frisson de terreur parcourut son échine.

— Alors... pour quelle branche travaillez-vous ?

Lara s'arracha à la contemplation de la photo et croisa le regard de la femme. Le visage de cette dernière avait recouvré son aigreur première. Elle flairait du louche.

Elle résista au désir de prendre ses jambes à son cou.

— Ma mère était Angela Patrick, déclara-t-elle à toute

117

vitesse. Elle est censée avoir trouvé la mort dans un accident, voilà vingt ans, en fonçant la tête la première dans le camion de votre mari. Je sais que cet accident n'a jamais eu lieu. Je veux découvrir ce qui lui est réellement arrivé. Je suis prête à payer.

La mâchoire de la femme s'affaissa et ses yeux s'écarquillèrent.

— Je suis disposée à payer, répéta Lara.

Son genou droit était agité de tremblements, et elle commença à s'éloigner de la femme à reculons, très lentement.

Une lueur, s'apparentant de très près à la rage bestiale qui luisait dans les yeux du chien, s'alluma dans ceux de la femme.

Lara pivota sur ses talons et fonça vers la porte. Elle sentait Mme Guk derrière elle, et la main de la femme se referma sur sa veste au moment précis où elle se carapatait, franchissant le seuil sans demander son reste. Elle ne consentit à regarder en arrière que lorsqu'elle eut dépassé le portail.

Mme Guk était debout dans l'allée, à côté de la niche du chien. Elle avait l'air suffisamment hargneuse et folle de rage pour se mettre à quatre pattes et aboyer.

Lara accéléra le pas, reprenant la direction du pont. À mi-chemin de ce dernier, elle pila net dans son élan.

Le taxi était parti.

Chapitre 14

Lara repassa le pont et considéra la route bosselée qui menait à l'autoroute. L'entrée de cette dernière et la première station-service se trouvaient à sept ou huit kilomètres de là. Deux bonnes heures de marche, sur une route gelée et en chaussures de ville. Elle n'avait pas eu la présence d'esprit d'enfiler une paire de bottes pour cette randonnée dans la campagne. Pas eu l'intelligence de se souvenir que les chauffeurs de taxi moscovites ont peu ou prou la même conception de l'éthique que les tueurs à gages de la mafia.

Subitement, elle réalisa que ses pieds seraient gelés bien avant qu'elle n'eût atteint l'autoroute.

Son cœur se mit à battre plus vite et elle accéléra l'allure, avançant à présent au pas de gymnastique. Son pied se déroba soudain sous elle et elle atterrit durement sur le coccyx. Impossible de courir sur cette fichue glace. Son instinct lui soufflait de revenir vers les baraques, mais elle n'en continuait pas moins de s'en écarter à vive allure, de progresser sur la route de campagne. Pas question de remettre les pieds dans le bidonville de Guk. Elle avait bien trop peur de sa femme. *L'infirmière.*

Et tous les autres, là-bas, les voisins et leurs chiens haineux — toute cette racaille —, devaient se reproduire depuis si longtemps entre eux qu'elle trouverait probablement un Joseph Guk, ainsi qu'une réplique de sa grosse vache d'épouse, derrière toutes les portes auxquelles elle frapperait.

Mais peut-être était-ce elle, au fond, qui était génétiquement tarée. Comment expliquer autrement qu'elle ait payé d'avance un taxi moscovite ? Quelle autre explication donner à cette lubie qui l'avait prise de venir ici toute seule ?

« Gelée, terrifiée et stupide », fit-elle à haute voix. Elle imagina ses paroles n'arrivant nulle part, gelant dès qu'elles franchissaient ses lèvres et retombant au sol, lettre morte.

Elle sentait ses pieds devenir brûlants, ce qui aggrava encore sa panique. Ils devaient déjà commencer à geler, le phénomène n'avait pas d'autre explication rationnelle. Cette impression de brûlure, c'est sûrement ce qu'on éprouve quand le gel s'attaque à vos nerfs et à vos tissus, se disait-elle. On ampute les orteils gelés. Parfois même les pieds.

Consciente qu'elle n'atteindrait jamais l'autoroute sans infliger à ses pieds des dommages irréversibles, elle décida de tenter sa chance dans les baraques qu'elle avait repérées à l'aller. Elle entrerait dans la première qui lui apparaîtrait — du moins si elle parvenait à distinguer quoi que ce soit dans ce fichu yaourt.

Elle avait l'esprit tellement obnubilé par ses pieds gelés qu'elle faillit ne pas entendre les aboiements. Les chiens des voisins !

Quelqu'un quittait le hameau.

Elle s'efforça de garder son calme, de se concentrer sur ce qu'elle avait à faire mais, à force de respirer à fond, elle perdait le contrôle de sa respiration. Elle fit appel à toutes ses ressources, tenta d'adapter son souffle au rythme de sa foulée, comme lorsqu'elle courait sur la plage, chez elle. Elle ne cessait de regarder derrière elle, s'attendant à chaque instant à voir les faisceaux des phares du camion de Guk percer la brume, à entendre le bruit de son moteur.

Puis elle distingua effectivement quelque chose dans la poix, et son sang se glaça. Une silhouette sombre. Quelqu'un ? Un arbuste ? Non, ce n'était pas un tour de son imagination, mais bel et bien une personne, une forme noire portant un manteau long et... coiffée d'un bonnet d'infirmière. Non, elle ne pouvait pas se tromper... cette inimitable coupe au carré.

Lara se mit à courir, le cœur cognant dans la poitrine, électrisée, brûlante de panique.

Un grand bâtiment se dressait sur sa gauche, et elle s'écarta de la route dans sa direction. Au fur et à mesure qu'elle progressait dans la neige d'un pas chancelant, l'odeur acide qu'elle avait flairée un peu plus tôt s'intensifiait, et elle s'aperçut bientôt que l'édifice n'était autre que l'usine chimique désaffectée, et qu'elle courait droit sur l'étang toxique.

Le gazon gelé était assez glissant près de l'étang, et elle s'en éloigna, la respiration saccadée, sans cesser de fouiller des yeux le brouillard derrière elle. Le vent barattait la brume et l'on n'y voyait pas à plus de trente mètres. Impossible de dire si quelqu'un venait ou non.

Elle se retourna, reprenant sa course vers l'usine, poussée par la rage qui, en même temps qu'une farouche volonté de survivre, poignait en elle. Il y aurait peut-être un téléphone, un gardien, même un objet, n'importe quoi, qui pourrait lui servir d'arme.

À mesure qu'elle se rapprochait du bâtiment, le délabrement de ce dernier devenait plus manifeste : peinture écaillée, carreaux cassés, décombres enneigés jonchant la cour. Ce n'était nullement une usine en activité, mais son fantôme décharné, marinant dans la puanteur de sa propre putréfaction.

La seule entrée visible était un portail assez large pour le passage d'un camion. Des doubles portes, gigantesques panneaux d'acier corrodé, en interdisaient l'accès, mais l'une d'entre elles avait basculé sur son gond supérieur brisé, laissant une brèche assez spacieuse pour qu'elle puisse s'y faufiler.

Une aire de chargement équipée d'un quai pour les camions s'ouvrait devant elle. Les carreaux brisés laissaient passer juste ce qu'il fallait de lumière pour que l'intérieur soit rempli d'ombres noires. Elle s'apprêtait à appeler au secours, mais se retint. Elle savait que le bâtiment était désert et que, pour tout résultat, elle attirerait son poursuivant sur elle.

Elle gravit les marches du quai de déchargement. Je dois absolument me trouver une cachette, se disait-elle. Elle traversa rapidement le quai et repéra une porte ouverte qui menait à l'intérieur de l'usine. Elle la franchit et se colla au mur, de l'autre côté, s'obligeant à marquer le pas et à apaiser sa respiration pour entendre. De légers bruits lui parvenaient, sans qu'elle sût toutefois les distinguer, des grincements et craquements émis par la vieille usine se retournant dans sa tombe.

La pièce où elle s'était réfugiée était encore plus sombre, et la pestilence chimique encore plus prononcée. Elle contourna à pas lents d'énormes citernes métalliques, parfois hautes de plusieurs fois sa taille, et ce qui ressemblait à un interminable et labyrinthique étalage de tuyaux et de valves.

Elle avançait avec précaution, en tendant l'oreille et en cherchant une arme. Un bout de tuyau métallique aurait été l'idéal, mais tous ceux qu'elle pouvait voir étaient soudés.

Un bruit lui parvint, de quelque part à l'intérieur de l'usine, et elle s'arrêta pour écouter, le cœur battant plus fort. Elle avait peur, atrocement peur, mais sa terreur se teintait de fureur et elle savait que, cette fois-ci, elle riposterait, ne resterait pas bêtement paralysée si on l'attaquait. Mais il lui fallait une arme, de quoi cingler le visage de cette salope, s'il s'agissait bien de Mme Guk.

Une autre porte ouvrait sur une aire de bassins à ciel ouvert, dont certains étaient assez vastes pour qu'on pût y nager. La puanteur devenait plus suffocante à chacun de ses pas. Il s'agissait probablement d'une sorte de salle de brassage, où les produits chimiques étaient mélangés avant d'alimenter les cuves d'élaboration situées dans la première des pièces. Une autre crainte l'assaillit, celle de basculer dans l'un des bassins béants. Certains des réservoirs s'ouvraient à fleur de sol, uniquement protégés par des garde-fous d'une cinquantaine de centimètres de haut. L'odeur, dans la salle, était maintenant carrément toxique, une véritable infection, faite d'émanations d'acides en décomposition depuis des lustres, qui lui brûlait les poumons. L'usine avait tout bonnement été fermée et, dans la droite ligne de la proverbiale efficacité soviétique, abandonnée, livrée à elle-même, laissée libre de polluer à loisir son environnement immédiat.

Elle prit subitement conscience que le vieil édifice n'offrait aucun endroit sûr. Elle allait devoir en ressortir, revenir au petit hameau et faire assez de vacarme pour que les riverains comprennent qu'elle était en danger.

Les dernières lueurs du jour s'infiltraient, avares, par une porte située à l'autre bout de la pièce, et elle se fraya un chemin jusque-là, contournant bassins circulaires et canalisations pour gagner la sortie. Il lui fallait se hâter : le jour ne serait pas de trop pour retrouver le hameau.

À environ trois, quatre mètres de la porte, elle fit prudemment le tour d'un vaste bassin, béant au ras du sol. Un objet, suspendu, attira son attention. Elle s'arrêta pour regarder.

Le bras d'une grue intérieure se déployait au-dessus du bassin et, pendant qu'elle fixait l'objet, un cri se forma dans sa poitrine, s'épanouissant en un hurlement qu'elle fut incapable de réprimer. C'était un homme, attaché par les chevilles au sommet de la grue et pendu la tête en bas. Elle crut tout d'abord qu'il portait une chemise noire, puis se rendit compte que sa poitrine était couverte de sang.

Lara sortit du bâtiment en courant, fuyant l'usine sans même réfléchir à la direction qu'elle prenait. Elle trébucha en dégringolant un talus, s'affala et dévala sur les fesses la dure pente neigeuse. Elle se retrouva sur la route, mais la visibilité ne dépassait pas quinze mètres et elle était complètement désorientée, incapable de dire où se trouvait le hameau. La panique lui obscurcissait la cervelle, et elle entreprit de prendre à droite, pour la seule raison que ses pieds la poussaient dans ce sens.

Elle avait toujours dans la gorge le goût acide de putréfaction de l'usine, et l'air glacé, à présent, embrasait ses poumons. Elle respirait à grands coups, par saccades, en hoquetant. Se sentant à deux doigts de défaillir, elle pila en chancelant, pour essayer de reprendre haleine. Elle regarda derrière elle et vit approcher quelque chose à travers le brouillard, une petite chose noire qui fonçait sur elle à la vitesse d'une balle de revolver. Elle comprit brusquement de quoi il retournait et se remit à cavaler. Les Guk avaient lâché leur chien.

Elle glissa, tomba à genoux, et une douleur fulgurante la traversa, les durs blocs gelés lui entamant la chair. Pas un bruit, pas le moindre coup de semonce qui lui parvînt du chien, mais elle savait qu'il serait sur elle d'un instant à l'autre. Elle méprisa la douleur et obligea ses pieds à se mouvoir.

Les chasse-neige avaient rejeté la neige contre les arbres qui bordaient la route, et les congères culminaient à quelque trois mètres de haut. Elle escalada le talus à quatre pattes, en dérapant sur la croûte de neige gelée qui la faisait glisser en arrière, en plantant frénétiquement ses coudes, ses poings et ses genoux dans la glace pour ne pas perdre pied et gagner du terrain. Arrivée presque au sommet, elle entendit un grondement rauque dans son dos. Elle s'agrippa à la plus basse branche d'un arbre pour se hisser, et se contorsionna au moment précis où le chien bondissait.

Lara hurla et balança un coup de pied à l'aveuglette. Des crocs happèrent sa chaussure ; de l'autre pied, elle shoota dans la gueule de l'animal, le forçant à lâcher prise. Il dévala le talus sur l'arrière-train, en claquant des mâchoires. Elle parvint à se hisser quelques centimètres plus haut, mais déjà il revenait à la charge. Elle rua de nouveau, sentit ses crocs égratigner sa cheville, en même temps qu'elle lui écrasait son pied libre sur la truffe.

Un coup de klaxon perçant retentit et les faisceaux de phares, arrivant sur eux du hameau, percèrent le brouillard. Elle rua de plus belle, et le chien dévala de nouveau le talus, déboussolé par la soudaine irruption de la voiture.

La voiture ripa, vint s'enfoncer dans le talus neigeux à quelques centimètres d'elle, et quelqu'un en bondit, jaillissant du siège du conducteur. Il y eut un coup de feu, dont la fracassante déflagration déchira le silence spectral et ouaté qui les enveloppait de toutes parts. Des paquets de neige dégringolèrent des branches en surplomb et s'écrasèrent sur elle.

Quelques secondes plus tard, des mains vigoureuses l'aidaient à redescendre le talus en douceur.

— Vous n'avez rien ? lui demanda Iouri.

Chapitre 15

— Je faisais le pied de grue au bord de la route qui mène au pont quand vous êtes sortie de chez les Guk, lui dit Iouri. (Il l'aida à grimper dans la voiture.) Otez votre manteau.

— Je s-suis f-frigorifiée.

— Le manteau vous isolerait de la chaleur du radiateur.

Il le lui retira et l'étendit sur elle.

— Prenez garde à vous. Je vais refermer la portière.

Il contourna la voiture au pas de course et monta.

— Il y a un homme. Mort, dit-elle.

— De quoi parlez-vous ?

— Dans la vieille usine. Il y a un cadavre.

Iouri mit la voiture en marche et roula jusqu'à l'arrière de l'usine. Il sortit une torche de la boîte à gants.

— Attendez-moi là, lui dit-il.

— Non. (Elle ouvrit la portière.) Je ne reste pas seule.

Lorsqu'il repassa de son côté, il tenait la lampe électrique d'une main et son pistolet de l'autre.

— Montrez-moi l'endroit où vous avez vu ce cadavre.

— À l'intérieur, tout de suite après la porte du fond.

Il ouvrait la voie du rayon de sa torche. Le crissement de la neige sous leurs pieds était le seul bruit audible. Devant la porte, il chuchota :

— Restez bien derrière moi.

Il éteignit, se colla contre le mur près de la porte et tendit

125

l'oreille. Puis il se faufila à l'intérieur de l'usine, plié en quatre, ramassé sur lui-même. Lorsqu'elle vit la lampe se rallumer, elle pénétra à son tour dans l'usine et vint se ranger à son côté, tandis qu'il balayait la vaste salle du rayon de sa torche.

— Par ici, dit-elle. Le corps était suspendu au-dessus du bassin de gauche.

Le faisceau de sa torche épingla le bassin, et le bras de la grue qui le surplombait. À la vue de l'objet qui pendait de la grue, elle ne put réprimer un hoquet : un bout de chiffon sale.

— Il était là. Il y avait bien un cadavre !

Sans répondre, il avança vers le bassin et en éclaira le contenu. Le liquide était opaque, marron, presque couleur chocolat. Il rangea son arme dans son holster, tendit la main et ramassa une tige métallique sur le plancher. Se redressant pour se rapprocher encore, il enfonça le bout de la tige dans le liquide. Ce dernier se mit à écumer à gros bouillons. Il ressortit la tige une seconde plus tard et en éclaira l'extrémité. Il en manquait un morceau.

— Si jamais un homme était tombé là-dedans, il n'en resterait rien, pas même les plombages.

— Si ? Comment ça, si ? J'ai vu, de mes yeux, un homme...

— Il faisait noir...

— Je suis sûre qu'un homme était accroché là-haut, nu et ensanglanté. Je n'en crois pas mes yeux.

Elle était au bord des larmes.

Il laissa retomber la tringle métallique et lui passa un bras autour des épaules.

— Du calme. Écoutez, je vous crois. (Il balaya de nouveau la salle du rayon de sa torche.) Filons d'ici.

Ils retournèrent à la voiture et reprirent la route cabossée en sens inverse, en direction de l'autoroute principale.

Elle s'était adossée à la portière, de son côté, les tempes bourdonnantes.

— Vous ne me croyez pas vraiment. Vous vous dites sûrement que j'ai tout imaginé. Mais ce n'est pas vrai. Il y avait vraiment un corps suspendu là-haut. (Elle secoua la tête.) Oh, et puis je n'en sais rien... je ne sais plus trop ce que j'ai vu exactement.

— J'irai inspecter de jour.

— Amenez une équipe de la criminelle avec vous...

— J'irai d'abord vérifier moi-même, avec Stenka, mon équipier.

— Mais...

— Vous n'avez pas l'air de comprendre. Nos moyens sont limités. Nous n'avons pas suffisamment d'effectifs pour lutter contre la délinquance et la drogue qui sévissent dans les rues — et encore moins l'argent pour les payer. Mon supérieur hiérarchique, s'il me prenait en train d'enquêter pour votre compte, me muterait d'office au standard, pour répondre aux appels d'urgence de nuit.

— Que voulez-vous dire ?

— Écoutez, vous débarquez à Moscou il y a quinze jours et vous commencez à remuer la merde en fouillant dans le passé. Vous êtes cataloguée comme une étrangère à problèmes. Mon supérieur appellerait ça une chasse au dahu et me refilerait immédiatement une autre mission.

Ses mâchoires se crispèrent et la moutarde lui monta au nez :

— Tout le monde est convaincu que je passe mon temps à imaginer des choses. D'accord, mettons donc mon imagination à l'épreuve. Je suis persuadée que ce cadavre était celui de Joseph Guk, le chauffeur de poids lourd que je venais voir. Il est censé avoir conduit le camion d'essence que ma mère a embouti.

— Vous l'avez reconnu ?

— Non, pas vraiment, mais c'est logique. Il n'est pas chez lui, je lui rends précisément visite, il sait ce qui s'est passé jadis. Écoutez, si vous ne me croyez pas, faites demi-tour et retournons chez lui. Vous pourrez toujours demander à Mme Guk où se trouve son époux.

— Et si elle n'en sait rien ? La police a dû intervenir plusieurs fois chez les Guk pour des scènes de ménage. Il a l'habitude de disparaître pendant plusieurs jours d'affilée pour se cuiter. Et quand il rentre, c'est la bagarre assurée.

— Alors on va tout laisser en plan comme ça ? Ignorer, tout bonnement, que j'ai vu un cadavre ?

— Nous enquêterons de notre côté, Stenka et moi.

— Mais...

Tendant le bras, il lui effleura l'épaule.

— Fiez-vous à moi.

127

— Je ne sais plus que penser. J'ai probablement les pieds gelés, ajouta-t-elle, sautant du coq à l'âne.

Il rangea la voiture sur le bas-côté et passa au point mort.

— Montrez-moi ces pieds. (Il se pencha, les souleva et les posa sur ses genoux, lui retira ses chaussures et se mit à frictionner vigoureusement ses orteils.) De vrais glaçons.

— Je vais les poser sur le radiateur.

— Non, j'ai une bien meilleure idée. (Il releva le chandail qu'il portait sous sa veste et dégagea les pans de sa chemise de son pantalon. Il fourra ses pieds gelés contre sa peau nue et rabattit chemise et chandail. Lorsque ses orteils glacés entrèrent en contact avec sa peau tiède, il poussa un petit jappement.) Pas grave, ça passera, fit-il.

Elle se laissa aller contre la portière, tandis qu'il reprenait l'autoroute. Ses traits fermes et ses yeux noirs étaient pour elle un spectacle aussi gratifiant que celui d'un ange descendu du ciel. Elle sentait se dissiper tout doucement sa peur et son angoisse. Peut-être avait-elle effectivement imaginé ce cadavre, se dit-elle. Et, si tel n'était pas le cas, elle avait à sa disposition un dur de dur de flic, qui irait se rendre compte de plus près.

— Merci. Et pas seulement pour avoir sauvé mes orteils.

— De rien. Ça fait partie de mon boulot, tout compte fait. Sauver les jolies femmes des chiens enragés.

— Merci. Personne ne m'avait encore dit que j'étais « jolie »...

— Quoi ? Incroyable !

— Et jamais un homme ne m'a offert de fleurs !

— Jamais ?

— Pas une seule fois.

Il haussa les épaules.

— Aucune femme ne m'a jamais offert de fleurs.

Maintenant que la peur avait reflué, elle se sentait tout étourdie, la tête vidée.

— Vous m'avez sauvé la vie. Vous voilà responsable de moi pour le restant de vos jours. Une vieille tradition chinoise. Sino-américaine.

Il zigzaguait entre les nids-de-poule.

— Il existe une vieille coutume russe identique, qui veut que lorsqu'un homme a réchauffé les pieds d'une femme sur sa poitrine, ils deviendront amants.

— Je raffole des vieilles traditions, dit-elle. Au fait, comment saviez-vous où nous trouver, moi et mes pieds gelés ?

— J'ai vu partir votre taxi, je vous ai vue traverser le pont et foncer vers la grand-route. J'ai attendu de voir si on vous suivait. Quand le chien est passé, j'ai pressenti des pépins mais cette voiture construite par les héroïques travailleurs soviétiques a justement refusé de démarrer.

— Vous me filiez ?

— Bien entendu. Comment aurais-je eu la chance de vous sauver, autrement ? Autre vieille coutume russe. Russo-américaine.

— Vous l'avez descendu ?

— Le chien ? Non, il était de l'autre côté de la voiture. J'ai juste tiré en l'air pour l'effrayer.

— Très bien.

— Très bien ?

— Il n'y est pour rien. Ce sont ces gens qui ont rendu féroce cette pauvre bête. Un peu comme les enfants dans certaines de mes affaires : des gosses de dix ans qui poignardent d'autres gosses. Ils ne sont pas nés mauvais, ni cinglés, mais quelqu'un s'est donné un mal fou pour qu'ils le deviennent. D'où tenez-vous le nom de Guk ? Et comment êtes-vous au courant de leurs bagarres ?

Elle sentit son ventre durcir sous la plante de ses pieds.

— Son nom ? Le chauffeur de taxi a donné l'adresse de la course au standard. J'ai envoyé Stenka la leur extorquer, chercher le nom correspondant et vérifier sur l'ordinateur. Car nous avons des ordinateurs dans la police, figurez-vous.

Elle soupira.

— Vous me filiez. Le personnel de l'hôtel était-il chargé, lui aussi, de m'espionner pour votre compte ?

Il lui décocha un regard.

— Bien entendu. C'est ça, la Russie. Tout le monde y espionne tout le monde, depuis toujours.

— Pourquoi me filiez-vous ?

— Il nous reste toujours un cadavre à élucider.

Elle n'apprécia guère le sous-entendu — un seul et unique cadavre —, qu'impliquait sa remarque mais ne releva pas.

— Vous avez du neuf, pour Belkine ?

— Non. Et on n'a toujours pas décidé si sa mort était ou non accidentelle.

Elle se massa le crâne.

— Ah, pas ça, je vous prie. Vous savez parfaitement qu'elle n'avait rien d'un accident.

Il haussa les épaules.

— Quoi qu'il en soit, c'est comme ça que je suis tombé sur vous.

— Vous avez vu quelqu'un ? Là-bas, dans le brouillard, demanda-t-elle.

— Non. Juste le chien. Pourquoi ? Vous oui ?

— Je n'en suis pas bien sûre. C'était à couper au couteau. Que savez-vous sur Guk ? Et sur sa femme ? Elle est infirmière, me semble-t-il.

Au seul mot d'« infirmière », elle chevrotait.

— Pas plus que ce qu'en a dit Stenka. Il disparaît pendant des jours pour se saouler et se bat avec sa femme en rentrant.

Ses pieds commençaient à se liquéfier et elle s'apprêta à les retirer de sous le chandail de Iouri.

— J'ai dû vous congeler le nombril.

Il les repoussa sous son pull.

— Laissez-les là. Je veux qu'ils soient assez échauffés pour aller danser ce soir.

— Danser ?

— Je vous emmène dîner en ville. Dans un vrai restaurant russe, où l'on paie en roubles et pas en devises fortes, comme dans ces pièges à touristes. Vous verrez... pas de la nourriture de ville.

— Je ne... je ne peux pas aller danser.

— Pourquoi ?

— Je ne sais pas danser. (Mortifiant aveu.)

— Vous ne savez pas danser ? Une femme aussi séduisante que vous et jamais de fleurs, jamais danser ? (Il hocha la tête.) Je comprends mieux votre secret, à présent, oh que oui.

— Quel secret ?

— Vous êtes une nonne. Ou alors, on vous aura jeté en prison à trois ans.

— Sept. Je suis en prison depuis mes sept ans. (Elle aurait voulu lui expliquer pourquoi, mettre son cœur à nu, mais ne s'y sentait pas encore prête.) Ne pourrions-nous pas... nous contenter d'aller dîner, sans obligatoirement danser ?

— Excellente idée. Et savez-vous pourquoi ?

— Vous allez me le dire.

130

— Parce que je ne sais pas non plus. Sérieusement.

— Stupéfiant. Vous avez dû grandir en prison, vous aussi.

— Quelque chose comme ça, murmura-t-il.

Elle ferma les yeux et soupira. Dîner avec le beau flic russe qui venait de la complimenter sur sa beauté... c'était bien le moins qu'elle puisse faire, d'autant qu'il lui avait sauvé la vie.

Elle fit frétiller ses orteils contre son ventre. Ses orteils ronronnaient. Elle était bien au chaud, indemne, et heureuse pour la première fois depuis son arrivée à Moscou. Elle ferma les yeux et s'assoupit.

Elle découvrit à son réveil qu'ils étaient bloqués depuis une heure dans un bouchon, à l'entrée de Moscou. Elle se rendormit, pour ne se réveiller qu'aux alentours du restaurant. Ça sentait la fumée de cigarette. Il avait abaissé la vitre de son côté et tenait sa cigarette à l'extérieur. Il balança cette dernière d'une chiquenaude et remonta la vitre, tandis qu'elle se redressait pour enfiler son manteau.

— Navré, fit-il. Fâcheuse habitude.

— Les fumeurs sont des drogués et les fabricants de cigarettes sont leurs dealers. (Elle sourit, histoire d'adoucir un peu ses paroles.) J'ai lu ça chez moi, sur un panneau ; une affiche de la santé publique.

— Le tabac est-il vraiment plus nocif que l'air de cette ville ?

— Non, je ne pense pas. En fait, fumer est une affaire strictement personnelle, qui ne regarde que soi. (Quelle hypocrite je fais. Voilà que je renie mes propres convictions, parce qu'il a eu le bon goût de me trouver jolie.) J'ai fait un rêve pendant que vous conduisiez, poursuivit-elle. J'ai rêvé que je vous disais que jamais un homme ne m'avait offert de fleurs. En réalité, les hommes n'ont de cesse de me couvrir de fleurs. Les gros, les maigres, les grands, les petits, les jeunes, les vieux. Un vrai régiment, en somme.

— Je m'en doutais. Je suis un excellent détective, vous savez. Je conçois parfaitement qu'une femme aussi belle et sensuelle que vous l'êtes soit carrément noyée sous les fleurs, les fourrures et les bijoux.

Il y avait chez lui quelque chose d'infiniment plaisant. Un tas de choses, en fait...

À l'entrée du restaurant Les Nuits de Moscou s'étirait une

file d'une bonne vingtaine de personnes attendant dans le noir et la froidure qu'on leur attribue une table. Le couple de tête semblait avoir une chaude altercation avec le portier. Lara ne put distinguer leurs paroles lorsqu'ils passèrent devant en roulant à petite allure, mais leurs attitudes parlaient d'elles-mêmes. Ces gens essayaient de forcer l'entrée, et le portier s'adossait à la porte, en pesant dessus de tout son poids, pour la barricader.

— On va geler à mort avant d'avoir une table, fit-elle.

— Ce ne sont pas les tables qui manquent. Vous n'avez toujours pas compris comment fonctionnent les restaurants russes.

Il gara la voiture banalisée de la milice à l'arrière du restaurant, et elle le suivit par une entrée de service qui donnait sur la cuisine. Un puissant et merveilleux bouquet d'arômes, évocateurs de nourriture bien chaude et de chère succulente, l'accueillit.

Un homme imposant, plus encore que Stenka, interrompit sa tâche à leur approche : il était en train de dépecer au couperet le flanc d'un quartier de bœuf et portait la toque et la tenue blanches d'un chef.

— Tiens, la police. Refilez-lui la came et la fausse monnaie, beugla-t-il à l'intention de ses aides, qu'il retourne dans sa datcha et fiche la paix au pauvre monde.

— Tentative de corruption d'un officier de police. Vous êtes tous témoins, fit Iouri en englobant tous les autres employés dans un geste large. En fait, je ne suis là ni pour la drogue ni pour les faux billets. Mais il circule certaines rumeurs sur la graille. On m'envoie enquêter.

Le chef brandit l'énorme couperet.

— Le dernier client qui s'est plaint de ma cuisine, j'en ai fait des *chachliks*.

— Les bruits sur lesquels j'enquête font état d'une nourriture exquise. J'en déduis que vous devez travailler dans l'illégalité. (Cette dernière saillie déclencha l'hilarité générale.) Constantin, je te présente Lara Patrick, une richissime Américaine. Elle m'a promis de me ramener chez elle au Texas et de m'entretenir dans une vie de débauche et de luxure.

— Ah, enfin une femme selon mon cœur. Allez, conduis-la dans notre fabuleux restaurant. Quand elle aura épuisé les ressources de notre savoureuse cuisine et de ta fastidieuse

132

compagnie, renvoie-la-moi aux cuisines, que je la chauffe avec le récit de mes prouesses amoureuses.

— Les prouesses en question lui ont valu quatre épouses et neuf enfants, précisa Iouri à Lara pendant qu'il la guidait jusqu'à la salle à manger à travers une enfilade de portes battantes. Sans parler d'un trimestre passé derrière les barreaux, pour avoir oublié de divorcer d'une de ses femmes avant d'épouser la suivante.

La salle de restaurant était gigantesque : un vaste local s'étendant à perte de vue, nanti d'assez de chaises pour y asseoir deux cents personnes et d'une scène surélevée destinée à l'orchestre et aux attractions. Le rouge dominait : papier floqué mural rouge, longues draperies de velours rouge, moquette rouge ; des lustres baroques pendaient au plafond, tels les énormes pis d'une vache à lait rose bonbon. Lara trouva ça fabuleusement kitsch.

— Ce n'est qu'à moitié plein, fit-elle observer pendant qu'ils choisissaient leur table. Constantin se rend-il compte qu'il perd de l'argent parce que le portier refuse du monde ?

— Le restaurant ne lui appartient pas. Comme pratiquement tout en Russie, c'est une propriété collective, appartenant à cent soixante millions de Russes. Les travailleurs du restaurant touchent la même chose, qu'ils servent cent clients ou un seul.

— Donc ils refusent du travail. Pas d'intérêt personnel. L'économie de marché bouleversera probablement tout ça.

Il haussa les épaules.

— À moins que le Parti ne revienne au pouvoir.

— M'étonnerait que votre peuple permette une chose pareille, après l'échec retentissant du communisme.

— Ce n'est pas le peuple qui en décidera, mais les canons. Et ce n'est pas le communisme qui a échoué, ce sont les gens. Les gens que le knout de Staline a contraints, pendant trois décennies, à bâtir une superpuissance industrielle et militaire, en recourant aux méthodes les plus brutales et les plus terrifiantes qu'on puisse imaginer.

— Vous n'essaieriez pas de me dire, par hasard, qu'il faudrait un nouveau cinglé comme Staline pour remettre ce pays sur ses rails ?

— Il nous faudrait surtout de la vodka et de la bonne

bouffe, pour faire marcher ce pays, dit-il. Et en voilà assez avec les discussions politiques.

— Politiques ? La politique est prohibée aux Nuits de Moscou, déclara un serveur. (Il posa sur la table une bouteille de vodka givrée et deux verres.) Par un inexplicable prodige de l'économie de marché, cette bouteille d'excellente vodka s'est brisée sur le carreau de la cuisine d'un général, pour se retrouver dans nos murs, parfaitement intacte. Bien entendu, il s'agit d'une pure illusion économique, et cette bouteille n'a aucune existence réelle. De sorte qu'elle n'apparaîtra pas sur votre addition.

— Victor, je te félicite. Ton âme d'apparatchik et ta mentalité bolchevique ont survécu à la chute du Parti.

Victor s'inclina modestement.

— J'étais membre du Parti jusqu'à la purge de soixante-treize. Qu'ajouter à ça ? J'ai eu les meilleurs professeurs.

— Comment va ton fils ?

— À merveille. Il a trouvé un boulot de plombier. Grâce à toi, il a évité la prison.

— C'est un bon garçon que tu as là. J'ai agi au mieux.

— Tu as agi avec humanité. (Victor jeta un coup d'œil autour de lui.) Il y a aussi un peu de caviar, également échappé de la cuisine du général.

Il s'éclipsa, pour aller quérir le caviar fugitif.

— Qu'avez-vous fait pour le fils de Victor ? s'enquit-elle.

— Je lui ai donné un bon conseil.

— Un conseil, c'est tout ?

— Assorti peut-être d'un zeste de persuasion bon enfant. Voyez-vous, avant que Victor ne devienne serveur, c'était un comte russe, à la tête d'un grand domaine et de deux mille serfs.

— Vraiment ? C'est sid... Une seconde... il n'y a plus ni serfs ni comtes russes depuis au moins quatre-vingts ans.

Iouri grimaça un sourire.

— Une galéjade que les garçons servent aux touristes. (Il leur versa à chacun une copieuse rasade de vodka extra et leva son verre pour porter un toast.) *Na zdorovie.* À la vôtre.

— Sans moi, merci. Je ne...

— Ce n'est pas de l'alcool. C'est du platine liquide...

— Je n'aime pas l'alcool. Même d'excellente qualité.

— Vous n'aimez pas les cigarettes, vous n'aimez pas l'alcool, vous ne dansez pas et vous portez des vêtements informes, qui dissimulent une silhouette ravissante.

— Que pouvez-vous savoir de ma silhouette, si des vêtements informes la dissimulent ?

— Ce que j'en sais ? Croyez-vous vraiment que je vous aurais laissée vous habiller, hier, sans vérifier si vous ne cachiez pas un revolver ou quelque chose ?

— Espèce de sale vicieux, vous m'avez épiée par la porte. Vous et Stenka...

— Non, jamais je n'aurais permis à Stenka de regarder. Le grade ne va pas sans s'accompagner de certains privilèges. En outre, je vous voulais pour moi seul.

— J'ai besoin de boire un verre, je crois.

Elle prit son verre de vodka et engloutit la rasade cul sec. Une déferlante de lave en fusion roula dans sa gorge. Son visage se congestionna et ses yeux s'écarquillèrent, soudain pleins de larmes. Elle vacillait, à deux doigts de suffoquer et de tout recracher sur la table.

Finalement, elle s'adossa à sa chaise et prit une profonde inspiration, en même temps qu'elle s'essuyait avec sa serviette en drap blanc.

— Bonne camelote, coassa-t-elle.

Le caviar béluga avait réussi à se frayer un chemin jusqu'à leur table, suivi d'un délicieux caviar d'aubergines, d'un bortsch brûlant — et succulent —, à base de chou rouge, et d'un poulet à la Kiev sur lit de pilaf, noyé dans une mer de beurre d'escargot. De loin son meilleur repas depuis son arrivée.

— J'adore leur façon de préparer le poulet. D'ordinaire, vous avez juste droit à une sauce hollandaise noyée d'eau qui imprègne les pommes de terre et leur donne un goût de flotte. Que vouliez-vous dire par « ce n'est pas de la nourriture de ville » ?

— Il existe — du moins existaient-ils encore il y a deux mois — des restaurants et des magasins réservés à l'élite du Kremlin, et où seuls étaient admis les porteurs de certains coupe-files. Si vous faisiez partie des élus, vous pouviez vous offrir de délicates pâtisseries sculptées par un chef français. Le Russe moyen, lui, pouvait se payer de l'étouffe-chrétien à la boulangerie du coin. Bouffe du Kremlin. Bouffe de ville.

Elle but une autre gorgée de vodka et hoqueta, louchant

presque au passage du liquide brûlant dans son œsophage. Lorsqu'elle put de nouveau respirer, elle se pencha vers lui et lui confia.

— Je ne me suis encore jamais saoulée.

— Je l'aurais parié.

— Pour quelle raison ? Vous vous imaginez sans doute que vous allez pouvoir me saouler et abuser de moi ? Écoutez... (Elle lui poignardait la poitrine de l'index.)... je n'ai peut-être pas l'habitude de boire, mais je n'ai aucune peine à appréhender intellectuellement le phénomène. Je sais que l'ivresse peut prendre le contrôle du corps, mais pas celui de l'esprit. Vous me suivez ? L'alcool triomphera peut-être de mon moi physique, mais je ne lui permettrai jamais de dominer mon esprit.

— Je vous suis parfaitement.

Les lumières baissèrent et, au-dessus de leur tête, des escarboucles scintillèrent, suscitées par l'éclat des lustres, transformant le plafond du restaurant en un firmament étoilé. L'orchestre se mit à jouer « Les Nuits de Moscou », la vieille chanson folklorique d'où le restaurant tirait son nom :

— Cette chanson s'appelle aussi « Minuit à Moscou », n'est-ce pas ?

— Oui, répondit-il. Minuit à Moscou, par une blanche nuit d'hiver piquée d'étoiles. (Il se pencha pour se rapprocher d'elle et sa main se posa sur sa cuisse.) Deux amants, dans un traîneau attelé, bien au chaud sous les couvertures, pendant que les étoiles leur sourient et qu'il se penche sur elle pour l'embrasser...

Leurs deux visages se touchaient presque ; elle crut qu'il allait l'embrasser, mais il s'arrêta net, cherchant ses yeux.

Un frisson la parcourut soudain. Hypnotisée par ces yeux noirs et brûlants, elle mourait d'envie que cet homme l'embrasse, la prenne dans ses bras. Elle se pencha encore, à la rencontre de ses lèvres...

Et fit basculer la bouteille de vodka.

— Oh, noooon !

Elle rattrapa la bouteille au vol, et renversa un verre d'eau sur le pantalon de Iouri.

— Oh, mon Dieu, je suis désolée...

— Pas grave. Ne bougez plus ! Vous avez failli faire tomber votre assiette. Restez où vous êtes. Buvez encore un verre. Ça

136

vous détendra. Je vais aller me sécher à la cuisine. Et essayer de contacter Stenka.

Lorsque Iouri se fut levé de table, elle se renversa en arrière dans sa chaise et contempla le plafond étoilé. Pourquoi moi, Seigneur, pourquoi ai-je été choisie pour être la ravissante idiote de l'année ? Elle commençait tout juste à se sentir bien sous l'effet de l'alcool, et il avait fallu qu'elle se comporte en dinde invétérée.

Sur scène, une troupe de danseurs russes endiablés venait d'être remplacée par un couple interprétant une scène du *Lac des cygnes*. Le restaurant lui rappelait une boîte de nuit américaine des années quarante, du moins telle que la décrivaient les vieux films qui passaient à la télé, sur les chaînes de cinéma.

Iouri revenait, tirant une longue figure.

Gênée, bourrelée de remords, elle dit :

— Navrée d'avoir causé...

— Non. Ça n'a rien à voir.

— Où est le problème ?

— Stenka et moi avons une nouvelle affaire sur les bras. Une femme. Peut-être un suicide. Je dois le retrouver sur place.

— Oh, je suis désolée. Mais ravie que vous ne soyez pas fâché contre moi, pour la vodka et le pantalon mouillé.

Elle lui sourit et tendit la main pour effleurer son genou. Sa jambe de pantalon était raide et gelée, et elle retira sa main.

Il but une gorgée de vodka et, tout en parlant, regarda évoluer les danseurs.

— La morte est une institutrice. Apparemment, elle aurait été bouleversée par la visite que lui a rendue hier l'une de ses anciennes élèves, une jeune Américaine.

Le chaud brasier qu'avait allumé la vodka au creux de son estomac se transforma en bloc de glace.

— Malinovski ?

— Tombée du septième, par la fenêtre de son appartement.

— Ils sont certains qu'il s'agit d'un... suicide ?

— La seule certitude qu'on peut avoir, après une chute de sept étages, c'est qu'elle est morte. Elle avait un lourd passé d'instabilité mentale. Elle était visiblement très ébranlée, hier, après votre départ.

Lara réussit à maîtriser les tremblements qui menaçaient de secouer tout son corps et à s'exprimer d'une voix douce, mais assurée.

— Je ne suis pas responsable de la mort de cette femme.

— Je n'ai jamais dit ça.

— Votre expression s'en est chargée pour vous. Je ne suis ni une cinglée ni une faiseuse d'embrouilles, et je ne passe pas non plus ma vie à créer des embêtements aux gens. J'ai simplement posé à cette femme quelques questions, sur le jour où on est venu me chercher à l'école, celui où ma mère est morte et où on m'a mise dans un avion.

— Pour quoi faire ?

— Je vous l'ai dit : je ne crois pas à la version officielle de sa mort. (Elle lui raconta les agressions dont elle avait été victime, étant enfant et lors de son retour à Saint-Basile. Elle le suspectait d'être déjà au courant de toute l'affaire par les dossiers de la police.) Quelqu'un est venu me prendre à l'école. Mais pas ma mère : une femme qui portait ses vêtements. La même personne qui m'a agressée l'autre soir à Saint-Basile.

— Vous êtes allée trouver Malinovski pour la seule raison que vous soupçonniez une femme habillée comme votre mère d'être venue vous chercher à l'école, le jour où vous avez été agressée quand vous étiez petite ?

— Oui. Écoutez, j'ai l'impression d'avoir le plus grand mal à vous faire toucher du doigt le parcours du combattant auquel je suis soumise depuis mon arrivée. Et ce n'est pas seulement la bureaucratie qui me fait tourner en bourrique. La première personne à qui j'ai rendu visite était la meilleure amie de ma mère, une femme dont elle parlait constamment dans ses lettres. Elle aussi enseignait à la fac. Elle m'a reçue à bras ouverts mais, dès l'instant où j'ai soulevé la question de la mort de ma mère, elle m'a pour ainsi dire flanquée dehors. En disant que je me livrais à une chasse aux sorcières.

— Une informatrice du KGB, qui le renseignait sur le compte de votre mère.

— Quoi ? Comment savez-vous ça ?

— Vous semblez oublier où vous êtes. Vous descendez dans un hôtel qui, il y a quelques mois, était encore truffé de micros, comme tous ceux de Moscou. Le moindre touriste en visite était flanqué de son guide de l'Intourist. Quand je dis que tout le monde en Russie est plus ou moins un informateur, je ne plaisante qu'à moitié. Votre mère était une étrangère qui résidait à Moscou. Tous ceux qui l'ont approchée ont dû être contactés et interrogés par le KGB. Ces gens-là n'étaient pas à la solde du gouvernement. Mais de simples quidams. Ils étaient forcés de répondre, de crainte de perdre leur emploi, leur famille, sinon leur vie.

— Pourtant c'est terminé, tout ça. Le KGB a été dissous.

— Mais les archives sont toujours là. Ce professeur était une amie de votre mère. Une véritable amie, je n'en doute pas. Seulement, de temps en temps, elle devait renseigner le KGB sur ses activités. Vous avez posé la mauvaise question, soulevé un sujet tabou. Rares sont les gens qui souhaitent évoquer un passé dont ils ont honte. Individuellement, c'est une source d'embarras et, collectivement, ça risque de déstabiliser le gouvernement. Si l'on voyait de telles informations brutalement rendues publiques, et des gens inculpés pour des actes qui à l'époque étaient légitimes, le scandale mettrait le feu au pays. Le passé est mort, mort et enterré. Nous sommes voués à faire une croix dessus.

— Je ne crois pas que les causes de la mort de ma mère soient politiques. Ni qu'elle ait été tuée par le KGB.

— Quoi que puisse vous dicter votre intuition, vous faites souffrir des gens pour qui tout ça appartient à un passé révolu.

— Souffrir ? Mais ce n'est pas moi qui leur fais du tort. Croyez-vous vraiment que ma vieille institutrice s'est suicidée ? Que l'overdose de Belkine était accidentelle ? Que j'ai inventé le cadavre de Guk ? Que je me suis balancée toute seule d'une hauteur de dix étages ?

— Toutes ces affaires font encore l'objet d'une enquête. Et il y avait des échafaudages sous votre fenêtre. Vous devriez rentrer aux États-Unis avant que d'autres innocents n'en pâtissent.

Elle jaillit de sa chaise, avec une telle violence que cette dernière bascula.

— Espèce de... de... (Elle en perdait l'usage de la parole. Et la raison. Elle tendit la main et lui renversa le plat de caviar sur les genoux.) *Salaud !*

Elle se rua vers la sortie, repassant par la cuisine par laquelle ils étaient entrés. Elle franchit en trombe les deux portes battantes et interpella sèchement Constantin :

— Il me faut un taxi. Tout de suite. Si jamais cet homme me retrouve, je le découpe en lanières avec ce couperet à viande.

Les portes battantes s'ouvrirent doucement derrière elle, et Victor, le serveur, passa la tête par l'entrebâillement ; une paire de chaussures à la main, il lui demanda :

— Vous partiez nu-pieds ?

— Donnez-moi ça. Et empêchez Iouri d'entrer.

— L'inspecteur Iouri est occupé à gratter son pantalon, pour en décoller plusieurs milliers de roubles de caviar.

— Il faudra une bonne heure pour trouver un taxi, dit Constantin.

— À quelle distance sommes-nous de l'hôtel Gorki ?

— Beaucoup trop loin.

— Je peux vous déposer.

C'était une jeune femme d'une vingtaine d'années, que Lara remarquait pour la première fois. Elle reposa un carton sur une pile d'autres cartons. Tous portaient l'emblème du corps de l'Intendance, le service de l'approvisionnement des armées. Elle-même portait l'uniforme de l'armée russe.

— Je passe par là pour rejoindre mon unité.

— Alors filez, dit Constantin, et vite. Avant que Iouri ne revienne et que je ne me retrouve avec un cadavre de policier sur les bras. (Il agrippa Lara, l'étreignit affectueusement et lui fit une bise.) Faites-moi signe. Je suis libre, actuellement.

Un camion de l'armée russe était garé derrière le restaurant, près de la petite voiture de la milice. Lara grimpa sur le siège du passager, moins agilement que sa bienfaitrice.

La jeune femme mit le camion en marche.

— Je m'appelle Tatiana. Je suis la fille de Constantin.

— Lara.

Elle ne chercha pas à savoir pourquoi Tatiana livrait, au beau milieu de la nuit, des vivres de l'armée au restaurant que gérait son père. Autres denrées endommagées, probablement, sortant tout droit de la cuisine du général.

— Iouri et Lara, fit Tatiana. Les amants tragiques de *Dr. Jivago*. Exactement comme Roméo et Juliette. J'adore les tragédies romantiques. Pas vous ?

Son retour à l'hôtel Gorki dans un camion militaire ne risquait pas de compromettre davantage la réputation de Lara,

140

déjà passablement suspecte aux yeux du personnel de l'établissement.

Le menton pointé, elle traversa le hall, telle lady Di ouvrant le bal.

Le portier et le réceptionniste de nuit la regardèrent passer, les yeux écarquillés, avec cet air respectueux qu'on réserve d'ordinaire aux présidents et aux auteurs d'un meurtre à la hache.

Plus question de revoir ce salaud ! se promit-elle en faisant vibrer sous ses pas furieux les marches de l'escalier.

Quand elle déboucha sur son palier, la fille d'étage se tenait sur le seuil de la buanderie, pliant des serviettes qu'elle empilait ensuite sur un chariot.

« Bonsoir, madame. » La fille s'inclina en souriant, puis réitéra sa courbette. Lara nota au passage qu'elle avait déplié les serviettes avant de les replier. Elle passa devant elle, hautaine, lui accordant à peine un regard.

Comme elle faisait halte devant sa porte, le temps d'insérer sa clé dans la serrure, elle se retourna sans crier gare et surprit le regard de la fille rivé sur elle. Puis la femme se détourna brusquement et se remit à déplier ses serviettes.

Lara ouvrit sa porte d'une bourrade, alluma la lumière et entra dans la chambre. Elle n'avait pas fait deux pas à l'intérieur qu'elle se figeait sur place, pétrifiée.

Une poupée était posée sur sa coiffeuse. Habillée en infirmière. Une grosse chandelle, modelée en forme de phallus, se dressait entre ses deux jambes.

Lara recula en hurlant. Elle sortit et se dirigea vers la fille d'étage, qui lâcha ses serviettes et fila.

Lara la rattrapa au bout du couloir.

— Qui est entré dans ma chambre ?

— Personne, geignit la fille, en se rencognant frileusement contre le mur.

— Quelqu'un est entré dans ma chambre. Dites-moi qui.

— Personne, juré. L'infirmière de ce matin, c'est tout.

— Quelle infirmière ?

— Juste après votre départ, une infirmière m'a demandé de lui ouvrir parce que vous aviez oublié votre médicament. Tout le monde sait bien, ici, que vous êtes sous traitement.

— Appelez le groom immédiatement. Je quitte cet endroit.

Le Grand Hôtel de Moscou était gigantesque, hors de prix, et sûr, du moins l'espérait-elle. On pouvait s'enfermer dans les chambres de l'intérieur, à double tour. Sa chambre du quatrième, prise en sandwich entre les grincements et les vibrations de l'ascenseur et les bourdonnements des glacières, était la moins chère de l'hôtel. Elle était dépourvue de fenêtre. Et bien au-dessus de ses moyens. L'hôtel recevait des hommes d'affaires teutons et nippons. Sa chambre sans fenêtre lui coûtait deux cents dollars la nuit, soit cinq fois ce qu'elle payait au Gorki pour une chambre à deux fenêtres, et sans vibrations.

Elle se déshabilla et s'enfouit sous les couvertures sans quitter ses sous-vêtements chauds.

Chapitre 16

Le lendemain matin, dans son lit, Lara considéra la carte de visite d'Alexeï Bova et ravala sa fierté. Elle ne savait absolument pas comment s'y prendre pour l'appeler à son aide. Elle finit par s'avouer battue et décrocha le téléphone.

Par on ne sait quel miracle conjugué de l'électronique et de l'économie, le standard du Grand Hôtel de Moscou était toujours libre quand on voulait joindre quelqu'un. Elle donna à la standardiste le numéro de téléphone et, à sa grande stupéfaction, la femme lui demanda de ne pas quitter. Un instant plus tard, elle revenait en ligne et s'enquérait de son nom. Puis une voix d'homme se fit entendre au bout du fil.

— Ilia, le secrétaire de M. Bova, à l'appareil. En quoi puis-je vous être utile, miss Patrick ?

— Monsieur... monsieur Bova, bredouilla-t-elle, consciente de bégayer, m'a invitée à une réception...

— En effet. La soirée Western de ce soir. Puis-je envoyer la limousine vous prendre à huit heures ?

— Euh, oui, parfait. Huit heures, cela me semble convenir à merveille.

— Votre hôtel ?

— Le Grand Hôtel de Moscou.

— Très bien. La limousine vous attendra à huit heures précises. Passez-vous un agréable séjour au Grand Hôtel ?

Elle balaya du regard sa chambre sans fenêtre.

— Excellent. J'aurais préféré une chambre qui donne sur autre chose que sur quatre murs, mais mon budget est limité.

— Je ne manquerai pas d'en faire part à M. Bova.

Elle raccrocha et s'assena une grande claque sur la tempe. Quelle grande gueule je fais ! Lui faire part de quoi ? Que Lara Patrick ne peut même pas s'offrir une chambre avec fenêtre ? Il va probablement me rappeler dans l'heure qui suit : « M. Bova a le regret de vous informer qu'il n'invite pas à ses soirées des gens qui n'ont pas les moyens de se payer une chambre d'hôtel convenable. » Bonté divine, quand donc apprendrai-je à me taire ?

Elle sauta de son lit. Il était midi passé. Il ne lui restait pas même huit heures pour trouver une robe et des accessoires pour la réception. « Western », avait dit son secrétaire, la soirée serait plus occidentale que russe, et ça lui convenait parfaitement. Moins il y aurait de Russes pour écouter aux portes, moins elle aurait de mal à évoquer l'affaire de sa mère.

Combien peut coûter une robe à Moscou ? se demanda-t-elle. Pourrait-elle en dénicher une pour moins de deux cents dollars ? Le manteau risquait de soulever des problèmes plus épineux. Elle n'avait pas de manteau habillé, point à la ligne. Et le blouson de ski qu'elle portait par-dessus un pantalon et deux épaisseurs de sous-vêtements risquait fort de ne pas être à la hauteur, dans une soirée donnée par Alexeï Bova.

Si les Occidentaux constituaient le gros des invités, il y aurait probablement des ambassadeurs, des ministres du Commerce et des chefs d'entreprise. Qui s'habilleraient de façon passablement traditionnelle, se persuada-t-elle. Une robe simple et élégante, tel serait sûrement le mot d'ordre chez les femmes plus jeunes et mieux faites : moins d'étoffe, davantage de décolleté.

Étant donné les conditions économiques actuelles, il devait être plus aisé de dénicher un tank russe qu'une robe du soir.

L'heure n'était pas vraiment aux longues trempettes émollientes : elle se doucha, s'habilla et se retrouva dans la rue en moins d'une heure. Le personnel de l'hôtel ne la dévisagea point à la dérobée lorsqu'elle descendit l'escalier et traversa le hall. Visiblement, la réputation qu'elle s'était forgée au Gorki ne l'avait pas précédée jusqu'ici. La veille au soir, au moment de quitter le Gorki, elle avait pris bien soin de brouiller les pistes.

144

Avançant d'un pas vif, elle prit la direction des boutiques de mode qu'elle avait repérées aux alentours de la Tour noire de Bova.

Jusqu'à présent, elle n'avait eu à traiter, pour accéder aux archives gouvernementales, qu'avec des employés et des chefs de service. Au train où ça allait, elle se retrouverait fauchée avant même d'avoir mis la main sur les dossiers qu'elle cherchait. Alexeï Bova et son cercle de relations lui ouvriraient certaines portes. Et, éventuellement, pourraient peut-être inciter la police à l'écouter et à lui offrir une protection rapprochée.

Elle avait passé la matinée au lit à ressasser son moindre geste depuis son arrivée. Iouri, et cette colère qu'elle avait piquée contre lui, ne cessait de revenir à la charge, pour lui mordiller sournoisement le mollet, comme un chiot exigeant qu'on lui prête attention. Elle pouvait, certes, lui pardonner le mauvais tour qu'il lui avait joué à propos de Belkine, et jusqu'à ses foutues cigarettes, mais la bêtise est impardonnable.

Une pensée la taraudait, tel un prurit inextinguible, et elle se résolut enfin à l'affronter. Iouri n'était nullement stupide. Il ne devait pas croire lui-même aux salades qu'il lui avait servies. Protégeait-il quelqu'un ? Et que fichait-il donc à la fête foraine, le soir où Belkine avait été renversé par un camion ?

Quant à la poupée sur sa coiffeuse, c'était le comble. Cette salope qui la filait se permettait maintenant d'envahir sa chambre, poussant le toupet jusqu'à lui laisser des cartes de visite.

Elle avait envie de rappeler Iouri, de lui dire que l'infirmière était entrée chez elle, mais son amour-propre et une crainte encore plus paralysante — qu'il aille s'imaginer qu'elle avait tout inventé — l'en empêchaient.

Exit Iouri, se dit-elle. Et Alexeï Bova se chargerait de lui ouvrir les portes *ad hoc*. Par quel biais elle aborderait le sujet, ça, elle n'en savait rien encore. Dans le domaine des SOS et plus encore peut-être dans celui des réseaux d'influences, elle était d'une ignorance crasse. Elle se voyait mal aller le trouver en cours de soirée et lui déclarer à brûle-pourpoint qu'elle avait plusieurs meurtres non résolus sur les bras, et un besoin d'aide urgent.

Les Français avaient investi la mode russe, et Lara commença par une boutique française.

Au seul vu des vêtements, elle sut qu'ils n'étaient pas dans ses prix. Mais il lui fallait quelque chose de potable. Les gens riches comme Bova devaient sans doute s'imaginer que toute femme voyage accompagnée de six malles pleines, prête à produire la tenue appropriée en n'importe quelle circonstance.

— Je peux vous aider ? lui demanda une vendeuse.

Elle portait une robe longue marron, fendue quasiment jusqu'à la taille, et qui balayait le plancher. Le tout assorti d'un long sautoir de perles, d'une coiffure à la Jeanne d'Arc, d'un maquillage faramineux et d'un petit air pincé : elle aurait été comme un poisson dans l'eau à la soirée d'Alexeï. Je devrais peut-être lui demander d'y aller à ma place.

— Je jetais juste un coup d'œil, dit-elle.

Elle se mit à déambuler nonchalamment dans la boutique, en dévorant avidement des yeux les vêtements sensationnels et en s'efforçant de se comporter comme si elle ne mourait pas d'envie de les essayer. Elle voulait se faire une idée de la fourchette des prix mais timide, elle n'osait ni demander ni farfouiller dans les robes à la recherche d'étiquettes.

Un ensemble noir assorti d'un chemisier blanc attira son attention : très européen, très chic, bien que copié sur le patron d'un complet d'homme. Un feutre de gangster des années vingt, une écharpe blanche négligemment jetée sur les épaules, et des vernis noirs à guêtres blanches complétaient la tenue.

Ce n'était pas pour elle, ça en jetait beaucoup trop, mais l'ensemble l'intéressait néanmoins, dans la mesure où il lui éviterait le port d'un manteau. Sous le pantalon, la veste et l'écharpe, elle pourrait toujours superposer deux caleçons longs et apparaître ainsi sans avoir l'air d'une idiote frigorifiée.

Elle en fit le tour, cherchant l'étiquette. Elle en trouva une, pointant sous l'écharpe et annonçant la couleur en devises fortes : cinq cents dollars. Elle y regarda de plus près. L'ensemble était indubitablement très original et très féminin, encore que légèrement décalé. C'était plus un manifeste qu'un vêtement. Oh, Seigneur, se faire remarquer était bien le dernier de ses soucis. Mais elle s'épargnerait l'achat d'un manteau, et un manteau un peu habillé lui reviendrait à plusieurs fois le prix d'une robe.

— Vous avez trouvé quelque chose à votre goût ? lui demanda la vendeuse.

— Peut-être. Je suis en déplacement et j'ai besoin, de manière imprévue, d'un vêtement habillé pour ce soir. Je me demandais si ce n'était pas un peu trop, euh, mode, pour moi. Les souliers et les guêtres sont-ils compris dans les cinq cents dollars ?

— L'écharpe à elle seule vaut cinq cents dollars, madame...

Le quartier de l'Arbat est l'un des plus vieux de la ville et l'un des rares à abriter encore le peu de charmes qu'est censé offrir Moscou. Ses rues hébergeaient jadis les artisans qui travaillaient pour la Cour, orfèvres, pâtissiers, ébénistes et miroitiers, qui servaient l'aristocratie. Ultérieurement, il était devenu la coqueluche des aristocrates pour se transformer, en tout dernier lieu, en un quartier de boutiques et d'ateliers. Lara décida que l'atmosphère qui s'en dégageait actuellement relevait d'une alchimie complexe, produit du mélange bigarré de petites échoppes, de pickpockets, de chanteurs des rues, de mendiants et de beatniks — de l'espèce des années cinquante.

Après être ressortie en catimini de son troisième magasin de mode, abattue et humiliée, elle avait pris le métro jusqu'à la place de l'Arbat. On trouvait pratiquement tout et n'importe quoi dans ce quartier, depuis les drapeaux souvenirs de l'armée soviétique jusqu'à la dentelle brodée main.

Dans une boutique du nom de Ninocha, elle dénicha une robe noire classique, assortie d'une courte vareuse. Le haut de la robe lui montait au ras du cou et elle était à manches longues. La jupe tombait sur ses chaussures, fendue sur le côté jusqu'au-dessus du genou.

Classique et chaste, dans l'ensemble, se dit-elle, et pas excessivement démodée. Son plus grand atout, c'était la petite vareuse, grâce à laquelle son absence de manteau passerait inaperçue.

Elle avait déjà les chaussures noires et les collants assortis. Et une montre-bracelet en argent, qui faisait plus d'effet que sa valeur réelle. Avec un décolleté aussi modeste, elle n'avait besoin d'aucun autre bijou.

Qui plus est, la robe ne coûtait que cent quatre-vingts dollars.

— Je n'aurai pas l'air d'avoir emprunté la robe de ma mère pour une soirée chic ? demanda-t-elle à la vendeuse.

— Une grande ballerine portait cette robe pour l'enterrement de son amant, lui confia la vieille dame.

— C'est une robe de seconde main ?

— Elle n'a été portée qu'une seule fois. Après que les caméras ont filmé son malheur, la ballerine a abandonné toutes ses possessions terrestres pour aller se cloîtrer dans un couvent français. Neuve, cette robe vaudrait cinq cents dollars.

Lara se déplaça d'un pied sur l'autre.

— L'ensemble fait un peu prude.

— Vous êtes à Moscou. Nous continuons d'y préserver la dignité de nos femmes dans les soirées.

À son retour à l'hôtel, le directeur adjoint l'intercepta au pied de l'escalier :

— On vous a changé de chambre, miss Patrick. En vous installant dans cette petite mansarde près de la cage d'ascenseur, l'employé de nuit se sera certainement trompé.

Oh, oh, ils avaient dû entendre parler du Gorky. Ils doivent me prêter l'intention de poser une bombe.

— Ma nouvelle chambre n'a pas de cloisons capitonnées, j'espère ?

— Capitonnées ? Vous voulez des murs capitonnés ? Je ne pense pas que nous ayons de chambres aux murs capitonnés, mais je suis persuadé que vous apprécierez celle que nous vous avons réservée. C'est la meilleure de l'établissement, à ce tarif. À ce niveau, je veux dire, bien entendu. Vous avez dit hier soir à la réception que vous ne vouliez rien de plus haut que le quatrième.

— Je plaisantais, pour le capitonnage, dit-elle, pendant qu'ils montaient dans l'ascenseur. Cellules capitonnées... pour les fous, vous saisissez ?

— Oh, bien sûr. Désopilant.

Il se fendit d'un rire contraint.

Elle regardait le plafond de l'ascenseur. Il était plus que temps de changer d'hôtel...

Ils passèrent devant son ancienne chambre, longèrent le couloir jusqu'au bout et tournèrent. Il s'arrêta devant une double porte, ouvrit l'un des battants et s'effaça pour la laisser passer.

Elle entra, n'en croyant pas ses yeux.

Ce n'était pas une chambre. C'était une suite.

Des gerbes de fleurs s'entassaient sur des longues tables installées de part et d'autre de l'entrée. Un buffet de hors-d'œuvre était dressé au centre de la pièce, avec une bouteille de champagne. Une coupe de fruits frais — dont aucun n'avait poussé à moins de deux mille kilomètres du Moscou hivernal — s'épanouissait à l'une de ses extrémités.

Une femme de chambre sortit de la chambre à coucher et lui fit une petite révérence.

— Bienvenue dans la suite de la Tsarina, Madame.

Lara dut se maîtriser pour ne pas piquer un fou rire — ils doivent me prendre pour une riche Américaine.

— J'apprécie vraiment beaucoup, mais je crains fort qu'il n'y ait une méprise.

— Une méprise ? (L'homme faillit en perdre son pantalon.) Aurions-nous commis quelque bévue ? La chambre ne vous plaît pas ? La nourriture...

— Non, je parlais d'une erreur sur la personne. Je suis Lara Patrick. La dame de la petite chambre près de l'ascenseur et des glacières vrombissantes, vous vous souvenez ?

— Lara Patrick. Effectivement.

— Vous ne comprenez pas. Je n'ai pas les moyens.

— Les moyens ? Cette suite vous est offerte gracieusement par M. Bova.

— Alexeï Bova ?

— Bien entendu.

— M. Bova a fait... tout ça pour moi ?

— En effet.

— Oh, je me doutais bien qu'il y avait un quiproquo. Je rends grâce à M. Bova pour sa générosité, mais je ne permets à aucun homme de me payer une chambre à l'hôtel.

— L'hôtel est la propriété de M. Bova.

— Cet hôtel appartient à M. Bova ?

Elle regarda autour d'elle. La pièce était gaie et lumineuse. Trois fenêtres. Toutes fermées, comme elle aimait qu'elles le soient. Elle avança et alla regarder au-dehors. Deux étages plus bas, on apercevait le dais de la terrasse d'un des restaurants de l'hôtel. Si quelqu'un la balançait par cette fenêtre, elle en serait quitte tout au plus pour une jambe cassée.

D'élégantes moulures en forme de couronnes décoraient murs et plafond. Au lieu du triste gris poussiéreux des murs de sa petite chambre près de la cage d'ascenseur, ceux de la suite étaient peints en douces nuances pastel. La moquette était si épaisse et si moelleuse qu'elle pouvait y enfouir ses orteils. La chambre à coucher était aussi vaste que le séjour.

Elle inspecta la salle de bains. Oh, Dieu du ciel, un bain bouillonnant. Faire trempette dans un Jacuzzi, son péché mignon.

Elle tendit la main pour prendre la clé, gardant un visage impassible, essayant de gérer la situation à la manière d'une Katherine Hepburn.

Puisque cet hôtel appartient à M. Bova, j'imagine qu'on peut me considérer comme une invitée de la maison, et non comme une femme entretenue, ajouta-t-elle en son for intérieur.

— Merci, madame.

Le directeur adjoint sortit en faisant mille courbettes.

La femme de ménage demeurait immobile.

Lara haussa les sourcils.

— Je suis votre servante attitrée, dit-elle à Lara. Désirez-vous que je vous fasse couler un bain ?

— Oui, oui, ce serait très agréable.

La servante n'avait pas disparu à l'intérieur de la salle de bains que Lara s'emparait d'un cracker et le plongeait dans le caviar, envoyait promener ses chaussures d'une ruade et enfonçait douillettement ses pieds dans l'épaisse moquette pour gagner son lit. Elle se laissa tomber à la renverse sur ce dernier et fixa le plafond. Pourquoi un homme que j'ai si brièvement croisé ferait-il tout ça pour moi ?

Il est riche. Capable de choses aussi fantasques qu'imprévisibles, si l'on en croyait les actualités. Peut-être l'attirait-elle ? Bon sang, il en veut peut-être à *mon corps*. Elle promena derechef son regard autour d'elle, sur la luxueuse chambre à coucher. Je ne mettrais pas longtemps à apprécier tout ça.

— Tu as le droit de me traiter de catin, déclara-t-elle au plafond.

Chapitre 17

Lara envoya la femme de ménage acheter une bombe de laque pour se débarrasser d'elle un moment. Elle n'avait pas tourné les talons que Lara se précipitait sur le téléphone, demandait qu'on la mette en communication avec la légation des États-Unis et s'émerveillait de nouveau de la diligence du standard en s'entendant répondre de ne pas quitter.

Eric Caldwell, l'attaché d'ambassade, prit sa communication. Il s'attend que je vienne cogner à sa porte s'il ne répond pas, se dit-elle. Elle avait vainement essayé, par son entremise, de persuader le ministère de la Sécurité de rouvrir le dossier de « l'accident » de sa mère. En dépit de visites et de coups de fil réitérés, il ne lui avait pas été d'un grand secours ; le gouvernement russe, encore dans ses langes, vacille bien assez sur ses jambes comme ça, inutile d'aller en plus faire des vagues en déterrant le passé. C'était là son excuse.

— Monsieur Caldwell, auriez-vous des nouvelles de la réouverture de l'enquête sur les causes du décès de ma mère ?

— Rien de neuf. C'est toujours à l'étude, déclara-t-il sèchement.

— En d'autres termes, ils préfèrent attendre que je rentre chez moi, une fois que je n'aurai plus d'argent.

— Vous devez comprendre, miss Patrick...

Il lui resservit le même galimatias auquel elle avait déjà eu droit une bonne demi-douzaine de fois.

— Une dernière question, beaucoup plus mondaine celle-là, aucun rapport avec ma mère. Je suis invitée à une réception et je me suis dit que, avant de m'y rendre, je pouvais peut-être m'informer sur mon hôte. Il s'agit d'Alexeï Bova.

— Vous avez été invitée à une soirée d'Alexeï Bova ?

De la tolérance polie, Caldwell était subitement passé à la stupéfaction teintée de jalousie.

— Oui. Pourriez-vous m'en dire plus long sur lui ?

— Rien que ne sache le premier venu en Russie. Les médias d'ici se répandent plus sur sa personne que toutes les feuilles de chou de l'Ouest sur lady Di et Donald Trump réunis. Ses soirées feraient pâlir d'envie un tyran de Rome. Il a fait servir de l'authentique pizza de Chicago à l'une d'elles. Ce cinglé a fait entièrement démonter et acheminer par avion à Moscou une pizzeria de Chicago, pour une unique réception.

— Un peu comme ces milliardaires américains de l'époque de la Grande Dépression qui donnaient des fêtes ostentatoires alors que tout le monde crevait de faim.

— Très bonne comparaison, et si vous avez un peu lu sur l'époque, vous devez savoir que les audaces de ces extravagants nababs avaient encore plus de retentissement que les frasques de nos stars du rock. Les gens les adulaient et les enviaient. Les Russes éprouvent les mêmes sentiments à l'endroit d'Alexeï. Ils ont le plus grand mal à trouver du lait pour leurs bébés, le maudissent pour ses excentricités, mais se glorifient de ses exploits.

— Comment a-t-il fait pour amasser une fortune aussi rapidement ? L'économie de marché a le plus grand mal à décoller.

— Magouilles, combines et trafic d'influences. Il possède sa propre banque. Utilise l'ADA — l'Argent Des Autres. Le grand building, là, la Tour noire, est censé être l'exemple même de l'économie de marché à l'œuvre, mais Alexeï s'est approprié, par le biais de jeux d'écriture, un terrain du gouvernement. Là-dessus, il s'est adjugé pour dix millions de dollars de matériaux de construction, en provenance d'usines du gouvernement avides de remplir leur carnet de commandes, commandes qui ont bien été remplies, mais jamais réglées. Autrement dit, il a bâti le plus haut immeuble de Moscou sans débourser personnellement un liard.

— N'est-ce pas ainsi que nos milliardaires s'y sont pris ?

— En effet. Mais ça a valu à nombre d'entre eux d'être mis à l'ombre. J'ai également entendu dire qu'il avait dû, pour achever la construction, importer de l'étranger quelques millions de dollars supplémentaires de matériaux, sur le compte de petits épargnants. Le gouvernement a fait mettre le building sous séquestre et, à l'exception de Bova, il est inoccupé. Vous avez dû entendre parler de sa datcha ?

— J'en ai vaguement le souvenir.

— Il a fait main basse sur un ancien palais d'hiver du tsar réaménagé en musée, reprit Caldwell avec enthousiasme. Il l'a acheté au comité de travailleurs qui le gérait, et les types ont palpé plus de fric qu'ils n'en auraient gagné de toute leur vie. Le gouvernement essaie de le récupérer par la voie légale.

— Comment peut-on acheter un bien à quelqu'un à qui il n'appartient pas légalement ?

— Tout est possible, aujourd'hui, en Russie.

Lorsqu'elle eut raccroché, Lara alla vérifier le bain qu'Anna avait fait couler pour elle dans le Jacuzzi.

Ce dernier semblait somptueux. Trente centimètres de bulles bouillonnantes, assez chaudes pour ébouillanter un homard. Elle revint précipitamment dans le séjour et se prépara un plateau de hors-d'œuvre, se servit une pleine coupe de champagne puis, au diable l'avarice, emporta la bouteille et le plateau dans la salle de bains.

Elle se déshabilla et s'immergea lentement dans l'eau délicieusement parfumée. Des bulles jusqu'au cou, elle tendit la main et s'empara d'un canapé au caviar. Quelques crackers plus tard, elle dégustait le champagne. Le bouquet en était sublime, et les bulles lui piquaient le nez. Le seul champagne qu'elle eût jamais goûté provenait d'une de ces bouteilles à deux dollars quatre-vingt-dix-neuf qu'on sert aux mariages. Champagne frappé dans un bain bouillant. Ça, c'était vivre. La vie des grands de ce monde.

Elle s'en servit une seconde coupe. Le champagne est moins raide que la vodka. Tout en gloussant à mi-voix, elle vida le restant de la bouteille dans son bain et donna une chiquenaude sur les arrivées d'air pulsé.

Elle se laissa aller en arrière et se prêta aux massages liquides. Oh oui, je m'habituerais vite à être une femme entretenue...

153

— Madame désire-t-elle que je l'aide à s'apprêter pour la soirée ?

Morbleu ! Depuis la mort de sa mère, personne ne l'avait plus jamais aidée à s'habiller. Pas même sa grand-mère.

— Je me débrouillerai. Mais il me faudrait un fer. L'une des manches de ma veste est légèrement froissée.

— Je vais vous la repasser, Madame.

— Merci, Anna.

Anna avait la silhouette trapue des paysannes d'Europe centrale : petite et robuste. Elle avait aussi un pied-bot et claudiquait de façon notable.

Je vais devoir m'habituer à être servie, songeait Lara. Au moins jusqu'au jour où elle refuserait de « payer l'ardoise » en nature — car, pensait-elle, Alexeï ne manquerait pas de la lui présenter —, et se verrait obligée de quitter l'hôtel. Nul doute qu'eu égard à sa notoriété grandissante dans l'industrie hôtelière moscovite, son prochain gîte ressemblerait fort à un refuge pour SDF.

Comment les riches supportent-ils d'être servis ? Tout en enfilant un caleçon long de laine rouge, elle se souvint d'avoir lu quelque part que le valet du général Eisenhower avait l'habitude de lui tenir son caleçon grand ouvert, pour que le général puisse l'enfiler directement en sortant de son bain. Elle se demanda si quelqu'un tenait également le caleçon d'Alexeï à sa disposition...

Anna revenait avec la vareuse repassée. Son regard se posa sur le caleçon long.

— Je n'ai pas de manteau chaud, expliqua Lara.

— Tout le monde a un manteau chaud, en Russie, fit Anna, l'air désarçonné.

Lara sourit :

— J'entends par là que je n'ai pas de manteau qui aille avec une robe du soir. J'ai, euh, laissé le mien chez moi. Avec ça, je survivrai au froid sans manteau. Une fois les jambes roulées, on n'y verra que du feu.

— Bien, Madame.

Rien ne transpirait, ni dans la voix d'Anna ni dans son expression, mais Lara n'avait aucune peine à imaginer ses pensées secrètes. Ces riches Américaines sont vraiment excentriques...

Elle se sentait bien. Elle s'étonnait que deux petites coupes de champagne aient pu lui tourner la tête à ce point. Pas vraiment désagréable, d'ailleurs : plutôt l'impression d'être détendue, tiède et cotonneuse. Rien d'étonnant à ce que les gens boivent tant sous ces latitudes, se dit-elle. La douce chaleur de l'alcool réchauffait ses orteils, et le trac qu'elle avait éprouvé, à la perspective de devoir affronter des dizaines d'inconnus au cours de cette réception, s'en trouvait sérieusement émoussé.

Elle passa en revue sa tenue dans le miroir.

Je ne sais pas quoi penser, se dit-elle. Trop réservée ? Derechef, elle se demanda ce qu'allaient porter ces ambassadeurs et ces hommes d'affaires.

— Il reste du champagne ? demanda-t-elle à Anna.

— J'en ai mis une seconde bouteille au frais quand Madame a terminé la première.

— Ne le répète à personne, mais la majeure partie a fini dans l'eau du bain. Je boirai juste une coupe de cette deuxième bouteille, je crois. Veux-tu te joindre à moi ?

— Non, merci, Madame.

— Pourquoi pas Lara, tout simplement ?

— Certainement, Madame.

Lara siffla le champagne en se maquillant. La femme de chambre se tenait un peu en retrait, à sa disposition, mais Lara ne trouvait rien à lui faire faire.

— Il y a longtemps que tu travailles dans cet hôtel ?

— Je travaille pour M. Bova.

Pour M. Bova en personne ; intéressant, ça. Elle aurait aimé lui demander pourquoi on ne lui avait pas tout simplement attribué une femme de chambre du personnel, mais décida que ce serait discourtois. Cette femme risquait de le prendre mal, ou s'imaginerait peut-être que Lara la rejetait à cause de son handicap.

Le haut de sa robe du soir, d'où dépassait un pan du tricot de corps de lainage rouge, avait bien un petit côté grotesque, mais dès qu'elle eut enfilé la petite vareuse assortie, on ne vit plus le moindre centimètre carré de sous-vêtement.

— Alors, qu'en dites-vous, Anna ?

— Ravissant, Madame.

Elle n'avait pas l'air spécialement convaincue.

Lara fronça les sourcils et but une autre gorgée de champagne. Les gens qui n'aiment pas l'alcool n'ont jamais dû boire un bon champagne, se dit-elle.

— Eh bien, sauf à retourner dans le quartier de la mode armée d'un revolver, voilà à quoi j'en suis réduite.

Le téléphone sonna et Anna alla décrocher.

— Le chauffeur vous attend en bas, Madame.

Lara s'inspecta encore dans la glace. Pas exactement la vamp, se dit-elle, mais pas non plus la vieille instit racornie. En gros, la petite vendeuse fauchée qui aurait enfilé la robe de sa marâtre pour aller au bal du prince. La métaphore lui tira un gloussement niais qu'elle étouffa de sa paume.

— Anna, peut-on s'enivrer avec deux malheureuses coupes de champagne ? Je ne suis pas saoule, au moins ?

La fille secoua la tête.

— Non, Madame.

— Tu sais quoi, dit-elle à la fille au visage de marbre, je me fiche totalement de ce que peuvent penser les gens. Je suis comme je suis, qu'ils aillent se faire voir.

Elle y songeait encore en longeant le couloir. D'ordinaire, je ne partage pas ce genre d'opinions, mais je ferais beaucoup mieux. Ne pas me soucier de l'opinion d'autrui. Je suis quelqu'un de bien. Je ne fais de mal à personne. Si je n'ai pas les moyens de m'offrir une plus belle robe et que ça ne leur plaît pas, tant pis pour eux. C'est du moins comme ça que mon père et ma mère auraient réagi. Au diable le qu'en-dira-t-on.

— Du courage en bouteille, dit-elle à haute voix, en anglais, dans l'ascenseur.

— Pardon, madame ? s'enquit le liftier en russe.

— Rien. Je me parlais à moi-même.

En vérité, elle voyait les choses sous un autre jour, et ça n'avait aucun rapport avec le courage en bouteille. Le champagne ne me fait pas tant d'effet, de toute façon. Et puis, c'est pas vraiment de l'alcool, en plus...

Le chauffeur en uniforme de la limousine l'attendait dans le hall près de l'entrée. Il portait un vêtement plié sur son bras. Il le déploya à son approche et elle réalisa qu'il s'agissait d'une longue cape de zibeline noire.

— Puis-je ? s'enquit-il en tenant la cape pour lui en envelopper les épaules.

Lara ne sut trop que répondre.

— Votre manteau, madame. Pour la voiture.

156

— Merci.

Elle le laissa draper la cape sur ses épaules et le suivit jusqu'à la limousine. À l'intérieur, sur la banquette arrière, elle ôta la cape pour l'examiner. Elle avait déjà vu de la zibeline, celle-là n'était pas le tout-venant, c'était la plus belle et la plus coûteuse. Et il y en avait des mètres. Ce manteau avait dû coûter plus cher que la limousine dans laquelle elle était assise, et Alexeï Bova s'en servait exclusivement comme d'un « manteau de voiture » pour ses invitées ?

— Pauvres petites zibelines, leur dit-elle en les caressant.

Elle s'opposait farouchement au port de peaux de bêtes exotiques.

La limousine était une Mercedes noire. Elle avait remarqué dans le hall que le chauffeur était borgne, peut-être une tare congénitale dans la mesure où l'épiderme recouvrait l'orbite aveugle. Elle réalisa soudain qu'Alexeï Bova semblait n'employer que des personnes handicapées.

Le trajet jusqu'à la Tour noire fut bref, ne lui laissant même pas le temps de changer d'avis, de dire au chauffeur de faire demi-tour et de la ramener à son hôtel, pour aller enfouir sa tête sous son oreiller.

Un portier vint lui ouvrir la portière. Deux autres faisaient le pied de grue à l'entrée du hall et lui tinrent les portes.

— Vous oubliez votre manteau, madame, fit le premier.

— Ce n'est pas le mien, c'est celui de la voiture.

Deux autres portiers attendaient près des ascenseurs.

— Bonsoir, miss Patrick, fit l'un d'eux.

— Bonsoir.

Que son nom leur soit connu ne l'étonna pas outre mesure. Le chauffeur était censé ramener une miss Patrick.

Dans la cabine de l'ascenseur, elle se remémora une histoire que lui avait racontée l'un de ses professeurs de lycée, une Polonaise. Lorsque les Soviétiques avaient envahi la Pologne, en 1939, les mœurs des soldats russes étaient encore assez primitives. Il n'était pas rare que les troupes d'occupation soient accompagnées de femmes, dont certaines portaient le fusil tandis que d'autres suivaient simplement les soldats. Les Russes n'étaient jamais que de grossiers culs-terreux, lui avait dit son professeur, des voleurs qui dévalisaient les maisons polonaises. Les femmes portaient des chemises de nuit dans la rue, les prenant pour des robes du soir fantaisie.

157

Elle s'angoissa subitement, paniquée, et considéra sa propre robe en se demandant si elle n'aurait pas, elle aussi, confondu chemise de nuit et robe du soir, puis elle éclata de rire à sa propre stupidité.

— Désolée, dit-elle au liftier. *Private joke.*

— Bien, madame.

L'ascenseur s'arrêta au dernier étage, celui de l'appartement de la terrasse. Lara prit une profonde inspiration et, se jetant à l'eau, se propulsa hors de l'ascenseur pour entrer dans la vie des grands de ce monde.

Et se retrouva nez à nez avec le Lone Ranger et Tonto.

Chapitre 18

Quelque part à l'intérieur, une vache mugit et un cheval lui répondit par un hennissement.

Les yeux écarquillés, bouche bée, elle regarda passer le général Custer et Sitting Bull, bras dessus, bras dessous, talonnés par deux vieilles dames dont les panses rebondies en remontraient à l'arrière volumineux de leurs robes bouffantes.

À l'autre bout de la pièce, sur un podium, une matrone à cartouchières croisées vociférait les paroles d'*Elvira*, pendant que des dizaines de cow-boys et de cow-girls russes s'essayaient gauchement au quadrille texan.

Alexeï apparut subitement sous son nez. Il était tout de noir vêtu — chapeau, chemise, pantalon et bottes. La bande de son chapeau de cow-boy était en argent, et deux six-coups à crosse de nacre pendaient à son ceinturon, également incrusté d'argent.

— Je me sens parfaitement idiote, dit-elle. Lorsque votre secrétaire m'a parlé d'une soirée « Western »...

— Vous n'avez pas fait le rapprochement avec le Far West. C'est entièrement notre faute, nous aurions dû nous exprimer plus clairement. Voilà justement Ilia.

Un jeune homme, déguisé en joueur de banjo du Mississippi, accourait en toute hâte. Comme la plupart des hommes présents, il portait deux six-coups.

— Ilia, voici Lara Patrick. Je crains fort que vous n'ayez

159

pas réussi à lui faire comprendre que nous donnions un bal costumé sur le thème du Far West.

Ilia en resta tout penaud.

— Navré, miss Patrick.

— C'est ma faute, vous n'y êtes pour rien.

Elle lui tendit la main, puis la retira promptement. Main et bras droits étaient affligés d'une malformation et d'une taille bien inférieure à la normale.

Il sourit et lui tendit sa main gauche.

— Celle-ci fonctionne à merveille.

— Le malentendu m'incombe entièrement, dit Alexeï. Vous n'auriez jamais déniché un costume de western en temps voulu, de toute façon. J'ai fait venir des costumiers de Dallas il y a deux semaines, pour habiller mes invités.

— C'est de là que vient votre chapeau à bande d'argent ?

— De Nashville. (Alexeï la prit par le bras.) Venez, je vais vous trouver quelque chose à boire.

— Je crois que je ferais mieux de m'en aller, Alexeï.

— Impossible. À moins de sauter par la fenêtre. J'interdirai aux ascenseurs de vous raccompagner. En outre, je veux vous présenter quelqu'un, un ami à moi qui a connu vos parents.

— Mes parents ?

Elle était abasourdie.

— Angela Patrick était bien votre mère, non ?

— En effet.

— Félix, mon bras droit, les a connus, elle et votre père.

— Vraiment ?

— Alors, vous restez ?

— Si je reste ? Je m'incruste, camarade.

Alexeï s'esclaffa et la prit par le bras.

— Que je vous présente à Félix. Il est passablement snob et affecté, dans le registre littéraire. Je le garde pour le vernis qu'il apporte à ma grossière éducation paysanne.

Un serveur passa, portant un plateau de verres contenant une décoction jaunâtre. Alexeï s'empara de deux verres.

— Vous allez adorer. Vodka à l'abricot. Pas très différent du cognac.

— Je ne suis pas une très grosse buveuse.

— *Na zdorovie*, la salua-t-il.

— *Provost*. (Elle en but une gorgée.) Hmmmm, délicieux, très suave.

C'était aussi bon que le champagne. Rien à voir avec le feu liquide qu'elle avait bu avec Iouri.

Des palissades avaient été dressées au milieu de la pièce, formant deux stalles, dont l'une contenait une vache et des balles de foin, et l'autre deux chevaux et de l'avoine.

La salle en elle-même était stupéfiante : une gigantesque caverne circulaire, très haute de plafond — pas loin d'une dizaine de mètres, estima-t-elle —, et entièrement vitrée. Le podium de l'orchestre se dressait près de l'escalier.

— Elle a été conçue pour abriter un restaurant pivotant, un de ces endroits où l'on va souper le soir en admirant les lumières de la ville, lui dit Alexeï. Elle tourne, d'ailleurs.

La rotation était imperceptible mais, depuis son arrivée, le décor extérieur s'était légèrement modifié.

— Je la fais mettre en marche pour mes soirées. Je me suis amouraché de cet endroit après sa construction. Depuis les tsars, personne n'a jamais eu un appartement aussi vaste. Je toise la ville tout entière, et toute la ville me regarde d'en bas. (Il éclata de rire.) On ne vit qu'une fois, Lara. Lorsqu'on peut satisfaire sa mégalomanie et jouir de plaisirs rares, pourquoi s'en priver ?

Elle leva son verre de vodka sucrée à sa santé.

— Pourquoi pas, en effet ?

Encore deux autres verres, et elle serait fichue de grimper sur le toit pour hurler aux rampants d'en bas qui réclamaient du pain d'aller s'acheter de la brioche...

— Félix, voici Lara Patrick.

Il était grand et mince, probablement le début de la soixantaine. Des cheveux couleur sable, coupés ras et clairsemés.

— Félix va vous expliquer combien le fait de travailler pour moi lui est insupportable, pendant que je m'assure que le personnel ne met pas le feu aux cuisines. Ils font rôtir une vache texane entière au-dessus d'une fosse.

Alexeï s'éloigna en hâte.

— Pourquoi seriez-vous gêné de travailler pour lui ? s'enquit-elle.

— Alexeï est un charmeur — à condition d'apprécier les enfants gâtés, capricieux et immensément riches. Il a néanmoins un talent qui rachète tout : il est bourré d'argent, alors que je n'ai pas le moindre sou. Je ne supporte ce fou furieux

161

qu'en raison directe de mon penchant capitaliste pour le lucre, par ces temps de chaos économique.

Un concert de hurlements et de vociférations s'éleva fort providentiellement à l'autre bout de la salle, épargnant à Lara la corvée de réfléchir à une repartie. Elle se hissa sur la pointe des pieds pour essayer d'entrevoir ce qui se passait.

— Un taureau mécanique, dit-elle.

— En provenance directe de chez Gilley, au Texas. Pour l'instant, nous n'avons encore qu'un seul bras cassé, un secrétaire d'État au commerce.

— Quelles sont vos attributions exactes au sein de, euh, l'organisation d'Alexeï ?

— À peu près toutes à part changer ses couches mais, s'il osait, il me confierait également cette tâche. En fait, je suis officiellement son assistant principal. Ilia se charge des mondanités et, quant à moi, je peux me glorifier de m'occuper de tout le reste, à commencer par le décompte des pertes sèches enregistrées dans le budget de cette Tour de Babel édifiée à sa gloire.

Deux cow-girls métropolitaines, qui portaient des tenues satinées, hypermoulantes et réduites au strict minimum, passèrent sans se presser, et jetèrent sur la robe de Lara des coups d'œil si appuyés qu'ils frisaient l'impolitesse.

— Ne faites pas attention à elles, dit Félix. Le bruit court qu'Alexeï aurait envoyé sa limousine personnelle vous quérir, et les jeunes personnes présentes sont toutes griffes dehors.

Elle but encore une gorgée. Plus elle buvait, moins elle se souciait de ce qui se passait dans la tête des autres femmes.

— Alexeï disait que vous aviez connu mes parents.

— Façon de parler. Je n'ai jamais été leur confident. Néanmoins, ils appartenaient au même milieu intellectuel et littéraire que moi. Tout ça remonte aux années soixante, à l'époque où, en Amérique, la jeunesse se révoltait contre la guerre du Vietnam et où ici, en Russie, écrivains et poètes devaient se cacher sous leur lit pour écrire des mots qui pouvaient leur valoir un aller simple pour les camps de travail.

Il porta son verre à ses lèvres, petit doigt levé.

— J'étais rédacteur en chef d'une revue littéraire financée par l'université. Bien entendu, nous ne publiions que des textes autorisés, puisqu'on ne mettait les rotatives en marche que lorsque les censeurs avaient dûment visé la copie. Mais je

162

représentais à l'époque une sorte de phare, de balise, pour les écrivains en quête de méthodes de publication alternatives.

— Clandestines, voulez-vous dire ?

— Clandestines, et passées ensuite en douce dans les pays de l'Ouest. Je peux me flatter d'avoir publié les meilleurs écrits des dissidents les plus subversifs du régime soviétique. Quoi qu'il en soit, c'est du passé, et ce sont vos parents qui vous intéressent. Je les ai croisés à plusieurs occasions. Ils étaient très aimés et populaires, bien que votre père soit passé comme un météore dans le firmament littéraire moscovite. Il a traversé la ville comme un éclair, et nous avons appris, tout de suite après, qu'il avait trouvé la mort en Afrique.

— Comment était-il ?

— Farouche. Brillant. Britannique, si je me souviens bien.

— En effet. Gallois.

— Un poète et un révolutionnaire. Mon sentiment personnel, à son sujet, me porte à croire qu'il préférait l'aventure à l'idéologie. Ce qu'il prisait au premier chef, c'était une bonne bagarre. Et l'amour. Il était très beau. Voyons, vous deviez être encore bébé à sa mort. Vous n'avez jamais vu de photos de lui ?

— Une seule. Je n'avais que quelques mois quand il est mort. Il était déjà parti pour l'Afrique à ma naissance.

— Mon meilleur souvenir de votre père en dit long sur sa nature sauvage et impétueuse. C'était lors d'une soirée, une de ces mornes réunions universitaires où nous autres intellos tentons de nous éblouir mutuellement par notre génie. Votre père, après avoir bu plus que son content, a fait redémarrer la soirée en grimpant sur la rambarde d'un balcon pour y danser, tout en faisant tenir en équilibre sur sa tête une bouteille de vodka. Il faut savoir, pour mieux apprécier l'exploit, que nous étions au cinquième.

Lara rit si fort qu'elle faillit s'étouffer. Sa quinte de toux ne se calma que pour céder la place au hoquet.

— Oups. Navrée.

— Pas grave.

— Je n'ai pas l'habitude de l'alcool.

— Vraiment ? Comme c'est décevant. J'espérais que vous ressembleriez à votre père et qu'au bout de quelques verres vous feriez à votre tour redémarrer cette soirée.

— À dire vrai, honnêtement — *hic* — je ne ressemble pas

163

du tout à mon père. Je suis extrêmement prude et réservée. J'ai bu plus d'alcool ces deux derniers jours qu'au cours de ces dix dernières années. J'ai découvert que j'adorais le champagne. Et cette vodka à l'abricot est un puuuur délice.

— Apprenez que les buveurs expérimentés se méfient comme de la peste des boissons trop sucrées, qu'on siffle sans même s'en rendre compte.

— Je me surveille. Je sais aussi — *hic* — très bien me contrôler. Les gens semblent s'abandonner aux effets pervers de l'alcool. Je pense, pour ma part, que si l'alcool peut affecter le corps, tout revient en fait — *hic* — à une question de triomphe de l'esprit sur la matière. Il peut prendre le contrôle de mon corps, mais jamais celui de mon esprit.

Elle bloqua sa respiration, s'efforçant de réprimer son hoquet.

— Voilà une approche intellectuelle de l'alcool tout à fait nouvelle pour moi, marmonna Félix. Mais qui pourrait s'appliquer à tant de choses de l'existence.

— Et ma mère ? s'enquit-elle avec avidité, tout en retournant à deux autres cow-girls leur regard caustique.

— De sales petites punaises, n'est-ce pas ? laissa tomber Félix. Alexeï est le plus beau parti du pays. Il n'est pas une seule femme dans cette pièce qui ne rêve de s'introduire dans son lit et dans son compte en banque. Aucune n'y est encore parvenue.

— Vous parlez du lit ou du compte en banque ?

Il haussa les épaules en souriant.

Trois cow-girls s'étaient regroupées à proximité.

— Qu'une seule de ces salopes me regarde encore de travers et je lui claque le beignet. (Elle porta la main à sa bouche.) Oh, bonté divine, je ne me suis jamais exprimée ainsi de toute ma vie. (Elle secoua la tête.) Moscou doit me coller la méningite. (Elle cueillit un autre verre sur le plateau d'un serveur qui passait.) Parlez-moi de ma mère. Chez moi, on prétend que je tiens d'elle.

— Comme je vous disais, fit-il en lorgnant son verre à la dérobée, vous me rappelez énormément votre père. Physiquement, votre mère vous ressemblait beaucoup, une jeune femme très séduisante, certes, mais une intellectuelle, très grave, très posée. Aussi féroce que votre père mais, alors que ce dernier était capable de recourir à ses poings, lorsque les

164

mots lui manquaient, pour faire triompher son point de vue, votre mère, pour déchirer ses contradicteurs, était plus encline à l'ironie tranchante.

— En Amérique, dit Lara, ma mère avait la réputation d'une révolutionnaire très violente, mais il n'y avait aucune violence en elle. J'ai lu les rapports de police sur ces manifs qui ont mal tourné et, louée soit la liberté de l'information, j'ai même eu accès aux rapports que le FBI avait établis sur elle. Ce n'était pas une activiste ; il y a eu des débordements, tout simplement.

— Dans mon souvenir, c'était une femme qui ne faisait pas de concessions, fit-il. Elle a subi une pression énorme, on exigeait d'elle qu'elle écrive des articles antiaméricains, mais elle se cantonnait aux seuls pamphlets antimilitaristes. Rien ne l'aurait fait plier, ni diable ni censeurs. Une femme d'un très grand courage moral. Des tripes, comme vous dites, vous autres Américains. Si elle avait vu un type battre un enfant avec une badine, au lieu d'appeler la police, elle aurait arraché sa badine au type pour l'en cingler.

Les yeux de Lara s'embuèrent et elle fixa le contenu de son verre.

Alexeï apparut et lui passa un bras autour du cou.

— Serait-ce Félix qui vous fait pleurer d'ennui ?

— Nous parlions de ses parents. Te souvient-il de quelque chose à leur sujet, Alexeï ?

— Tu sais bien que je ne les ai jamais rencontrés, Félix. Je te l'ai déjà dit tout à l'heure. Ta mémoire sera bientôt aussi dégarnie que ton crâne.

— Vous ne me présentez pas ?

Le ton était péremptoire, et tous trois se retournèrent d'un seul bloc sur une femme vêtue d'une tenue de cow-boy à paillettes : gilet rouge pailleté, pantalon de cuir rouge, jambières de cuir rouge pailletées, et bottes aux pointes plaquées d'argent. Débarquée en droite ligne de Nashville.

— Nadia, voici Lara Patrick, dit Alexeï. Vous reconnaissez probablement Nadia. Elle est présentatrice au JT de vingt heures de Moscou.

Lara la reconnaissait effectivement. Une femme très séduisante, aux hautes pommettes typiquement slaves, aux cheveux blond cendré tirés en arrière et huilés façon naïade, mais dont la dureté des traits nuisait à la beauté. Quel qu'ait pu être le chemin qu'elle avait emprunté pour arriver là où elle était, son attitude disait très clairement qu'elle ne céderait pas un pouce du territoire qu'elle occupait sans rendre coup pour coup.

Elle était nue sous son ample gilet, de sorte que ses seins pointaient au moindre mouvement.

— Ravie de vous rencontrer, réellement, dit Nadia, dont le regard amusé balaya la robe de Lara. (Elle leva ensuite le bras pour tremper ses lèvres dans son verre, tant et si bien que les pans de son gilet s'écartèrent, dévoilant son sein nu jusqu'au mamelon.) Ma mère adorerait votre robe.

Lara rougit, puis blêmit de rage.

Alexeï se gratta la gorge.

— Félix, pourquoi n'exposerais-tu pas à Nadia l'idée que nous avons eue pour son émission, pendant que je fais faire le tour du propriétaire à Lara.

Il prit Lara par un bras pour l'éloigner, mais elle lui résista et s'adressa à Nadia en chuchotant, comme pour un aparté théâtral :

— Savez-vous qu'on arrive maintenant à cacher les cicatrices d'implants aux silicones sous des tatouages ?

La mâchoire de Nadia s'affaissa.

Alexeï entraîna Lara si rapidement qu'elle titubait à ses côtés. Avant même qu'elle ne se rende compte qu'elle riait à en avoir les larmes aux yeux, ils avaient traversé la salle. Tout en la guidant vers le majestueux escalier, il lui demanda :

— Ils font vraiment ça ? Cacher les cicatrices sous des tatouages ?

— Un vieux truc de strip-teaseuse. La plupart des implants sont introduits par les aréoles. Un tatoueur un peu doué réussira à donner aux cicatrices la nuance des aréoles.

Elle n'en revenait pas, d'avoir une pareille conversation avec un homme qu'elle connaissait à peine. Ne te laisse pas dominer par l'alcool, s'intima-t-elle.

— Comment saviez-vous qu'elle avait eu des implants ?

— Je vous en prie. Il n'y a que dans l'imagination des hommes et au pays enchanté des silicones qu'on trouve des seins aussi fermes et aussi parfaits.

— Pour une femme qui donne l'impression d'avoir vécu une existence surprotégée...

— Mais j'ai mené une existence protégée. Privée, du

moins. Quelqu'un m'a encore récemment accusée d'avoir été élevée dans un couvent. Mais je suis aussi, de par ma profession, procureur dans une grande métropole. J'ai dû traiter avec des maquereaux, des détraqués, des prostituées, des meurtriers et autre lie de la société, sans même parler de leurs avocats et de leurs victimes. Les Nadia de ce monde sont des rigolotes, comparées à certains salauds visqueux de ma connaissance, tueurs et violeurs d'enfants.

— Impressionnant. Vous avez des talents cachés.

— Désolée, Alexeï. La digression n'était pas voulue.

Ils s'arrêtèrent au sommet des marches pour admirer la soirée.

— J'ai l'impression, fit-il, que Lara Patrick est plus compliquée que je ne l'imaginais de prime abord. Moi qui vous prenais pour une espèce d'espionne industrielle, je découvre une personnalité infiniment plus complexe.

— Espionne industrielle ? Qu'entendez-vous par là ?

— Que je vous croyais mandatée à Moscou pour servir certains intérêts commerciaux des États-Unis ou d'Europe de l'Ouest, qui tentent de s'implanter financièrement en Russie en prenant le contrôle de ma banque.

Elle considéra son verre.

— J'ai trop bu, de toute évidence. (Elle lui tendit son verre à demi vide.) Tenez ça hors de ma portée. J'en ai déjà bu plusieurs d'affilée. Plus du champagne un peu plus tôt. Je me sens vaseuse. Ça signifie que je suis ivre, ou quoi ?

— Juste un début d'ivresse. Mais il faut un certain temps à l'alcool pour se dissoudre dans le sang, de sorte que le meilleur est encore à venir. Vous n'avez donc jamais été ivre ?

— Ivre ? Pas même éméchée. Parlez-moi de ce bidule commercial, à présent. Pourquoi diable serais-je une espionne ?

Il arqua les sourcils et offrit ses paumes au ciel.

— Pourquoi croyez-vous que je vous suivais, hier ? Et voilà qu'après notre rencontre vous quittez cet horrible petit hôtel où, semble-t-il, vous vous planquiez en grand secret, pour emménager dans un hôtel qui m'appartient.

— Vous me suiviez ? Moi ? Pourquoi ?

— N'est-ce pas limpide ? Je vous croyais impliquée dans sa mort.

— La mort de qui ?

— De Nicolaï Belkine. Mon principal négociateur.

Chapitre 19

Au sommet des marches, le palier formait une fourche.

Il lui fit prendre à gauche, la guidant vers le bout du couloir.

— C'est une entrée privée. (Il poussa une porte nichée dans un renfoncement qui dissimulait un ascenseur.) Cet ascenseur me permet d'aller et venir sans passer par le hall public.

Mille questions lui brûlaient les lèvres, mais elle se tut — elle voulait d'abord réfléchir un peu.

Il ouvrit une à une les portes d'un couloir, sur leur trajet de retour.

— Chambres d'amis — il y en a trois. Dotées d'un équipement complet de gymnastique. Personnellement, j'abhorre l'exercice. Hélas, je me suis encombré d'un entraîneur personnel, qui a ordre de me fustiger si je ne garde pas la forme !

Arrivé à la chambre nuptiale, qui se trouvait à droite dans le couloir, il lui lança un bref regard :

— Royalement meublée, lui dit-il. Je vous ferai admirer le reste un de ces jours mais, pour l'instant, les invités risqueraient de jaser.

— Parlons un peu de Belkine, dit-elle. Vous avez lâché une bombe... il s'agirait maintenant de nettoyer les décombres.

— Belkine était un... voyons, comment un Américain formulerait-il ça ?... une merde.

— On peut le présenter comme ça.

L'engourdissement gagnait tout son corps, et son sens de l'équilibre s'en ressentait légèrement. Reprends-toi, s'adjura-t-elle. Elle se concentra sur sa démarche et sur son élocution. Elle ne pouvait pas être ivre, c'était exclu, et elle ne voulait pas non plus en donner l'impression.

— Mais une merde indispensable dans certaines situations. Il parlait le même langage que les vieux nostalgiques du Parti et s'avérait très utile pour traiter avec eux. Quand j'ai appris qu'il avait été tué, peut-être même assassiné, et qu'une Américaine était impliquée dans l'affaire, la chose a naturellement éveillé ma curiosité. Surtout lorsque j'ai découvert que vous résidiez dans un hôtel où les étrangers ne sont pas censés descendre.

— Je suis une Américaine pauvre. De plus, je parle russe et n'ai que faire d'un hôtel pour touristes.

— Bon, quoi qu'il en soit, j'ai demandé au personnel de vous espionner.

— Celui de l'hôtel ? J'espère qu'ils ont une photocopieuse.

— Une photocopieuse ?

— Avec tout leur espionnage, ils doivent publier des rapports en quantités industrielles. La paranoïa qui règne dans ce pays est hallucinante. Elle gangrène quasiment toute chose.

— En Russie, la paranoïa n'est que lucidité exacerbée. Les Russes n'ont pas besoin de s'inventer des ennemis fictifs, puisque tout un chacun, dans ce pays, est susceptible de poignarder son prochain dans le dos, et que le monde entier nous guette, comme une bande de vautours attendant de piétiner nos plates-bandes.

Elle secoua la tête.

— J'en conviens. Depuis que j'ai débarqué à Moscou, les vautours tournoient au-dessus de ma tête.

Le seul fait de secouer la tête lui procura un léger étourdissement et elle décida de ne plus recommencer.

— Cependant, à peine apprenais-je que la police enquêtait sur vous que le type de la sécurité de l'hôtel disparaissait, s'expatriant apparemment pour raisons de santé.

Lara songea soudain à Iouri.

— Et la police, vous la payez aussi pour m'espionner ?

— J'en avais l'intention, mais je voulais d'abord vous voir de mes propres yeux. Lorsque l'hôtel a appelé mon bureau pour m'annoncer que vous étiez sortie à pied, on a basculé le message dans ma voiture. J'ai donc fait un crochet sur ma route pour me faire une idée de cette femme mystérieuse, tout ça pour me retrouver mêlé à une bataille de boules de neige. (Il sourit.) Vous connaissez la suite.

Ils gravirent un escalier et franchirent une porte donnant sur un autre couloir.

— Nous sommes sur la terrasse, à présent. (Il ouvrit une porte au fond du couloir et lui montra la piscine fumante.) Je parie qu'avant la fin de la nuit nombre de mes invités en auront trouvé le chemin, avec un peu trop d'alcool dans le sang et pas grand-chose sur le dos.

Il referma la porte et conduisit Lara dans son bureau. Si la structure pivotante constituait la couronne du gratte-ciel, son bureau en était le joyau suprême. Des baies vitrées, du sol au plafond, offraient une vue panoramique de toute la ville.

— Ma pièce préférée, dit-il. D'ici, j'ai l'impression que toute la ville m'appartient. Le bureau de Félix occupe la pièce voisine, juste à gauche.

Elle n'approcha pas des fenêtres. L'altitude lui donnait le tournis, et elle se sentait déjà comme une fusée stellaire prête à appareiller pour Saturne.

— Je... excusez-moi, j'ai horreur du vide. D'ordinaire, seu- les les fenêtres ouvertes m'indisposent, mais ces gigantesques baies vitrées sont terrifiantes. (Elle chancelait.)

— Vous vous sentez bien ?

— Oui. On devrait peut-être redescendre. Il faut que j'avale quelque chose, je crois.

— Vous avez surtout un peu trop bu, dit-il en refermant le bureau et en la ramenant dans le couloir.

— Non. Juste un peu de vertige. (Ils s'arrêtèrent en haut des marches.) Vous ne m'avez toujours pas demandé la raison de ma présence à Moscou, ajouta-t-elle, marchant sur des œufs.

— Mais je la connais déjà, la raison. (Il lui tenait le bras pour descendre l'escalier.) M. Caldwell, de votre légation, m'a appelé tout à l'heure. Il a eu la bonté de m'informer que vous décideriez peut-être de recourir à mes bons offices, au cas où le ministère de la Sécurité préférerait ne pas rouvrir certain dossier.

— Le sale porc. (Elle eut un subit coup de chaleur.)

— Il n'en mérite pas tant. Selon moi, il cherchait surtout à se faire inviter à ma réception.

— Et vous avez très bien fait de vous en abstenir. Je lui aurais botté les fesses pour avoir cafardé sur mon compte.

Au pied de l'escalier, Ilia, le secrétaire d'Alexeï, lui chuchota quelques mots à l'oreille. Il lui étreignit la main :

— Lara, je vous confie quelques minutes à Ilia, le temps de régler une crise domestique à la cuisine. Il vous trouvera quelque chose à manger pour, euh... contrebalancer les effets de l'alcool.

Ilia la conduisit vers de hauts tabourets, à l'autre bout de la salle, cependant qu'une petite personne déguisée en conducteur de bestiaux montait sur le podium pour annoncer que le spectacle western se poursuivait par un concours du meilleur déguisement de cow-girl. Elle ressemblait assez à l'aboyeur de la galerie des monstres de la fête foraine pour être son frère jumeau.

— Je vais vous apporter de quoi vous restaurer, lui dit Ilia après l'avoir installée sur un tabouret. Puis-je vous laisser seule quelques secondes ?

Elle accompagna son sourire d'un petit regard torve :

— Seule ? Mais j'ai passé presque toute ma vie seule.

— Oh, je vois...

Il battit en retraite, puis piqua droit sur le buffet.

Un serveur passa, portant un plateau de boissons, et Lara grappilla un verre au vol. Elle crevait de soif. Elle sirota le breuvage, tout en se donnant des coups de pied, cependant qu'un cow-boy, sur le podium, amusait la galerie avec ses exercices au lasso.

Au retour d'Ilia, son verre était vide.

— Vous n'auriez pas dû. Remplissez-vous l'estomac avant d'être totalement beurrée.

Elle se pencha vers lui et lui tapota la poitrine de l'index.

— Je ne suis pas aussi inexpérimentée dans ce domaine qu'on pourrait le croire. J'ai réglé leur compte à des assassins et à des violeurs. C'est pas un peu d'alcool qui va me faire peur.

Elle se pencha encore légèrement pour se rapprocher et ajouter quelque chose, et faillit basculer de son tabouret.

— Vous devriez grignoter un morceau, je crois. Cette vodka parfumée est sournoise. Elle est aussi raide que l'autre.

171

— Vous bilez pas. J'ai la situation en main.

L'artiste du lasso céda la place à un lanceur de couteaux indien vêtu de daim, dont la cible était une blonde à la poitrine opulente. Lara applaudissait à chaque numéro, peut-être un peu plus bruyamment que le reste de l'assistance, mais elle se sentait merveilleusement bien.

Ilia continuait à la surveiller du coin de l'œil. Elle faillit lui demander s'il tenait le caleçon du général Bova le matin à son réveil, et cette vision la fit glousser.

Puis elle vit Nadia et deux autres cow-girls s'aligner au pied du podium et son humeur s'assombrit. La salope. Elle avait l'air d'une pute à deux sous dans cette tenue écarlate.

— Les juges ont rendu leur verdict, annonça le nain déguisé en vacher, et nous pouvons d'ores et déjà vous donner les résultats du concours. La cow-girl au déguisement le plus réussi est Nadia Kolchak, et ses demoiselles d'honneur sont Marina Dolchin et Natacha Florinski.

Les trois femmes montèrent sur le podium dans un tonnerre d'applaudissements. Lara éprouvait quelques difficultés à accommoder, mais point n'était besoin d'une bien grande imagination pour deviner que les juges appartenaient tous au sexe fort : les filles les mieux habillées étaient surtout les moins habillées. L'une d'elles portait une tenue de cow-boy en plastique transparent — et strictement rien en dessous.

Nadia prit les fleurs qu'on lui offrait en guise de trophée et se dirigea vers le micro d'un pas légèrement vacillant.

— Merci, merci.

— Elle a — *hic* — trop picolé, bafouilla Lara. Elle tient pas l'alcool.

— À ce qu'il semble, rétorqua Ilia.

Sur scène, Nadia fit le tour de la salle des yeux, jusqu'à ce qu'elle ait repéré Lara :

— Maintenant que la cow-girl la mieux habillée a été désignée, il serait temps de récompenser la robe la plus désopilante. (Elle désigna Lara du doigt.) Et il serait injuste que cette récompense n'aille pas à notre invitée américaine, dont la robe aurait pu être portée par la propre mère de Staline. Sur son lit de mort.

Les autres filles gloussèrent sur le podium, et il y eut quelques éclats de rire épars dans l'assistance, mais tous ne riaient pas. Les gens fixaient Lara en se demandant ce qui allait se passer, si d'aventure il se passait quelque chose.

Lara piqua une colère noire et fut soudain possédée du démon :

— Et ça, beugla-t-elle aux filles qui se tenaient sur le podium, ça n'a jamais été des tenues de western. C'est pas des tenues de cow-girls, mais des tenues de call-girls.

Elle dégrafa sa vareuse et la jeta à terre. Des murmures parcoururent l'assistance, tandis qu'elle se baissait pour retirer sa robe. Elle se tourna vers Ilia et lui arracha de la tête son chapeau de cow-boy blanc, pour s'en coiffer.

— Donnez-moi vos revolvers, ordonna-t-elle.

Il ouvrit la bouche pour protester, de sorte qu'elle déboucla elle-même ses ceinturons et se les passa à la taille.

Vêtue seulement de son caleçon long de lainage rouge, d'un chapeau de cow-boy blanc et d'une paire de six-coups, elle déclara :

— C'est comme ça que s'habillent les vraies cow-girls.

La salle croula sous les applaudissements et les acclamations. Alexeï sortit de la cuisine en écarquillant les yeux.

Lara lui fit un grand sourire, dégaina ses six-coups, poussa un grand « Yahoo ! » légèrement bredouillant, braqua les revolvers au-dessus des têtes et appuya sur les détentes.

Les coups partirent, la culbutant à la renverse. Les balles vinrent frapper le grand lustre en cristal, et du verre se mit à pleuvoir, déclenchant la panique dans l'assistance. Nadia, terrifiée par les coups de feu et les éclats de verre qui volaient, dégringola de la scène en essayant de se mettre à couvert.

Lara se retrouva assise sur les fesses, ses deux six-coups fumant à la main, et leva les yeux, bouche bée.

— J'savais pas qu'ils étaient chargés.

Chapitre 20

Alexeï l'évacua précipitamment par le couloir du fond et son ascenseur privé. La limousine les attendait dehors. Ils montèrent et Alexeï demanda au chauffeur de patienter un instant : il voulait dire un mot à Ilia avant de partir. Il paraissait incapable de cesser de rire.

— Je ne vois pas ce qu'il y a de drôle. Qui peut être assez dingue pour se rendre à une réception avec des revolvers chargés ?

— Ils sont tous chargés, dit-il, en riant. J'ai fait distribuer des balles réelles au lieu de balles à blanc, parce qu'on a eu moins de mal à s'en procurer à la dernière minute.

— Vous êtes aussi fou qu'un jeune chiot.

— Moi ?

Il lorgna avec ostentation son caleçon de lainage rouge et ses ceinturons croisés, et repiqua une crise de fou rire, si violente qu'il s'en étranglait.

Elle secoua la tête.

— Je n'en reviens toujours pas qu'ils aient été chargés.

Il lui tapota le genou.

— Vous nous en avez persuadés, croyez-moi, tous autant que nous sommes. (Il la prit à bras le corps et l'étreignit fougueusement.) Vous avez fait de ma fête un triomphe. Tous les journaux de Russie en parleront demain matin.

Oh, géant. Manquait plus que ça.

174

Ilia apparut, et Alexeï sortit de la limousine pour lui parler.

Elle se sentait toujours un peu éméchée, mais le choc qu'elle avait subi en tirant des coups de feu dans la plus luxueuse des suites moscovites l'avait considérablement dégrisée.

Affreusement embarrassée, morte de honte, effondrée... tels étaient les mots qui lui venaient à l'esprit, pour décrire ce qu'elle aurait dû éprouver, mais qu'elle ne ressentait nullement. Elle se rendait compte qu'elle tenait finalement beaucoup de son père et que l'alcool avait fait remonter à la surface son côté rebelle et imprévisible. Elle ne ressentait aucune honte. Une seule question la turlupinait et, lorsque Alexeï remonta en voiture, elle la lui posa à brûle-pourpoint.

— Vous allez me faire un procès ?

— Vous quoi ?

— Me poursuivre. Me réclamer des dommages et intérêts.

— Non, ma chère. Il n'en est pas question.

— Mais ce lustre devait valoir une fortune.

Derechef, il lui tapota le genou.

— Ne vous inquiétez donc pas. Dans un certain sens, il a été volé.

— Vous oubliez que je suis procureur dans mon pays. Le bras de la justice...

— Bras armé d'un revolver, je n'en doute pas.

— *Touché.*

— Ilia me dit que deux de mes invités, pris de boisson, auraient décidé de vérifier lequel des deux dégainait le plus vite et visait le mieux, avant qu'on ne désarme tout le monde. (Il se mit à hurler de rire.) Vous serez sans doute ravie d'apprendre, gloussa-t-il, que les blessures de Nadia ne sont pas graves. L'un de mes invités était médecin et il l'a examinée. Elle sera juste couverte de bleus pendant deux ou trois jours. Tenez, passez ça.

Il lui tendit une paire de bottes de cow-boy argentées.

— Où avez-vous trouvé ça ?

— J'ai demandé à Ilia de les emprunter à Nadia. Elle est alitée et n'en aura pas besoin. Elles se marieront très bien avec votre caleçon rouge.

— On pourrait dire qu'elles lui ont été volées... dans un certain sens.

— Exactement.

Lara enfila les bottes tant bien que mal, pendant que la limousine s'engageait dans la circulation.

— Elles sont un peu grandes, mais j'y survivrai. Pourquoi dois-je porter les bottes de Nadia ?

— Vous en aurez l'usage là où nous allons.

— Autrement dit ?

— Danser.

— Danser ! (Elle s'effondra en arrière dans son siège.) Mais quelle mouche vous pique, dans ce pays ? Tout le monde veut aller danser. Savez-vous au moins comment je danse ?

— Peu importe. Là où nous allons, danser n'est qu'un mot poli pour dire sauvage défoulement.

— Alexeï, j'ai bu quelques verres, mais je ne suis pas encore assez ivre pour me montrer en caleçon long en public. Ce n'était pas moi, tout à l'heure. C'était l'ombre de mon père.

— Ne vous en faites pas. Vous serez encore trop couverte pour Planet X. Au fait, la cape en zibeline est à vous. Pour de bon.

— Cette cape vaut une fortune. Je refuse.

Elle la poussa vers lui.

Il afficha l'expression d'un petit garçon à qui on refuse un bonbon.

— Mais je tiens absolument à vous offrir cette cape. Elle est unique, irremplaçable. Elle a appartenu à la fille aînée du tsar Nicolas. Elle est restée en chambre froide dans un vieux musée poussiéreux pendant trois quarts de siècle. Vous lui rendrez vie.

— Comment est-elle tombée entre vos mains ?

— J'ai acheté le musée.

— Une petite seconde. Est-ce que nous parlons bien de ce musée que vous avez volé, d'après ce qu'on prétend ?

Alexeï haussa les épaules et lui fit un sourire de sale gosse effronté.

— D'accord, si vous voulez... j'ai volé le musée.

Elle soupira. Il faisait preuve d'un charme et d'un humour étonnamment juvéniles, mais elle savait parfaitement que c'était du cinéma, du moins en grande partie. Selon tout ce qu'elle avait pu lire ou entendre à son sujet, c'était un homme d'affaires intraitable et sans scrupule. Il valait d'ailleurs mieux, en Russie, où le business n'était pas seulement une guerre

176

traditionnelle à la japonaise, mais une guerre nucléaire déclarée.

— J'apprécie votre générosité, mais je ne porte pas les peaux d'animaux massacrés pour leur parure.

— Vous portez bien du cuir de vache.

— Les vaches se mangent.

— Les Russes mangent les zibelines. Et même les hommes, bordel, quand la faim nous tenaille. (Il repoussa la cape vers elle.) Portez-la au moins cette nuit.

— Étant donné le peu de choix qui s'offre à moi, d'accord. (Elle s'empara de sa main et la serra avec effusion.) Alexeï, vous êtes généreux. Beau. Drôle. Et riche, ce qui ne gâte rien. Mais il y a une chose qu'il faut que je vous dise.

— Laquelle ?

— Je suis affreusement prude. Je ne dormirai pas avec vous dans votre suite royale. Et je ne garderai pas non plus cette cape, volée ou pas.

Il se pencha pour l'embrasser sur la joue.

— Lara, il y a dans cette suite au minimum cinquante femmes qui coucheraient avec moi rien que pour monter dans cette limousine. Et qui tueraient de bon cœur pour cette cape. Je n'attends rien de vous, sachant que, de votre côté, vous n'espérez rien de moi en particulier. Ça fait partie de votre charme. (Il posa un doigt sur ses lèvres.) Chut, maintenant. Nous y sommes presque.

La limousine tourna le coin d'une rue ; un pâté de maisons plus bas, en aval de la rue, elle aperçut une longue file de gens, attroupés devant un vieil entrepôt.

Alors que la limousine se rangeait le long du trottoir, un amiral vint leur ouvrir la portière. Lara descendit la première, offrant à la foule un fugace aperçu de son caleçon long et des deux six-coups dans leur gaine sous la cape fabuleuse. La foule siffla et applaudit lorsqu'elle se coiffa du chapeau de cow-boy.

Alexeï n'était pas descendu de voiture que les gens, d'un bout à l'autre de la queue, chuchotaient son nom à mi-voix. Quelqu'un cria : « Jette quelques sous aux miséreux que nous sommes, Alexeï ! » La foule éclata de rire.

Les portes de la discothèque s'ouvrirent, laissant passer un portier qui déclara cérémonieusement : « Bienvenue, monsieur Bova ! Les vingt prochaines entrées sur le compte de la maison ! », beugla-t-il ensuite pour le videur, arrachant aussitôt des vivats enthousiastes à la foule enfiévrée.

— La boîte vous appartient ? demanda Lara, lorsqu'ils furent à l'intérieur.

— Bien entendu.

Elle se demanda à qui il avait bien pu la voler.

Ils descendirent un escalier plongé dans la pénombre, éclairé par quelques lumignons rouges, jusqu'à une seconde porte. Elle revit soudain l'accueil que lui avait réservé la foule, et son visage s'éclaira d'un grand sourire. C'est *moi* qu'ils acclamaient !

Dès qu'ils eurent franchi cette seconde porte, ils furent agressés par les lumières, la musique, les gens, le tout semblant surgir d'une autre planète. L'escalier se prolongeait, passé la porte, jusqu'à une estrade rectangulaire grouillante de danseurs. De petites tables et des chaises étaient dressées sur les gradins qui s'élevaient sur trois côtés de la piste. Un étroite plate-forme, où évoluaient des *go-go girls*, surplombait de quelque trois à quatre mètres le dernier côté.

De la douzaine de haut-parleurs suspendus au plafond tombait une musique vociférante. Un raz de marée tonitruant vous pénétrait par tous les pores — sans rythme ni tempo particuliers —, rien que de brutales lames de fond sonores, que venaient déchirer les fulgurants éclairs de chaleur générés par les stroboscopes.

Les gens correspondaient très exactement à ce à quoi elle s'était attendue et, en même temps, à rien de ce qu'elle aurait imaginé. Jeunes dieux grecs dansant avec des filles en jean et en débardeur, femmes vêtues de robe du soir en lamé accompagnées de types en cache-sexe. Filles en string, aux mamelons parés d'une aigrette, dansant dans les bras... d'autres filles en string et en aigrette, les enlaçant, les étreignant, les embrassant.

Tandis qu'un employé armé d'une torche guidait Lara et Alexeï dans l'escalier, ils passèrent devant une cabine vitrée dans laquelle un homme et une femme prenaient une douche. Ils se frottaient mutuellement, uniquement habillés de mousse savonneuse.

On leur donna une table un peu à l'écart. Le nom d'Alexeï apparaissait sur le petit cartouche de réservation.

— Dansons, dit-il.

178

Il eût été vain de lui dire qu'elle ne savait pas danser. En descendant les marches à sa suite, vers la piste de danse, elle releva les yeux et aperçut une nonne en train de danser sur la petite estrade qui la surplombait. La robe de la bonne sœur se balançait au gré de ses évolutions, et ses ouvertures révélaient sa totale nudité — un pénis et deux testicules ne seyant guère à une religieuse.

Elle fut soudain séparée d'Alexeï par une ribambelle de très beaux jeunes gens qui, tous vêtus d'un string, à l'exclusion de tout autre vêtement, vinrent se pavaner sous son nez en se tenant par les hanches, formant une folle sarabande.

Alexeï fut instantanément englouti par la foule qui évoluait sur la piste de danse, et elle se retrouva toute seule, se sentant un peu bête, jusqu'à ce que quelqu'un, l'agrippant par un bras, la fasse pivoter sur elle-même.

Ce ne pouvait être qu'Héraclès, ou tout du moins un proche cousin d'Arnold Schwarzenegger : d'énormes biceps d'airain, des pectoraux saillants, épilés et body-buildés, un cou noueux de veines et de tendons, aussi épais que les cuisses de Lara, une gaine entre les jambes, dilatée, tendue à se rompre, menaçant d'exploser sous la pression du pesant matériel qu'elle contenait et ne retenait qu'à grand-peine, des cuisses dorées et frémissantes de muscles.

Il passa ses bras puissants autour de sa taille et lui pétrit les fesses de ses énormes pognes, une miche dans chaque main, puis la souleva du sol, assez haut pour que son menton repose quasiment sur sa poitrine et qu'elle se retrouve en train de contempler, bouche bée, sa mâchoire marmoréenne.

— On danse.

Deux heures plus tard, Lara faisait irruption hors du Planet X et décrivait un cercle en tournoyant sur elle-même, faisant voleter autour d'elle sa cape de zibeline. Elle dégaina l'un de ses six-coups et essaya de tirer une salve vers le firmament.

— Oh, bon sang, Alexeï, passez-moi des balles, quoi. Je veux dégommer les étoiles.

— Montez dans la voiture. Vous êtes ivre.

Elle ouvrit la bouche pour protester, et il la propulsa sur la banquette arrière, à l'intérieur de la voiture. Cette dernière se mit à rouler et elle descendit sa vitre pour passer la tête par la fenêtre, tout en pressant la détente.

— Bang ! Bang ! Bang ! glapissait-elle.

Il l'attira à l'intérieur et remonta la vitre.

— Vous êtes cinglée, lui dit-il.

Elle lui sauta au cou et l'étreignit vigoureusement.

— Oh, Alexeï, j'ai l'impression d'être redevenue une petite fille. Je ne me suis jamais autant amusée. Seigneur, ça fait un bien fou, comme si... comme si j'avais ajouté de nouvelles pièces à mon existence, comme si la vie n'était qu'un puzzle, un amoncellement de petites pièces, dont la plupart me manquaient jusqu'à aujourd'hui.

Il riait encore un peu plus tôt, en la poussant dans la voiture, mais, à présent, son visage s'était assombri.

— Un problème ? J'ai dit quelque chose qui vous a offensé ?

Il secoua la tête.

— Non, plutôt une chose qui m'inciterait à vous aimer davantage. Les gens me considèrent comme un gamin jamais sorti de l'enfance. Ce qu'ils ne voient pas, c'est que je suis un adulte qui n'en a jamais eu. Savez-vous ce qu'ont en commun tous les grands esprits, homme ou femme ? Une enfance malheureuse. Citez-moi un grand homme, n'importe lequel, Lénine, Napoléon, Pouchkine, Tolstoï, et je vous montrerai une enfance malheureuse.

Elle se rejeta en arrière dans son siège, en laissant échapper un profond soupir.

— Je suis bien trop beurrée pour voir quoi que ce soit.

Elle ferma les paupières et s'endormit.

— Debout, la cow-girl, vous êtes rentrée au ranch.

Elle se redressa et s'étira.

— J'ai l'impression d'avoir dormi.

— On ne saurait mieux dire.

Elle l'empoigna par un bras.

— J'ai ronflé ? Dites-moi la vérité. J'ai toujours voulu savoir.

— Un gentleman ne saurait répondre à pareille question. Vos petits amis ne vous l'ont donc jamais dit ?

— C'étaient tous des gentlemen.

Le portier de l'hôtel vint lui ouvrir la portière, et elle descendit lentement, encore un peu étourdie, suivie par Alexeï.

Il l'enlaça et lui posa un baiser sur les lèvres.

— Je dois rentrer, virer les derniers noceurs en goguette. Et faire l'inventaire de ce qui m'a été volé. Je vous appelle demain.

En arrivant devant l'entrée, elle se rappela soudain qu'elle portait toujours la cape en zibeline et pivota sur ses talons, mais trop tard, la limousine était déjà à l'autre bout de la rue.

— Je vais devoir la lui rapporter demain, dit-elle au portier, qui détaillait sa tenue en écarquillant les yeux.

Elle se rendit compte qu'il ne lui restait plus qu'un seul revolver. Elle avait dû oublier l'autre dans la limousine.

Lorsqu'elle fit irruption dans le grand hall pratiquement désert, les deux employés de la réception et les deux grooms la suivirent des yeux, la mâchoire tombante. Visiblement, ils n'étaient pas habitués à voir une femme vêtue d'un caleçon de laine rouge, d'un six-coups, de bottes de cow-boy argentées et d'une cape en zibeline appartenant au patrimoine culturel russe traverser leur hall pour gagner l'ascenseur.

Le regard du liftier resta braqué sur les portes pendant toute la montée, mais elle voyait bien qu'il la lorgnait du coin de l'œil.

Elle consulta sa montre dans le couloir, juste avant d'entrer dans sa chambre. Deux heures passées. La cape en zibeline glissa de ses épaules lorsqu'elle fouilla dans son sac pour chercher sa clé. Trop fourbue pour la remonter, elle ouvrit sa porte et entra dans la chambre en la traînant dans son sillage.

Une odeur de fumée assaillit immédiatement ses narines et elle se figea sur le seuil.

Iouri Kirov était assis au fond de la pièce, près d'une fenêtre ouverte, une cigarette pendant à ses lèvres, les pieds posés sur une table basse sur laquelle on apercevait une bouteille de vodka débouchée, un verre et un cendrier débordant de mégots.

Chapitre 21

Il prit son temps pour la détailler, déployant tout le mépris et l'arrogance dont était capable son beau visage, en commençant par le chapeau de cow-boy pour abaisser ensuite lentement son regard sur les boutons du haut de sa grenouillère — lesquels boutons, dégrafés, dévoilaient ses seins —, se poser sur le six-coups et s'arrêter sur ses bottes. Constatant qu'elle traînait la cape en zibeline sur le parquet, il fit la grimace.

Puis ses yeux se détachèrent du spectacle qu'elle offrait, pour enregistrer dans un long panoramique tous les détails de la suite luxueuse, comme s'il la voyait pour la première fois : les nombreux bouquets et gerbes de fleurs, importés de Hollande ou d'Extrême-Orient, à des prix équivalant peu ou prou à leur poids en poussière d'or ; les victuailles de tout à l'heure, remplacées par des amuse-gueule frais, ainsi qu'une bouteille de champagne d'importation dans son seau à glace.

Son visage était toujours aussi tendu et impassible, lorsqu'il la fixa à nouveau droit dans les yeux.

— Zibeline, fit-il. Je n'en ai seulement jamais touché. Et vous, en l'espace d'une nuit, vous héritez d'une cape en zibeline et de (il embrassa la suite dans un geste large) tout ça.

— Pas d'quoi en faire un drame. C'est tombé du camion.

— Vous n'êtes qu'une traînée.

Il fumait trop. Buvait trop. Ses vêtements étaient minables, ses chemises froissées, sa cravate toujours dénouée et débraillée. Il la traitait comme de la merde. Se conduisait comme s'il la soupçonnait des plus noires horreurs. Mais à ses yeux, néanmoins, Iouri Kirov restait l'homme le plus craquant de tout l'univers connu.

Et le plus beau, c'est qu'il était *jaloux*.

Elle se dirigea vers lui, traînant derrière elle la cape de la fille du tsar, qu'elle lâcha en arrivant près de la table basse. Elle repoussa cette dernière du genou, jusqu'à ce que les pieds de Iouri retombent par terre.

Il ne broncha pas, ne sourit pas.

Elle enfonça son genou dans le moelleux coussin du fauteuil, entre ses deux cuisses, lui écrasant l'entrejambe en même temps qu'elle se pliait en deux et cueillait son visage entre ses deux paumes. Elle l'obligea à relever la tête, assez pour pouvoir lire dans ses yeux, ces yeux noirs, si noirs, de Gitan. Elle embrassa, très lentement et très tendrement, l'un de ses yeux clos, puis l'autre. Puis le bout de son nez, puis sa bouche papillonna autour de celle de Iouri et ses lèvres cherchèrent les siennes, les effleurant, jusqu'à ce qu'enfin elles se trouvent.

Elle l'embrassa gloutonnement. La bosse de son entrejambe avait gonflé et comprimait sa cuisse et la conscience de cette turgescence l'électrisa. Elle rompit leur baiser et se rejeta en arrière, pour mieux sentir la pression de son érection sur sa jambe et s'y frotter. Son désir était féroce, irrépressible. Elle empoigna par ses deux pans le haut de sa grenouillère et tira dessus violemment, faisant voler les boutons, déchirant le tissu pour exhiber ses seins, dont les mamelons durcis tendaient son soutien-gorge.

Il l'attira tout contre lui et enfouit son visage entre ses seins.

— Non ! hurla-t-il.

Il la repoussa en arrière, et elle recula, interdite, tandis qu'il se débattait pour se remettre debout tant bien que mal, heurtait la table basse de sa jambe et faisait basculer la bouteille de vodka. Il se mit à tourner en rond dans la pièce comme un aliéné dans sa cellule capitonnée.

— Ça ne marchera jamais, c'est de la folie.

Blessée, mal à l'aise, elle ramassa la cape en zibeline et s'en couvrit la poitrine.

— Où est le problème ? s'enquit-elle.

— Ça ne peut pas marcher entre nous. Je n'ai pas les moyens de vous offrir tout ce luxe.

— Je ne vous ai rien demandé.

Il cessa d'arpenter la pièce et se redressa en rajustant son manteau.

— Je suis ici pour une raison officielle.

— Vous êtes fou ? Qu'entendez-vous par là ?

— Je dois vous mettre en garde contre Alexeï Bova. Il n'est pas ce que vous croyez. C'est un... un voleur de la pire espèce. Qui dévalise ce pays. Un homme dangereux.

— C'est la seule personne de Moscou qui se soit conduite à peu près correctement avec moi.

— Il cherche à vous berner.

— Pourquoi ? Qu'ai-je à lui offrir ? Strictement rien.

— Il vous a dit que Belkine travaillait pour lui ?

— Oui.

— Et qu'il avait appartenu au KGB.

— Tout le monde a appartenu au KGB, dans ce fichu pays.

— Tout ce qu'il vous raconte n'est que mensonges. C'est l'homme le plus dangereux de Russie. Le gouvernement lui-même ne peut rien contre lui.

— Vous êtes jaloux.

— Peu importent mes sentiments personnels. Le problème, ce sont vos agissements. Vous frayez avec un serpent.

— Je fraie avec qui il me plaît.

— Alors vous devriez l'inviter à vous rendre visite en Amérique, parce que vous quittez Moscou demain.

— Vous pouvez toujours courir. Je suis venue...

— Vous êtes venue dénoncer un crime. Mais vous en avez commis un.

Sa mâchoire s'affaissa.

— De quoi parlez-vous ?

Il garda, pour proférer son accusation, un visage aussi grave qu'impassible.

— Vous avez enfreint la loi russe, en achetant un gardien pour qu'il vous livre accès aux archives gouvernementales. Si vous n'avez pas repris demain soir l'avion pour les États-Unis, je devrai vous arrêter.

— Sortez d'ici ! Sortez de ma chambre !

Il se tourna vers la porte. Elle arracha le revolver de sa gaine et le lui balança au visage. Il alla s'écraser contre le mur, à droite de la porte, et disparut derrière un fauteuil. Elle agrippa la bouteille de vodka posée sur la table basse mais, avant qu'elle n'ait eu le temps d'ajuster son tir, il était sorti de la pièce.

À son tour d'arpenter sa cage comme une bête fauve. Elle bouillait. Elle s'était littéralement jetée à son cou, et il l'expulsait de la ville et menaçait de l'arrêter. Elle le haïssait. À quoi pouvait bien tenir ce subit revirement à son endroit ?

La porte du fond s'ouvrit, et Anna passa prudemment la tête par l'entrebâillement.

— Tout va bien, Madame ?

— Que fabriquez-vous là ?

— Je dors dans cette chambre, Madame. Le policier est toujours là ?

— Parti. Pour de bon. (Lara reposa la bouteille de vodka, balança son chapeau de cow-boy sur la cape en zibeline et déboucla ses ceinturons.) Faites rapporter tout ce matériel à M. Bova dès demain matin première heure. Et annoncez-lui mon départ.

— Votre départ ?

— Je rentre en Amérique demain, par le premier avion disponible.

Elle s'assit pour ôter ses bottes et les ajouta à la pile.

— M. Bova est-il au courant ?

— M. Bova n'en sait strictement rien, aboya-t-elle. Écoutez, Anna, je suis désolée mais on vient de m'annoncer de très mauvaises nouvelles. Retournez vous coucher, je vous prie. J'ai besoin d'être un peu seule.

Elle laissa tomber les bottes sur les ceinturons et allait s'éloigner, lorsqu'elle remarqua que Iouri avait oublié son paquet de cigarettes sur la table basse, près du cendrier. Sans même parler de ce dernier, bourré à ras bord, et de la bouteille de vodka à moitié vide. Elle se saisit des cigarettes et de la bouteille, et se rua vers la fenêtre ouverte.

Il était debout sur le trottoir en contrebas, et s'apprêtait à traverser.

— Hé ! beugla-t-elle. Vous oubliez quelque chose !

Elle lui balança le paquet de cigarettes. Celui-ci tomba vers la rue et s'enfonça dans la nuit.

— Et voilà votre gnole.

Elle envoya valser la bouteille et la regarda exploser sur la chaussée, à dix mètres de l'endroit où il se tenait.

Elle s'empara ensuite du cendrier plein et le balança à la suite. Passant la tête par la fenêtre, elle hurla :

— T'embrasser, c'est exactement comme embrasser un cendrier !

Il leva les yeux vers elle, sans retirer les mains des poches de son pardessus, et secoua la tête. Comme elle se penchait un peu plus pour glapir une autre méchanceté, le trottoir monta à sa rencontre et la frappa entre les deux yeux ; elle se rejeta en arrière et atterrit rudement sur le coccyx ; la tête lui tournait.

Elle était tellement courroucée contre lui qu'elle en avait oublié son vertige. Tandis qu'elle regagnait à plat ventre sa chambre à coucher, sa main heurta un objet qui gisait au sol.

Un bouquet de roses...

À quatre heures du matin, la sonnerie stridente et insistante du téléphone la força à émerger de sous les draps pour chercher l'appareil à tâtons. Le récepteur tomba au sol et elle dut ramper hors de son lit pour le retrouver. À plat ventre sur la moquette, elle grogna dans l'appareil :

— Allô ?

— Ici Minski, lui répondit une voix fébrile. Venez immédiatement. J'ai retrouvé le dossier de votre mère.

Chapitre 22

Elle entra en titubant dans la salle de bains et vomit. Le champagne et la vodka qui, naguère, avaient si aimablement flatté son palais lui avaient retourné l'estomac. Elle s'assit sur la lunette et adossa sa tête à la paroi.

Elle aurait voulu être morte.

Elle *était* en train de mourir.

Si c'était ça, la vie quotidienne des grands de ce monde, elle préférait encore se cloîtrer dans une ferme au Kansas.

Elle réfléchit au coup de fil de Minski. Elle était habituée à sa fébrilité mais, cette fois-ci, il y avait eu dans sa voix un ingrédient supplémentaire. De la peur. Sinon de la terreur.

Elle avait oublié ses angoisses pendant toute une journée. Une journée de célébrité. Son petit quart d'heure de notoriété à la Andy Warhol.

Elle plongea sa tête dans le lavabo et vomit de nouveau.

L'un des gros avantages des palaces, c'est que des taxis patientent devant leur porte vingt-quatre heures sur vingt-quatre. Vêtue d'un jean, d'un blouson de ski et la tête enveloppée comme un œuf de Pâques d'une écharpe nouée sous le menton, elle monta dans un taxi et donna au chauffeur le nom de la station de métro. Le chauffeur était assoupi au volant, de sorte qu'il bâilla et s'étira longuement avant de faire démarrer son véhicule.

187

Sa parano la reprenait de plus belle, et elle jeta un regard par la vitre arrière pour voir si on les filait. Ils n'avaient pas parcouru un pâté de maisons que les phares d'une voiture garée un peu plus bas, de l'autre côté de la rue, s'allumaient.

— Prenez à droite, ordonna-t-elle au chauffeur.

— La station est...

— Je sais. Il y aura un gros pourboire. Tournez, un point c'est tout.

Derrière eux, la voiture exécuta la même manœuvre. Persuadée qu'il s'agissait de la voiture banalisée de Iouri, elle se pencha un peu pour parler au chauffeur.

— Écoutez, j'étais avec un ami et j'ai l'impression que mon mari me file. Il y a vingt dollars américains pour vous si vous le semez.

Elle vit un grand sourire s'allumer sur sa figure. Il plaqua le pied au plancher et braqua brutalement, l'envoyant bouler contre la portière et le dossier de la banquette.

Vingt minutes plus tard, ils se garaient devant la station de métro. Elle avait déjà préparé trois coupures de dix dollars. Il se tourna vers elle en arborant un large sourire, et elle comprit tout à trac qu'elle était dans le pétrin.

— Cent dollars, dit-il.

— On a dit vingt. Je rallonge de dix dollars pour la course, et c'est déjà énorme.

— Cent dollars. Je sais encore distinguer une voiture de police de la bagnole d'un mari. Cent dollars, ou j'appelle la milice pour leur dire où je vous ai déposée.

Elle se rapprocha un peu et laissa tomber dix dollars sur ses genoux.

— Allez-y, appelez-les. Je leur raconterai que vous m'avez violée.

Elle descendit du taxi et claqua la portière. Voyant qu'elle s'éloignait, il passa la tête par la vitre et hurla :

— Et mes vingt dollars ?

— Si vous êtes encore là à mon retour et si vous me ramenez à mon hôtel, ils sont à vous. Sinon, ils iront au prochain.

Elle dégringola l'escalier quatre à quatre. Un petit séjour au pays de Galles — quand tout cela serait terminé —, histoire d'en apprendre un peu plus long sur son père, lui paraissait tout à fait indiqué. Il crevait les yeux qu'une partie de son petit grain de folie lui était échu en partage.

Le salon de thé était fermé et Minski invisible. Cinq ou six épaves, dont une femme, squattaient les banquettes pour la nuit. Son estomac se noua. Pas vraiment l'endroit rêvé pour une femme seule. Pour qui que ce soit, au demeurant.

L'un des clodos se leva de son banc pour se diriger vers elle. Elle faisait déjà volte-face pour remonter l'escalier, lorsqu'il lui adressa la parole :

— Vous cherchez Minski ? demanda-t-il. (Il était maigre et blême, le visage mangé par un ulcère et une barbe immonde ; totalement ravagé par la came, la gnole ou son poison de prédilection, quel qu'il puisse être. Il brandit un petit papier plié.) Il m'a dit de vous remettre ça. Qu'il y aurait un pourboire à la clé.

— Où est-il ?

— Il est malade, je crois. Il en avait l'air, en tout cas, quand il m'a filé ce papelard.

— Passez-le-moi.

Il lui tendit docilement le bout de papier plié, et elle sortit de sa poche un billet de dix dollars, qu'elle lui remit avant de se carapater rapidement.

Le taxi l'attendait. Le chauffeur ne se retourna même pas pour la regarder monter, se contentant de lancer la voiture en direction de son hôtel.

Six heures du matin, et il faisait encore nuit noire à Moscou. Elle rapprocha le papier de ses yeux et essaya en vain de le déchiffrer à la lumière glauque des réverbères qu'ils dépassaient.

— Allumez le plafonnier, s'il vous plaît.

Il s'exécuta sans mot dire.

Le papier était un document d'une page, portant l'en-tête du KGB et intitulé : *Procès-verbal relatif au décès d'un sujet étranger.* La moitié supérieure contenait des informations personnelles tapées en capitales : nom, date de naissance, profession, employeur et engagements politiques de sa mère.

Le mot *Observations* s'inscrivait en haut de la moitié inférieure et, dessous, un court texte était rédigé en ces termes :

Sujet de sexe féminin, âgée de trente-cinq ans, citoyenne des États-Unis, décédée à l'Institut Charski. Avait été internée pour y subir traitement psychiatrique et éventuelle rééducation, après avoir été sujette à de pernicieuses hallucinations consécutives à la mort d'une amie.

Très perturbée au moment de son admission.

Tentative de suicide avant que le personnel de l'institut n'ait pu mettre en œuvre le programme de réhabilitation.

Antécédents de déséquilibre mental. Avait déjà tenté de mettre fin à ses jours par le passé.

Afin d'éviter, dans la mesure du possible, l'exploitation de l'affaire par une presse étrangère hostile, le décès du patient sera imputé à un accident de la route.

De retour dans sa suite, Lara s'assit dans le fauteuil rembourré installé près de la fenêtre où elle lut et relut vingt fois le document. Certains mots revenaient la hanter, obsessionnels : *hallucinations... mort d'une amie... déséquilibre mental... déjà tenté de mettre fin à ses jours par le passé...*

Le procès-verbal en disait juste assez pour diffamer, sans rien tirer au clair. Il était daté du jour où Lara avait été mise dans l'avion en partance pour les États-Unis. Elle ne se souvenait pas exactement de l'heure de son départ, mais était fermement convaincue qu'il s'agissait d'un vol de nuit. La mort de sa mère avait été enregistrée le même soir à dix-neuf heures trente-cinq.

Pas un mot sur l'agression dont Lara avait été victime un peu plus tôt dans la même journée. Rien non plus qui permette d'affirmer avec certitude que sa mère était venue l'enlever de l'école pour la conduire à Saint-Basile.

Hallucinations... mort d'une amie...

Quelle amie ?

Elle sortit la photo de son portefeuille et la déplia, déjà révulsée à la perspective de devoir la contempler. Immédiatement, ses tempes se mirent à battre avec violence. *Sur le palier de leur appartement, en levant les yeux...* Le martèlement se mua en douleur lancinante et elle enfourna la photo dans son sac.

Le seul fait irréfutable établi par ce document, c'est que les Soviétiques avaient menti sur les causes du décès de sa mère : elle n'était jamais morte dans une collision avec un camion-citerne.

Mensonge sur mensonge.

Les mains de Lara tremblaient en relisant le procès-verbal

pour la vingtième fois. D'abord la tuer, ensuite la salir. Les morts ne peuvent pas se défendre et leurs champions encore de ce monde pourront toujours être déboutés, à grands coups de langue de bois pseudo-scientifique : *antécédents de déséquilibre mental, déjà tenté de mettre fin à ses jours par le passé...*

Quelqu'un avait pris la vie de sa mère. *L'avait assassinée.* Puis on avait savamment brouillé les pistes en salissant sa mémoire. Le camouflage parfait, songea-t-elle. Diviser pour régner, la méthode adoptée depuis le début des temps par arrivistes et intrigants pour manipuler les bureaucraties.

Minski ne lui avait pas livré ce document pour ses beaux yeux, ni même par cupidité. Mais poussé par la peur. Quelqu'un lui avait allumé un feu sous les fesses, pour veiller à ce qu'il arrive bien à destination. À l'heure qu'il était, il avait déjà dû quitter la ville pour « raisons de santé ». S'il n'était pas en train de descendre la Moskova, flottant le ventre en l'air.

Un pantin au bout d'une ficelle. Voilà ce que je suis.

Quelque chose sonnait terriblement faux. Il était flagrant qu'on l'avait manœuvrée pour l'inciter à revenir à Moscou. Quelqu'un souhaitait la réouverture de ce dossier. Ou tout bonnement son retour, pour Dieu sait quelles sinistres raisons. Qui et pourquoi ? Elle devait bien s'avouer qu'elle n'était guère plus avancée qu'au départ. Elle avait dépensé un argent fou pour entrer aux archives et, au mieux, ça lui avait rapporté l'adresse d'un chauffeur de poids lourd. Et la conviction qu'on la lui avait délibérément fourrée entre les pattes.

Mais ce procès-verbal qu'elle avait à la main changeait tout. Minski lui avait d'abord dissimulé son existence. Obéissant, ce faisant, à des consignes. Et, soudainement, on avait changé les règles du jeu, et ordonné à Minski de lui fournir un nouvel élément sur la mort de sa mère.

Pourquoi ? Qu'est-ce qui avait changé ?

Quelqu'un avait le pouvoir d'extraire ce document des archives du KGB et de flanquer une peur bleue à son gardien. Et de la terroriser elle-même par voie de conséquence.

Combien étaient-ils à la manipuler comme un pion, s'interrogea-t-elle. Qui l'échec et mat visait-il ?

... de pernicieuses hallucinations consécutives à la mort d'une amie.

Pernicieuses pour qui ? Et qui était l'amie en question ?

Elle passa l'après-midi à surveiller l'Institut Charski, assise dans une voiture de location garée un peu plus bas dans l'avenue.

Une avenue paisible, bordée d'immeubles de bureaux. L'institut formait le coin d'un pâté de maisons et c'était la seule institution nantie d'un terrain. Il aurait eu grand besoin d'un ravalement et d'être un tantinet dorloté. Balcons et fenêtres aux châssis de bois semblaient vermoulus et délabrés. Les carreaux brisés de trois de ses fenêtres — celles du moins qu'elle pouvait voir de son poste d'observation — avaient été aveuglés par des planches. Dans le parc, pelouse et taillis, ainsi qu'une douzaine d'arbustes, poussaient à l'abandon.

L'endroit lui faisait très mauvaise impression, et elle mit un bon moment à comprendre pourquoi. Les fenêtres du second étaient équipées de volets blindés. Une fois ces volets tirés et très certainement verrouillés de l'intérieur, on pouvait se claquemurer dans ces pièces comme dans les cellules d'une prison.

C'était une prison. Camouflée.

Elle semblait à l'abandon, mais Lara savait qu'elle n'était en rien désertée : trois personnes, au cours des deux heures qu'elle avait passées dans cette voiture, étaient entrées ou sorties. Elle n'hébergeait probablement plus de malades, mais devait encore recevoir des patients en traitement ambulatoire. Les Soviétiques étaient célèbres pour avoir usé — et abusé — d'une certaine psychiatrie répressive, pavlovienne et pseudo-scientifique, dispendieux instrument de contention que la nouvelle société russe « libérale » ne pouvait guère se permettre, et à laquelle elle répugnait fort probablement.

Partant du principe soviétique, qui voulait que le système social de l'URSS soit la « perfection même », on concevait aisément qu'on ait pu, non sans une certaine logique, en déduire que tout opposant au régime était fatalement un dangereux déséquilibré. Dès lors, le dévoyé devenait « curable ». Toute personne soupçonnée de déviance ou de dissidence était adressée à un service psychiatrique, au lieu d'être jetée en prison, pour y subir « traitement et rééducation ». Ceux qui ne réagissaient pas audit « traitement » étaient déclarés sains d'esprit et aptes à recevoir le châtiment, à la hauteur de leur crime, qui leur était administré.

Qu'on ait pu infliger à sa mère pareille torture mentale ne

laissait pas d'épouvanter Lara. Elle n'était pas du tout persuadée, en effet, qu'elle fût morte le jour même de son départ.
La date de décès avancée par le KGB n'était pas forcément
exacte. Elle avait peut-être encore survécu pendant des semaines, sinon des mois, physiquement et mentalement suppliciée

Elle ouvrit brutalement la portière et descendit de voiture.
Elle faisait le pied de grue devant cet institut depuis le début
de l'après-midi. Ça lui avait paru la chose logique à faire en
tout premier lieu. Les Soviétiques ne jetaient jamais rien. Le
dossier de sa mère devait nécessairement se trouver dans ce
bâtiment. Quelqu'un désirait qu'elle le consulte. Et elle en
avait l'intention bien arrêtée.

Chapitre 23

Un muret de pierre ceignait l'institut. La porte réservée aux piétons était ouverte et s'affaissait : usure du temps et mauvais traitements. Plus elle s'en approchait, plus la décrépitude de l'immeuble lui sautait aux yeux.

Elle gravit lentement les six marches du perron, bandant ses forces. C'était là que sa mère était morte. Il fallait absolument qu'elle s'ôte cela du crâne, faute de quoi tout irait de travers.

La porte d'entrée n'était pas fermée à clé et grinça sous sa poussée. Elle fit un premier pas dans le vestibule, l'estomac gargouillant, et se dirigea vers le bureau de la réception, qui se dressait un peu plus loin. Un couloir s'ouvrait à droite. Il n'y avait personne à l'accueil.

Dans le couloir, elle découvrit successivement un escalier qui montait à l'entresol, un ascenseur et un peu plus loin encore, de part et d'autre, une enfilade de portes de bureau. À gauche, les chaises d'une salle d'attente et, derrière ces lourdes tentures, probablement les portes-fenêtres qu'elle avait repérées de la rue. Les portes-fenêtres ne jouissent pas d'une immense popularité, dans un Moscou soumis aux âpres morsures du général Hiver. Suffisamment avertie, à présent, des méthodes de gestion de l'ancien régime, elle décida que les portes-fenêtres étaient un rajout, une pièce rapportée, destinée à conférer au hall de réception une atmosphère plus légère, plus aimable, aérée et hospitalière, et que les lourdes tentures avaient été tirées pour veiller jalousement à ce que nul n'en profite. Ou bien, consentit-elle à reconnaître à contrecœur, du bout des lèvres, pour empêcher que le froid ne pénètre.

Mais l'atmosphère, à son sens, était surtout chargée de désespérance, comme si tout l'espoir encore en rayon avait été empaqueté et déménagé, désertant le bâtiment et l'abandonnant tout entier à sa déchéance.

Une sonnette d'appel, de celles qu'on tapote du bout des doigts, était posée sur le bureau de la réception. Lara tapa dessus deux ou trois fois, puis alla consulter un indicateur mural.

Son regard s'arrêta sur le service des Recherches médicales. Au sous-sol. Elle alla voir s'il existait un escalier dans le couloir. Une porte marquée ESCALIER s'ouvrait à côté de la cage d'ascenseur. La porte de l'ascenseur était surmontée d'une flèche qui pouvait pointer sur trois positions : sous-sol, rez-de-chaussée et entresol. La pointe de la flèche indiquait le sous-sol.

Les portes de l'ascenseur claquèrent au sous-sol et le vieil engin se mit à monter avec force grincements et craquements.

Probablement la réceptionniste qui remonte, se dit-elle. Elle s'approcha de la porte marquée ESCALIER, l'ouvrit, et se retrouva nez à nez avec une femme en uniforme d'infirmière.

Lara recula précipitamment d'un pas.

— Excusez-moi...

— Qu'est-ce que vous voulez ? demanda l'infirmière. (Elle portait une pleine brassée de dossiers de patients et un trousseau de clés. Elle passa devant Lara et se dirigea vers le bureau de la réception.) Prendre un rendez-vous ?

— Non, je... ma mère a été soignée ici.

— Votre mère n'est pas là. Nous n'avons plus de patients à demeure et le dernier rendez-vous était il y a une heure.

— Il ne s'agit pas d'aujourd'hui.

— Pas aujourd'hui ? Bien, que désirez-vous savoir au juste, au sujet de votre mère ?

— Je voudrais voir son dossier.

— Son dossier ? Pour ça, il faudrait la faire venir, qu'elle en discute avec le médecin. Pour quelle raison voulez-vous voir son dossier ?

— Pour remplir des papiers de famille. Sur les antécédents médicaux familiaux, vous comprenez ?

— Pourquoi ne pas demander directement à votre mère ?

— Ma mère est morte ; il y a quelque temps déjà.

— À quelle date était-elle internée ici ?

— Il y a des années. Plus de dix ans.

Les yeux de la femme s'étrécirent.

— Vous demandez à consulter un dossier vieux de plus de dix ans ?

— On me dit que vous en conservez de bien plus anciens.

— Nous conservons tous les dossiers de nos patients, depuis l'ouverture de l'institut, voici trente ans. Mais personne ne peut les consulter sans une autorisation officielle.

— Et où puis-je me procurer cette autorisation ?

— Au ministère de la Santé publique. C'est eux qui ont les formulaires.

— N'y aurait-il pas un moyen plus rapide ? Ça va prendre des mois, par le ministère. Ils me feront remplir des tas de formulaires, sans aucun résultat concret. (Lara fouilla dans son sac et en sortit une liasse de billets.) Peut-être qu'en faisant un modeste don à l'institut...

Le visage de la femme se renfrogna encore.

— Vous êtes dans une institution médicale, ici, pas au kiosque à journaux. Nous ne vendons pas les dossiers de nos patients. Je ne doute pas que M. Eltsine se frotterait les mains de nous voir vendre au plus offrant les secrets de nos malades, lui épargnant ainsi de devoir subvenir aux besoins de l'institut. Le peu de subsides qu'il nous verse nous permet tout juste de fonctionner.

Communiste irréductible, se dit Lara. Faire miroiter son argent avait été une erreur fatale.

— Je pourrais peut-être parler au directeur, lui expliquer de quoi il retourne.

La femme se retourna avec raideur et se dirigea vers la porte qui s'ouvrait derrière la réception. Elle frappa, puis entra en refermant la porte derrière elle.

D'un geste nerveux, Lara écarta un pan des lourdes tentures qui aveuglaient la porte-fenêtre et contempla fixement les buissons et les mauvaises herbes qui perçaient sous la neige, à l'état sauvage. L'un des loquets de la porte était à moitié repoussé et d'une chiquenaude, sur un coup de tête, elle le repoussa à fond. Les portes donnaient l'impression de n'avoir pas été ouvertes depuis des années.

Un instant plus tard, l'infirmière revenait à la réception, suivie d'un homme émacié, squelettique, dont la peau parcheminée semblait avoir été tendue sur ses os. À l'instar du bâtiment, il semblait avoir abandonné toute espérance.

— Je suis le directeur. Sans l'autorisation expresse de la Santé publique, aucun dossier ne saurait être divulgué.

— Ça va demander des mois.

— C'est le règlement.

Il s'éclipsa par sa porte.

Lara tourna le dos à la femme et à sa caustique petite mimique de triomphe, et ressortit. Au moins avait-elle établi que le dossier de sa mère se trouvait bel et bien dans ce bâtiment. Et personne ne lui avait demandé son nom.

Deux heures plus tard, elle se garait de nouveau au bas de la rue et coupait les phares.

Une lumière tamisée, le strict nécessaire pour donner au bâtiment un air un peu habité, luisait au-dessus de l'entrée. Elle le surveilla pendant plus d'une heure, et arriva à la conclusion qu'il était encore occupé. Les lumières s'éteignaient et s'allumaient alternativement, obéissant à un manège auquel aurait pu se livrer une femme de ménage. Ou un veilleur de nuit. Mais compte tenu de la façon dont les choses marchaient — ou ne marchaient pas —, dans ce pays, il pouvait tout aussi bien s'agir de membres du personnel faisant des heures de nuit en l'absence de patients.

Dès la tombée du jour, tous les immeubles de la rue avaient été bouclés, de sorte que les trottoirs déserts n'étaient plus éclairés que par une rare lumière.

Incapable de supporter plus longtemps le froid glacial, et sentant son courage l'abandonner lentement, Lara sortit une torche et un tournevis de la poche de son manteau, ouvrit la portière, descendit, la claqua et, affichant toute la résolution dont est capable une femme de soixante kilos, seule, frigorifiée et morte de peur, elle fit un premier pas en avant.

Un peu plus tôt dans la matinée, quelqu'un avait laissé tomber l'Institut Charski dans son escarcelle. À présent, elle se demandait si le généreux donateur n'allait pas l'y guetter dans les ténèbres. Elle traversa rapidement la pelouse jusqu'aux portes-fenêtres. Elle comptait sur les lourdes tentures pour amortir le vacarme qu'elle risquait de faire en ouvrant.

Les portes-fenêtres donnaient sur une petite terrasse. Pas une seule des marches de bois vermoulues y conduisant qui ne craquât sous son pied. Deux autres jeux de portes-fenêtres don-

197

naient sur la terrasse. Celle dont elle avait tiré le loquet un peu plus tôt était celle de gauche. Elle empoigna le bec-de-cane et tira. La porte ne céda pas d'un pouce. Elle tira un peu plus fort. La porte grinça, sans plus. Elle sortit sa torche et l'alluma pour éclairer le loquet intérieur.

Il était fermé.

Son rythme cardiaque s'accéléra d'une bonne vingtaine de battements par seconde, et elle se sentait à deux doigts de dévaler les marches du perron lorsqu'une idée lui vint. S'il était entré dans leurs intentions de l'attirer dans une embuscade, ils n'auraient pas remis le loquet. Déduction encourageante, certes, mais maintenant il lui fallait trouver un autre accès.

Toutes les autres portes paraissaient robustes. Il y avait bien, de l'autre côté du bâtiment et au pied d'une volée de marches, des portes blindées qui conduisaient au sous-sol mais, sans chalumeau, elle avait bien peu de chances de les franchir. Elle ne pouvait pas non plus fracasser une fenêtre du rez-de-chaussée et l'escalader — toutes lui arrivant au niveau de la tête —, pour se faufiler à l'intérieur.

Non, les portes-fenêtres étaient sa seule chance de succès, et un carreau s'interposait entre elle et le loquet. Elle ne disposait que d'un unique outil, le tournevis qu'elle avait emporté pour forcer les serrures, si d'aventure les dossiers médicaux étaient entreposés dans des classeurs métalliques fermés à clé.

Spontanément, sans réfléchir, elle donna un grand coup de coude dans le carreau. Ce dernier céda dans un fracas infernal. Elle retint sa respiration pendant une bonne minute. Rien ne bougeait.

Elle contempla son œuvre en ravalant sa salive. Impensable que le verre ait pu faire autant de bruit en retombant à l'intérieur ; les fragments gisaient sur le tapis, et les lourds rideaux avaient dû étouffer le bruit. Du moins l'espérait-elle.

Elle tira doucement sur la porte. Celle-ci fit encore plus de boucan que le carreau brisé. Empoignant le chambranle à deux mains, elle entreprit de l'entrebâiller lentement, s'interrompant pendant ce qui lui sembla durer une éternité entre deux craquements et grincements de gonds rouillés. Elle s'introduisit dans la pièce et referma la porte sur elle.

Le hall d'accueil était plongé dans l'obscurité, mais une veilleuse à la lueur diffuse éclairait le couloir adjacent.

Elle traversa rapidement ce dernier, vers la porte marquée ESCALIER.

Celui-ci n'était qu'un trou béant de ténèbres.

Un interrupteur était bien fixé au mur près de la porte, mais elle n'osait pas allumer. En outre, ne sachant trop si elle n'allait pas trouver porte close au bas des marches, elle appréhendait d'allumer sa torche. Elle se faufila dans l'escalier et laissa la porte se refermer toute seule avec un petit déclic. Elle se demanda, un peu tard, si elle ne se verrouillait pas automatiquement. Elle pesa sur la poignée. Bouclée. Ça expliquait la présence d'un trousseau de clés dans la main de la réceptionniste. Un souvenir du bon vieux temps, de l'époque où l'on enfermait les malades. Savoir si elle était, elle aussi, bouclée dans l'hôpital jusqu'au petit matin, telle était maintenant la question.

Avançant la main à tâtons, précautionneusement, elle réussit à trouver la rampe et descendit les marches une à une. Arrivée au pied de l'escalier, elle essaya d'ouvrir la porte.

Bouclée elle aussi.

C'était une lourde et massive porte de bois. Elle l'examina à la lumière de sa lampe électrique. Une crevasse d'environ quinze millimètres de large séparait la porte de son encadrement et la serrure était tout à fait ordinaire, une simple poignée de porte sans pêne dormant. Elle introduisit le tournevis dans la fissure et l'y fit jouer, poussant et tirant dessus à hue et à dia, en même temps qu'elle tirait de toutes ses forces sur la porte, jusqu'à ce qu'elle finisse par céder.

Les veilleuses disposées aux deux bouts de la pièce éclairaient juste assez pour lui permettre de se repérer. Le service des Recherches médicales était sous ses yeux : un comptoir de bois démesurément long, derrière lequel s'entassaient, sur des étagères, des milliers de dossiers d'un brun boueux.

Elle essaya, de l'intérieur cette fois-ci, la poignée de la porte qui donnait sur la cage d'escalier. Elle tournait librement. Le verrou ne fonctionnait que de l'extérieur, côté escalier. Elle la referma et se dirigeait déjà vers une ouverture du comptoir lorsqu'elle entendit un bruit qui la cloua sur place.

Le grincement de l'ascenseur.

Elle pivota sur ses talons et leva les yeux vers le tableau indiquant la position de l'ascenseur, situé juste au-dessus de sa porte. La cabine était au premier. Elle regarda la flèche descendre vers le cran du rez-de-chaussée, complètement pétrifiée. Le grincement cessa.

Elle se remit en marche, la respiration entrecoupée, et contourna le comptoir par l'autre bout. Elle se retourna pour surveiller la flèche. Elle indiquait toujours le rez-de-chaussée. Soit un veilleur de nuit, soit des gens de l'entretien. Leur prochaine étape risquait d'être le sous-sol. Elle allait devoir se dépêcher.

Elle se tourna vers les dossiers et les balaya du rayon de sa torche. Il ne pouvait s'agir que de dossiers en cours, ou tout au plus des années précédentes. Impossible qu'ils représentent à eux seuls trente années ininterrompues de soins médicaux. Les dossiers plus anciens devaient être classés et archivés. Mais où ?

Elle trouva une porte blindée portant l'écriteau ENTRÉE INTERDITE à l'autre bout de la salle, derrière les étagères. Scellée, à l'ancienne mode, par un vieux cadenas, dont la clé devait être aussi épaisse qu'un doigt.

Une clé aussi épaisse que son doigt était justement suspendue à un crochet à gauche de la porte. Elle l'essaya sur le cadenas. Elle s'adaptait à la perfection.

Rien d'étonnant : il n'y avait plus personne à qui interdire l'accès de la salle. De surcroît, les gens étaient à ce point dociles et soumis sous le régime communiste que la clé n'avait probablement jamais quitté son poste près de la porte, sauf pour être utilisée par les personnes autorisées ; lorsqu'un panneau soviétique proclamait ENTRÉE INTERDITE, les gens évitaient sagement d'entrer.

Elle braqua le faisceau de sa torche sur les ténèbres.

La lumière épingla d'innombrables rangées d'étagères bourrées de classeurs. Entrailles de dinosaure, encore et toujours. Trois interrupteurs étaient installés près de la porte, et elle les essaya l'un après l'autre, et découvrit ce faisant que chacun d'eux commandait à une lampe éclairant une zone distincte de la salle. Celle-ci était loin d'être aussi vaste que les archives du KGB. Un signe plutôt encourageant.

Elle éteignit toutes les lampes, hormis celle qui éclairait le fond de la salle. Elle était par trop terrorisée pour s'aventurer là-dedans sans la moindre lumière, même armée de sa lampe de poche. Elle repoussa doucement la porte et s'en écarta, se déplaçant rapidement entre les rangées de dossiers, en s'efforçant de décrypter au passage leur système de classement. Les étagères ne portaient pas d'étiquettes. Elle entreprit de sortir des dossiers au hasard, et découvrit qu'ils répondaient à un double classement, par ordre chronologique, puis alphabétique.

Du gâteau, se réjouit-elle. Il te suffit de remonter les allées une à une en inspectant les dossiers, et de revenir ainsi en arrière dans le passé, année par année.

Le dossier de sa mère se trouvait dans le dernier tiers de la pièce, diamétralement opposé à la zone où elle avait laissé la lumière allumée. Très mince, à peine quelques feuillets ; elle s'accroupit et le posa en équilibre sur son genou. Puis le parcourut rapidement, tenant sa torche d'une main tout en tournant les pages de l'autre.

Sa mère avait été conduite à l'institut le jour où l'on était venu prendre Lara à l'école.

Le diagnostic précisait : « Psychopathologie de classe 3 : hallucinations. La patiente se livre à des déclarations ouvertement antisoviétiques et prétend que sa voisine de palier aurait été assassinée, et son meurtre maquillé. » On lui avait administré des tranquillisants puis on l'avait enfermée. Quelques heures plus tard, on la retrouvait morte, une seringue hypodermique à la main et une marque de piqûre au bras gauche. La seringue contenait des traces de potassium.

« Preuve » avait été formellement établie que la patiente souffrait de tendances suicidaires et avait réussi à accéder au contenu d'une armoire à pharmacie située à l'extérieur de la pièce.

Le suicide était donné pour la cause du décès. L'heure du décès était identique à celle du procès-verbal du KGB : environ dix-neuf heures trente.

Lara fixa les pages, en s'efforçant de se remémorer : *Debout sur le palier de leur appartement, sa mère l'embrassant sur la joue, au moment précis où une personne vêtue de blanc, une infirmière, sortait de l'appartement du dessus. Sa mère demandant à la femme s'il était arrivé quelque chose à Véra...*

Soudain parcourue de violents frissons, elle se mit à trembler.

Véra Swen.. La jolie voisine du dessus. Qui lui donnait toujours des biscuits et des bonbons.

La femme de la photo, la femme mutilée... ce n'était pas sa mère. Mais leur voisine, Véra. Et sa mère avait su quelque chose sur ce meurtre. Et Lara aussi avait vu quelque chose.

L'infirmière se tournait vers elle et les toisait. Ces yeux...

L'ascenseur se remit à grincer. Il descendait.

En essayant de ses doigts tremblants de faire coulisser la fermeture Éclair de son blouson, Lara laissa tomber sa torche qui heurta le sol avec fracas. Elle la ramassa et l'éteignit. Elle s'escrima sur la glissière jusqu'à ce qu'elle parvienne à l'ouvrir, fourra le dossier dans son blouson et remonta la glissière.

Elle entreprit de battre en retraite vers la porte et les interrupteurs. Elle avait presque atteint la porte lorsqu'elle l'entendit s'ouvrir en grinçant. Elle s'immobilisa derrière une étagère, retenant son souffle.

Toutes les lumières s'allumèrent.

Ils ignorent peut-être ma présence. Il ne s'agit peut-être que d'un veilleur de nuit qui croit que l'équipe de jour a oublié d'éteindre.

Des bruits de pas se firent entendre près de la porte et elle tendit l'oreille. La personne marquait le pas, hésitante. Puis elle réentendit les pas, descendant à présent l'allée centrale.

La personne inspectait toutes les allées.

Lara contourna les étagères à quatre pattes puis progressa vers la porte sur la pointe des pieds. Les bruits de pas marquèrent une pause ; piquant alors un brusque sprint, elle fonça droit sur la porte. Celle-ci était ouverte. Elle gifla les interrupteurs à la volée, plongeant la salle d'archives dans les ténèbres, puis sortit en claquant la porte. Elle chercha à tâtons la clé du cadenas et la fit tomber dans sa précipitation. Elle se rua vers l'escalier, folle de panique.

Les portes de l'ascenseur étaient ouvertes mais elle passa devant sans s'arrêter, craignant qu'il ne faille une clé pour fonctionner de nuit.

Elle s'arrêta net en franchissant la porte de la cage d'escalier. Ça lui était revenu tout d'un coup : la porte du rez-de-chaussée était verrouillée.

Elle alluma sa torche d'une pichenette et gravit l'escalier à toute allure, priant pour que la porte de l'entresol soit ouverte. Aucune raison de mettre une serrure à cet étage, se disait-elle. Le but de la manœuvre, c'était d'interdire aux gens de quitter le premier étage, pas d'y accéder.

Dès qu'elle fit irruption sur le palier supérieur, elle se précipita sur la porte. Celle-ci était bouclée.

Elle entendit claquer les portes de l'ascenseur au sous-sol, et planta hystériquement son tournevis entre la porte et son montant, en s'y prenant à deux mains pour introduire la lame en force derrière le pêne.

L'ascenseur grimpait en crissant.

Les forces décuplées par l'énergie du désespoir, elle enfonça le tournevis dans la serrure et la porte s'ouvrit brutalement. Elle fonça la tête la première et dévala un couloir éclairé par le même genre de veilleuses tamisées que celles du sous-sol. Elle s'arrêta pour regarder la flèche de l'ascenseur.

Il était presque en haut.

Elle tournait en rond, complètement désemparée. Casser un carreau et sauter ? Elle se briserait probablement le cou. Elle n'était qu'au premier étage, mais ça équivalait probablement à trois niveaux d'un immeuble pas très haut de plafond. Elle se remit à descendre le couloir, prise d'une panique folle et, lorsqu'elle entendit s'ouvrir les portes de l'ascenseur, elle pénétra en trombe dans une pièce qui s'ouvrait à sa gauche.

À la lumière diffuse du couloir, elle constata que la pièce était une salle de loisirs, meublée de chaises et de tables de jeu. La porte du fond devait donner sur le balcon qu'elle avait remarqué de la rue. Elle était verrouillée de l'intérieur par un loquet. Elle repoussa ce dernier. Il s'ouvrit sans faire de difficulté. Elle s'avança en faisant crisser la neige sous ses pieds. Elle s'apprêtait à refermer la porte quand elle fit un faux pas. La porte lui échappa et se referma avec fracas.

Se relevant tant bien que mal, elle entraperçut une silhouette qui pénétrait dans la salle de loisirs.

Quelqu'un vêtu d'une tenue blanche. D'un uniforme d'infirmière.

Elle s'empara d'une chaise pliante en bois appuyée au mur et la brandit au-dessus d'elle.

Un kaléidoscope d'images tourbillonnait dans sa tête.

Le palier de l'appartement. Une inconnue en blanc, sortant de chez Véra. Sa mère lui demandant s'il était arrivé quelque chose à Véra. L'inconnue se retournant, pour les regarder de là-haut. Ces yeux... les yeux de la femme qui lui avait fait gravir l'escalier de Saint-Basile.

La porte s'ouvrit, à sa droite, et quelqu'un apparut sur le balcon. Lara entrevit tout d'abord l'uniforme, puis eut un bref aperçu de son visage.

La femme du chauffeur, la grosse dondon qui l'avait chassée de chez elle.

Elle hurla et abattit la chaise à la volée.

La femme recula pour esquiver la chaise, et son dos heurta la rampe de bois. Celle-ci céda avec un craquement sinistre.

Chapitre 24

— Cette femme est une menace pour la société sov... russe, je veux dire. (Orlov, l'attaché du ministère de l'Intérieur chargé des relations avec les ambassades étrangères, s'interrompit pour se servir un verre d'eau de la bouteille en plastique posée sur son bureau.) Les dommages infligés à certains de nos concitoyens, consécutivement à la violation d'une loi russe, sont tout simplement stupéfiants.

Lara était assise bien sagement, les doigts croisés. À sa droite, juste à côté d'elle, se tenait Eric Caldwell, de l'ambassade américaine. Iouri était assis à sa gauche.

— Sa dernière victime ne doit qu'à d'heureuses circonstances de s'en tirer avec des blessures, très sérieuses, certes, mais qui ne mettent heureusement pas sa vie en danger.

Orlov reporta son attention sur une femme assise derrière Lara, un peu à gauche de Iouri. Lara pouvait sentir la haine irradier comme un halo de cette femme au cou ceint d'une minerve, au crâne bandé ; des béquilles étaient appuyées à sa chaise. Mme Guk avait assez mal digéré sa chute.

— Je m'inscris violemment en faux contre cette conclusion, qui ferait de cette femme la victime et de moi son agresseur, déclara Lara. (Caldwell lui effleura le bras, mais elle n'en tint aucun compte.) Si je n'avais pas riposté, cette femme m'aurait tuée. Elle m'a traquée sur deux étages.

Orlov but une gorgée d'eau, comme s'il avait un mauvais goût dans la bouche.

204

— Cette femme, cette infortunée Mme Guk, fit-il en désignant d'un hochement de tête l'infortunée Mme Guk, occupait son poste, en tant que seul membre de l'équipe de nuit de l'institut, lorsqu'elle a découvert que quelqu'un, vous en l'occurrence, s'était introduit dans l'immeuble par effraction.

— Elle a lâché sur moi un chien féroce.

Iouri s'éclaircit la voix.

— Le chien s'est peut-être libéré tout seul. Je me permets de rappeler à monsieur l'attaché du ministère que Lara Patrick s'était préalablement introduite de force dans la demeure des Guk, et avait proféré des allégations contre M. Guk, l'accusant auprès de son épouse d'avoir contribué à maquiller un crime commis vingt ans plus tôt contre sa mère.

— En effet.

Le représentant du ministère se rinça de nouveau la bouche, le mauvais goût persistant visiblement.

— Et que non contente d'être entrée par effraction dans l'institut pour y dérober un dossier, Lara Patrick a été prise en flagrant délit de possession de documents encore classifiés provenant des archives de l'ex-KGB. Il semble qu'elle ait corrompu un employé de l'administration russe afin qu'il lui remette ces documents, contrevenant ainsi à une loi russe.

Lara se percha sur l'extrême rebord de sa chaise en se tortillant. Caldwell lui posa la main sur le bras pour lui imposer le silence, mais elle fit valser sa main d'un geste hargneux.

— Ces dossiers confirment que la mort de ma mère a bien été maquillée et ma propre enquête confirme la matérialité d'un autre décès, en relation directe avec celui de ma mère, celui d'une jeune femme qui habitait au-dessus de chez nous.

— Le ministère n'est en aucun cas impliqué dans une quelconque manœuvre ou manipulation tendant à couvrir le meurtre de votre mère, ou de quiconque au demeurant. Les dossiers auxquels vous faites allusion n'ont pu vous être confiés, puisqu'ils sont la propriété de l'État, ajouta le représentant du ministère. Le seul et unique maquillage, comme vous dites, dans cette affaire, c'est une louable tentative de préserver la réputation de votre mère en évitant que les journaux ne fassent étalage de son suicide.

— Ma mère ne s'est pas suicidée.

— C'est pourtant ce qu'affirment ces dossiers, miss Patrick.

— Quels dossiers ? Ceux qui disent qu'elle est morte dans un accident de voiture ? Ou ceux qui disent qu'elle est morte d'une intoxication au potassium ? Vous ne trouvez pas ça cousu de fil blanc, vous ? M. Belkine, lui aussi, est mort d'une overdose de potassium, administrée par une infirmière. (Lara se retourna et soutint le regard haineux de Mme Guk.) Peut-être devrions-nous essayer de savoir depuis combien de temps cette femme travaille pour l'institut. (Mme Guk se remit à grogner. C'était le seul son qu'elle pût articuler. Ses mâchoires étaient soudées.) Plus de vingt ans, selon moi. Et était-elle...

— Monsieur le ministre, l'interrompit Iouri. J'ai vérifié les allées et venues de Mme Guk le soir de la mort de Belkine. Elle assistait à une conférence du Parti communiste. Elle appartient toujours à cette organisation. Plusieurs centaines de personnes pourront témoigner qu'elle s'y est vu décerner une récompense pour sa fidélité à la cause.

— Bien commode, vraiment, aboya Lara. Et s'agissant de vous, inspecteur Kirov. Vous semblez toujours apparaître au bon endroit à point nommé. Où étiez-vous, le soir de la mort de Belkine ?

Iouri se tourna vers l'attaché et brandit les poings en signe d'exaspération.

— Jusqu'à présent, elle a pratiquement accusé tout le monde de comploter contre elle, y compris le ministère et l'ambassade américaine. Puis-je rappeler à monsieur l'attaché qu'on aurait récemment vu cette jeune femme se déshabiller au cours d'une réception, pour ensuite tirer des coups de revolver ?

— Espèce de...

Lara se leva à moitié de sa chaise pour se jeter sur Iouri, mais Caldwell la retint d'une main ferme et l'obligea à se rasseoir.

Iouri refusait de se tourner, évitant de croiser son regard. Il regardait droit devant lui, les yeux braqués sur le représentant du ministère.

— En tant qu'officier de police, les agissements de cette femme me rebutent, néanmoins, poursuivit-il avec un hausse-ment d'épaules, je ne suis pas totalement dépourvu de commi-sération. À mon avis, elle s'est si inextricablement investie, psychologiquement parlant, dans la mort de sa mère qu'elle voit à présent des complots et des conspirations partout. Je

206

suggère que le gouvernement lui retire son visa, pour qu'on la rapatrie illico aux États-Unis où elle pourra bénéficier d'une assistance psychiatrique.

— Ce n'est pas mon cerveau qui a besoin d'être examiné...

— Miss Patrick, je vous en prie, fit le secrétaire.

— Je suis fatiguée d'être malmenée par ce fichu régime de cinglés que vous vous êtes donné. Vous crevez de peur à l'idée d'évoquer le passé, parce que ce pays tout entier croule sous la mauvaise conscience. Ça ne me fait pas peur, à moi. Si le gouvernement refuse de me rendre justice, je rendrai publique toute cette histoire.

L'attaché souriait, mais ses yeux restaient de glace.

— Nous essayons de résoudre le problème actuel en vous causant le moins de désagréments possible. Toutefois, si vous souhaitez que nous procédions de manière officielle...

— Bouclez-la ou ils vont vous inculper, lui chuchota Caldwell à l'oreille.

Elle crispa les lèvres et serra les poings.

L'attaché soupira et avala une longue gorgée d'eau.

— Miss Patrick bénéficie d'un atout décisif. L'un des plus en vue de nos concitoyens s'intéresse de près à sa, euh, à son confort, et s'est porté garant pour elle. J'ai consenti à la relaxer, à condition qu'elle se place sous la tutelle de M. Bova...

— Je ne suis plus une enfant, protesta Lara.

— Au lieu de la mettre dans le premier avion en partance.

— Je serai ravie de me placer sous la tutelle de M. Bova.

— Monsieur l'attaché, il est de mon devoir d'officier de police de...

— L'affaire est close, inspecteur Kirov. C'est sans appel. Monsieur Caldwell, je vous suggère de sortir le premier, en compagnie de votre cliente.

Lara ne pouvait laisser clore le débat sans faire une ultime tentative.

— Une seconde, dit-elle. Je vous en prie, il faut m'écouter, vous êtes mon dernier espoir. On me croit cinglée et paranoïaque, mais j'ai encore une question, la dernière. Mme Guk est bien présente, mais où est M. Guk ? Ce que ne vous dit pas l'inspecteur Kirov, c'est que la dernière fois que j'ai aperçu M. Guk, il était suspendu comme un quartier de viande au-dessus d'une citerne d'acide. (Elle regarda l'attaché droit dans les yeux.) Amenez-moi M. Guk, et je reconnais avec vous que je suis folle.

Le secrétaire se tourna vers Iouri et arqua les sourcils.

— Inspecteur Kirov ?

Iouri soupira et se leva lentement de sa chaise. Lorsqu'il se retourna vers la porte, le cœur de Lara se mit à battre à coups redoublés. Lorsqu'il tendit la main vers la poignée, elle l'avait au bord des lèvres. Il ouvrit la porte et s'effaça, tandis que Stenka, son partenaire, propulsait dans la pièce un homme âgé aux vêtements en désordre, dont le visage présentait tous les signes extérieurs d'une gueule de bois.

— Voici M. Guk, dit Iouri.

— On m'a piégée, dit Lara en remontant le couloir si vivement que Caldwell devait courir pour rester à sa hauteur. Et Iouri, l'inspecteur Kirov, était dans le coup. Il y avait bel et bien un cadavre. Je ne l'ai pas rêvé. (Elle s'arrêta et pivota sur elle-même, si prestement que Caldwell faillit lui rentrer dedans.) Et me mettre sous tutelle, moi. Comme une gamine !

— C'est toujours mieux que d'être gardée à vue.

— Mon propre gouvernement ne m'a pas aidée d'un iota depuis mon arrivée à Moscou.

— J'ai déjà fait valoir, à plusieurs reprises, la délicate situation d'instabilité politique et sociale de ce pays.

— Mais que faites-vous des êtres humains ? Le gouvernement russe et l'ambassade de mon propre pays sont à ce point obnubilés par la politique et le sort des nations qu'ils en oublient celui du petit peuple. Deux femmes, et Dieu sait combien d'autres encore, ont été victimes d'un effroyable déni de justice. Et vous n'avez strictement rien fait pour me venir en aide.

— Il se peut, madame, dit le diplomate en touchant son chapeau pour la saluer avec raideur, que certains d'entre nous soient moins humains que vous ne l'êtes. Et moins imaginatifs.

Il s'éloigna, guerrier piqué au vif, blessé dans son orgueil de soldat.

Elle n'avait pas mis le pied dehors qu'un klaxon retentissait sur sa gauche, tandis qu'une limousine venait se ranger le long du trottoir.

Alexeï passa la tête par la vitre ouverte.

— Je vous dépose quelque part, cow-girl ?

Elle se précipita sur la limousine, monta et étreignit chaleureusement Alexeï dès qu'elle eut refermé la porte. Elle ôta son écharpe et ses gants et se renversa en arrière, tandis que la voiture s'engageait dans la circulation. Elle en avait jusque-là, d'avoir affaire à des imbéciles.

— Merci pour le coup de pouce. Ils oscillaient entre m'embarquer pour l'aéroport et me déporter en Sibérie. Enchaînée, bien sûr, dans un cas comme dans l'autre.

— Mon intervention n'a pas été capitale. Le secrétaire Orlov était avide d'investir dans certaines actions informatiques.

Elle secoua la tête.

— Alors, c'est comme ça que ça marche ? L'argent mène le monde, même en politique.

— L'argent mène le monde partout. Ou presque. Il y a en Russie un nombre sidérant de gens affligés d'un sens moral aigu. Surtout quand ils ont passé la quarantaine. Nombre de ceux qui ont grandi dans une atmosphère de communisme rigide ont encore très mauvaise conscience lorsqu'ils parlent d'argent. À l'opposé, il y a les tigres mangeurs d'hommes. La Russie est à vendre à l'encan, et ceux des tigres qui auront la plus grande gueule se tailleront la part du lion.

— Faites-vous partie des tigres mangeurs d'hommes ?

Il sourit.

— Un vieux proverbe russe, bien antérieur au communisme, dit que si l'on distribuait équitablement toutes les oies de Russie, en en donnant à chacun le même nombre, elles ne tarderaient pas à revenir à leurs premiers maîtres.

— Pardonnez-moi, Alexeï. (Elle eut un petit rire et prit sa main dans la sienne.) J'ai tellement la tête à ces meurtres que, pour le moment du moins, je ne sais trop que faire de vos oies.

Il se pencha un peu et l'embrassa.

— Ce que j'aime en vous, c'est votre franchise. Les femmes, d'ordinaire, se prétendent toujours fascinées par tout ce que je dis.

— Y compris Nadia ?

— Nadia est une pute. C'est mon argent qui la fascine, et les moyens de mettre la main dessus. Je lui en distribue quelques poignées et, en échange, elle veille à ce que mon image publique ne soit pas trop éclaboussée, du moins au journal télévisé le plus regardé de ce pays.

— Et moi, que suis-je ?

— Vous êtes... un ravissant joyau resté trop longtemps enfermé dans son écrin, dans un vieux grenier poussiéreux.

Gênée, elle changea de conversation.

— Pour en revenir aux oies, pourquoi retourneraient-elles chez leur ancien maître ?

— D'aucuns se plaisent à accumuler les biens matériels, d'autres non. Ceux qui ne réfléchissent pas en termes d'accumulation d'oies découvriront rapidement que leurs volatiles se sont envolés vers ceux qui, en revanche, ont cette propension.

— Et vous, vous accumulez d'énormes quantités d'oies ?

— De jouets. Amasser l'argent pour avoir les jouets, c'est se donner les moyens de réaliser un objectif. Gagner est facile, voyez-vous, quand on n'observe pas la règle du jeu.

— Vous ne jouez pas le jeu ?

— Bien sûr que non. Il n'y a pas de règles, en Russie. Et, même s'il y en avait, je ne m'y soumettrais pas, pas plus que tous les autres nouveaux riches qui émergent de ce chaos. Regardez chez vous. Les grosses fortunes ont été fondées par des hommes qui violaient les lois. Les réseaux ferroviaires qui ouvraient le pays et l'unifiaient ont été construits sur des terres volées au gouvernement, et sur les cadavres des milliers de coolies chinois qui sont morts en posant les traverses. (Il lui étreignit le bras.) Imaginez un peu, Lara... un pays tout entier à prendre, deux fois plus étendu que le vôtre. Certaines des plus grosses fortunes de la planète vont surgir de ce chaos au cours des prochaines années. À présent, j'ai le choix entre rester assis sur mes fesses à regarder les autres me voler mes oies, ou bien me démener pour voler celles des autres.

Elle détourna les yeux pour regarder par la fenêtre.

— Où est le problème ? demanda-t-il. Ma franchise vous paraît trop brutale ?

Une question la taraudait :

— Alexeï, pourquoi m'aidez-vous ? Si c'est à mon corps que vous en avez, je vous réserve deux petites surprises. Je ne coucherai pas avec vous et, de toute façon, ce serait bien trop cher payer pour m'avoir.

— Vous êtes merveilleuse. Il est extrêmement rare de rencontrer une belle femme qui ne soit pas consciente de sa

210

beauté. Mais vous avez raison, mes mobiles sont vils. Vous êtes une attraction de choix pour mes soirées. Le pays tout entier parle de votre exploit. (Il sourit et haussa les épaules.) J'adore qu'on parle de moi.

— Pendant votre réception, vous m'avez dit que Belkine...

— Je vous arrête. Plus de questions. Détendez-vous l'esprit. Assez de soupçons. Ce week-end, vous allez remonter le temps et partager avec moi les heures glorieuses du passé.

Elle remarqua subitement qu'ils sortaient de la ville.

— Où allons-nous ?

— Dans ma datcha.

— Votre datcha ? Pour y faire quoi ?

— J'y donne une soirée. En outre, je tiens à vous la montrer. C'est la plus vaste de toute la Russie.

— C'est le palais ?

— Mais oui. Celui que j'ai volé. Il y a soixante-dix ans, les bolcheviques l'ont confisqué au prince qu'ils ont assassiné. À présent, je le leur reprends d'un trait de plume. L'exemple parfait du capitalisme en marche, dans toute sa gloire.

— Alexeï, vous avez été très gentil avec moi, une parfaite inconnue, sans rien me demander en échange. Vous êtes beau, dynamique, riche, généreux et fou. Je pourrais apprendre à vous aimer. Mais jamais, au grand jamais, comme on aime son prochain. En dépit de tout votre charme, vous êtes un parfait salaud. Et je pèse mes mots.

Chapitre 25

À une soixantaine de minutes de la ville, la limousine se gara près d'un traîneau attelé de deux chevaux, qui patientait le long d'un mur de pierre.

— Une troïka, dit Lara. On va faire un tour en traîneau !

— On n'arrive pas en voiture dans un palais bâti par la Grande Catherine. À quoi bon posséder un palais si ce n'est pas pour vivre en roi ?

Elle sauta de la voiture et se dirigea droit sur les chevaux, leur prêtant une égale attention.

— Ils n'ont pas froid ? demanda-t-elle au cocher, vêtu d'un haut-de-forme et d'une houppelande d'un autre âge.

— Ce sont des chevaux russes, madame. Nés avec des glaçons aux naseaux.

— Je viens à l'instant de me souvenir que je n'étais pas un cheval russe.

Elle rebroussait déjà chemin vers la limousine quand Alexeï en descendit, tenant la cape.

— Rien oublié ?

— Je vous l'emprunte seulement, dit-elle, en le laissant lui en couvrir les épaules.

Ils montèrent dans la troïka et le cocher leur emmitoufla les genoux d'une immense couverture en fourrure d'ours. Lara la remonta sous son menton et se blottit contre Alexeï.

Elle l'embrassa sur la joue.

— Avec vous, j'ai toujours l'impression d'être une petite fille.

— Laissez-moi vous confier un secret, dit-il. Tous ceux qui m'entourent, Félix, Nadia, mes associés, tous attendent de moi que je me comporte en adulte. Ils voudraient que je jette mes jouets. Vous êtes la seule qui veuille bien jouer avec moi.

La troïka franchit un large portail qui s'ouvrait dans le mur de pierre, pour descendre ensuite une route enneigée, bordée d'arbres croulant sous la neige et tout scintillants de glaçons. Les clochettes du traîneau tintinnabulaient au gré des piaffements des chevaux, dont les naseaux fumaient, exhalant des panaches de vapeur.

— Je crois comprendre vos amis : ils ont eu une enfance, eux. Que vous est-il donc arrivé, Alexeï, pour que vous n'ayez jamais été enfant ? (Elle sentit soudain son corps se raidir contre le sien.) Je ne veux surtout pas vous forcer la main.

— Non, aucune importance. Vous êtes la première personne à qui je peux me confier. Je ne sais pas qui étaient mes parents. Et j'étais un enfant chétif, dont personne ne voulait. Chétif et laid, qui plus est.

Encore un orphelin, se dit-elle.

— Pour la laideur, vous repasserez, remarqua-t-elle.

Il détourna les yeux pour lui répondre :

— La chirurgie esthétique peut faire des miracles. Et mon adolescence a coïncidé avec la renaissance de la science et de la médecine soviétiques.

Alors que le traîneau passait devant une petite maison, sur le bord droit de la route, deux enfants et leurs parents sortirent sur le perron et agitèrent la main. Tous quatre étaient habillés en moujiks et l'homme portait une grosse barbe noire.

Alexeï leur rendit leur salut.

— Laissez-moi deviner, dit Lara. Ce sont des paysans, des serfs, et tous appartiennent au seigneur du château.

Il gloussa et se tapit sous la couverture comme un petit chenapan.

— Bien sûr. Lui était officier de marine et elle montait des machines à laver qui déchiquetaient les vêtements. Maintenant, ils sont au chômage, mais vivent dans une jolie petite datcha à la campagne. Sans rien d'autre à faire qu'à saluer leur prince deux ou trois fois par mois. J'aimerais avoir autant de chance qu'eux.

213

— Alexeï, vous n'êtes pas seulement un salaud arrogant, mais aussi un immonde enfant gâté, pourri jusqu'à la moelle.

— Oui. C'est fabuleux, non ?

Ils sortirent de la forêt, et le palais se dressa devant eux, vaste bâtiment de pierre grise aux longues et étroites fenêtres, ornementé de frises sous les chéneaux, dont les ailes s'agrémentaient de terrasses, ceintes de balustrades de bronze.

— C'est magnifique. Je m'attendais à un lugubre château fort, plutôt qu'à un château français de la Renaissance.

— Il y a un étang privé à l'arrière, lui dit-il. Je comptais faire polir sa surface afin de pouvoir y patiner ce soir, mais on annonce une tempête et la soirée ne se prolongera pas très tard.

— Pourquoi ne pas la reporter, dans ce cas ?

— Parce que tout est déjà arrangé — costumes, musiciens, domestiques. En outre, il m'importe peu que mes invités rentrent sous le blizzard par des routes verglacées. Ma fréquentation vaut bien ce petit sacrifice.

La troïka se gara devant le palais ; deux domestiques en livrée descendirent l'escalier, portant un marchepied de bois qu'ils installèrent le long du traîneau. Puis ils aidèrent Lara et Alexeï à en descendre.

Elle avait le plus grand mal à conserver son sérieux devant les airs princiers d'Alexeï. L'immense hall du palais était aussi grandiose que sa façade. Un âtre gigantesque, assez vaste pour que de petits troncs d'arbre y flambent, s'ouvrait entre des escaliers jumeaux. On eût dit qu'une forêt entière s'y consumait. Le grand hall était chaud, et ça ne tenait certainement pas à cette seule cheminée, située à l'autre bout de la pièce.

— Il y a le chauffage central, n'est-ce pas ?

— Les anciens propriétaires, en l'occurrence l'URSS, n'avaient pas lésiné sur la dépense. Chauffage central, plomberie moderne. Les registres faisaient état d'un musée, mais l'endroit servait le plus souvent de « rendez-vous de chasse » aux membres les plus puissants du Présidium. Je n'ai pas à proprement parler confisqué cet endroit au peuple. Je l'ai arraché aux griffes de ceux qui s'étaient engraissés sur son dos.

Ilia, le secrétaire particulier qu'elle avait déjà rencontré lors de la fameuse soirée Western, descendait les marches pour les accueillir. Lara lui serra la main gauche.

— La chambre de miss Patrick est prête. Je crains fort que

Nadia ne soit légèrement ulcérée. La chambre que nous avons attribuée à miss Patrick lui était d'ordinaire réservée.

— Alexeï, je n'attache aucune importance à la chambre.

— Moi si. J'ai volontairement déménagé Nadia au fond du couloir, pour vous rapprocher de ma suite. (Il sourit.) Prérogative royale. Ces derniers temps, Nadia s'est montrée particulièrement détestable. Et le tarif de son amitié s'en est durement ressenti. C'est ma façon personnelle de la remettre à sa place.

— D'accord, mais si elle m'arrache les yeux, je vous fais un procès.

— Le passe-temps favori des Américains. Pour vos deux yeux, dans ce pays, vous auriez droit à six roubles de dédommagement. Ilia, montrez ses appartements à Lara. Félix est là ?

— Dans son bureau de l'aile ouest.

— Puis-je aller me promener après avoir visité mes quartiers ? s'enquit Lara.

Il l'embrassa sur la joue.

— Si vous en exprimez le désir, je vous fais envoyer une chaise à porteurs avec des esclaves.

— Comme c'est chou. (Ces paroles tombaient du haut de l'escalier, d'où Nadia les toisait d'un œil noir.) J'espère que je ne dérange pas, au moins ?

— Montrez sa chambre à Lara, Ilia, répéta Alexeï.

Il battit promptement en retraite vers son domaine privé, situé quelque part dans les entrailles du château, tandis qu'Ilia faisait gravir l'escalier à Lara.

Le temps qu'ils atteignent le dernier palier, Nadia avait disparu.

Des pelouses recouvertes de leur manteau hivernal s'étendaient entre le lac et l'arrière du château. Le lac était gelé. Dommage qu'une tempête arrive, songea-t-elle. Ç'aurait été amusant de patiner. Ce regret fit remonter en surface une vague réminiscence : elle et sa mère patinant sur un étang gelé, à proximité de leur appartement de Moscou.

Des nuages noirs s'amoncelaient, mais il n'y avait pas un souffle de vent et, en dépit de la répugnance qu'elle éprouvait pour le froid, cette promenade en solitaire dans la forêt lui prodiguait toute la paix et la tranquillité dont elle avait besoin pour réfléchir. Essaie de jouer finement ta partie, s'adjura-t-elle. Il était temps qu'elle cesse de se laisser mener par le bout du nez.

La première chose à faire, si elle savait manœuvrer un peu intelligemment, serait de se trouver un allié. Alexeï était riche et puissant. Un homme qui pouvait dérober un palais et faire ensuite un pied de nez au gouvernement, du haut de son nid d'aigle de Moscou, aurait à coup sûr l'entregent nécessaire. Iouri s'était de toute évidence désisté. S'il avait jamais été son allié.

Une idée subite la frappa, alors qu'elle longeait le bord du lac : pourquoi un policier enquêtant sur une série de meurtres tenait-il tant à ce qu'un témoin capital quitte Moscou ? Le matin où il lui avait montré le cadavre de Belkine, il aurait normalement dû lui confisquer son passeport — lui interdisant ainsi de sortir de la ville —, au lieu de se chamailler avec elle parce qu'elle s'entêtait à rester. Et elle s'interrogea sur cette manie qu'il avait de surgir partout inopinément : lorsque la Gitane avait dit à Lara qu'elle était suivie, il se trouvait juste derrière sa tente ; lorsqu'on avait poussé Belkine sous les roues du camion, il devait également traîner dans les parages ; lorsque les Guk l'avaient traquée, il était sur place. Et que fabriquait-il, d'ailleurs, près de chez les Guk ? Il prétendait avoir filé son taxi, mais elle n'avait remarqué aucune voiture derrière eux.

Elle l'aimait vraiment beaucoup. Plus qu'aucun homme qu'elle avait connu. Pourquoi fallait-il qu'au bout du compte il se révèle être une vermine ? Elle le maudit. Puis accéléra le pas pour rentrer au palais. Elle avait enfin trouvé ce qu'Alexeï pourrait faire pour elle : se renseigner sur les antécédents de l'inspecteur Iouri Kirov. Et au premier chef sur l'enquête qu'il prétendait mener lorsqu'elle l'avait aperçu près des baraques de la fête foraine.

Que Belkine ait pu travailler pour Alexeï la dérangeait souverainement. Elle aurait aimé se renseigner sur les activités du premier, mais elle allait devoir marcher sur des œufs : Alexeï ne verrait sûrement pas d'un très bon œil que son « week-end de rêve » vienne se heurter aux durs récifs de la réalité.

À l'approche de l'aile ouest du palais, elle aperçut Félix se dirigeant vers elle. Il la salua de la main.

— Je viens de faire un tour, moi aussi, lui dit-il en arrivant à sa hauteur. Mais mes pas m'ont porté dans une tout autre direction. Alors, que pensez-vous du joujou d'Alexeï ?

— Le palais ? Tout le monde devrait en avoir un. Hélas, s'il était à moi, je déposerais probablement le bilan au bout d'un mois, incapable de payer la note de chauffage ! Combien de temps le gouvernement va-t-il le lui laisser ?

— C'est le thème de notre entrevue de demain avec le ministère, qui estime que le palais relève de ses attributions.

— Ils viennent ici ?

— Non, c'est nous qui allons à eux. Alexeï refuserait de les admettre sur ses terres. Au fait, vous ai-je dit que j'avais peut-être publié l'un des poèmes de votre père ?

— Vraiment ? Vous l'avez toujours ?

— Je n'en suis pas sûr. Je n'y ai pensé que très récemment, en vous voyant vous balader. Mais c'est possible.

— J'aimerais beaucoup en avoir un exemplaire. Je n'ai rien de mon père, à part quelques brèves remarques à son sujet, dans les lettres que ma mère écrivait au pays.

— Je regarderai. Je ne dispose pas des revues sur place, en fait, mais il se trouve que je détiens ici un catalogue des textes que j'ai publiés au fil des ans. C'est l'un des ouvrages de référence du bureau que j'ai installé dans la datcha. Pourquoi ne pas prendre le temps d'y jeter un coup d'œil ? Si un poème est répertorié, je pourrai vous en obtenir un exemplaire en quelques jours.

Ils gravirent les marches conduisant à la terrasse de l'aile ouest et franchirent des doubles portes qui donnaient accès à une bibliothèque, exiguë mais douillette.

— Oh, j'adore cet endroit, déclara-t-elle.

C'était une pièce banale, mais intime, pourvue d'épais tapis, de vieux meubles confortables, et de rayonnages de livres s'élevant jusqu'à des hauteurs inimaginables. Derrière le bureau, sculpté dans du bois de rose sibérien, de hautes fenêtres donnaient sur les pelouses de la façade. La cheminée, surplombée d'un grand miroir — ingénieuse disposition permettant à la personne installée derrière le bureau de tourner le dos au jour, tandis que de charmantes pelouses se reflétaient dans la glace —, se trouvait dans le mur, face au bureau.

— Très différent de tout ce que j'ai pu voir jusqu'ici du palais. Plus...

— Plus *moi*, trancha Félix. Cette pièce est le seul et unique luxe que j'aie jamais exigé d'Alexeï, en une décennie de bons et loyaux services. J'en suis tombé amoureux dès que j'y suis entré. Elle était presque nue, à l'époque, à part quelques antiquités et autres ouvrages sur la vie de Lénine. Les étagères n'avaient pas dû recevoir leur content de livres depuis le temps des tsars.

Il fit le tour de la pièce en faisant courir ses doigts le long des étagères.

— Vous avez fait là un travail magnifique.

Elle faillit lui demander à qui Alexeï avait volé les meubles et les livres, mais se retint à temps. Félix était si content de lui et si fier de la petite pièce qu'il aurait pu prendre mal la plaisanterie.

— Voyons voir, dit-il, mon catalogue était par là. Pendant que je cherche le poème de votre père, pourquoi n'examineriez-vous pas cette pile de photos, là, sur mon bureau, pour me donner votre avis sur celles qui devraient figurer dans le livre d'Alexeï.

— J'ai hâte qu'il soit publié, pour pouvoir le lire.

— D'une certaine façon, c'est une histoire d'épouvante. Les points communs entre Alexeï et le tsar Pierre sont hallucinants.

— Voilà un compliment fort élogieux.

Elle s'empara de la pile de photos et entreprit de les examiner. Félix lui fit un grand sourire.

— Je ne parlais pas de Pierre le Grand, ma chère, mais de Pierre III, ce dément extravagant à qui les gardes du palais servaient de soldats de plomb, jusqu'à ce que sa femme et son amant unissent leurs efforts pour l'assassiner.

Sa propre facétie lui arracha un gloussement, et elle ne put s'empêcher de lui faire écho. Elle aimait beaucoup son ironie tranchante et acérée. Faut-il qu'Alexeï ait la peau dure, se dit-elle, pour supporter la compagnie de Félix.

La première photo montrait Alexeï en train de recevoir une quelconque décoration. Il portait un uniforme de coupe militaire, et un homme plus âgé, arborant les étoiles de général, lui agrafait une médaille à la poitrine. La suivante était une scène de banquet. Elle parcourut des yeux les dizaines de visages des autres convives, mais n'en reconnut aucun, à l'exception du général de la photo précédente. Mais, là, il était en civil, comme du reste Alexeï et les autres participants. Elle remarqua les mots inscrits sur les rideaux derrière les tables : COMITÉ DE LA SÉCURITÉ INTÉRIEURE.

Elle réprima un frisson : c'était le titre officiel du KGB.

Gardant la photo à la main, elle s'empara de la suivante. Elle y avait à peine jeté un regard que sa main se mettait à trembler. C'était une scène de cocktail : des gens debout, riant, buvant et bavardant. Un petit groupe de trois personnes situé à l'arrière-plan lui sauta aux yeux — deux femmes hilares, un verre à la main, tandis qu'un homme se tordait de rire, si bien qu'il en renversait le contenu de son verre. La femme de droite était sa mère. Celle de gauche était Véra, leur voisine. Le type du milieu était Alexeï.

— Lara ? (Elle se retourna lentement. Alexeï venait d'entrer et se tenait près de la porte.) Je vois que Félix vous a embauchée.

Félix s'arracha à sa lecture et rajusta ses lunettes en souriant à Alexeï, en même temps qu'il déclarait :

— Je me suis dit qu'elle pourrait peut-être m'aider à sélectionner les photos de ton autobiographie. Tu sais quelle importance j'y accorde.

— Parfait. Vous avez trouvé quelque chose ? demanda-t-il à Lara.

Elle reposa les photos sur l'étagère et lui adressa un faible sourire.

— Non. Pas encore.

— Je suis navré, Lara, fit Félix, mais j'ai dû me tromper. Je ne trouve rien qui soit signé de votre père sur ce catalogue.

— Pas grave, balbutia-t-elle avec un sourire forcé.

— Votre costume est arrivé, dit Alexeï. Vous devriez monter l'essayer, au cas où il y aurait des retouches à faire.

— Bien sûr.

Elle passa devant lui, le visage impavide.

À l'instant précis où elle sortait de la pièce, Nadia s'engageait dans le couloir. Elle fusilla Lara du regard et, lorsqu'elles se croisèrent, la porte du bureau de Félix se referma en claquant, avec une telle violence qu'elles sursautèrent l'une et l'autre.

Lara passa son chemin en ignorant Nadia. Rentrée dans sa chambre, elle se dirigea vers la fenêtre et contempla le lac gelé et les forêts drapées de neige.

Prisonnière. À des kilomètres de la ville.

Sa porte s'ouvrit, et elle se retourna au moment où une domestique affligée d'un pied-bot entrait, un costume plié au bras.

Anna souriait.

Chapitre 26

Elle avait un plan. Il n'était pas parfait et ne ferait probablement qu'aggraver ses problèmes, mais au moins était-ce un plan.

Tout d'abord, elle était fermement décidée à ne pas s'enivrer. Non point qu'elle eût peur de se ridiculiser — elle se voyait mal surpasser sa petite interprétation d'Annie Oakley. Coiffée d'une perruque blanche, une mouche noire à la joue, le visage poudré et les yeux rehaussés d'une touche de bleu voyant, emballée dans une robe bouffante couleur perle qui lui donnait la silhouette et l'aspect d'un gâteau de mariage, elle traversa la salle de bal bondée sans que quiconque reconnaisse en elle la *pistolera* de la dernière soirée d'Alexeï. Elle s'aperçut, alors qu'elle se dirigeait vers la porte d'entrée, une coupe de champagne à peine entamée à la main, un éventail dans l'autre, que toutes les conversations semblaient porter sur la façon dont Alexeï dépensait son argent. Sans que personne fasse jamais allusion aux talents de magicien de la haute finance déployés pour le gagner.

Le second volet de son plan était de traverser salle et foule sans se faire voir d'Alexeï, de Félix ou de la horde d'espions qui, s'imaginait-elle, devait être à l'affût de ses moindres gestes.

Une fois dehors, elle piquerait un sprint jusqu'au bureau de Félix. Puis, photo en main, ou plutôt bien cachée sous sa

220

robe bouffante, elle regagnerait la réception. Ainsi que l'avait prédit Alexeï, celle-ci n'était pas destinée à se prolonger, la tempête étant annoncée sous peu, charriant dans son sillage neige et air polaire. Dès qu'elle se déchaînerait, Lara se fondrait dans la foule des invités qui se déverserait par le portail et se ferait déposer en ville par quelque couple compatissant, roulant dans une limousine bien chauffée.

Simple, net et sans bavure. Il ne lui restait plus qu'à espérer un miracle pour mener ce plan à son terme. Elle n'avait pas encore décidé de ce qu'elle ferait une fois rentrée à Moscou.

Elle se posta à l'entrée de la salle pour observer la position de l'ennemi. Depuis l'incident de la bibliothèque, elle n'avait plus adressé la parole à Alexeï, ni à Félix. Pour l'instant, ce dernier était au beau milieu de la pièce, en grande conversation avec plusieurs personnes. Suivi d'un Ilia harassé, Alexeï avait disparu quelques instants plus tôt au bout du couloir de l'aile ouest, non pas pour se rendre dans le bureau de Félix, elle en avait la conviction, mais pour batailler aux cuisines. Alexeï était d'une humeur massacrante.

Elle se faufila dans le vestibule. Un unique valet était en faction près des grandes portes du palais. Elle entendait des voix sur sa gauche, en provenance du vestiaire.

Adressant un sourire au portier, elle dit :

— J'ai oublié quelque chose dans la voiture. Je reviens tout de suite.

— Il fait très froid, Madame. Je vais vous le chercher.

— Aucune importance. J'ai besoin d'un peu d'air frais.

Menteuse. Elle allait littéralement geler.

Elle posa son éventail et son verre sur un guéridon dressé près de la porte et sourit vaillamment à l'homme qui lui tenait la porte. Elle s'engouffra d'un air détaché dans la nuit glaciale, exactement comme si elle allait faire un petit tour sur la plage.

Bonté divine. Un vrai froid de canard.

Dès que la grande porte se fut refermée sur elle, elle retroussa sa robe et se mit à courir vers l'aile ouest. Il lui était quasiment impossible d'éviter au gâteau de mariage de balayer le sol, et encore moins de voir où elle mettait les pieds.

Son plan reposait sur le postulat qu'on ne fermait pas les portes du palais à clé. Elle avait entendu Alexeï demander à Ilia de laisser celles du rez-de-chaussée ouvertes, pour que les invités puissent se promener dans la datcha et l'admirer à loisir. Cette recommandation devait s'appliquer à toutes les portes, présumait-elle. Si celles qui donnaient sur la terrasse du bureau de Félix étaient fermées, elle serait bonne pour avoir les deux bras gelés et prêts à s'effriter avant d'avoir regagné le portail.

Le vent nocturne s'infiltra sous sa robe comme sous une tente pendant qu'elle gravissait la demi-douzaine de marches menant à la terrasse, menaçant de la faire décoller du sol. Le temps qu'elle atteigne la porte, appuie sur la poignée — qui céda sans la moindre résistance —, se faufile à l'intérieur et referme la porte, ses dents claquaient. Elle s'adossa à la porte, frigorifiée. Un feu d'enfer flambait dans la cheminée, et elle se précipita vers cette dernière, en jetant au passage un coup d'œil à son reflet dans le miroir. La poudre blanche accentuait encore sa pâleur.

Elle dut se résoudre à s'éloigner de l'âtre pour aller inspecter le dessus du bureau de Félix. Le manuscrit y était posé, en vrac, mais les photos n'étaient nulle part en vue. Elle entreprit de le feuilleter rapidement, pour vérifier si les photos ne se seraient pas glissées à l'intérieur. Un mouvement attira son attention et elle leva les yeux vers la glace qui surplombait la cheminée. Un visage s'encadrait dans la fenêtre couverte de givre, juste derrière elle.

Lara fit volte-face, mais le visage avait déjà disparu. Elle courut jusqu'à la porte qui donnait sur le couloir de l'aile ouest et la franchit en trombe. Au bout du couloir, des domestiques s'affairaient devant des buffets dressés le long des murs. Un groupe de gens plongés dans une discussion animée descendait le couloir, Félix en tête. Elle ouvrit une porte à sa droite et entra en coup de vent — pour se retrouver nez à nez avec une femme et réprimer de justesse un hurlement.

Nadia.

La présentatrice du 20 heures de Moscou l'agrippa par le bras et la propulsa dans la nuit glacée. La porte se referma en claquant, et les deux femmes se retrouvèrent en train de se regarder dans le blanc des yeux, leurs vêtements fouettés par un vent glacé qui leur pinçait cruellement la peau.

— Vous m'espionnez, accusa Lara.

— Et vous, vous espionnez Félix.

— Que voulez-vous ?

— La même chose que vous. Félix détient une information

sur Alexeï. Je les ai entendus s'engueuler à votre sujet, à propos d'une photo, lorsque vous êtes ressortie du bureau de Félix tout à l'heure. En quoi cette photo est-elle si importante ?

— En quoi ça vous regarde ?

— Ne soyez pas idiote. Alexeï est pourri de fric, plus encore que vous ne le croyez. Et ce fric nous appartient à tous.

— Et vous voulez votre part du gâteau ?

— Tout comme vous.

Nadia lui lança un regard noir.

Des lumières s'allumèrent dans le bureau et, par une fenêtre située à sa droite, Lara y vit entrer Félix et les personnes qui l'accompagnaient dans le couloir.

— Il faut que je rentre, dit-elle à Nadia.

Elle recommençait à claquer des dents. Si elle s'attardait encore à l'extérieur, elle allait se transformer en statue de glace.

Elles se ruèrent vers l'entrée.

— Alexeï est assez riche pour nous tous.

La voix de Nadia trahissait une certaine urgence.

— Je n'en veux pas à son argent, dit Lara.

Nadia ricana.

— Non, ni vous ni Félix — cet éternel communiste —, mais vous avez vu comment il a décoré sa bibliothèque. Ce salaud prétend se moquer de l'argent, mais je sais qu'il a barre sur Alexeï, d'une façon ou d'une autre. Alexeï le hait, mais il le garde. Et Félix se conduit parfois comme s'il était aux commandes. J'ai vu Alexeï plier devant lui. Oh, ils font ça très discrètement mais, croyez-moi, Alexeï en prend plein la gueule.

Lara aurait aimé pouvoir lui rétorquer qu'elle n'avait strictement rien à faire de sa cupidité et de ses intrigues, mais elle eut une subite illumination : elle pouvait utiliser Nadia. Celle-ci, visiblement, avait des lumières insoupçonnées sur les dessous de l'affaire.

À quinze mètres de l'entrée, incapable de supporter le froid plus longtemps, Lara piqua un sprint, mais Nadia la retint par le bras.

— Écoutez. Il faut qu'on mette la main sur ce livre. Ils vont en ville demain et ils ne rentreront que le soir. Un important rendez-vous dans un ministère. Je connais la chanson : Félix emportera le livre dans son attaché-case noir. Il ne le quitte jamais. Il le bouclera dans son bureau, au dernier étage de la Tour noire, à côté du bain turc. Retrouvons-nous demain midi devant l'entrée de derrière.

— De la Tour ?

— Oui, mais il faudra apporter les clés de l'ascenseur et des portes de derrière.

— Moi ? Pourquoi moi ?

Lara claquait si violemment des dents que ses mots étaient entrecoupés. Une neige légère s'était mise à tomber.

Nadia sourit malicieusement.

— Alexeï conserve un trousseau de clés complet de tout ce qu'il possède dans un placard de sa penderie. Il ne m'a jamais invitée dans sa chambre. Vous pourrez vous en emparer ce soir, quand il vous aura baisée.

— Quand il m'aura quoi ?

— Ne faites pas l'innocente avec moi. Ce n'est pas moi qui porte la cape de zibeline.

Lara lui tourna le dos et fonça vers les portes. Le sang lui monta à la tête, et elle faillit défaillir en pénétrant dans l'atmosphère surchauffée de la maison. Elle louvoya rapidement entre les gens, traversant la salle vers le feu qui rugissait dans la cheminée. Là, elle s'exposa sous toutes ses facettes à la flambée. C'était divin.

Les gens se disposaient déjà à prendre congé. Elle se rendit compte qu'elle allait devoir se mettre incessamment à chercher une voiture pour la ramener en ville, mais restait figée sur place à fixer le feu. La proposition de Nadia était tentante. Hormis, bien sûr, l'incitation à coucher avec Alexeï qui allait de pair.

Nadia se retrouva subitement à ses côtés, tenant deux tasses à la main.

— Ça vous réchauffera les os, lui dit-elle en lui en tendant une.

— Je ne veux rien boire.

— Ça ne contient pas une goutte d'alcool. Promis, juré.

Lara sirota une gorgée du breuvage en surveillant du coin de l'œil la foule qui s'écoulait vers les portes. Alexei était là, prenant congé de ses invités. Si elle comptait sortir, il lui faudrait emprunter l'une des autres portes et aborder les gens près des voitures, à l'extérieur.

— Je vous ai sous-estimée, je crois, dit Nadia.

La boisson, brûlante et sucrée, avait bon goût.

— Que voulez-vous dire ?

— Oh, j'ai vu votre expression, quand j'ai parlé de « baiser avec Alexeï ». (Nadia s'était rapprochée et parlait maintenant d'une voix plus basse et plus rauque.) Vous ne pouvez pas savoir par quoi je suis passée. On me force la main.

Lara n'avait pas la moindre idée de ce à quoi elle faisait allusion. Les lumières de la salle s'étaient intensifiées, avant de baisser de nouveau, puis de se mettre à palpiter. Meubles et gens grossissaient et rapetissaient alternativement. Tout était de guingois.

Elle voulut demander à Nadia ce que contenait sa boisson, mais ses lèvres étaient bien trop enflées pour s'ouvrir et se fermer convenablement, et elle s'exprimait comme un bébé.

Nadia éclata d'un rire hystérique.

Nadia la guidait en lui broyant le bras dans les escaliers qui menaient au sous-sol du palais.

— Vous avez besoin de vous éclaircir les idées et de transpirer un peu pour chasser tout ce froid que vous avez enduré, lui disait-elle. Rien de tel qu'un sauna pour faire d'une pierre deux coups.

Lara faillit s'effondrer en posant le pied à terre au bas des marches, et Nadia dut se démener pour la rattraper à temps.

— Vous ne supportez vraiment pas grand-chose, lui dit-elle. Je voulais juste que vous vous sentiez bien.

Une servante assoupie sur un banc, près du sauna, s'éveilla en les entendant arriver et accourut pour les aider.

— Le sauna est-il prêt ? s'enquit Nadia.

— Oui, Madame.

— Aidez-moi à la déshabiller, dit-elle à la servante. Dans le sauna, qu'elle n'attrape pas froid.

Lorsque Lara fut nue et allongée sur la banquette du sauna, Nadia renvoya la servante et se déshabilla à son tour. Puis elle fit asseoir Lara, se glissa derrière elle et l'attira contre son corps nu. Elle passa un bras autour de la taille de Lara et se pressa contre ses seins. Tout en promenant ses mains sur le ventre de Lara et en lui caressant les seins, elle lui chuchotait à l'oreille :

— Déjà fait ça avec une femme ? Moi, j'aime les deux. (Elle embrassa Lara dans le cou et lui chatouilla le lobe de la langue.) Des fois les deux en même temps. J'adore lécher une femme pendant qu'un homme me prend en levrette, murmura-t-elle. T'as déjà baisé avec un homme et une femme en même temps ?

La porte du sauna s'ouvrit, et Nadia se retourna pour ordonner à la bonne de filer.

Ce n'était pas la bonne. C'était Alexeï.

Chapitre 27

À son réveil, Lara contempla un plafond baroque et s'efforça de retrouver sa place dans l'ordre des choses. Elle fit frétiller ses orteils, et ils répondirent. Puis elle remua ses mains et ses bras. La mémoire de son identité lui revint lentement, en même temps que la conviction d'avoir eu la tête piétinée par un tyrannosaure.

Elle se redressa subitement dans le lit, et ce brusque mouvement suffit à lui donner le tournis.

Où diable suis-je donc ?

C'était une grande pièce, deux fois plus vaste que la chambre qui lui avait été allouée.

La chambre d'Alexeï.

Elle était nue. Pas même un lambeau d'étoffe.

— Oh, non !

Elle sortit en rampant de sous les draps et s'assit sur le rebord du lit ; l'espace d'une courte seconde, son esprit fut happé par un tourbillon, avant qu'elle ne réussisse *in extremis* à le sauver du naufrage. Réfléchis, s'ordonna-t-elle. Que s'est-il passé hier au soir ? Elle se souvenait d'être entrée dans le bureau de Félix. De s'être gelée dehors en écoutant Nadia lui parler d'un chantage. De quelque chose dans sa boisson. Du sauna. Elle effleura ses seins nus et rougit. La chienne. Elle m'a droguée. Ensuite, il y a eu... Alexeï.

Elle sortit du lit d'un bond et le contempla. S'étaient-ils

227

ébattus toute la nuit dessus, tous les trois ? Non, elle se rappelait que Nadia lui avait confié n'avoir jamais été invitée dans cette chambre.

Une sortie de bain blanche en éponge drapait le dossier d'une chaise, à côté du lit. Un message était épinglé au peignoir. « Chérie, la nuit d'hier a été la plus mémorable expérience que j'aie jamais vécue avec une femme. Te faire l'amour était un authentique voyage au septième ciel. »

Elle s'effondra sur le lit et se prit la tête à deux mains. Seigneur, arrête cette planète et laisse-moi descendre.

Tout était truqué. Alexeï. Ce message. Cette situation. *Réfléchis*, se dit-elle, en se frappant le front du plat de la main, *réfléchis*. Mais les implications de ce message étaient par trop atroces pour qu'elle fut en mesure de les analyser sur le moment.

Ils devaient tous être en ville. Nadia l'avait certifié. Une importante réunion dans un ministère. Nadia l'attendait à midi sur la terrasse de la Tour. La pendule rococo posée sur le dessus de la cheminée annonçait dix heures. Le palais était à une heure de route de Moscou. Elle pouvait encore y arriver. À condition de le vouloir. Mais on ne lui laissait pas grand choix.

Rentrer aux États-Unis était exclu, au risque de faire la une des journaux ou même d'être arrêtée. Et elle savait dorénavant qu'il n'y avait plus une seule personne vers qui elle pût se tourner.

Elle enfila le peignoir et allait sortir dans le couloir pour regagner en douce sa propre chambre lorsque la remarque de Nadia à propos des clés lui revint en mémoire. La salle de bains de la suite était plus vaste que sa chambre du Gorki ; et elle donnait sur une penderie plus vaste encore. Elle trouva un coffre métallique carré fixé à l'un des murs de la penderie. Qu'il ne soit pas fermé à clé n'avait rien pour la surprendre. Deux trousseaux d'une douzaine de clés pendaient à l'intérieur, chacun pourvu d'une petite étiquette blanche exposant leur destination. Elle s'empara du trousseau marqué « Tour » et le glissa dans la poche du peignoir. L'autre étiquette indiquait « Bureaux de la Tour », et elle lui fit subir le même sort.

Elle comprenait à présent pourquoi Nadia aurait eu tant de mal à s'emparer des clés sans avoir été invitée dans le lit d'Alexeï — le seul moyen d'entrer dans la vaste suite ou d'en sortir était de traverser la chambre à coucher.

Elle ouvrit la porte de celle-ci et inspecta le couloir. Personne. Elle sortit et fonça vers sa chambre, se glissa rapidement à l'intérieur, inspecta une dernière fois le couloir pour s'assurer qu'elle n'avait pas été vue. Elle referma silencieusement la porte et allait se retourner quand la porte de sa salle de bains s'ouvrit sur Anna qui apparut en claudiquant. Lara entendait couler de l'eau à l'intérieur.

— Je vous fais couler un bain, Madame.

Lara dut se forcer à sourire.

— Toujours là, je vois.

— Oui, Madame. Tout le monde est parti, sauf les domestiques. Lorsqu'on aura nettoyé, certains retourneront à la Tour, et d'autres resteront ici. Je vous suis partout où vous irez.

Oh que non.

— Commande-moi une voiture, Anna. Sur-le-champ.

La tempête était passée, laissant derrière elle une couche de neige de plusieurs centimètres. Des nuages gris et une aigre bise du nord conféraient à la journée un petit air maussade, interdisant à la neige de resplendir de toute sa blancheur.

Assise à l'arrière d'une limousine Mercedes qui dépassait allègrement simples mortels et voitures ordinaires, elle se surprit à déplorer qu'Alexeï se fût finalement révélé n'être qu'une infâme vermine de plus. Il eût été délicieux d'être l'amie d'un homme aussi riche et célèbre — encore qu'elle eût découvert qu'à Moscou l'amitié n'était guère moins éphémère qu'une partie de roulette russe.

Les gens mouraient tout autour d'elle, mais elle était toujours en vie.

Oui, elle était toujours là. Pourtant, si quelqu'un avait cherché à la tuer après l'échec de la tentative d'assassinat dans l'église, les occasions n'avaient pas manqué : ainsi, ses déambulations dans la ville en plein cœur de la nuit. Et personne, assurément, personne ne la protégeait.

En revanche, on se servait d'elle. L'idée la frappa subitement, avec un curieux accent de vérité. Pas plus compliqué que ça, en fait. Elle palpa les clés au fond de sa poche. À quoi bon posséder un coffre-fort blindé si c'est pour le laisser ouvert ? Allons, ne recommence pas à sombrer dans la parano, se raisonna-t-elle. Les gens d'ici n'en sont pas encore à tout mettre sous clé.

Alexeï avait fait partie de l'ex-KGB. Rien de bien étonnant à ça : c'était vrai de la moitié de la population du pays. Mais lui le dissimulait, tandis que d'autres, comme Belkine, s'en seraient plutôt flattés. Pourquoi Alexeï cachait-il son passé ? Et quel rapport entre sa mère et lui ? Se pouvait-il qu'il fût le commanditaire de...

De quoi ?

Elle irait à ce rendez-vous, dont l'objectif était de faire une descente dans le bureau d'Alexeï. Objectif fixé par Nadia. Cette fille était une pute de haut vol, mais elle ne péchait certainement pas par stupidité. Comme Alexeï, elle savait voler les oies. Il serait temps de m'y mettre un peu, moi aussi, se dit Lara. Quoi que puisse recéler l'autobiographie d'Alexeï, c'était probablement son tout dernier espoir d'en apprendre plus long sur la mort de sa mère.

La limousine la déposa devant son hôtel. Elle y entra, traversa le hall vers le restaurant, adressa un sourire au maître d'hôtel, prétendit avoir oublié quelque chose, fit volte-face et ressortit. La limousine était repartie. Elle monta dans un taxi et demanda au chauffeur de la conduire à quelques pâtés de maisons de la Tour.

De là, elle pouvait surveiller l'arrière du building sur plus d'un pâté de maisons. Nadia n'était pas en vue. Il était midi pile lorsqu'elle atteignit la porte de derrière. S'efforçant de passer inaperçue, elle musarda un moment, redescendit la rue sur une courte distance puis tourna les talons et revint sur ses pas.

Pourquoi attendre Nadia ? Cette fille est un maître chanteur. Je ne veux léser personne, je veux juste cette photo. Et un bref aperçu du reste de l'autobiographie d'Alexeï.

Prenant une brusque décision, elle obliqua et s'engouffra dans le petit renfoncement qui menait aux massives portes blindées. Elle essaya fébrilement toutes les clés, avant de trouver celle qui ouvrait la serrure. Quelques secondes plus tard, la porte se refermait sur elle, et elle se retrouva dans le couloir, vers l'ascenseur privé d'Alexeï. Aussi silencieux qu'une crypte : telle fut la comparaison qui lui vint à l'esprit.

230

Parvenue devant l'ascenseur, elle appuya sur le bouton situé à la droite des portes. Rien ne se produisit. Elle se remit à farfouiller dans les clés et en trouva une petite, au corps cylindrique, qui semblait devoir commander soit à un ascenseur soit à un signal d'alarme. Elle l'introduisit, tourna, et les portes de l'ascenseur coulissèrent.

Le tableau de commandes n'offrait qu'une unique alternative : HAUT ou BAS. Le cœur battant, mais déterminée, elle pressa sur HAUT, et la porte se referma en coulissant. L'ascenseur eut un léger tressaillement puis commença de monter sans à-coups. Elle fixait son trousseau de clés, soudain prise de claustrophobie à l'idée d'être enfermée dans cette étroite cabine qui traversait cinquante étages inoccupés entre les deux niveaux desservis.

Le soir de sa petite fusillade, Alexeï l'avait, de la salle de bal, guidée dans un couloir donnant accès aux cuisines, puis lui avait fait franchir, au bout, une porte qui conduisait à l'ascenseur. La troisième clé du trousseau de la Tour devait nécessairement ouvrir la porte du fond de la suite.

L'ascenseur décéléra et finit par stopper, en même temps que sa respiration. Les portes s'ouvrirent brutalement. Le palier était désert. Elle se remit à respirer et sortit.

Elle gagna promptement la porte face aux ascenseurs. Ses nerfs lâchaient, et sa main tremblait pour introduire la clé dans la serrure, donner un tour et pousser la porte. Elle entra et referma sans bruit.

Le couloir intérieur était plongé dans l'obscurité. Sur sa gauche, les portes ouvertes des pièces adjacentes laissaient passer un peu du maigre jour qui s'infiltrait par les fenêtres. Que tout fût éteint était plutôt bon signe. Si quelqu'un s'était trouvé là, les lumières seraient allumées. Elle s'aventura dans le couloir, sans pouvoir s'empêcher d'imaginer des tueurs embusqués dans les recoins sombres. Ouvrant une porte avec précaution, elle jeta un œil dans la grande salle de bal. À la seule exception d'un petit rai de lumière s'insinuant par les tentures entrebâillées, la pièce était plongée dans les ténèbres.

Elle se faufila à l'intérieur et referma doucement la porte, en prenant bien soin de retenir la poignée pour éviter tout grincement intempestif. Elle traversa la salle à vive allure, puis gravit l'escalier qui conduisait au second niveau. À deux marches environ du palier, elle entendit un bruit et se figea sur place. Une porte qui claque ? Elle n'en aurait pas juré.

Un simple coup de bélier du chauffage central, sans plus, se persuada-t-elle. *Je n'ai peur de rien, sauf de ma peur.* Sur le moment, elle n'arrivait plus à se rappeler qui avait pu dire ça. Réprimant son désir instinctif de tourner les talons pour s'enfuir, elle traversa le palier jusqu'au lugubre corridor qui s'ouvrait de l'autre côté.

Tout au bout, la porte était fermée et dépourvue de serrure. Elle l'ouvrit et leva les yeux vers la cage d'escalier. Un bruit lui parvenait du haut des marches, le bourdonnement sourd d'une machine. La machinerie de la ventilation, espérait-elle. Elle se trouvait tout au fond d'un puits de ténèbres, mais une faible clarté luisait tout en haut. Elle referma doucement la porte et considéra la lueur livide. Elle avait la gorge sèche et les nerfs à vif.

Chaque chose en son temps, se dit-elle.

Au sommet des marches, elle fit halte et plongea le regard dans le couloir obscur. La porte du bain turc était fermée, et elle réalisa soudain que le bourdonnement qu'elle entendait était celui de la pompe de la piscine. S'agirait-il d'un circuit de filtrage autonome ? se demanda-t-elle. Si quelqu'un était dans la piscine, il n'avait pas pris la peine, en tout cas, d'éclairer sur son chemin. Le couloir était sombre et étroit. Il y avait forcément un va-et-vient à chacune de ses extrémités. La courte volée de marches qui conduisait aux bureaux se trouvait immédiatement à gauche de la porte du bain turc. Les baies intérieures des bureaux s'ouvraient juste au-dessus, et n'indiquaient aucune lumière.

Elle était allée trop loin pour se laisser intimider par ce qui n'était peut-être qu'un simple ferraillement de machine.

Pourquoi moi, Seigneur ? Pourquoi ne suis-je pas restée paisiblement chez moi, avec mon chat, dans ma petite résidence ?

Le bourdonnement s'amplifiait à mesure qu'elle progressait dans le couloir sans lumière, les yeux rivés sur le jour qui s'infiltrait par une fente étroite sous la porte du bain turc. Juste la piscine en train de recycler son eau, se persuada-t-elle ; personne n'irait se baigner à une heure pareille.

Près de la porte, elle heurta quelque chose du pied. Un

objet métallique qui traînait par terre. Elle se pencha pour mieux voir.

C'était un revolver. Un gros six-coups, comme ceux de la soirée d'Alexeï. Elle entendit un bruit dans son dos, en provenance de la cage d'escalier. Elle ramassa le revolver et l'empoigna à deux mains, le cœur battant dans sa gorge. Elle tendit l'oreille, mais le bruit ne se reproduisit pas.

Elle ravala sa salive et poussa la porte du bain turc. Lorsqu'elle put enfin voir le bassin, elle resta un bon moment à le fixer, refusant d'en croire ses yeux. Le Jacuzzi était activé. Une eau couleur de sang y écumait, toute bouillonnante. Une femme nue flottait sur le ventre à sa surface, sa chevelure blonde en éventail. Elle n'eut pas besoin de voir son visage pour comprendre qu'il s'agissait de Nadia. Elle tourna les talons et redescendit le couloir en courant, tenant le revolver à deux mains.

Elle dégringola en titubant l'escalier obscur et ouvrit la porte du bas d'une seule main, à la volée, agrippant le lourd revolver de l'autre. Lorsqu'elle fut bien sûre que personne ne l'attendait pour lui sauter dessus, elle se remit à cavaler, tenant toujours le revolver à deux mains.

Elle traversa le balcon au trot et approchait de l'escalier qui descendait vers la grande salle de bal lorsque les doubles portes de cette dernière s'ouvrirent violemment. Elle n'eut que le temps d'entrapercevoir Iouri, à la tête d'une poignée d'hommes armés de revolvers qu'ils braquaient sur elle ; elle se jeta à terre ; le revolver lui vola de la main au moment où la fusillade explosait.

Quelques secondes plus tard, Iouri était auprès d'elle et les autres affluaient derrière. Stenka ramassa l'arme qu'elle venait de lâcher.

— Vous allez bien ?

— Je crois.

Elle s'agenouilla, puis se remit sur pied, les oreilles carillonnantes.

— Que faites-vous là ? demanda-t-il.

— Il y a un cadavre dans la piscine bouillonnante, sur la terrasse. Je crois que c'est celui de Nadia. (Le patronyme de la femme ne lui revenait pas et elle bredouilla.) La présentatrice du 20 heures.

— Ce revolver a servi, dit Stenka, en brandissant le six-coups au bout d'un crayon enfilé dans son canon.

— Il n'est pas à moi, dit Lara. Je l'ai trouvé là-haut.

Iouri arborait un visage de marbre. Elle se rendit subitement compte qu'elle était entourée d'hommes, qui tous avaient les yeux fixés sur elle.

— Je n'ai tué personne. Écoutez, je viens tout juste d'arriver. Je suis montée, j'ai vu le corps et je me suis sauvée.

Un homme écarta l'un des policiers d'une bourrade. Il avait les cheveux gris, était vêtu d'un costume qui semblait plus coûteux que celui des autres, et il émanait de lui une autorité certaine.

— Nous vous avons vue en train de courir un revolver à la main, dit-il.

— Je connais miss Patrick, commença Iouri.

— Je prends cette affaire en main, inspecteur Kirov. Montez au second avec Stenka et passez la terrasse au crible. Donnez-moi ce revolver.

Stenka agrippa Iouri par un bras et l'entraîna à l'écart, tandis que Lara soutenait sans ciller le regard perçant de l'homme.

Son pouls battait dans sa gorge ; elle était brûlante et morte d'angoisse.

— Comment êtes-vous entrée ? demanda-t-il.

— J'avais les clés.

— Les liftiers assurent que personne n'est monté.

— Je... je suis passée par derrière.

— Nous avons reçu il y a peu de temps un coup de fil anonyme. Le correspondant affirmait qu'une femme armée d'un revolver était entrée dans l'immeuble et qu'un coup de feu avait retenti.

— Je ne l'ai pas tuée.

— Comment saviez-vous qu'il s'agissait d'elle, dans la piscine ?

— Une simple intuition. Je l'ai vue et je me suis dit que...

— Vous l'avez vue et vous l'avez descendue.

— Je n'ai jamais tiré sur elle.

— Vous êtes entrée par-derrière, n'est-ce pas ?

— En effet.

— Avez-vous croisé quelqu'un en entrant ?

— Croisé quelqu'un ? Non, pas à ma connaissance.

— Nous non plus et nous sommes passés par-devant. Personne, à part vous, en train de courir un revolver à la main. (Il renifla le canon et inspecta le barillet.) Ce revolver vient de tirer. Il manque deux balles. À mon humble avis, on va retrouver les deux balles manquantes dans le corps de la morte.

— Vous devez me croire, je n'ai rien fait. J'ai heurté ce revolver du pied, je l'ai ramassé, je l'ai vue, elle, dans la piscine, j'ai paniqué et j'ai filé en courant. Je ne l'ai pas tuée.

L'homme brandit le revolver sous son nez.

— Aviez-vous déjà vu ce revolver auparavant ?

— Je n'en sais rien.

— Vous n'en savez rien ?

— Il y a eu une réception. Ce revolver ressemble à tous les six-coups que les gens portaient à cette soirée.

— Vous en aviez un ?

— Oui.

Oh, Seigneur Dieu. Elle fixait le revolver qu'il brandissait comme s'il s'agissait d'un serpent venimeux. Elle avait manipulé deux des revolvers. Elle en avait laissé un dans la limousine. Et l'autre, elle l'avait jeté à la tête de Iouri lorsqu'il était sorti de sa chambre d'hôtel.

Son esprit était tellement embrumé qu'elle ne saisit pas les paroles suivantes de l'homme.

— Je vous demande pardon ?

— Je viens de vous dire que nous vous arrêtons pour le meurtre de Nadia Kolchak.

Chapitre 28

Survivre, survivre, survivre.

Ce mot ne cessait de tourner follement dans sa tête.

À la prison de Moscou, un homme lui avait pris les mains pour les apposer brutalement sur un tampon encreur, puis avait fait rouler ses doigts sur un papier, l'un après l'autre, pour relever leurs empreintes, ainsi que celles de ses paumes et du tranchant de ses mains. Combien de fois avait-elle vu prendre les empreintes de criminels ? Les spécimens, les appelait-on. Destinés à être comparés aux plus claires d'entre celles qu'on avait relevées sur le lieu d'un crime. Aujourd'hui, c'était au tour des siennes.

Venaient ensuite les photos anthropométriques : de dos, de face, et les deux profils. Elle avait fixé les appareils, comme un peu plus tôt les fiches d'empreintes, avec une expression perplexe. Elle n'arrivait pas à croire que ça puisse lui arriver à elle.

Les photos prises, elle était restée assise sur une chaise pendant près de quatre heures, avant qu'une matonne rébarbative, sœur jumelle de l'épouse du chauffeur de poids lourd, n'entre dans la pièce.

— Debout, détenue.

Lara se leva.

— À gauche, détenue, et avancez jusqu'à la deuxième porte sur votre droite.

La pièce en question n'était qu'un blockhaus, nu et sans la moindre fenêtre. Une longue table de bois en occupait le centre. Un sarrau gris avait été négligemment jeté sur la table. Une paire de chaussons en caoutchouc gisaient au sol.

— Otez vos vêtements, ordonna la femme.

— Fermez la porte, s'il vous plaît.

Elle ne reconnaissait pas le son de sa propre voix ; les mots semblaient surgir du plus profond d'elle-même, d'un endroit inaccessible où s'était rétracté son esprit.

La femme ferma la porte, et Lara ôta ses chaussures avant de se déshabiller lentement, ne gardant que son soutien-gorge et son collant. Elle se saisit du sarrau gris pour l'enfiler.

— Pas encore, dit la matrone. Otez le reste de vos vêtements.

Lara se retourna pour la regarder. La femme tenait un instrument gynécologique.

— On fouille les détenues au corps, pour les armes et autres denrées introduites en fraude.

Lara s'allongea sur la table et fixa le plafond de béton fissuré.

Survivre, survivre, survivre.

Lara suivit la matonne le long de l'interminable couloir cimenté du bloc cellulaire, se cramponnant à une simple couverture qu'elle plaquait contre son corps. Elle avait perdu toute notion du temps et savait tout au plus qu'il était tard. Une enfilade d'ampoules nues, plongeant jusqu'au cœur du bloc cellulaire, diffusait une lumière assez avare pour que les cellules, de part et d'autre, fussent plongées dans une profonde pénombre.

Ses pieds faisaient floc-floc dans les chaussons en caoutchouc trop grands pour elle, ses jambes étaient glacées, mais son cœur avait cessé de battre la chamade ; un calme glacial l'avait envahie. Elle se sentait comme une petite fille de sept ans, qu'on met dans un avion juste après qu'elle eut été agressée.

Les femmes dans les cellules, de chaque côté du couloir, sortaient de leur prostration à son passage. Elle entendit une voix goguenarde annoncer qu'une nouvelle venait de débarquer, quelqu'un qu'on pourrait brimer et exploiter ; dans une autre cellule, deux prostituées la regardèrent, les yeux durs, en fumant des cigarettes. Elle entendit une femme pleurer sur son bébé, dans une autre section du bloc, et quelqu'un lui beugler : « Ta gueule, pauvre connasse, tu l'as crevé ton bébé, espèce de cinglée. »

La surveillante fit halte devant la porte d'une cellule, tout au bout du bloc, et l'ouvrit. Elle fit signe à Lara d'entrer. C'était un petit réduit cubique, guère plus grand qu'une penderie. Des murs de ciment sans fenêtre s'élevaient sur trois côtés, tandis que des barreaux d'acier donnaient sur le couloir du bloc.

Lara entra et resta plantée là, les mains crispées sur sa couverture et le dos tourné à la matonne, pendant que cette dernière fermait la porte et la verrouillait.

— Les meurtriers ont droit à une cellule privée. On tient pas à ce que nos putes et nos voleurs fraient avec.

Lara se dirigea vers le fond de la cellule et s'assit, le dos au mur de béton glacé. Elle s'enroula dans la couverture et enfouit sa tête entre ses mains. Elle croyait la matonne partie, mais sa voix lui parvint, comme un écho d'outre-tombe.

— On exécute nos meurtriers. Une balle dans le crâne. Et si ça ne suffit pas, on leur boucle le nez et la bouche hermétiquement, pour pas gaspiller une autre balle.

Au bout du bloc, une femme éclata d'un rire hystérique, tandis qu'une autre glapissait : « Ta gueule, salope. Pauv' timbrée. »

Il fallut deux bonnes journées à Eric Caldwell, de l'ambassade américaine, pour lui rendre visite dans sa cellule. Lorsqu'on la fit entrer dans le parloir des avocats, il était attablé.

— Comment allez-vous, miss Patrick ?

Pour la soutenir dans cette mauvaise passe, on lui dépêchait le pire taré de toutes les ordures du corps diplomatique. Elle rétorqua, les dents serrées :

— Je suis sale à faire peur, morte de froid, accusée d'un crime que je n'ai pas commis, et suicidaire.

— Je sais. Eh bien, je suis là pour vous aider.

— Eh bien, j'ai justement besoin d'aide, figurez-vous, le singea-t-elle. Je n'ai pas tué cette femme. Mon gouvernement doit...

Caldwell faisait si énergiquement « non » de la tête qu'elle menaçait de basculer de son pivot.

— Le gouvernement des États-Unis ne peut en aucun cas intervenir. Les affaires criminelles relèvent exclusivement de la juridiction souveraine du gouvernement russe.

— J'en suis consciente, mais j'ai besoin d'argent. Tout ce que je possède est bloqué dans ma résidence de San Francisco.

— Le gouvernement des États-Unis ne peut vous assister financièrement.

— Il me faut un avocat, monsieur Caldwell. Et un bon.

— Le gouvernement des États-Unis ne...

— Que pouvez-vous faire, alors ? Vous disiez être là pour m'aider.

— Nous pouvons transmettre un message à vos amis ou à vos parents aux États-Unis, et leur faire savoir que vous avez besoin d'aide.

— C'est tout ? Je suis une citoyenne américaine. C'est tout ce que vous pouvez faire pour moi ? Timbrer des enveloppes ?

— Vous vous êtes fourrée dans le pétrin dans un pays étranger, miss Patrick. Nous n'avons aucune autorité ici.

— Ce pays reçoit des milliards de dollars d'assistance de notre part, et mon représentant ne peut même pas décrocher un téléphone et exiger qu'on réexamine mon affaire ? Je n'en demande pas plus. Simplement que mon gouvernement vérifie que les chefs d'inculpation qui pèsent sur moi ne sont pas forgés de toute pièce.

— Si vous aviez été arrêtée pour un crime politique, nous aurions pu vous porter secours, mais il s'agit d'un meurtre. Le gouvernement russe désignera un avocat d'office.

— Un avocat russe, c'est déjà antinomique. Ce pays vit depuis plus de soixante-dix ans sous un régime dictatorial. Ce ne sont pas quelques mois d'un nouveau régime qui auront bouleversé les procédures. On a enseigné aux avocats d'ici à aider le gouvernement à accabler leurs propres clients.

— Il y a une petite faille dans votre raisonnement, miss Patrick.

— Laquelle ?

Il fit claquer ses lèvres de satisfaction.

— Il n'existe qu'une espèce d'avocats en Russie... les avocats russes. J'ose espérer que vous ne vous attendiez pas à Perry Mason ?

Elle se pencha, se rapprochant encore de lui, l'obligeant à opérer un léger mouvement de retrait.

— Non, monsieur Caldwell, je ne m'attendais pas à Perry Mason. Ma tournure d'esprit est nettement plus prosaïque. Je suis procureur, ne l'oubliez pas. Je sais m'orienter dans une salle de tribunal, du moins dans le cadre d'un appareil judiciaire fiable. Les Russes fonctionnent toujours selon l'ancien système pénal soviétique, en vigueur sous l'ancien régime, qui n'offre pratiquement aucune garantie d'équité. La police travaille encore de façon primitive et le code pénal frise la barbarie. Je dois absolument me trouver un avocat qui ait de la justice la même conception que moi.

— Je suis également juriste, miss Patrick. Le système juridique d'ici diffère du nôtre, c'est une chose avérée, mais je reste persuadé qu'on vous attribuera un avocat idoine, qui saura vous guider à travers les chicanes de leur système.

— Je ne veux pas d'un avocat *idoine*. Je dois faire face à une accusation de meurtre dans un pays qui applique la peine capitale. Bon sang, ils fusillaient encore les conducteurs en état d'ébriété, il n'y a pas si longtemps. J'ai besoin d'aide et d'argent. Vous envoyez toute une foutue armée au Koweït, pour porter secours à un petit cheikh bien gras qui se goberge comme un coq en pâte pendant que son peuple claque du bec et...

— Vous vous faites une idée bien peu réaliste de la géopolitique. Je parle en avocat et en diplomate. Très franchement, vous vous êtes mise dans une situation fort embarrassante pour notre gouvernement, à un moment où nous nous efforçons de restructurer la communauté mondiale au lendemain de la guerre froide.

— Restructurer la communauté mondiale ? Embarrassante ? (Elle se leva, plus près qu'elle ne l'avait jamais été de frapper quelqu'un.) Espèce de bouffon. Et cessez de vous targuer d'être avocat. Un diplôme de droit ne vous autorise pas plus à vous prévaloir de ce titre qu'une paire de gants de boxe ne fait le boxeur. On ne devient avocat qu'en luttant pour le bon droit dans un tribunal, des deux côtés. Et vous n'aurez jamais cet honneur, parce que les avocats qui plaident à la cour ont du cœur et des tripes, alors que vous n'avez visiblement ni l'un ni l'autre !

Elle reposa son front sur ses deux bras croisés, attendant que la matonne vienne la ramener dans sa cellule. Après son

240

esclandre, Caldwell avait filé sans demander son reste, ivre de rage. Elle avait déchargé sur lui toute sa bile et n'en éprouvait aucun remords. Ce monde était plein de Caldwell, de gens qui semblaient traverser la vie sans qu'il leur en coûte jamais rien, sans que ni Dieu, ni diable, ni homme ne les châtie de n'avoir jamais tendu la main à leurs frères humains.

La porte se rouvrit, elle leva les yeux sans manifester un quelconque intérêt, croyant au retour de la matonne.

Iouri se tenait dans l'encadrement. Ses traits étaient graves. Il entra à pas lents et referma la porte. Empruntant la chaise libérée par Caldwell juste en face d'elle, il regarda d'abord tout autour de lui avant de la fixer dans les yeux.

— Je viens de parler à M. Caldwell, de votre ambassade. Il semblait passablement courroucé.

— Je l'ai un peu malmené, pour le punir de sa stupidité, dit-elle. Mais c'est moi l'idiote, en fait. J'aurais dû m'asseoir sur ses genoux. Le tact n'est pas mon fort. (Elle étudiait son visage, essayant d'en déchiffrer les arcanes.) Vous êtes venu m'achever ?

— Pardon ?

— Vous et vos gars, vous êtes entrés par cette porte en tirant avec l'intention de tuer. Si je ne m'étais pas jetée à terre...

— Je ne vous ai jamais tiré dessus. Je me suis créé des ennuis, au contraire, en faisant dévier le tir de mon chef. Il me croit sentimentalement investi dans cette affaire.

— Bien commode, toujours est-il que la police a fait irruption dans cette salle au moment précis où je cavale, folle de peur.

— Nous avions reçu un coup de fil.

— Oui, je sais, *anonyme*. Bien pratique, ça aussi.

— Je vous avais prévenue contre Alexeï. Mais vous vous êtes laissé aveugler par son charme et par son argent.

— Mensonge. On m'a confiée à sa garde, bon sang de bois. Vous n'avez strictement rien fait pour moi. Votre plus géniale suggestion, ç'a été de me pousser à quitter Moscou.

— Racontez-moi ce qui s'est passé.

Elle se passa la main dans les cheveux.

— Je dois être horrible, non ? Il faut de l'argent pour tout, ici. Ne serait-ce que pour un peigne ou du savon.

— Je déposerai un peu d'argent pour vous au greffe.

— Non, merci. Je veux juste mon sac.

— Vous n'aimez pas qu'on vous tende la main, hein ?

— Je, euh... bon, très bien. Mais, Iouri, ne...

— Ne quoi ?

Elle eut du mal à ne pas éclater en sanglots :

— Ne me trahissez pas.

Lorsqu'elle reprit la parole, il détourna de nouveau les yeux. Elle lui fit part du message de Minski, de son entrée par effraction à l'Institut, et lui raconta qu'Alexeï l'avait conduite à son palais juste après leur sortie du ministère.

— Quand je suis rentrée de ma promenade, Félix m'a invitée... attirée serait un terme plus exact, je crois.

Elle lui dit avoir vu une photo de sa mère et de leur voisine avec Alexeï, puis lui narra la soirée au palais et son entrevue avec Nadia.

— Elle vous aurait donc donné rendez-vous le lendemain à la Tour, pour trouver des preuves contre Alexeï, dans l'intention de le faire chanter ?

— Oui.

— Mais sans jamais donner corps à ses soupçons ?

— Non, sauf que Félix avait barre sur Alexeï.

Trop confuse pour lui rapporter la scène du sauna ou son réveil dans le lit d'Alexeï, elle poursuivit :

— On m'a fait boire quelque chose et, là, le trou noir. Je... je suis sûre qu'on m'a droguée.

— Ensuite ?

— À mon réveil, tout le monde ou presque était retourné en ville...

Elle lui relata la suite des événements, puis lui expliqua ce qui était arrivé aux deux revolvers.

— De sorte que vous avez touché l'arme du crime ?

— Il se pourrait... (Un horrible, affreux pressentiment s'empara subitement d'elle, lui laissant la voix blanche.) Iouri, quel ton étrange... on dirait un interrogatoire. Seriez-vous... ?

Il détourna la tête, fuyant son regard.

Elle se pencha par-dessus la table et ouvrit brutalement sa veste. Un micro était agrafé à sa poche de chemise, relié à un câble qui s'enfonçait dans sa manche.

— *Vous m'enregistrez ?* (Elle lui asséna une volée de coups de poing.) Comment osez-vous ? Comment pouvez-vous... ?

La porte s'ouvrit violemment et un homme se rua à l'intérieur, Stenka sur ses talons.

Le premier l'empoigna, la fit pivoter sur elle-même, et lui bloqua le bras d'une clé, si brutale qu'elle hurla de douleur.

— Ne lui faites pas de mal !

Iouri agrippa le bras de l'homme et ce dernier, d'une saccade, l'obligea à lâcher prise.

— Reculez, dit-il à Iouri.

Il projeta Lara sur sa chaise, sans douceur, puis se tourna vers Iouri et Stenka.

— Inspecteur Kirov, inspecteur Stenka, vous pouvez disposer. Cette affaire relève à présent exclusivement du bureau du procureur général de Moscou.

Iouri fit un pas en avant. L'homme n'était guère plus grand que Lara, mais presque aussi large que haut, le crâne rasé sur un corps massif et trapu, ce qui le faisait ressembler à une ogive d'artillerie au nez carré.

Iouri lui planta son index dans la poitrine.

— Ne la... touchez pas... Vulko. Interrogez-la, faites votre boulot, mais touchez-la une seule fois et je reviens.

— Vous êtes remercié, inspecteur Kirov.

En sortant de la pièce, flanqué de Stenka, Iouri lui jeta un regard de chien battu.

Vulko s'assit sur le rebord de la table et la toisa, d'un œil où luisait un mépris amusé. La chiche lumière de la pièce laissait des poches d'ombre dans les creux de son visage taillé à coups de serpe. Il alluma une cigarette, une petite chose marron évoquant un cigarillo, et souffla des nuages de fumée fétide.

— Je vois que vous régnez sur le cœur de l'inspecteur Kirov. Et sans doute aussi sur son calbard. J'en toucherai deux mots à son chef, et il se retrouvera à la circulation.

— Qui êtes-vous ? demanda-t-elle.

— Nikolaï Vulko, investigateur en chef du bureau du procureur général de Moscou.

— Que me voulez-vous ?

— Je suis venu vous interroger sur le crime que vous avez commis.

— Je n'ai commis aucun crime. J'exige la présence d'un avocat. Et d'un représentant de l'ambassade américaine.

Il ricana ; un rire âpre et rauque. Son complet à rayures

243

était informe et froissé, sa chemise blanche bâillait à l'encolure sur une toison poivre et sel dont les touffes pointaient comme des queues de lapin. Elle remarqua qu'il n'avait pas de sourcils, ni même de racines visibles s'il les avait rasés.

— Vous n'avez pas droit à la présence d'un avocat, ni à celle d'un représentant de votre ambassade. Vous n'avez que le droit de répondre à mes questions. C'est bien compris ?

— Non. Je ne peux pas comprendre un système juridique qui ne garantisse pas mes droits.

— Ne la ramenez pas avec vos petits jeux sur la philosophie du droit. Nous ne plaidons pas, ici. Vous êtes en prison, pas dans les halls de marbre d'une fac de droit. Vous êtes bien procureur dans votre pays, n'est-ce pas ?

— Oui.

— Et vous comprenez que ce que vous appelez un procureur, nous l'appelons, nous, un procurateur ?

— Oui.

— Parfait. On débouche enfin sur du concret. Je suis l'inspecteur en chef du bureau du procurateur. La police arrête les criminels et recueille les indices sur le lieu du crime. À ce point de l'enquête, un investigateur du bureau du procurateur se charge de l'instruction. Nous préparons le dossier pour le procès, mettons en lumière les faits et les preuves de leur matérialité, puis nous les sérions pour les présenter à la cour en bonne et due forme.

— Êtes-vous là pour déformer tous mes dires ou bien pour considérer les faits avec objectivité et m'aider à sortir de cet épouvantable pétrin ?

— Les faits, je les connais. Je suis venu recueillir vos aveux et établir l'existence d'éventuelles circonstances atténuantes dans ce qui semble être à première vue un meurtre avec préméditation assorti de circonstances aggravantes.

Elle s'efforça de formuler soigneusement sa réponse. Elle savait ce qu'était un inspecteur de la procure, du moins dans le cadre d'un tribunal américain. Ils étaient chargés de collationner une seconde fois les preuves recueillies par la police et, le cas échéant, de faire certaines recommandations, comme d'inciter la cour à renoncer à l'inculpation.

— Je n'ai pas tué Nadia. Je suis entrée dans la suite de Bova et j'ai trouvé son corps. J'ai également trouvé le revolver par terre, j'ai paniqué et je me suis sauvée.

244

Il émit de nouveau un ricanement rauque et secoua la tête.

— Non, vous ne comprenez pas. Nous ne sommes pas en Amérique. Nous ne jouons pas à de petits jeux juridiques. Il n'y a qu'un seul chemin, celui de la justice et, dans cette affaire, nous sommes à la croisée des chemins : ou vous consentez à exposer vos agissements, acceptez d'en prendre la responsabilité, de montrer du repentir pour le terrible geste que vous avez commis et de vous en expliquer, et vous risquez d'être condamnée pour meurtre avec circonstances atténuantes. Ou vous refusez de vous repentir et de présenter à la cour des explications satisfaisantes, et vous risquez d'être jugée pour meurtre avec circonstances aggravantes. Pas plus compliqué que ça.

— Vous ne m'avez pas écoutée, dit Lara. Je n'ai tué personne. Je ne peux pas avouer un crime que je n'ai pas commis.

Il tendit la main et l'empoigna violemment par le menton.

— C'est vous qui ne m'écoutez pas. Il faut me dire la vérité. Avouez que vous avez tiré deux coups de feu et tué Nadia Kolchak.

Lara se dégagea de son emprise et tomba de sa chaise à la renverse. Elle se remit debout tant bien que mal, au bord des larmes.

— Ne me touchez pas. Recommencez et je vous dénonce à mon ambassade.

Il éclata de rire et haussa les épaules et les sourcils.

— Parce que vous croyez que les Russes se soucient des rapports que vous pourriez faire à votre ambassade ?

— Si les journaux, d'un bout à l'autre de la planète, se répandaient sur le fait qu'une femme américaine a été brutalisée dans une prison russe par un enquêteur russe, vous auriez peut-être du mouron à vous faire. Peut-être aussi que certains sénateurs de chez moi exigeraient qu'on réponde à quelques-unes de leurs questions avant de se prononcer sur la poursuite de l'aide financière à la Russie. Peut-être que votre propre carrière en...

— Détenue, vos menaces ne me font ni chaud ni froid. Vous êtes complètement à côté de la plaque, parce que vous ignorez tout des procédures légales russes. Nous disposons de preuves plus que suffisantes de votre crime. Je suis là pour témoigner de votre sincère repentir et invoquer les circonstances atténuantes auprès du procurateur. (Il exhala un nouveau panache de fumée méphitique.)

— Je repose la question : pourquoi avez-vous tué Nadia Kolchak ?

— Je... n'ai pas... tué Nadia Kolchak.

Il laissa tomber sa cigarette sur le sol puis se leva de table et écrasa le mégot sous son pied.

— Vous venez, dirons-nous, de commettre une erreur fatale. (Il fit halte devant la porte.) On ne vous l'a peut-être pas précisé, mais le meurtre avec circonstances atténuantes est passible de dix ans de détention. (Il grimaça un sourire.) Avec circonstances aggravantes, il est passible de la peine de mort.

Il ouvrit la porte, mais interrompit son geste pour se retourner une dernière fois.

— Les sentences de mort prononcées par les tribunaux russes ne marinent pas pendant des années, au gré des recours en appel ou en cassation. Ici, la justice est sûre et expéditive. Vous avez choisi le peloton d'exécution.

Lorsqu'elle eut réintégré sa cellule, elle se recroquevilla dans un coin sous une couverture. La rage l'aidait à raffermir ses nerfs ébranlés. Elle avait encore été trahie. Mais ça ne se reproduirait plus jamais, car plus jamais elle ne prêterait le flanc à la trahison. Plus jamais elle n'ouvrirait son cœur. Elle avait accordé sa confiance à Iouri. Et son affection. Elle commençait à comprendre comment l'amour pouvait se changer en haine, et la haine en désir de meurtre.

Elle aurait aimé avoir un revolver sous la main, pour le tuer. Pas pour le punir d'être un bon flic. Mais pour la plaie béante qu'il avait ouverte en son cœur.

Et elle en profiterait pour coller une balle dans la peau de ce fumier au crâne poli et aux sourcils épilés.

Chapitre 29

Le lendemain matin, elle fit la queue avec les autres détenues à la porte d'une salle d'audience. On les appelait l'une après l'autre, certaines pour écouter la plaidoirie ou le jugement, d'autres pour un rendez-vous avec leur avocat. Elle était faible et nauséeuse. Elle n'avait pas eu le courage d'aller prendre le petit déjeuner avec les autres femmes. Deux jours qu'elle était en prison, et elle n'avait encore rien avalé. Et ça n'avait rien d'une grève de la faim...

Pour tout cabinet, elle disposait d'un trou dans un recoin de sa cellule ; un filet d'eau, suintant au goutte à goutte du robinet rouillé qui le surplombait de quelque dix ou vingt centimètres, pouvait être dirigé dans le trou. L'eau avait un goût amer et iodé mais, jusqu'ici, elle ne l'avait pas tuée. Son matelas était immonde, et son unique drap était souillé d'une tache de Dieu sait quoi. Elle se servait d'un des coins pour faire sa toilette sous le robinet.

Aux conversations des autres détenues et aux quelques quolibets qui lui avaient été adressés elle se savait une détenue célèbre — les informations ne parlaient plus que du « meurtre passionnel » et du « triangle amoureux ».

Ses cheveux étaient une tignasse noueuse, son visage une vision d'épouvante, une truie aurait refusé d'endosser son sarrau, mais sa tête fonctionnait encore et elle s'efforçait, en se repassant le film des événements image par image, de réfléchir

247

en juriste. L'accusation se fondait sur de simples présomptions, personne n'ayant assisté au meurtre mais, lorsque des officiers de police vous surprennent en flagrant délit, un revolver encore fumant à la main, les témoins oculaires sont superfétatoires. Dans son propre tribunal de San Francisco, le cas eût relevé d'une simple tractation, sans procès à la clé — les preuves étant par trop accablantes pour autoriser un chef d'accusation moins sévère. Le meurtre avec préméditation, lorsque l'inculpé a reconnu les faits, relève aux États-Unis de l'emprisonnement à vie assorti d'une éventuelle libération sur parole et, à Moscou, d'une balle dans le crâne. Elle préférait de loin la balle dans la tête à la perspective de passer le reste de sa vie en prison.

Une gardienne l'agrippa par le bras et la sortit de la file.

— Détenue, votre avocat est là.

Elle la suivit en se demandant ce qui se passait. Les avocats étaient censés être désignés à l'intérieur du prétoire.

L'homme qui l'attendait dans le parloir avait la quarantaine, les cheveux noirs tirés en arrière et coiffés en catogan, un visage étroit et un nez patricien. Il portait un somptueux costume trois-pièces italien, à fines rayures, une cravate peinte à la main et des mocassins de chez Bally.

Il se présenta :

— Viktor Rykov. Je suis le meilleur avocat de Moscou.

Elle voyait le genre... un de ces avocats des grandes métropoles, intelligents, brillants et très prisés. Si les avocats russes prenaient le chemin de leurs homologues américains, le « meilleur » en question faisait probablement référence à sa réussite financière.

— Qui vous envoie ? demanda-t-elle.

— Les dieux vous sourient. Russes et américains. Et jusqu'aux dieux communistes morts. Votre affaire passionne les médias. Il n'y a pas eu de crimes passionnels en Russie depuis soixante-dix ans... aucun, en tout cas, qui ait bénéficié d'une aussi large couverture médiatique. Je veux vous aider, parce que vous créez un précédent.

Il était en train de lui signifier qu'il espérait partager avec elle les feux de la rampe. Elle n'y voyait pas d'inconvénient — à condition qu'il soit doué et fiable. Mais elle le prit immédiatement en grippe. Il lui rappelait tous ces avocats que procureurs et détenus qualifient conjointement de « pipeaux », parce qu'ils font leur cirque, tout le temps que dure l'affaire, jusqu'au jour du procès, puis, au pied du mur, laissent tomber leur client.

— Vous êtes le meilleur avocat de Moscou. Et moi l'accusée la plus terrifiée de la ville. Et je n'ai pas un sou.

Il tiqua :

— Une riche Américaine...

Elle secoua la tête :

— Une pauvre Américaine. Je possède, dans une résidence de San Francisco, un appartement qui est hypothéqué. C'est à peu près tout.

— San Francisco. À l'autre bout du monde.

— Je croyais que vous vouliez partager avec moi toute la gloire de ce moment historique ?

Il eut un geste d'enfant pris en faute et sourit.

— C'est exact mais, lorsqu'il y a de l'argent en jeu, le partage est d'autant plus savoureux.

Poètes et cinglés mis à part, elle avait horreur des catogans chez les hommes d'âge mûr. Elle se leva.

— Eh bien, je...

— Non, je vous en prie, asseyez-vous. Je ne laisserai pas l'argent s'immiscer entre nous. Nous sommes en Russie et notre système judiciaire n'est pas encore totalement vendu à l'économie de marché.

— Le tribunal ne pourrait-il régler vos honoraires ?

— Pas même de quoi faire le plein de ma BMW.

— Une BMW ? Je vois. Si ce pays n'est pas encore passé à l'économie de marché, on ne saurait en dire autant de vous. Que savez-vous de mon affaire ?

Il haussa les épaules.

— Que, dans le feu de la passion que vous éprouviez pour l'un des hommes les plus célèbres de Russie, vous avez tué l'une des femmes les plus en vue de ce pays.

— Je vois. Et en quoi le « feu de la passion » constitue-t-il un système de défense en Russie ?

— Ce n'en est pas un. Le meurtre est passible de la peine de mort. Si un juge vous accorde des circonstances atténuantes, vous couperez à la balle dans le crâne. Dans cette affaire, néanmoins, le juge subira de très fortes pressions. C'est la première de son espèce à retenir toute l'attention du pays. La nation tout entière attend de voir comment elle sera jugée.

— Si j'ai bien compris, le juge sera sur la sellette ?

— En effet.

Elle y réfléchit un moment.

— Quelque chose me gêne un peu aux entournures. Vous vous proposez de me défendre, mais vous ne m'avez rien demandé. Pas même si j'étais coupable.

Il haussa de nouveau les épaules.

— La Russie, encore et toujours. Soit votre cause triomphera, soit elle capotera au prétoire, mais toujours en fonction des pressions qu'elle aura suscitées, et non des faits réels. Nous aurons peut-être à les forger de toutes pièces. (Il se pencha vers elle.) Avez-vous des bijoux ? Que Bova vous aurait offerts, peut-être ?

— Pour régler vos honoraires, voulez-vous dire ? Non, rien de valeur.

— Dommage. Plus forte est la somme, plus grande est la justice. Exactement comme en Amérique, s'esclaffa-t-il.

Quel porc, se dit-elle.

Il reprit son sérieux.

— Ne vous tracassez pas, je vous défendrai malgré tout. Voilà notre stratégie : on va faire traîner le procès, le temps que la presse et le grand public s'en lassent. Autant de pression que le juge n'aura pas à supporter.

La panique l'envahit.

— Je... je ne tiens pas à différer la date du procès. Au contraire, je veux qu'il ait lieu le plus tôt possible. Je supporte très mal la détention. En outre, mon intuition me souffle que la justice criminelle de ce pays est une grosse vache poussive et indolente, entravée par la bureaucratie. Quelque chose me dit que ni la police ni le procurateur n'auront eu le temps de revoir leur copie si nous les acculons au procès.

Il fronça les sourcils.

— Votre intuition. Il y a une chose que nous devons tirer au clair sans plus tarder. Je suis l'avocat, et vous êtes la prévenue. C'est *mon* intuition que nous devons suivre. Et mon intuition me dit de reporter le procès jusqu'au moment propice. Le moment venu, nous porterons l'estocade.

Il avait joint le geste à la parole.

— Mais...

— On fait comme je dis, ou vous réintégrez votre cellule et vous tentez votre chance avec un avocat commis d'office à la solde de la cour. On vous a déjà parlé d'eux ? Ils en sont restés à la justice soviétique. Ils s'assoient sur votre ventre pendant que le procurateur vous passe à tabac pour vous arracher des aveux.

Elle fixait la table. Son instinct lui hurlait de s'abstenir, mais Viktor Rykov était son seul et unique recours.

— Le juge doit déférer aujourd'hui votre affaire devant les tribunaux de la ville.

— Je ne comprends pas.

— Ce tribunal est un tribunal populaire. Sa compétence ne s'étend pas aux affaires passibles de la peine de mort. On vous remet aux mains de l'instance supérieure immédiate.

— N'ai-je pas droit à une espèce d'audience préliminaire avant d'être déférée devant une juridiction supérieure ? demanda-t-elle. Une audience destinée à établir qu'on dispose de preuves matérielles suffisantes pour me déférer devant cette cour ? Ou me libérer sous caution ?

— Elle a déjà eu lieu. L'investigateur en chef Vulko vous a rendu visite. Vous avez refusé de faire une déclaration. Il a pris la décision de transférer votre affaire devant le tribunal de la ville où sont jugés les crimes passibles de la peine capitale.

— Il a pris la décision, lui ? Mais il n'est jamais qu'enquêteur pour le ministère public !

— Vous ne comprenez pas. Vous pensez toujours en Américaine. L'instruction est confiée au bureau du procurateur. Et c'est lui qui prend, en dernier ressort, la décision d'en faire ou non une affaire relevant de la peine de mort. Mais l'avis de l'investigateur en chef a son poids.

— Et celui du tribunal ? Est-ce que le président du tribunal populaire n'est pas censé examiner la cause pour décider de son bien-fondé ?

Il commençait visiblement à être agacé.

— Théories, théories que tout cela. Je vous parle des réalités de la vie.

— Navrée. Là d'où je viens, ce sont des droits et non des théories.

— La prochaine fois que vous tuerez quelqu'un, faites ça chez vous. (Il lui tendit la main.) Je blaguais. Écoutez, l'essentiel, c'est que je plaide pour vous. Vous avez fait une très grosse bourde en refusant l'autre soir de parler à Vulko et d'accepter les circonstances atténuantes. Il a opté pour une affaire passible de la peine de mort, et le transfert a lieu aujourd'hui. Nous ne commettrons plus d'erreur.

— Il a dit que je n'avais pas droit à la présence d'un avocat.

— Il disait vrai. Mais il y a mille façons de traiter cette affaire sans se mettre à dos l'investigateur chargé de l'instruire. Laissez-moi faire. Je m'occupe de tout.

Lorsqu'elle réintégra la file des détenues, la femme qui était devant elle lui demanda :

— C'est Rykov, ton avocat ?

— Oui. Il est fort ?

— Fabuleux. Il a défendu ma sœur quand elle a été accusée d'avoir poignardé son mec.

— Il l'a tirée d'affaire ?

— Ma sœur ? Bien sûr que non. Elle avait poignardé son mec.

— Alors, pourquoi le trouves-tu si fort que ça ?

— Il a dit au juge plein de trucs gentils sur elle.

— Pour alléger sa peine ?

La femme secoua la tête, sidérée par l'ingénuité de Lara.

— Bien sûr que non. La justice est égale pour tous. Mais c'est pas tous les avocats qui disent du bien de leurs clients.

Géant, songea Lara. J'ai engagé un avocat qui fera mon panégyrique quand ils m'auront tiré une balle dans le crâne.

— De quoi es-tu accusée ? demanda Lara.

— Vol de bottes.

— De bottes ?

La femme haussa les épaules.

— Je travaille dans une fabrique de bottes.

La porte du tribunal s'ouvrit et son interlocutrice entra. Pendant que la porte battante se refermait, Lara eut le temps d'apercevoir deux hommes, assis l'un à côté de l'autre dans la salle d'audience.

Iouri et Rykov.

— Qu'est-ce qui vous arrive ? lui demanda le planton.

— Pardon ?

— Vous ne vous sentez pas bien ?

— Je vais très bien.

— C'est vous la suivante, lui annonça-t-il.

Trahison sur trahison. Iouri n'aurait de cesse que lorsqu'il la verrait morte. Ou folle à lier.

Le planton s'adressa de nouveau à elle.

— Entrez, détenue. Dans le tribunal.

Elle s'obligea à redresser le dos et à entrer la tête haute. L'éclairage était beaucoup plus intense que dans le vestibule, et elle serra les dents en songeant au spectacle qu'elle devait offrir, mais il n'était pas question de courber l'échine.

La salle du tribunal était bondée, et le public s'agita à son entrée. Une rampe métallique courait à l'intérieur de la pièce, sur environ quatre mètres, et elle la suivit jusqu'au box des accusés, une stalle de bois dotée d'une marche destinée à la surélever, pour que tous puissent bien la voir. Il régnait une chaleur suffocante et l'air était vicié.

Elle ignora les dizaines de regards rivés sur elle et chercha les yeux de Iouri. Il était debout au fond. Elle soutint son regard pendant quelques secondes, puis reporta délibérément le sien sur Rykov ; l'avocat lui fit un sourire et un signe de tête. Sans changer d'expression, elle regarda de nouveau Iouri. Tentant de lui signifier qu'elle ne marchait pas dans sa combine.

Tout en écoutant le juge décliner son nom, le numéro d'ordre de son affaire et les chefs d'accusation retenus contre elle, elle voyait défiler dans son esprit des images d'elle-même, assise au banc de l'accusation d'une salle de tribunal et compulsant des dossiers en même temps qu'on appelait les affaires. Le tribunal où elle se trouvait actuellement était conçu sur le modèle des tribunaux américains. Il n'en différait de façon notable que par l'absence totale d'un box du jury et par le fait qu'il était présidé par un triumvirat. Le juge, portant costume, chemise blanche et cravate, était flanqué de ses assesseurs, deux citoyens désignés pour l'assister pendant quinze jours dans un certain nombre de procès, avant que d'autres se substituent à eux. Lara n'était pas certaine de leurs attributions exactes, ignorant s'ils avaient le même pouvoir que le juge ou s'ils n'étaient que de simples potiches.

Le juge fumait une cigarette, et le cendrier posé devant lui, quasiment plein, brasillait de mégots mal éteints. On apercevait, juste derrière, des bouteilles de soda et d'eau minérale. L'assesseur assis à la droite du juge était une femme menue et d'aspect maladif, aux yeux mi-clos. Elle s'inclinait légèrement en arrière, comme chassée par la fumée de la cigarette du juge. L'assesseur assis à la gauche du juge était un homme plus âgé, engoncé dans de lourds vêtements de travail en lainage. Il paraissait lui aussi à moitié assoupi, et Lara voyait la sueur perler sur son visage.

Le sempiternel portrait de Lénine, aussi incontournable dans les bâtiments officiels russes que les images du Christ dans les églises chrétiennes, était accroché au mur qui lui faisait face. Craquelée et jaunie, la photo conférait une aura sinistre au visage par ailleurs distingué du révolutionnaire ; les traits sombres et austères et le petit bouc évoquaient l'affiche, vieillie et fanée, d'un film de Dracula.

L'atmosphère du tribunal était beaucoup moins solennelle que celle à laquelle elle était accoutumée, mais elle se souvint que les communistes s'étaient délibérément efforcés de mettre la justice à la portée du *vulgum pecus*. Dommage que toute cette « justice » finisse à la corbeille, se dit-elle.

Viktor Rykov se dressa à l'extrémité de la table réservée à la défense.

— Je représente la détenue.

— Non, Votre Honneur, il n'en est pas question. (Elle avait dit « Votre Honneur » par habitude ; elle n'avait pas la moindre idée de la façon dont il fallait s'adresser à un juge russe.) J'ai découvert que M. Rykov était la proie d'un conflit d'intérêts. Il ne me représentera pas dans cette affaire.

Brouhaha dans le public. La mâchoire de Rykov s'était affaissée. Il pivota sur ses talons et regarda Iouri, qui haussa les épaules et secoua la tête.

Le juge la regardait comme si elle était candidate à une expertise de ses facultés mentales. Même les deux assesseurs redressèrent la tête.

— Vous refusez l'assistance de Me Rykov ?

C'était plus un écho qu'une véritable question.

Visiblement, la notion de « conflits d'intérêts » n'avait pas grande signification pour un tribunal russe. Un regain d'énergie la galvanisa — elle se trouvait dans un tribunal, debout, en train de réfléchir.

— Je crois, Votre Honneur, que Me Rykov est en cheville avec l'un des officiers de police impliqués dans cette affaire. J'aimerais qu'on enquête sur la relation exacte qui unit ces deux hommes et sur les mobiles qui poussent Rykov à prendre si gracieusement ma défense.

— C'est grotesque ! explosa Rykov. Cette femme est bonne pour l'asile. C'est un médecin qu'il lui faudrait.

Il tourna les talons et sortit de la salle d'audience en trombe, repoussant si énergiquement l'une des doubles portes qu'elle rebondit contre le mur.

Le juge la considéra par-dessus la monture de ses lunettes.

— Je vais vous accorder un délai pour trouver un avocat.

— Je n'ai pas les moyens de m'offrir les services d'un avocat. Je souhaite que la cour en désigne un d'office.

Il écarquilla les yeux.

— Vous récusez Rykov et vous voulez que je désigne un avocat d'office pour vous défendre ?

— Oui.

Le juge secoua la tête.

— Nous sommes en démocratie, déclara-t-il au public.

Elle ne savait pas trop s'il s'agissait d'une boutade, mais un rire étouffé monta du public.

— Elle récuse Rykov et me demande de lui désigner un avocat.

Le rire étouffé se mua en chahut.

Il rajusta ses lunettes et consulta pendant un bon moment des documents posés devant lui, puis leva les yeux et appela un nom.

— Maria Gan.

Le silence total régna dans le prétoire pendant un instant, puis une jeune femme se leva et s'avança.

Un certain nombre de détails frappèrent Lara d'emblée. Elle était jeune, plus jeune qu'elle de quelques années, dans les vingt-cinq ans environ. Elle était afro-russe, métissage fort peu courant ; l'une des rares personnes d'ascendance africaine, mis à part les touristes qu'on rencontrait sur la place Rouge, que Lara avait pu croiser à Moscou. Jeune, et morte de peur.

— Je suis Maria Gan, déclara-t-elle au juge d'une voix blanche.

Ce dernier repoussa ses lunettes au bout de son nez et s'adressa à Lara en souriant.

— Maria Gan, membre du barreau de Moscou, je vous désigne en tant qu'avocate de la prévenue.

Maria Gan semblait assez terrifiée pour aller se terrer sous le banc de la défense.

Dix minutes plus tard, Lara et Maria se dévisageaient par-dessus la table du parloir des avocats, telles deux colombes se retrouvant nez à nez dans un incendie de forêt. L'avocate russe

255

avait des cheveux noirs qui lui tombaient presque sur les épaules, des yeux sombres couleur de cannelle, et une peau lisse, d'une nuance légèrement plus claire que celle de l'ébène.

— Je n'ai encore jamais plaidé au criminel, annonça-t-elle à Lara.

— Jamais ? Pas un seul procès ?

Lara s'efforçait de maîtriser sa voix, mais les mots sortaient avec des couinements.

— Quelques affaires de prostitution. Un mari qui battait sa femme. Une affaire de vol. De montre.

— De montre, répéta Lara en hochant la tête.

— Une montre bon marché, ajouta Maria. En plastique. Il me l'a donnée en guise d'honoraires.

Rykov avait une BMW et Maria une montre en plastique.

— Vous avez déjà gagné un procès ?

— Je n'ai jamais plaidé.

— Génial.

Lara laissa retomber sa tête entre ses mains. Elle avait envie de la cogner contre la table.

— Le juge était furieux contre vous. J'étais présente à la cour parce qu'on devait m'assigner une affaire de prostitution. Il voulait vous punir en me choisissant.

— Juste ciel.

Son cerveau refusait toute pensée plus complexe.

— Me Rykov est l'un des meilleurs avocats de Moscou, dit Maria. Je pourrais peut-être supplier le juge de...

Lara releva les yeux pour la regarder.

— A-t-il déjà réussi à tirer quelqu'un d'affaire ?

— À tirer quelqu'un d'affaire ?

— Rykov ? A-t-il déjà gagné un procès ? Fait relaxer un client ? Obtenu un verdict « non coupable » ?

— Non coupable ? Les criminels sont toujours déclarés coupables. Sinon, il n'y aurait pas de procès.

— Aide-moi, Seigneur.

Maria se leva.

— Je vais de ce pas parler au juge.

Elle se retournait déjà pour quitter la pièce.

— Une seconde, je vous prie, fit Lara.

Maria secoua la tête.

— Je n'ai pas le droit de vous défendre. Il vous faut un avocat autrement plus expérimenté. Le juge attend que vous lui présentiez vos excuses pour avoir décliné l'assistance de Rykov.

Au tour de Lara de secouer la tête.

— Je suis noire, ajouta Maria.

Lara comprenait. Noirs et maffieux servaient aux Russes de boucs émissaires de prédilection, dès que quelque chose, n'importe quoi, ne tournait pas rond.

— Femme et noire, dans un appareil judiciaire où règne la suprématie mâle et blanche, dit-elle.

C'était une réflexion qu'elle se faisait à elle-même, mais elle l'avait exprimée à haute voix.

Le menton de Maria se redressa d'un cran.

— J'ai dû me battre.

— Ça n'a pas dû être une partie de plaisir.

— Un enfer. Il m'a fallu travailler deux fois plus que quiconque, et faire trois fois mieux.

Se battre et triompher pas à pas, songea Lara. Dès l'instant où, dans le prétoire, Maria avait tourné vers elle ses grands yeux, une chose l'avait immédiatement frappée : elle était sans malice. Complots, intrigues, dissimulation, tout cela lui était inconnu.

— Où étiez-vous pendant le putsch du mois d'août, quand les gens édifiaient des barricades dans les rues pour repousser le KGB et les chars ?

Son menton se releva encore d'un cran.

— Sur les barricades.

— C'est bien ce que je pensais.

— Je vais parler au juge.

— Attendez. Vous êtes horriblement mal à l'aise, n'est-ce pas ? Est-ce faute d'expérience ?

— Mal à l'aise ? Je suis carrément terrorisée.

Parfait. On se bat encore mieux le dos au mur.

— Avant d'aller trouver le juge, dit Lara, permettez-moi une question.

— D'accord.

— Il y a un instant, vous disiez que tous les accusés étaient coupables. Vous le pensiez réellement ?

— La plupart le sont, dit Maria. Tous ceux que j'ai défendus étaient coupables de ce dont ils étaient accusés. Mais la police peut se tromper. Elle commet très souvent des erreurs, pas seulement par ineptie, mais par pure malfaisance. Vous

avez été procureur. Avez-vous déjà requis contre un innocent ?

— Non. Mais il m'est arrivé de ne pas incriminer un certain nombre de prévenus, après réexamen attentif des preuves
retenues contre eux, parce que je les présumais non coupables.

— À ce que je sais de votre affaire, toutes les preuves se
liguent contre vous. Mais je n'ai pas encore eu à connaître
tous les faits. Je n'ai pas entendu votre version.

— Mettons que je sois coupable. Comment me défen-
driez-vous si vous étiez chargée de me représenter ?

Maria y réfléchit pendant un court laps de temps.

— Aux États-Unis, les avocats reçoivent un enseignement
s'apparentant au système britannique... ce sont des gladia-
teurs, qui descendent dans l'arène et se posent en champions
des thèses de leurs clients. Ici, ça ne se passe pas du tout
comme ça. En Russie...

— En Russie, on applique encore la peine de mort. C'est
bien ce qui vous fait peur, n'est-ce pas ?

Maria détourna les yeux, puis son regard revint chercher
celui de Lara.

— Si je devais vous défendre, je deviendrais célèbre, dus-
siez-vous être condamnée et exécutée. Et si l'on vous relaxait,
on m'élirait probablement Président de Russie. À condition,
bien entendu, que j'aie au préalable changé de sexe et de couleur de peau.

Lara sourit.

— Il n'y a pas de quoi sourire. Ce n'est pas un sujet de
plaisanterie. À l'idée qu'à la moindre erreur de ma part j'aurai
votre sang sur les mains, je panique littéralement. Mais bien
moins que vous, j'imagine ; pour moi, c'est juste une affaire
de sentiments. Pour vous, ce doit être un véritable enfer.

Les deux femmes gardèrent un moment le silence. Maria
campait sur ses positions devant l'entrée, et Lara se massait le
visage. Elle finit par demander à Maria :

— Dites-moi la vérité. Rykov est-il réellement un grand
avocat ?

— Il est riche et malin. Il possède une voiture allemande
haut de gamme et dit un bien fou de ses clients.

— Et ?

— Il n'a ni cœur ni âme. Quand on le paie assez grassement, il marchande avec le juge dans son bureau. Le juge touche aussi sa part, parfois.

En d'autres termes, il est vénal. Et mon enchère serait la moins élevée de toutes, se dit-elle.

— Partez du principe que je suis innocente, que je n'ai pas tué Nadia Kolchak. Que faudrait-il pour emporter le morceau ? Vous connaissez les chefs d'inculpation : je suis censée l'avoir tuée par jalousie.

— Les infos prétendent que la police vous a trouvée l'arme du crime à la main.

— Que faudrait-il pour prouver mon innocence ?

— Nadia Kolchak était une célébrité. L'une des femmes les plus connues de Russie, parce qu'elle passait à la télé. Le public se passionne pour l'affaire.

— Encore une fois, que faudrait-il ?

— La vérité, dit Maria.

Lara sourit. Elle se sentait lasse et usée, mais au moins avait-elle sa réponse :

— Maria, je délire peut-être — les privations, ou la prison qui m'aura rendue folle —, mais, si vous consentez à prendre cette affaire, je veux que vous me défendiez.

Maria la fixa, interloquée.

— Êtes-vous consciente que dans les procès criminels, ici, le rideau se lève sur une autocritique de l'accusé ? Si vous refusez de vous confesser, le juge requerra la peine maximale. La mort, en l'occurrence.

— Essayez-vous de me dire que je devrai passer à la barre et déclarer au juge que je suis coupable, faute de quoi il me condamnera à mort ?

— Exactement. Ne pas avouer son crime, c'est signifier qu'on n'éprouve aucun remords et qu'on mérite un juste châtiment.

— Je n'ai nullement l'intention d'avouer une chose que je n'ai pas faite. Il est exclu que ce procès débute ou s'achève sur le repentir que j'éprouve pour un crime que je n'ai pas commis. Je défendrai ma vie bec et ongles.

Maria secoua la tête.

— Vous ne comprenez rien aux procès russes. L'investigateur en chef instruit le dossier pour la cour, point... le reste n'est que pur rituel procédurier.

— Ce n'est pas un système judiciaire que vous me dépeignez là, mais un... (Lara s'interrompit et inspira une longue goulée d'air.) Je dois cesser de réfléchir en juriste américaine. Pourtant, la vérité devrait triompher quel que soit le système.

Maria revint vers la table et s'assit lentement en face d'elle.

— Il vous faudra bien plus que la simple vérité pour triompher, dit-elle à Lara. Si vous ne confessez pas votre crime, il vous faudra carrément marcher sur l'eau pour que la cour consente à faire preuve d'un peu de mansuétude à votre égard. (Elle lui adressa soudain un sourire.) Vous feriez une très bonne avocate, lui dit-elle. Mais vous avez omis de me poser une question cruciale.

— Laquelle ?

— De quel côté des barricades j'étais.

Chapitre 30

Elles retournèrent dans le prétoire et le juge appela l'affaire Lara Patrick.

— Je me suis entretenue avec l'accusée, déclara Maria. Et j'ai décidé de la représenter.

Le juge n'eut pas l'air spécialement heureux et les deux assesseurs se tournèrent vers lui d'un seul bloc... trois têtes, une seule bouche.

— Je crois avoir commis une erreur, maître Gan. Il s'agit d'une affaire très grave et votre nom n'apparaît pas sur ma liste des avocats commis d'office.

— Maria Gan me satisfait pleinement, fit Lara.

— Qu'il en soit ainsi, dans ce cas. L'affaire est déférée devant le tribunal de la ville.

Exemple typique d'un juge refilant la patate brûlante à un confrère, se dit Lara.

— La prévenue s'oppose à ce que son affaire soit déférée devant le tribunal de la ville, laissa péremptoirement tomber Maria, à la surprise de tous, y compris celle de Lara. (Elles avaient déjà envisagé d'élever éventuellement une objection, et Maria lui avait expliqué que ce serait en pure perte.) La prévenue décline toute culpabilité dans cette affaire. En dépit des rumeurs diffusées par les médias laissant entendre qu'il s'agirait d'un crime passionnel, le chef d'accusation devrait en réalité être homicide volontaire commis en état de trouble psychique au moment de l'action. Si bien que l'affaire relève toujours de la compétence du tribunal populaire.

Une expression de profond mépris courut sur le visage du juge.

— Affaire déférée devant le tribunal de la ville, aboya-t-il.

Réconfortée à l'idée de disposer désormais d'un avocat auquel elle pouvait faire confiance et qui lui plaisait, Lara trouva le courage d'aller déjeuner avec ses compagnes. Personne ne l'inquiéta, mais le chou aigre nageant dans une soupe acide et accompagné de pain noir tout aussi aigre qui constituaient leur seul repas se vengea sur son estomac, et elle alla se vider les tripes dans le trou des latrines. Le dîner ne fut guère plus plaisant.

Lorsqu'elle regagna le parloir des avocats, un peu plus tard dans la soirée, Maria était déjà installée à la petite table. Des rapports de police s'y entassaient. Un bloc-notes et un crayon taillé de frais étaient disposés de part et d'autre.

— Comment était le rata ? lui demanda Maria.

— Chou pourri cuit à l'eau de vaisselle.

Un sac en papier lui frôla la jambe. Maria s'était penchée pour passer un bras sous la table. Lara prit le sac et l'ouvrit sur ses genoux. Un merveilleux bouquet assaillit ses narines, tandis qu'une onde de ravissement sans mélange remontait son échine.

Un BigMac de chez McDonald's.

Lara ouvrit la bouche mais Maria la coupa :

— Tout bas.

— Vous avez dû en avoir pour une semaine de salaire.

Maria gloussa :

— Mon petit ami travaille là le soir. Il me l'a passé en douce. Je ne peux pas me permettre de claquer une semaine de salaire.

Un BigMac passé en douce. Ça ne lui donnait que plus de saveur.

Un autre sac lui effleura le genou.

— Du chocolat. Énergétique, chuchota Maria.

— Oh, je vous adore. La prochaine fois, apportez-moi un gâteau fourré d'une lime.

— Un gâteau avec une lime dedans ? Pour quoi faire ?

— Une vieille blague américaine.

Maria reprit d'une voix normale :

— J'ai pris des dispositions pour qu'une partie de l'argent contenu dans votre sac à main soit mis à votre disposition au greffe de la prison. Vous aurez besoin d'acheter des denrées de première nécessité. J'ai remis au planton un sac contenant un peigne, une brosse, du dentifrice, une brosse à dents et quelques autres menus objets.

— Maria, je ne sais que dire...

— Ce ne sont pas des articles de très bonne qualité.

— Je comprends. Remboursez-vous. Prélevez la moitié de l'argent que contenait mon sac.

— Non, non, pas question. Au travail, à présent.

Lara préféra laisser tomber le sujet plutôt que l'embarrasser davantage.

— Voyons, dit Maria, baissant le ton pour revenir au registre du murmure. Avant de revoir ces rapports de police, parlons un peu de votre passé. Lorsque nous avons fait connaissance, hier, après la session à la cour, vous m'avez dit mettre en cause les dires du dénommé Belkine, à propos d'un jeune garçon accusé de meurtre assorti de mutilations.

— Oui, en réalisant, après coup, que ma mère n'était pas la femme de la photographie, j'ai compris que Belkine ne m'avait pas dit ça simplement pour alimenter la conversation, mais qu'il y avait peut-être une corrélation avec la mort de notre voisine.

— Vous aviez raison. J'ai compulsé les minutes des procès de l'époque. Un jeune homme du nom d'Alexandre Zourine — un garçon de dix-sept ans, en fait —, qui habitait à l'adresse que vous m'avez donnée comme étant celle de l'appartement que vous partagiez avec...

— Sacha, l'interrompit Lara. Sacha, c'est bien un diminutif d'Alexandre ?

— Oui.

— Je me souviens d'un garçon de notre immeuble qui n'arrêtait pas de me taquiner. Un gentil garçon, qu'on appelait Sacha. A-t-il été accusé du meurtre de Véra Swen ?

— Accusé, inculpé, et condamné à l'internement à vie.

— Il est toujours en prison ?

— Non. Il s'est porté volontaire, pendant la guerre, pour construire des routes en Afghanistan et il a été tué.

— Il était innocent.

263

— Innocent ? Comme ça, d'entrée de jeu, sans rien connaître des faits ? Mes compliments, vous êtes devenue une véritable experte en jurisprudence russe.

— Je me souviens de lui. Il m'appelait chaton. Petite Kochka. C'était un gentil garçon, pas le genre à violer une femme ni à la mutiler.

— Les minutes du procès disent que cette femme l'aurait attiré dans sa chambre pour le séduire. La police émet l'hypothèse qu'il aurait eu une défaillance sexuelle, qu'elle aurait raillé sa virilité, et qu'il l'aurait tuée sous l'empire de la colère.

— Il a avoué, bien entendu ?

— Comment le savez-vous ?

— Il n'a pas eu droit à la balle dans le crâne.

Maria grimaça un sourire.

— Vous ne vous trompez pas. Il a d'abord stupidement nié, avant d'avouer. Il a été condamné à l'emprisonnement à vie, eu égard à la nature atroce de son crime. Il aurait probablement été condamné à mort en dépit de ses aveux, mais son jeune âge lui a épargné la balle du bourreau. (Elle compulsait les papiers qui se trouvaient sous ses yeux.) Mais assez parlé du passé, revenons aux dossiers de la police. Étant donné l'importance de l'affaire et sa couverture médiatique, la police s'est démenée plus qu'à l'ordinaire. Ils ont trouvé des témoins à charge.

— Maria, la clé de mon affaire réside dans le passé. Dites-moi ce que vous avez appris sur l'affaire de Sacha.

— Ça s'arrête là. Aux minutes des procès.

— Ne pourriez-vous mettre la main sur les rapports de police ?

Elle hésita.

— Je n'en suis pas sûre.

Lara la dévisagea.

— Vous me cachez quelque chose.

— J'ai..., j'ai déjà essayé de les consulter. Le dossier est déclassé.

— Volé, voulez-vous dire.

— Je n'en sais rien.

— Moi si. Et celui qui l'a subtilisé m'a fait parvenir l'une des photos de l'identité judiciaire.

— Lara, je sais combien... combien cette partie de votre passé a d'importance à vos yeux, mais nous avons un tel travail

264

à abattre. C'est aujourd'hui que vous êtes accusée de meurtre, pas il y a vingt ans. C'est là-dessus que nous devons nous polariser.

— D'accord, mais... (Elle serra les dents.) D'accord. Vous avez fait allusion à des témoins à charge. Témoins de quoi ?

— De votre comportement irrationnel, destructeur.

— De mon... oh, bien sûr, la réception. Que je vous explique, Maria...

— Vous aurez du mal à trouver une explication rationnelle à des coups de feu tirés au cours d'une réception, en sous-vêtements et sous les yeux d'une bonne moitié de la nouvelle élite moscovite. (Le timbre de sa voix était presque horrifié.)

— J'étais ivre. Pour la première fois de ma vie. Je ne savais plus ce que je faisais.

— Il y a d'autres témoins, des gens qui ont été interrogés après l'accident de Belkine.

— Je n'ai rien à voir là-dedans. Il a bien été écrasé près du parc, mais il est mort d'une overdose à l'hôpital.

— Selon les rapports de police, un couple de vieilles gens a déclaré qu'une jeune femme au léger accent étranger se conduisait bizarrement. L'inspecteur Kirov vous a formellement identifiée.

— Pure absurdité.

— Lara, je comprends mal. Ces rapports ne font pas simplement allusion à la mort de Nadia Kolchak. Ils parlent aussi de cette institutrice, morte immédiatement après vous avoir parlé. La direction de l'école vous tient pour responsable de sa mort, dans la mesure où cette femme hurlait en s'adressant à vous, visiblement en plein désarroi. On a également interrogé le personnel de l'hôtel Gorki, pour qui vous vous conduisiez la plupart du temps de façon totalement irrationnelle. Et il y a ce rapport de l'hôpital, mentionnant une syncope suivie d'une chute par la fenêtre de...

— Syncope et chute, mon œil. On m'a poussée.

— Et ce rapport d'ambulancier : un autre évanouissement sur la place Rouge.

Lara devint cramoisie.

— Pour une fois, c'est vrai. Mais vous devez comprendre que tout a été complètement déformé, dénaturé. Il n'y a aucun rapport entre tous ces faits et les charges retenues contre moi, rien de tout cela ne prouve quoi que ce soit. Ce ne sont que spéculations, ouï-dire et insinuations malveillantes.

— Pour nos tribunaux, toutes ces preuves sont recevables.

— C'est grotesque.

Maria se remit à feuilleter ses papiers. Lara se rendait compte qu'elle était perturbée.

— Vous vous demandez comment vous avez bien pu vous fourrer dans ce pétrin, pas vrai ? demanda-t-elle.

— Ce n'est pas pour moi que je m'en fais. Hier, en vous quittant, j'ai été interviewée par la presse. Mon visage est retransmis par satellite d'un bout à l'autre de la planète. Je suis déjà célèbre. Mon téléphone n'arrête plus de sonner. C'est pour vous que je me fais du mouron. Je crois que vous êtes quelqu'un de bien, mais certaines choses, là-dedans...

Lara posa ses mains sur la table, les doigts écartés.

— Je comprends. Alors reprenons du début. Je suis née à Moscou. Ma mère était...

Une heure durant, elle lui narra par le menu tout ce qu'elle avait fait depuis son arrivée à Moscou et tout ce qui lui revenait de son enfance.

Maria prit d'abord des notes puis, à mesure qu'elle se laissait captiver par l'histoire, reposa son crayon, s'adossa à sa chaise, appuya son menton sur ses mains et prêta une oreille attentive.

Lorsque Lara eut terminé son récit, toutes deux restèrent muettes pendant un bon moment, puis Maria reprit son crayon et se remit à écrire tout en parlant :

— Petit *a* : deux femmes sont mortes il y a vingt ans. La mort de l'une est imputée à un suicide. Celle de l'autre à l'acte de démence d'un forcené. Petit *b* : vous avez été attirée à Moscou par une personne impliquée dans ces deux décès.

— Impliquée ou ayant connaissance de, se récria Lara.

— Quoi qu'il en soit, ça exclut l'adolescent, puisqu'il est mort.

— Trouvez tout ce que vous pourrez sur sa mort. Tous les documents officiels que j'ai pu lire jusqu'à maintenant étaient farcis de mensonges. On ne sait jamais.

Maria en prit note.

— Petit *c* : quelque chose se passe en ce moment, en relation directe avec ce passé.

Lara allait faire une observation, quand Maria, d'un signe, lui intima de parler à mi-voix.

— Nadia croyait que Félix faisait chanter Alexeï. Je ne suis pas sûre de gober ça, mais je sais qu'il existe entre eux un lien qui va au-delà des relations de travail ordinaires. Alexeï ment quand il prétend n'avoir pas connu ma mère. Il a bien connu ma mère, et notre voisine aussi.

Maria haussa les épaules.

— Connu... ou bien il a été invité un soir à la même réception. Vous croyez savoir qu'Alexeï a fait partie du KGB. Toutes deux, en tant que ressortissantes étrangères, devaient être surveillées par un agent du KGB. Alexeï pourrait avoir été cet agent, ou son supérieur direct.

— D'accord. Mais ça me paraît un peu simpliste. Bova ne fait pas que resurgir du passé. Dans la distribution, il fait probablement figure de star, fit observer Lara.

— J'en conviens. Petit *d* : Alexeï Bova dissimule quelque chose. Petit *e* : l'inspecteur Kirov a quelque chose à cacher.

— Et Félix est dans le même cas. Nadia essayait de déterrer ça... espérant en tirer de juteux profits.

— Donc, ce qui s'est passé jadis est de première importance aujourd'hui. Et quand la bulle crève, c'est vous qui plongez et endossez la mort de Nadia. Intentionnel ou accidentel ? nota Maria.

— Bonne question. Comment aurait-on pu prévoir que j'allais trouver les clés et m'introduire dans la suite ?

— Eh bien, inutile d'y réfléchir à deux fois. Depuis votre arrivée, vous avez eu accès aux archives les plus confidentielles du KGB en recourant à la corruption de fonctionnaire, vous êtes entrée par effraction dans un institut psychiatrique de renom, sans parler de votre chute d'une fenêtre de Saint-Basile ni des coups de feu tirés à la Tour noire. Après ça, cambrioler la suite de l'homme le plus riche de Russie, c'était de la petite bière.

— Oh, Seigneur.

Lara se voila la face.

— Parlons un peu du meurtre. Nadia est morte des suites de deux blessures occasionnées par une arme de calibre .38. On compare actuellement ces balles à celles, tirées pendant la soirée, qui se sont logées dans le plafond. Je n'ai pas encore eu connaissance des rapports balistiques.

— Ils seront positifs. Celui qui m'a tendu ce traquenard y aura soigneusement veillé. Alexeï, Félix, Ilia... n'importe qui de cette bande aurait pu s'emparer du revolver quand je suis descendue de la limousine. Mais je n'ai jamais revu celui que j'ai balancé contre le mur de ma chambre d'hôtel. Il a pu finir dans n'importe quelles mains. Et la servante, Anna ? La police l'a interrogée ?

— Non. Elle est introuvable.

— Autrement dit ?

Maria haussa les épaules.

— Je cite le rapport de police. Ça peut vouloir dire tout ce qu'on veut, depuis décédée jusqu'à en vacances dans une station balnéaire sur la mer Noire.

Les deux femmes gardèrent le silence un instant, puis Lara demanda :

— Y avait-il d'autres marques sur le corps de Nadia ? Puis-je voir le rapport d'autopsie ?

— J'ai tout recopié pour vous. Il n'est fait allusion qu'à deux blessures par balle.

— Mais le médecin légiste a-t-il cherché d'autres marques ?

— L'autopsie se limitait à un examen des deux blessures.

— Ce n'est pas une autopsie complète, ça.

— Si. Une autopsie russe. Tout ce qui, là-bas, aux États-Unis, peut vous sembler si évident, des désinfectants aux gants en caoutchouc, manque cruellement en Russie.

— Maria, il faut que ce corps soit examiné. Nous devons faire appel à un anatomo-pathologiste indépendant, chargé de pratiquer une autopsie pour notre compte. De même qu'à un détective, qui devra débusquer...

Maria étendit les bras et posa ses mains sur celles de Lara.

— Jamais la cour n'acceptera de nommer un médecin légiste ou un quelconque autre expert pour vous. Vous devrez vous contenter de l'avis de ceux du procurateur. Et de Vulko pour tout détective.

— C'est dément. La loyauté des experts va à ceux qui les paient. Et ce n'est pas seulement une affaire de loyauté. Les avis peuvent diverger, d'autant plus lorsqu'il s'agit d'expertises.

— Vous prêchez à une convaincue. Mais c'est comme ça que ça marche en Russie. Les experts y sont impartiaux parce que nous vivons... vivions, plutôt... sous un régime communiste.

— Mais ça ne fonctionnait déjà pas sous le régime communiste. Pourquoi voudriez-vous que ça se soit amélioré ?

— Je n'ai jamais dit que ça fonctionnait. Mais que ça marchait comme ça en Russie. Et la situation économique ne fait qu'empirer les choses. Compte tenu des conditions actuelles, la cour ne risque pas de payer un expert à une personne accusée de meurtre.

— Super, fit Lara, la bouche pleine de hamburger. D'accord, alors. Parlez-moi des procédures. Partez du tout début et décrivez-moi un procès pas à pas.

Maria allait répondre, quand Lara fut frappée d'une illumination.

— Est-ce qu'on nous enregistre ? demanda-t-elle

— Je suppose, dit Maria en haussant les épaules. Ça se pratiquait couramment sous l'ancien régime. On ne se départ pas aisément des vieilles habitudes. Pour revenir à votre question, vous devez comprendre qu'il n'y a pas de jurés.

Qu'elles puissent être écoutées ne semblait pas effaroucher Maria outre mesure, et Lara prit la chose avec fatalité. Elle s'évertuait à mettre son esprit en concordance avec le système judiciaire russe. Réfléchir en Américaine pouvait lui être fatal.

— D'accord. Un juge et deux civils sont censés trancher.

— En effet. Deux citoyens seront désignés par la cour. Mais ne vous laissez pas abuser par la présence de trois personnes. C'est au juge que revient l'ultime décision.

— Les voix des citoyens n'ont pas la même valeur ?

— Il y a un abîme, expliqua Maria, entre la jouissance d'un droit et son exercice. Répartir la souveraineté du juge entre deux autres citoyens de manière à réduire son arbitraire, c'est là une notion qui relève du marxisme-léninisme le plus cohérent. Mais, sauf cas rarissimes, les citoyens se contentent de ratifier d'un coup de tampon la décision du juge. S'il n'était pas dans leur nature de se plier aux directives d'un juge, jamais ils ne seraient désignés comme assesseurs.

— Vos lois, relativement aux preuves, témoignages ou dépositions orales et écrites, et aux autres preuves matérielles... quelles sont-elles ?

— Elles sont ce que le juge a décidé qu'elles seraient.

269

— Vous comprenez le terme français « ouï-dire » ? demanda Lara.

— Oui. Il s'agit de déclarations faites sans qu'on ait prêté serment ou de phrases surprises par des gens hors de l'enceinte du tribunal. Tout cela est recevable dans un procès russe.

— Ce qui laisse entendre que de simples spéculations, allégations, fables, idées reçues, seraient également admissibles ?

— Certes, le juge peut les récuser, mais il est le plus généralement admis que n'importe qui peut s'exprimer à la barre.

— N'importe qui ? Il me semblait à moi que la parole de l'accusé prévalait.

— Pas en Russie. À l'école de droit, on nous enseigne qu'aux États-Unis il y a toujours deux sons de cloche dans un procès criminel : celui du procureur et celui du prévenu. Le premier parle au nom de l'État et l'accusé en son nom propre, par la voix de son avocat. Exact ?

— Exact.

— En Russie, il y a plus de deux sons de cloche, dit Maria. Tout d'abord, dès que le juge a appelé l'affaire, on ordonne à l'accusé de faire un pas en avant et d'expliquer pourquoi il ou elle a commis son crime. On attend qu'il fasse son autocritique. Vous n'avez pas le droit de garder le silence ni celui de refuser de témoigner.

— Même pas celui de refuser de témoigner contre soi-même, n'est-ce pas ? La confession met du baume à l'âme.

— Exactement. Cela fait, le juge pose au criminel des questions sur ses mobiles et sur les circonstances du crime.

— Ce que nous appelons le contre-interrogatoire, dit Lara. Mené par les avocats, et non par les juges. Du moins en Amérique et en Grande-Bretagne.

— C'est cela même. Le contre-interrogatoire. Ensuite, le procurateur pose d'autres questions, à moins que le juge ne se soit montré particulièrement minutieux.

— Le propos étant de combler les éventuelles lacunes du juge, je présume ?

— En effet. Bon, après que le juge et le procurateur ont mené cet interrogatoire...

— L'avocat de la défense...

— Non. Je vous l'ai dit, il y a plus de deux sons de cloche en Russie. À ce point du procès, des questions peuvent être posées par une éventuelle autre partie en présence, disons par exemple un psychiatre si l'état mental de l'accusé est mis en cause. Ce psychiatre ou psychologue peut faire office d'expert pour le procurateur, ou bien être partie prenante dans le procès. Ensuite, un avocat défendant les intérêts de la victime pourra interroger...

— Une seconde. Seriez-vous en train de me dire que la victime ou ses parents peuvent intervenir dans le procès en tant que partie adverse ? Qu'ils peuvent disposer d'un avocat habilité à poser directement des questions ?

— Oui. Ou même intervenir en personne.

— Je n'en reviens pas. Résumons-nous. On demande à l'accusé de s'avancer et de se confesser. Puis le juge passe au contre-interrogatoire, suivi dans la foulée par procurateur, experts et toute autre partie intéressée, y compris la victime elle-même ?

Maria opina du chef.

— La famille de Nadia va-t-elle prendre un avocat ?

— C'est déjà chose faite. Pour tout dire, il m'a quasiment bousculée sur les marches du palais de justice cet après-midi, afin d'arriver avant moi devant les caméras des informations. Il a annoncé au pays qu'il veillerait à ce que la meurtrière de Nadia reçoive le châtiment qu'elle mérite : une balle dans la tête.

— Sublime. Il est doué ?

— C'est l'un des meilleurs de Moscou.

— Ça me dit vaguement quelque chose. (Lara regarda Maria.) Ce n'est pas Viktor Rykov, au moins ?

— Lui-même. J'ai regardé le 18 heures juste avant de venir. J'ai droit à trois secondes d'antenne, puis ils enchaînent sur Rykov. Il a dit des choses délicieuses sur Nadia. Et pleuré.

Lara était à deux doigts de hurler.

— Comment cet homme peut-il offrir de me défendre et, tout de suite après, représenter la partie adverse ? J'y vois un conflit d'intérêts s'il en est.

— L'intention première de la justice russe, c'est la recherche de la vérité. Celui que vous appelez un avocat peut très bien être utilisé contre vous.

— Mais c'est dénaturer la relation privilégiée avocat-client.

— Elle n'a jamais été primordiale dans notre société. Sauf pour moi et pour les avocats qui, comme moi, penchent pour les réformes. Mais bon ou mauvais, Lara, juste ou inique, c'est avec le système judiciaire russe que vous devrez composer.

— Navrée, Maria. Je... Dites-moi, l'avocat de la défense peut-il intervenir à un moment ou à un autre ?

— Bien entendu. En dernier lieu, quand toutes les autres parties ont posé leurs questions. Ensuite, l'accusé est autorisé à reprendre la parole pour interroger les témoins.

— L'accusé et son avocat ont le droit d'interroger tour à tour les témoins, voulez-vous dire ?

— Oui. Une mesure très démocratique.

— Un cirque, plutôt, dit Lara. Du spectacle pur et simple, surtout quand le procès démarre sur une confession. Un procès, pour moi, c'est une partie d'échecs — il s'agit uniquement de savoir bien déplacer et positionner ses pièces, de grignoter une à une celles de son adversaire, de faire donner des experts qui mettront ceux de la partie adverse en déconfiture, de produire au moment propice des preuves irréfutables qui impressionneront favorablement les jurés. Aux États-Unis ou en Grande-Bretagne, les procès sont des champs de bataille. Ici, en Russie, ils ressembleraient plutôt à des audiences bureaucratiques.

— Vous avez certainement raison. Ce ne sont pas des champs de bataille, en tout cas. Je ne vous ai pas encore dit le pire. Si le procès débute sur votre autocritique...

— Chose qui, aux États-Unis, y mettrait immédiatement fin.

— C'est précisément où je voulais en venir. Chez vous, lorsque l'accusé a admis sa culpabilité, il n'y a pas de procès. En Russie, un procès commence d'ordinaire sur un aveu de culpabilité. Lorsqu'on part du principe que l'accusé est coupable, tout le reste n'est que pure formalité.

— C'est hélas ce que j'ai cru comprendre.

— Mais vous devez aussi comprendre comment fonctionne effectivement le système russe. Le juge a devant lui un accusé qui, d'ordinaire, vient de faire ses aveux. Là-dessus, le juge va réexaminer les faits. En Amérique, ces faits lui seront exposés par l'accusation, lors d'un procès public, par le truchement de témoignages et de preuves. En Russie, on aura remis au juge un dossier de l'affaire, instruit par l'enquêteur du procurateur, et le juge va s'en servir un peu comme d'une carte routière. Fort de cette carte, il fera citer les témoins qu'il sou-

haitera entendre, et se fera exposer les preuves qui l'intéressent.

— Mais c'est ni plus ni moins la position de l'accusateur
public, ça. Au moment de se prononcer, le juge sera défavora-
blement impressionné contre le prévenu.

— Vous comprenez à présent le rôle des procurateurs et
de gens comme l'inspecteur en chef Vulko. Ils indiquent au
juge la direction à suivre et le juge s'y conforme. Il existe
pourtant un droit fondamental, que le juge ne saurait dénier
à l'accusé.

— Lequel ? Celui d'être reconnu coupable ?

Maria sourit.

— Ils ont également ce droit-là, en effet. Non, je parle du
dernier mot.

— Le dernier mot ?

— Oui. Lorsque tout le monde s'est exprimé, quand toutes les preuves ont été avancées, quand toutes les parties pre-
nantes — accusation, défense, victime ou famille de la victime
— ont eu l'occasion de témoigner ou de poser des questions,
on passe à l'acte final. (Maria eut un geste théâtral.) Et le juge
se tourne vers le prévenu et lui demande : « Quel est votre
dernier mot ? »

— Au secours, dirais-je. Navrée, mais quelle est la finalité
de ce dernier mot ?

— Il vous donne la faculté de vous en remettre à la mansuétude de la cour. En exposant vos mobiles.

— Lever de rideau sur un aveu, et tomber de rideau sur
un recours en grâce. Je ne suis pas persuadée qu'une quelconque justice se glisse entre les deux. Comment avez-vous
pu devenir avocate dans un système aussi démentiel ? Non,
ma question est idiote. Vous êtes née dedans.

— Je suis très fière d'être avocate.

— Bien entendu. Et moi aussi. J'ai travaillé dur pour avoir
ma licence en droit et passer l'examen d'entrée au barreau. Et
je sais qu'on vous a mis des bâtons dans les roues, que vous
vous êtes heurtée à d'épouvantables préjugés. Vos parents
étaient-ils, comme les miens, des réfugiés politiques ?

— Ma mère était russe. Mon père était un diplomate sou-
danais. Elle a préféré rester ici quand il est rentré en Afrique.
Femme, Russe et Blanche en Afrique, elle aurait probablement vécu les mêmes choses que moi à Moscou.

— Mais vous êtes à moitié russe ?

— Non, je suis *noire*, avant tout. Mon père eût-il été géorgien ou même turc, on aurait pu dire que je suis à moitié russe. Ou russe, tout simplement. Mais quand on a la peau noire, personne ne s'occupe de votre filiation. Savez-vous d'où me vient ce prénom de Maria ?

Lara secoua la tête.

— Dites.

— C'était le prénom de prédilection des héroïnes de Pouchkine. Vous savez qui est Pouchkine ?

Lara répondit qu'elle savait au moins quel grand auteur russe il était.

— Saviez-vous qu'il était en partie africain ? Son grand-père était un esclave anobli par Pierre le Grand, pour le remercier de ses glorieux états de service en temps de guerre.

— Je l'ignorais.

— Les Moscovites de race blanche n'en savent pas plus long que vous. Nombre de Noirs ont débarqué d'Afrique et d'Amérique, fascinés par notre grande société égalitariste. Les Soviétiques s'en servaient comme d'une vitrine de propagande à l'usage des consommateurs de l'Ouest, mais les Russes eux-mêmes ne les ont jamais reconnus pour des égaux. Aujourd'hui, parce qu'une grande partie de ces gens ont été relégués à des travaux domestiques et souffrent du mépris de leurs voisins, crime et prostitution sévissent dans cette communauté.

Lara hocha la tête, s'efforçant de garder pour elle la pensée qui venait de la traverser, mais Maria la devançait déjà.

— Vous vous demandez si je n'ai eu à plaider que des affaires impliquant des gens de couleur, n'est-ce pas ?

— En effet.

— Je vous ai dit que le juge avait voulu vous punir, déclara-t-elle.

Elle se replongea dans ses papiers.

Lara se pencha en avant, posa ses mains sur celles de Maria et murmura :

— Eh bien, il a commis une grossière erreur, mon amie. Parce que nous entrerons toutes les deux dans ce prétoire prêtes au combat, alors qu'ils se seront préparés à une parodie de justice.

— Vous ne comprenez pas, chuchota Maria. Le procura-

274

teur et Rykov s'entendront avec le juge pour restreindre au minimum notre liberté d'action.

— Ils n'y parviendront pas. Vous dites vous-même que l'affaire passionne les médias. La Russie désire ardemment montrer au monde son nouveau visage démocratique. Nous allons nous engouffrer dans cette brèche et donner de la voix, Maria. Dire des choses qui seront répétées d'un bout à l'autre de la planète.

— Le juge vous réduira au silence.

— On impose tous les jours le silence aux avocats américains. Pour tout potage, nous tournons le dos au juge et formulons autrement notre pensée. On n'est pas un bon avocat tant qu'on n'a pas été rappelé deux fois à l'ordre pour manquement à la cour.

Maria brandit ses poings.

— Je suis si impatiente, chuchota-t-elle. Idées neuves, nouvelles perpectives. Nous allons faire mordre la poussière au tribunal de Moscou. Dites-moi juste comment je dois m'y prendre pour gagner. (Une idée lui vint subitement.) Combien d'affaires avez-vous plaidées ?

— Défendues, voulez-vous dire ? (Lara était procureur.) Ce sera ma première.

Chapitre 31

Les rapports de police ne leur apprirent que fort peu de choses susceptibles de les aider à étayer leur système de défense : Nadia avait été abattue de deux balles, alors qu'elle était assise, nue, dans le bain bouillonnant. La première lui avait traversé le thorax et la seconde — une manière de coup de grâce — lui avait été administrée dans la nuque. Fixer l'heure de sa mort de façon précise n'était pas tâche aisée, eu égard à l'eau courante et bouillante. La police émettait l'hypothèse que Lara avait été capturée quelques minutes après avoir tiré sur Nadia. En dépit d'un rapport d'autopsie mettant en relief l'extrême difficulté qu'il y avait à déterminer l'heure du décès pour les raisons susdites, le médecin légiste concluait que Nadia était morte une minute avant la capture de Lara.

C'était typiquement mettre la charrue avant les bœufs. L'heure du décès était dûment requise sur le certificat de décès. Aucun indice ne permettant de la déterminer avec exactitude, le médecin légiste s'était fondé sur l'heure de l'arrestation de Lara, elle-même extraite de la déclaration d'un officier de police. Ça semblait couler de source, puisque Lara était la coupable.

— Mon arrestation dans l'immeuble, l'arme du crime à la main, lui aura visiblement épargné bien des heures à se creuser la cervelle, fit observer Lara. Il y a encore autre chose qui cloche, poursuivit-elle. La police prétend avoir été informée par un tuyau anonyme de l'irruption dans la Tour d'une femme armée d'un revolver, suivie peu après d'une détonation. J'aimerais avoir l'enregistrement de cet appel anonyme.

— Quel enregistrement ? Cessez de réfléchir en Américaine. S'ils détiennent la bande enregistrée, ils refuseront de nous la confier. Et s'ils ne l'ont pas, ils ne nous en diront rien. J'essaierai de savoir tout ce que je peux sur ce coup de fil. Mais ne comptez surtout pas sur un enregistrement.

Lara tapota le rapport de l'index.

— Il dit aussi qu'on n'a pas entendu de coups de feu dans le quartier, ce qui joue en ma faveur.

Maria secoua la tête.

— Il y a un chantier de construction qui fait un boucan d'enfer dans le même pâté de maisons. La police assure qu'on n'entendrait même pas exploser une bombe.

— Il n'empêche que le correspondant anonyme prétend avoir entendu un coup de feu. Et vous ne trouvez pas troublant que Iouri Kirov et son équipe aient réagi à ce coup de fil ? Il y a des milliers de policiers à Moscou et il faut précisément que je me fasse ramasser par le type sur qui je tombe dès que je me retourne. D'après ce rapport, il aurait retrouvé ses collègues dans le hall.

— La Tour noire n'est pas très éloignée du quartier général, fit observer Maria.

— Vous êtes pour moi ou contre moi ? Non, je plaisante ; malgré tout, je veux tout savoir sur ce coup de fil. S'il n'a pas été enregistré, je veux savoir à quelle heure exactement il a été passé, qui l'a reçu, à qui cette personne en a rendu compte, et le temps qu'ils ont mis pour atteindre la Tour, faire le trajet en ascenseur et franchir les portes de la suite.

— Et leur marque de cigarettes ? Un policier déposera au procès sur cet appel. Pas celui qui l'a reçu, peut-être, mais...

— Non, nous n'attendrons pas le procès pour tirer cette affaire au clair. On ne doit jamais poser en cours de procès une question dont on ne connaisse déjà la réponse, parce que ladite réponse pourrait vous enfoncer. Nous devons tout savoir de ce qui peut nous aider, comme de ce qui peut nous nuire, avant même de passer les portes du tribunal. Essayez de vous mettre en tête que vous n'êtes plus un rond-de-cuir, une simple dépositaire passive de la justice de l'ancien régime, mais un gladiateur, prêt à se battre à mort pour le nouveau système.

— Je ne cesse de me répéter que je suis un gladiateur, fit Maria, mais une voix me chuchote sans répit à l'oreille que je ne suis en réalité qu'une toute petite souris terrifiée.

— Alors, souris pour souris, soyez Mighty Mouse. Écoutez-moi, Maria. Je suis victime d'un coup monté. Pour faire endosser un tel crime à quelqu'un, tout doit fonctionner comme une mécanique bien huilée. Nous devons mettre en lumière les incohérences. Vous vous souviendrez de ce mot, *incohérences*. Qu'est-ce qu'une incohérence ? Je suis entrée dans la suite une minute ou deux à peine avant que la police n'y fasse irruption en forçant la porte. Ça signifie qu'on a passé ce coup de fil à la police avant même que je ne sois entrée.

— Si le coup de fil a bien été passé avant que vous n'entriez, objecta Maria, et c'est forcément le cas, compte tenu du temps qu'il a fallu aux policiers pour arriver à la Tour, il se pourrait que quelqu'un — un commerçant, qui sait ? — vous ait vue entrer dans la Tour *postérieurement* au coup de téléphone...

— Vous commencez à saisir. Il nous faut un enquêteur qui fasse du porte-à-porte et déniche tous ceux qui auraient vu ou entendu quelque chose. Je pourrai peut-être établir que j'étais encore à la datcha, ou du moins sur la route de Moscou, à l'heure où ces coups de feu ont été tirés. Quelqu'un les aura peut-être entendus — en dépit de ce que peut raconter la police sur ce prétendu chantier dont le boucan infernal étoufferait tous les sons —, ou m'aura même vue entrer sans arme dans le building. Il pourrait aussi débusquer la servante, Anna, et l'interroger. Elle sait peut-être ce qu'il est advenu du revolver que j'ai laissé à l'hôtel.

— C'est bien la même balle, dit Maria. On m'avait assuré que le rapport balistique n'était pas terminé, mais le voici. L'une des deux balles extraites du plafond correspond à l'une de celles qui ont été tirées sur Nadia. L'autre balle tirée dans le plafond provient d'un pistolet retrouvé emballé par la police, prêt à être réexpédié à l'endroit où ils avaient été loués.

— Une seconde. La balle correspond à l'une de celles qui ont tué Nadia, dites-vous. Aurait-elle été blessée par deux armes distinctes ?

— Non. Toutes deux ont été tirées avec un .38, mais l'une d'elles était trop endommagée pour être confrontée à la balle de calibre 38 extraite du plafond.

— Il nous faut un expert balistique qui reprendrait une à une les conclusions du rapport et examinerait lui-même chaque balle. Si les experts en balistique de la police de Moscou sont moitié aussi fiables que ses médecins légistes, nous apprendrons probablement que l'une des balles a été tirée par un canon et l'autre par un pistolet à bouchons...

— Mais le laboratoire de balistique dit que...

— Maria, n'oubliez pas que vous parlez de *leur* expert en balistique. Le nôtre pourrait fort bien découvrir que la balle a été tirée par un revolver entièrement différent. Les experts en balistique émettent des opinions fondées sur des preuves, et les preuves prêtent souvent le flanc à plusieurs interprétations. Souvenez-vous : *doutez, doutez toujours...*

— Doutez de tout. L'un des copains de mon petit ami est expert en balistique de l'armée. Il pourra sûrement nous aider.

— Parfait. (Lara continua à parler, pendant que Maria prenait des notes.) Présumons qu'il s'agit bien du même revolver, celui que j'ai rapporté de la réception. Iouri, l'inspecteur Kirov, savait qu'il était en ma possession — bon sang, je le lui ai balancé à la figure. Il aurait pu revenir le chercher plus tard. Si Anna avait restitué ce revolver à Alexeï, ou à quelqu'un de son équipe — Ilia, peut-être, ou Félix —, Alexeï aurait sûrement eu vent de la chose. Si Anna ne l'a pas ramassé, une autre femme de ménage a pu le faire et le remettre à Dieu sait qui, surtout dans ce pays où tout le monde espionne tout le monde. (Elle se passa la main dans les cheveux et tira un coup sec.) Mon Dieu, je ne sais plus que penser. C'est beaucoup trop embrouillé.

Maria releva les yeux de ses notes.

— Vous êtes la dernière personne à avoir été aperçue, et arrêtée, en possession de ce revolver. Comment la jurisprudence anglo-américaine expliquerait-elle ça ?

— Dégagement en touche.

— Dégagement en touche ?

— C'est une boutade. Un terme de football américain. Quand votre équipe est acculée le dos au mur par l'équipe adverse, vous shootez dans la balle pour dégager. Sous-entendant que vous tentez votre va-tout... ou encore que vous sautez dans le vide les yeux fermés.

— Où est votre brillante explication, là-dedans ?

— On m'a piégée. Nous en saurons plus dès que nous aurons engagé un détective. Vous disiez que la cour refuserait de m'aider sur ce point ?

— Ne vous tracassez pas. J'ai déjà des amis sur le coup.

— Maria, je suis enchantée de vous avoir pour avocate.

La jeune Russe grimaça un sourire.

— Je me suis pincé le bras ce matin au réveil en me demandant si je ne rêvais pas.

— J'ai procédé au même test et découvert que mon cauchemar était on ne peut plus tangible, dit Lara. Ils ont relevé des empreintes sur le revolver ?

Maria feuilleta ses rapports pendant une bonne minute.

— Ce n'était pas impératif, dans la mesure où la police vous a surprise le revolver à la main.

— Mais d'autres ont pu le tenir avant moi ?

— Vos empreintes auront forcément effacé les...

— Non, jamais de la vie. Je ne l'ai tenu que par la crosse. Je ne me souviens même pas d'avoir touché le canon. C'est vraiment bâcler une enquête. À supposer que j'ai brouillé quelques-unes des empreintes, il peut en rester d'autres. (Lara se dressa, élevant la voix.) Il faut exiger qu'on relève les empreintes sur ce revolver.

— Moins fort.

Lara se rassit d'un air las et chuchota :

— Désolée. J'oublie toujours que nous sommes sur écoute. Un expert en empreintes digitales doit être immédiatement nommé par la cour, en même temps qu'on devra sommer la police de Moscou de lui remettre le pistolet pour contre-expertise. Ainsi que les photos prises sur les lieux du crime ; et pas les photocopies. Je veux un double des empreintes. Assurez-vous qu'ils lui fassent bien parvenir *toutes* les empreintes, et pas une sélection judicieuse. Et, parallèlement à ses autres tâches, le détective devrait interroger les gens qui figurent sur la liste des témoins à charge. Et il faudrait également enquêter sur le passé de tous les protagonistes de premier plan — Alexeï, Félix, Ilia, Belkine, Nadia, sans oublier l'inspecteur Iouri Kirov. Ainsi que sur ce type de la sécurité du Gorki qui

280

m'a adressée à Belkine. Nous devons le localiser. Il a fort opportunément disparu juste après le meurtre de Belkine.

Maria écrivait fébrilement.

— On va devoir embaucher toute l'armée russe pour enquêter.

— Essayez de dénicher un anatomo-pathologiste. On va devoir faire pratiquer notre propre autopsie.

Lorsqu'elle eut terminé d'écrire, Maria releva les yeux et demanda :

— Est-ce ainsi qu'on plaide une affaire criminelle, en Amérique ? Avec toute une armée d'experts ?

— L'affaire la plus difficile dans laquelle j'ai dû requérir impliquait une adolescente étranglée. L'avocat de la défense a non seulement obtenu de la cour qu'elle désigne un médecin légiste à décharge pour pratiquer une seconde autopsie du cadavre, mais encore de pouvoir y assister.

— Il a obtenu gain de cause ?

— Non. J'étais également sur place, pour passer à son médecin légiste son forceps et ses scalpels. La deuxième autopsie a permis de mettre en lumière un indice crucial — la jeune fille avait été étranglée par derrière et par un gaucher. On s'est fondés sur le fait que les tissus, sur le côté droit du cou, étaient beaucoup plus endommagés qu'à gauche. Si je n'avais pas été présente, cette information n'aurait jamais filtré.

— L'accusé était gaucher ?

— Oui.

— Je vous admire, réellement. Je n'avais encore jamais entendu parler d'un procureur assistant à une autopsie.

— Épargnez-moi votre admiration. J'en suis restée malade pendant une bonne semaine. Une autre fois, prise d'une bouffée délirante, je me suis fait expliquer par un médecin légiste une autopsie pratiquée sur le cadavre d'une femme X, victime d'un coup de couteau. Notre hypothèse était que l'accusé l'avait poignardée à l'estomac. La défense soutenait la thèse que la femme s'était auto-mutilée, une manière de hara-kiri. En participant à l'autopsie, en observant la position dans laquelle devait nécessairement se tenir son corps pour que les incisions des couches épidermiques et des organes internes coïncident, j'ai pu comprendre et expliquer ensuite à la cour comment s'était déroulé le meurtre.

Maria était bouche bée.

Lara prit une profonde inspiration.

— Ç'a été un cauchemar de chaque instant, mais je me disais que je faisais ça pour une femme qui avait tout perdu, à telle enseigne qu'il ne lui restait même plus un nom pour le graver sur sa pierre tombale. Elle avait dû être jolie, aussi, mais...

Le visage de Maria se décomposa tout à trac et elle éclata en sanglots. Au tour de Lara de contempler avec stupéfaction la jeune avocate, tandis que cette dernière se cachait derrière ses mains pour pleurer.

— Qu'est-ce qui vous prend, Maria ?

— Il n'y aura ni experts ni analyses, sanglota-t-elle. Ils vous condamneront et vous allez mourir parce que vous ne trouverez jamais en moi l'avocat dont vous avez besoin.

Lara se leva de sa chaise et contourna la table. Elle posa les mains sur les épaules de Maria et les broya.

— Je me sens complètement idiote, lui dit-elle, de m'être laissée aller à vous vanter les mérites du génial procureur que j'étais. À la vérité, j'ai toujours disposé de toute une équipe d'enquêteurs et d'experts à mes ordres, parce que j'avais derrière moi la toute-puissance de l'État et ses moyens illimités. C'est la première fois que je dois tenir le coup toute seule.

— Et il faudra qu'on tienne le coup. Toutes les deux. La cour ne désignera jamais d'experts. Ni pour les empreintes, ni pour l'autopsie, ni pour enquêter. Je vous l'ai dit : je peux demander à des amis d'aller frapper aux portes, d'examiner les balles...

— Faites ce que vous pouvez. Si nous ne pouvons décrocher notre propre médecin légiste, efforcez-vous d'extorquer autant d'informations que possible à ceux du ministère public. Je ne vous demande qu'une chose : tâchez de vous départir de votre mentalité d'avocat de la défense aux ordres du gouvernement. Vous êtes jeune et dure, Maria, et vous êtes la nouvelle Russie. Ne laissez pas les vieilles habitudes (me tuer, faillit-elle hurler) nous perdre. (Elle pointa son index sur la jeune avocate.) Cessez de pleurer. Nous sommes des juristes à la peau dure. Nous pouvons gagner.

Maria essuya ses larmes.

— Nous avons la peau dure. Nous ne pleurons pas. Mais, Lara, je ne sais plus quoi faire, je ne peux pas vous procurer

ce dont vous avez besoin. Si seulement vous aviez de l'argent...
je m'imaginais que tous...

— Ah, je vous en prie, n'allez pas me traiter vous aussi de
riche Américaine. Si j'entends ces mots une fois de plus, je
deviens chèvre et je fonce la tête la première dans le mur.
(Lara songea soudain aux autres clients de Maria.) Et le reste
de votre clientèle ? Elle vous prend beaucoup de votre temps ?

Maria s'esclaffa.

— Quelques heures par semaine.

— Prenez la moitié de l'argent qui est dans mon sac. Il
paiera au moins vos taxis et vos repas pendant vos virées.

Maria déclina l'offre d'un geste.

— Je prends le métro et je me prépare des en-cas. Je ne
connais pas d'anatomo-pathologiste, mais mon médecin personnel pourra peut-être répondre à quelques-unes de mes
questions.

— Ça ne nous avancera pas, fit Lara en secouant la tête.

Maria semblait à deux doigts de fondre en larmes à
nouveau.

— Lara, je ne trouverai jamais de médecin légiste pour
pratiquer cette autopsie. Ça ne se fait pas en Russie, voilà
tout.

— Ne vous préoccupez pas de l'autopsie. Je vais parcourir
le rapport du légiste et voir ce dont nous avons besoin. Quand
on n'a pas ses propres experts, il faut s'efforcer de tirer parti
de ceux de la partie adverse, en leur soutirant assez d'informations pour étayer sa cause ou faire révoquer leur témoignage
au procès.

— Et je ne peux pas non plus enquêter sur le passé des
gens. Ce serait violer la vie privée de nos concitoyens, fit
Maria à haute voix, avant de se pencher pour murmurer à
l'oreille de Lara : Mon petit ami travaille aux archives de l'armée. La plupart des hommes impliqués dans l'affaire auront
certainement un dossier militaire. Même s'ils n'ont pas servi
sous les drapeaux, l'armée aura fait une enquête sur eux.

— Super.

Lara se leva pour donner à Maria une fougueuse accolade.
Maria l'enlaça et la serra très fort contre elle.

— On va gagner, lui dit Lara.

Maria brandit le poing de la victoire.

— Y a intérêt, ma sœur. (Elle gloussa.) J'ai vu faire ça dans un film américain.

Quelques instants plus tard, la matonne déverrouillait la porte du parloir et signifiait à Lara de sortir. Lara attendit qu'elle ait refermé la porte à clé. La femme lui adressa la parole pendant qu'elles redescendaient le couloir du bloc cellulaire.

— Vous faites une erreur de taille, lui dit-elle.

— Laquelle ?

— La Noire. Elle est nulle.

— Pourquoi dites-vous ça ?

La matonne la dévisagea.

— Z'êtes tarée ou quoi ? C'est une négresse. Si elle était un peu douée, elle serait blanche.

Bonté divine

— Elle réussira même pas à se faire entendre au procès.

— J'espère que vous vous trompez, marmonna Lara.

— Qu'est-ce qu'elle vous a raconté, sur elle ? Que son père était un diplomate africain ? (La matonne se marra.) Tout le monde la connaît, au palais de justice. Son père était chauffeur de maître dans une ambassade africaine. Et sa mère une pute, une prostituée et une toxico. C'est bien pour ça qu'on lui refile toutes les affaires de racolage. Elle a ça dans le sang, paraît-il.

Lara ne répondait pas, et sa moue eut le don d'exaspérer la surveillante.

— M'avez entendue, détenue ?

— Parfaitement. Tout ce que je peux vous dire, c'est qu'il me faut un avocat d'enfer. Et une femme capable de se sortir toute seule du caniveau pour plaider à l'âge de vingt-cinq ans devant les tribunaux de Moscou doit avoir un sacré ressort. J'aime autant qu'elle soit de mon côté.

La matonne agrippa Lara par le bras et la propulsa en avant.

— Remuez-vous, détenue.

Lara n'en pipa plus une pendant tout le restant du trajet. La femme ouvrit la porte de sa cellule, et Lara fit un premier pas dans le réduit ténébreux, lorsqu'elle réalisa qu'il y avait quelqu'un.

— Chut. Pas un bruit. (C'était Alexeï. Il l'attira à l'intérieur.) Je ne peux rester qu'une minute. J'ai dû graisser des pattes pour entrer. (Il eut un gloussement presque féminin.)

284

Vous vous rendez compte un peu ? Payer pour *entrer* dans une prison ?

Elle ne répondit pas.

— Je sais que vous vivez un enfer. Mais c'est temporaire. Je ne peux pas vous sortir d'ici, mais j'en trouverai le moyen. Pour l'instant, l'affaire fait encore trop de bruit. Dès qu'elle sera un peu retombée dans l'oubli, je paierai ce qu'il faut pour vous tirer de là.

— Je suis accusée de meurtre, Alexeï. Pas de vol à l'étalage.

— Tout est à vendre, quand on a assez d'oies. Mais il est encore trop tôt. J'ai dû quitter ma suite sous un déguisement, ce soir, pour me rendre ici. Les équipes de la télé et les journalistes font le siège de la Tour vingt-quatre heures sur vingt-quatre. Mais, au moment voulu, chérie, je graisserai les pattes adéquates.

Le ton dont il avait usé pour dire « chérie », avec des trémolos dans la voix, était proprement horripilant. Tout en lui faisait mélo, à présent, comme s'il jouait encore un rôle, celui du preux chevalier arrivant au dernier moment sur son blanc destrier pour secourir la damoiselle en détresse et, du tranchant de son épée, sectionner le nœud coulant à la barbe du bourreau.

— Grâce à vous, je suis maintenant célèbre d'un bout à l'autre de la planète, lui dit-il. Les journaux parlent davantage de notre idylle et du meurtre que vous avez commis que de la guerre en Yougoslavie.

La fureur s'empara de Lara. Elle l'empoigna par le revers.

— Comment osez-vous dire que j'ai tué Nadia ? Je ne l'ai jamais touchée.

— Chut, calmez-vous. Je ne voulais pas dire ça.

— Fourrez-vous ça dans le crâne. Ja-mais-tou-chée.

— Qui l'a tuée, dans ce cas ?

— Dites-le-moi, vous.

— Moi ? Je ne l'ai pas tuée. Je commençais à me fatiguer de cette chienne, et quand je dis chienne, je sais de quoi je parle, sauf le respect dû aux morts. J'en avais jusque-là de ses sempiternelles exigences financières et, très franchement, c'était une amante dont je m'étais lassé... mais de là à la tuer... Lorsque je vous ai fait entrer dans ma vie, j'essayais déjà plus ou moins de lui signifier que son temps était compté.

— Nadia essayait de vous faire chanter. Elle avait compris que Félix savait quelque chose sur vous.

— Que vous a-t-elle raconté ?

— Ce que je viens de vous dire. Que peut bien savoir Félix à votre sujet ? Et quel rapport y a-t-il avec cette photo de vous en compagnie de ma mère et de notre voisine ?

— Félix ne me fait pas chanter.

Quelque chose, dans sa voix, l'incitait à le croire. Moins un accent de sincérité que sa façon de répudier l'hypothèse, comme si un chantage, à côté de ce qu'il y avait réellement entre Félix et lui, n'était que roupie de sansonnet.

— Pour ce qui concerne la photo, vous avez raison. Je n'étais même pas au courant de son existence. Je ne me souviens ni de votre mère ni de l'autre femme. Visiblement, ça se passait pendant une soirée chez Félix. J'étais présent, et on a pris des photos. Votre apparition à ma soirée Western a dû faire vibrer en lui une corde sensible. Il a retrouvé la photo et l'a utilisée.

— À quelles fins ? Il ne vous fait pas chanter, dites-vous.

— Je ne peux rien dire.

— Je suis accusée de meurtre. Vous feriez fichtrement bien de vous expliquer.

— Ça n'a rien à voir avec Nadia, ni avec les charges qui pèsent sur vous. C'est du passé. Mon passé. Félix en fait partie.

— Quelle partie ?

— Aucun rapport avec votre mère. J'appartenais au... au KGB.

— Comme la moitié des gens de ce pays. Quel rapport, dans ce cas, avec ce qui m'arrive aujourd'hui ?

— Je ne peux rien dire. Vous devez vous fier à moi.

— Me fier à vous ? Je suis en prison, accusée du meurtre de votre petite amie, laquelle s'apprêtait à vous faire chanter et m'a parlé de secrets que vous dissimuleriez, et vous me demandez de vous faire confiance ?

— Que vous a-t-elle dit, exactement ?

— Rien. Quand je suis arrivée à notre rendez-vous, quelqu'un lui avait malencontreusement flanqué deux balles dans la peau. Si vous voulez que je vous fasse confiance, répondez sincèrement à ma question. Anna vous a restitué ma tenue de cow-girl, chapeau et bottes. Vous a-t-elle également rendu le revolver ?

— Qui est Anna ?

— Cette fichue servante qui m'espionnait pour vous.

— Ah oui, la fille au pied-bot. J'ignore ce qu'elle a rendu exactement. Elle aura probablement tout remis à Ilia. Ou à Félix, en l'absence du premier. L'un des revolvers serait-il l'arme du crime ?

— C'est ce qu'affirme la police.

— La police creusait des trous dans le plafond. Certainement afin de récupérer les balles pour une confrontation.

— C'est chose faite. L'un des revolvers avec lesquels j'ai tiré ce soir-là est bien l'arme du crime.

— Moche, ça.

— Moche ? (Elle eut un rire rauque, qui passait mal la rampe.) C'est cent fois pire. J'ai l'impression de voir arriver sur moi une locomotive emballée et d'être ligotée aux rails. Il faut que je parle à Anna. Ou tout du moins que mon avocat lui parle.

— J'ignore où elle est. Je demanderai à Ilia de la retrouver.

— Si vous tenez vraiment à m'aider, retrouvez-la. Si elle pouvait attester qu'elle a restitué ce revolver...

Il secoua la tête.

— Je me souviens, maintenant. Ilia m'a informé que la servante avait bien rendu les effets que vous portiez, mais pas le revolver. Vous avez laissé l'autre dans la limousine. (Ces mots la firent frissonner.) Ilia m'avait demandé de vous parler du revolver manquant, et ça m'est sorti de la tête.

— Je n'en reviens pas.

— Est-ce si vital que ça, qu'elle l'ait restitué ?

— Mais bien sûr, que c'est vital. Si c'est le cas, ce n'est plus moi, mais un autre, qui aurait tenu l'arme du crime. Ça fait toute la différence entre une inculpation de meurtre et une petite chance de me défendre.

— Ne vous inquiétez pas. Je ferai retrouver Anna et elle certifiera que vous avez rendu les deux revolvers. Pas plus compliqué que ça.

— Ce serait un faux témoignage. Un parjure.

— Il n'y a parjure que quand on se fait prendre.

Elle secoua la tête.

— Non. Ne faites surtout pas ça. Retrouvez Anna et mon avocate lui parlera.

À le voir, on aurait pu croire qu'il venait d'avaler une chose infâme.

— J'ai entendu parler de votre avocate. Débarrassez-vous-en. Je vous procurerai le meilleur de Moscou.

— Je viens juste de le virer. Je garde le mien.

— C'est démentiel. Vous connaissez ses antécédents ?

La matonne rentra dans la cellule.

— Faut y aller. C'est la relève. Accélérez.

Alexeï enlaça Lara. Elle croisa les bras sur la poitrine pour éviter tout contact trop intime.

— Je vous aime, chérie, dit-il. Je vous sortirai de là. Ayez foi. Et confiance en moi. (De nouveau dans la peau du rôle.) Cette nuit où nous avons fait l'amour...

Elle se raidit dans ses bras.

— C'est la... la première fois qu'une femme me donnait autant de plaisir. Nadia n'était rien pour moi. Rien.

— Dépêchons, chuinta la matonne.

Alexeï essaya de l'embrasser sur les lèvres, mais elle détourna la tête pour lui présenter sa joue.

— Trouvez Anna, souffla-t-elle.

Il sortit et elle se blottit dans un coin sombre de sa cellule, enroulée dans une couverture.

Elle était épuisée. Elle essayait de faire mentalement le tri des choses que lui avait dites Alexeï, mais ne cessait pas de perdre le fil ; ses pensées semblaient toutes se dérober, à une exception près : Félix ne faisait pas chanter Alexeï. Elle n'accordait aucune foi à cette déclaration mais pressentait néanmoins, intuitivement, qu'elle correspondait à la réalité. Et qu'elle soulevait une question des plus intéressantes.

Pourquoi deux hommes qui, ostensiblement, n'avaient que mépris l'un pour l'autre, deux hommes que tout opposait diamétralement, tempérament et ambitions, deux hommes qui n'avaient rien en commun, continuaient-ils de se fréquenter comme deux... deux quoi, au juste ? Et ce depuis plus de vingt ans.

Juste avant qu'elle ne sombre dans un profond sommeil, une dernière pensée s'insinua dans son esprit, tel un serpent se faufilant en rampant sous la porte.

Alexeï n'était pas riche et excentrique. Mais riche et cinglé. Riche. Cinglé. Ex-KGB. Félix. Chantage. Pas de chantage.

Rien de tout cela n'avait le moindre sens.

Chapitre 32

Maria, le lendemain matin, l'attendait dans le parloir des avocats.

— Un juge du tribunal de la ville a été saisi de l'affaire. Il va me la retirer.

— Quoi ? Pourquoi ça ?

— À cause de son retentissement. Je ne fais pas bien sur la photo. Non, navrée, oubliez ça. Sa vraie raison est beaucoup plus valable... je manque d'expérience.

— Nous avons déjà fait le tour de la question. Les avocats assez émérites pour plaider au criminel sont tous des créatures du régime soviétique. Rykov, fort probablement, devait déjà plaider dix ans avant l'arrivée de Gorbatchev au pouvoir. Je récuse ces avocats-là, Maria. Je tiens à ce que vous me défendiez parce que je vous aime beaucoup, parce que vous êtes jeune et fraîche et que votre esprit n'est pas totalement pollué par des conceptions périmées.

— Ce n'est pas en disant au juge que les meilleurs avocats de Moscou sont des dinosaures prônant des théories marxistes-léninistes révolues que vous gagnerez ses faveurs.

— Alors, je vais devoir utiliser ma bombe thermonucléaire. S'agit-il du juge qui siégera effectivement ?

— Oui.

— Comment a-t-il été choisi ?

— Choisi ? Oh, par hasard ou volontairement, voulez-vous

dire ? (Elle se rapprocha de Lara et chuchota :) Le juge Rourik a probablement été choisi pour sa télégénie. Comme vous l'avez vous-même souligné, cette affaire constitue pour l'institution judiciaire russe une occasion inespérée de montrer au monde son nouveau visage, et le juge est un monsieur d'apparence très distinguée.

— Est-il aussi retors qu'il est distingué ?

Maria médita un instant la question.

— Il pourrait y avoir pire, dans notre affaire. J'ai entendu dire qu'il était honnête.

— Un procureur a-t-il déjà été désigné ?

— Nous n'allons pas tarder à le savoir. Nous entrons dans le prétoire dans quelques minutes. Il paraît que le procurateur général lui-même pourrait requérir. Vous avez fait allusion à une bombe thermonucléaire. De quoi s'agissait-il ?

— Je n'en sais rien encore. Je vais devoir dégager en touche, j'imagine.

Pour la première fois depuis qu'elle était en prison, elle put voir le corridor du tribunal. On lui fit traverser le grand hall jusqu'au bureau provisoire du juge, où elle était convoquée.

— On repeint actuellement le tribunal et le cabinet du juge Rourik, lui confia Maria.

Deux surveillantes les escortaient.

— D'une couleur télégénique, j'espère ? murmura Lara.

Pour toute réponse, elle n'eut droit qu'à un coup d'œil torve de Maria.

Les affaires spectaculaires sont les pires, se disait-elle. Tous les protagonistes, des juges aux avocats en passant par les témoins, cabotinent pour les caméras. Elle avait horreur que la presse vienne empiéter sur ses plates-bandes lorsqu'elle travaillait sur une affaire à San Francisco. Ce n'était point tant de devoir rendre compte de l'affaire, qui la dérangeait, mais plutôt que des organes de presse assoiffés de scoops et de sensationnel la montent en épingle à travers les médias, au lieu de laisser la justice suivre librement son cours dans les tribunaux.

Elles s'arrêtèrent devant une porte et l'une des surveillantes frappa. Un instant plus tard, une femme vint leur ouvrir, qui leur demanda de patienter jusqu'à l'arrivée du procurateur.

— Avez-vous déjà vu le procureur général dans un procès ? demanda Lara. Est-il redoutable ?

— Je n'en ai pas eu l'occasion. Je ne suis pas bien sûre de...

Elle s'interrompit au beau milieu de sa phrase, les portes de l'ascenseur venant, au fond du couloir, de s'ouvrir sur trois personnes. Ces dernières avancèrent en formation quasi militaire : en tête, une femme vêtue d'un uniforme bleu marine, suivie à un pas de distance par deux hommes entre deux âges, portant chacun un attaché-case.

Lara reconnut l'un des hommes : Vulko, l'investigateur en chef qui avait failli lui décrocher la mâchoire. Il était plus petit que les deux autres, mais se rattrapait sur la carrure.

Elle se tourna pour dire quelque chose à Maria à propos de Vulko et dut y regarder à deux fois : Maria, les yeux écarquillés, dévisageait avec stupeur les trois personnes qui approchaient.

— Le Souffle de Staline, chuchota-t-elle.

— Pardon ?

— Le Souffle de Staline, c'est son surnom. En réalité, elle s'appelle Svetlana Petrov. C'est la doyenne des procurateurs, la plus intraitable de tout Moscou. Elle a assisté une fois à l'exécution d'un meurtrier, pour voir comment ça se passait. (Maria fixait Lara en affichant une expression où l'horreur le disputait à l'impuissance.) Elle n'a pas seulement, comme vous, assisté à l'autopsie d'un cadavre. Elle a purement et simplement appuyé sur la détente.

Le Souffle de Staline tenait le milieu du couloir, tous les gens s'écartant sur son passage comme l'eau de la mer Rouge devant Moïse. Le cliquetis de ses talons ferrés se réverbérait contre les parois, pareil aux échos de minuscules détonations. Son allure était martiale, à n'en pas douter, et son uniforme bleu foncé à galon doré aussi empesé que celui d'un général ; elle avait les cheveux blonds, coupés court et coiffés en arrière, la mâchoire carrée et un regard glacial. Femme jusqu'au bout des ongles, mais Lara pressentait un Schwarzenegger femelle, au corps body-buildé sous l'uniforme.

La femme pila brutalement, n'octroyant à Maria qu'un bref coup d'œil que Lara n'aurait même pas qualifié de dédaigneux, puis toisa longuement cette dernière, la détaillant de pied en cap tel un boxeur jaugeant son adversaire.

Maria fonça brusquement en avant, la main tendue.

— Bonjour, procurateur Petrov. Maria Gan, avocat de la

défense. Vous me voyez ravie d'affronter un procurateur de votre envergure.

Svetlana Petrov tiqua, hésita un instant, puis serra la main qu'on lui présentait.

— Bonjour, maître Gan.

Elle rompit prestement la poignée de mains et, sans même frapper, ouvrit la porte du cabinet particulier du juge. Pendant qu'elles s'effaçaient pour laisser passer le procurateur et ses deux âmes damnées, Maria décocha un petit sourire à Lara. Au moins avaient-elles décelé un défaut dans la cuirasse de Svetlana : le procurateur le plus redouté de Moscou pourrait fort bien se révéler incapable de rattraper une balle un peu vicieuse. La chaleureuse poignée de main de Maria l'avait prise au dépourvu. C'est un robot, se dit Lara. Une machine, tout juste foutue de tondre l'herbe sur son passage ; pour la mater, je vais devoir me faufiler en douce par-derrière et l'achever d'un coup de massue.

Vulko leur adressa ce qu'il prenait sans doute pour un sourire bonhomme et passa son chemin. Lara et Maria lui emboîtèrent le pas, refermant la procession et, suivies des deux surveillantes, entrèrent dans un secrétariat, passèrent devant le bureau de la secrétaire et pénétrèrent dans la pièce suivante.

Le juge Rourik, assis, attendait patiemment qu'ils aient fini d'entrer. Il ressemblait un peu à Boris Eltsine, épais et massif, avec une crinière de cheveux prématurément blanchis surmontant une grosse tête au large visage. Maria a raison, songea Lara : à la télé, il aura tout à la fois l'air d'un Russe et celui d'un magistrat.

Une fois les deux surveillantes entrées à la suite de Lara, le bureau fut comble, et Lara dut se tenir de profil pour épargner à ses épaules le contact de celles de Vulko.

— Je vous décharge de cette affaire, déclara d'emblée le juge à Maria. Je suis persuadé que vous êtes une excellente avocate, profondément attachée à la justice, mais il serait prématuré de vous confier une affaire de ce type. Le juge du tribunal du peuple a commis une erreur en vous désignant dans une affaire aussi complexe, qui implique de surcroît la peine capitale.

— Ma cliente ne souhaite pas qu'on me retire l'affaire, s'insurgea Maria.

— Votre cliente n'est pas habilitée à choisir son défenseur.

292

L'État paie, et c'est donc à l'État de décider du choix de l'avocat de la défense.

Il jeta un regard à Lara, comme pour la mettre au défi de réfuter son argument.

Il a raison, se dit Lara : les accusés n'ont pas non plus voix au chapitre aux États-Unis, s'agissant de leur avocat commis d'office. Elle s'apprêtait à déclarer qu'elle désirait garder Maria pour avocate, en jetant dans la balance le seul argument qu'elle pouvait faire valoir — qu'elle était prête à porter l'affaire devant les médias —, lorsque Maria dégagea en touche :

— Mille regrets, mais je reste son défenseur. Lara Patrick paie mes honoraires. Je ne suis plus son avocat d'office, mais son avocat à titre privé.

Le juge jeta un regard à la procuratrice.

On voyait quasiment tourner les rouages du cerveau de Svetlana, tandis qu'elle évaluait la situation : l'accusée lui tendait-elle une embuscade en engageant une avocate inexpérimentée pour ensuite arguer de son incompétence ?

Lara se rappelait ce que lui avait dit Maria des procureurs russes — sous l'ancien régime, ils disposaient d'assez de pouvoirs pour faire pièce à un juge.

— Il y a une solution très simple, dit Svetlana au juge. Elle peut garder Maria Gan pour la défendre. Mais eu égard tant à la complexité de l'affaire qu'à la peine encourue, nous désignerons un avocat d'office pour assister son avocat personnel.

Lara et Maria échangèrent un regard, saisies d'une même arrière-pensée : deux avocats valent mieux qu'un. La chose se pratique couramment aux États-Unis, lors d'un procès dont la sanction peut être la peine de mort, se convainquit Lara.

— Qui la cour désignerait-t-elle ? s'enquit Maria.

— Me Venrenko, répondit le Souffle de Staline en pointant le menton vers l'homme assis à sa droite. Il est justement ici aujourd'hui pour prendre la suppléance.

Venrenko était un petit homme osseux, au front dégarni et à l'épaisse moustache noire. Il était tiré à quatre épingles, portait une chemise amidonnée, et ses chaussures comme sa mallette rutilaient.

— M. Venrenko est procureur ! objecta Maria.

— Non. Il est passé dans le privé la semaine dernière ; de l'autre côté de la barrière. (Svetlana lui fit un petit sourire, qu'il ne lui rendit pas.) Sa passion pour les voitures étrangères a finalement triomphé de sa loyauté à mon égard, après toutes ces années où il est resté mon assistant.

— *Votre* assistant ? explosa Lara. C'est *votre* assistant que vous comptez désigner pour me défendre ?

Maria lui broya le bras.

— Vous êtes en Russie, lui dit Svetlana, en lui parlant comme à une enfant. Notre seul but est de rendre la justice. Nos tribunaux ne sont pas des cabarets, où les avocats viennent rivaliser d'éloquence et d'effets de manche. Me Venrenko est procureur depuis presque trente ans. Il apportera à cette affaire son sens aigu de la justice et de l'honneur.

Lara le considéra. Il ne lui rendit pas son regard.

— S'il est accusateur public depuis tout ce temps, j'imagine qu'il requérait déjà à l'époque où l'on envoyait poètes et écrivains dans les camps de travail ou à l'asile.

Maria, à côté d'elle, poussa un grognement parfaitement audible, et Lara regretta immédiatement ses paroles, en réalisant que le juge devait lui aussi siéger à l'époque.

Svetlana s'apprêtait à répliquer, mais Lara lui coupa la parole en s'adressant au juge.

— Votre Honneur, je refuse d'être défendue par Me Venrenko. Il y a déjà deux juristes sur cette affaire — Me Gan et moi-même. Je suis une avocate chevronnée.

— Pas en ce qui concerne le droit russe.

— J'ai choisi Me Gan pour me défendre. J'en suis pleinement satisfaite.

— Parfait, aboya Svetlana. Qu'on fasse venir un transcripteur. Les vœux de l'accusée seront dûment enregistrés et elle les paraphera. Je veillerai à ce que cette déclaration soit transmise à la presse. Nous ajouterons également que cette décision a été prise à l'encontre de l'opinion de la cour et du bureau du procurateur de la ville de Moscou.

Me Venrenko garda le silence.

— Pourquoi la surnomme-t-on le Souffle de Staline ? demanda Lara quand elles furent de retour au parloir.

— À cause de son parfum. Il sent la poudre à canon, comme un obus qui vient d'exploser. Ça lui va à merveille.

— Cette histoire d'exécution capitale, c'est bien vrai ?

Maria évita son regard.

— Ça n'a rien d'un bobard. Je l'ai entendue la raconter en personne à l'un de mes professeurs de droit, un jour où elle était venue faire un discours à la fac. (Maria releva les yeux.) Dans nombre de régions, on fait appel à des exécuteurs bénévoles.

— Bénévoles ? Oh... des citoyens ordinaires ?

— Exactement.

— Mais ils doivent parfois... euh, saboter le travail.

— Certains de ces bénévoles ont une grande pratique de la chose. Lors d'une récente traque, l'inspecteur en chef a fait vérifier les identités des citoyens qui s'étaient portés volontaires pour procéder à l'exécution sommaire. Le tueur en série en était.

— D'accord, laissons tomber. Je préfère ne plus parler de ça.

Lara disposa les rapports de police sur la table, en éventail.

Maria se pencha pour ramasser un sac en papier. Lara avait vu l'une des surveillantes le lui remettre à son entrée.

— Votre sac à main, dit Maria. Je l'ai fait amener du greffe. Je ne peux pas vous le laisser, mais vous disiez que la photo qui a décidé de votre retour à Moscou était à l'intérieur.

Lara ouvrit le sac.

— Mon argent a disparu.

— On m'a remis le reçu.

— Prenez tout, j'insiste, lui dit Lara. Laissez-moi juste vingt dollars, pour du savon et du papier hygiénique. Vous ne pouvez plus refuser. Vous en aurez besoin, maintenant que l'État ne vous défraie plus.

— Pour l'instant, il n'y a pas d'urgence. J'en prélèverai une petite partie si je suis vraiment au bout du rouleau. Je n'ai peut-être que vingt-cinq ans, mais j'ai vécu en communiste toute ma vie. Parler d'argent m'indispose.

Lara retrouva la photo de la femme mutilée.

— La voilà. Je ne m'étonne guère qu'elle soit encore là, vu le travail effectué par la police sur mon affaire. Je suis persuadée que cette femme était notre voisine du dessus, dans l'immeuble où je vivais avec ma mère. On ne distingue que la moitié de la chevelure, mais la coupe et la teinte des cheveux sont exactement identiques à celles de cette femme, sur la photo de la réception que m'a montrée Félix.

Maria eut une grimace de répulsion.

— Pauvre femme. Le type qui lui a fait ça devait être vraiment frappé. Quel salopard.

— Avant de venir à Moscou, je l'ai fait étudier par les gens de la médico-légale de San Francisco. Nous disposons d'une impressionnante banque de données sur les tueurs en série, aux États-Unis. La nature et le nombre élevé des plaies, leur profondeur apparente, le fait qu'elles n'épargnent pratiquement aucun endroit du corps, que les seins comme les organes sexuels ont été mutilés, tout semble désigner un tueur en état de démence, mais animé d'un acharnement méthodique, plutôt qu'un... mettons un amant qui, au cours d'une scène de ménage, aurait empoigné un couteau de cuisine et agi sous l'empire de la colère. Ils ont dénombré quarante-six coups de couteau.

« D'après notre expérience, ce type de tueur, capable d'infliger ce genre de mutilations, est un névropathe psychosexuel, susceptible de tuer de nouveau. Indéfiniment. Les probabilités pour qu'il ait commis une agression antérieure ou postérieure à celle-ci sont de soixante-dix-huit pour cent.

— Vous dites que c'est l'œuvre d'un tueur en série.

— La probabilité est très élevée, c'est tout ce qu'ont pu me dire les gens de la médico-légale. Ce type d'individus tuent à plusieurs reprises, de sorte que, oui, en effet, c'est probablement l'œuvre d'un tueur en série. Mais il subsiste une faible probabilité pour qu'il n'ait tué qu'une seule fois.

Maria secoua la tête

— Non, ce type a tué plus d'une fois. Personne ne peut être aussi ravagé une seule fois dans sa vie.

— C'est aussi mon sentiment. Mais pas moyen de retrouver la trace d'un autre de ses crimes. Les meurtres atroces de cette espèce n'étaient pas portés à la connaissance du grand public sous le régime soviétique. Donc, inutile de se rendre à la bibliothèque ou de compulser les vieux numéros de la *Pravda* à la recherche de faits divers. L'autre écueil, c'est l'absence de signature.

— De signature ?

— Certains tueurs en série, intentionnellement ou inconsciemment, laissent un indice permettant de leur attribuer le crime. Ça prend parfois une tournure très insolite... nous avons eu des tueurs ne s'en prenant qu'aux blondes vénitiennes, aux personnes nées un vendredi, aux grands ou aux petits. Certains dévorent le cœur de leurs victimes, d'autres tranchent ou lacèrent d'une façon particulière. Dans le cas qui nous occupe, mes médecins légistes n'ont pu découvrir aucune idiosyncrasie, hormis le nombre élevé des blessures, critère peu parlant en soi. Ils ont avancé qu'il pouvait s'agir d'un droitier, mais c'est le cas de la grande majorité.

— Et la croix ?

— Quelle croix ?

Maria désigna une marque sur la main droite de la femme. Lara se pencha un peu plus pour mieux voir. Une ligne verticale, croisant une ligne horizontale, était visible sur la portion d'épiderme entre pouce et index.

— La barre de la croix est un peu trop haute, fit observer Lara.

— C'est un motif très fréquent, ici.

Lara n'était toujours pas convaincue.

— Il y a une autre barre, plus petite, au-dessus du trait vertical.

— C'est vrai de presque toutes les croix russes orthodoxes. Vous n'avez pas remarqué celles de Saint-Basile ?

Lara retira sa main de la photo. Elle chercha les yeux de Maria et soutint longuement son regard.

— C'est possible, dit-elle calmement. Ces marques évoquent bien une croix. Mais il pourrait également s'agir d'entailles infligées à ses mains lorsqu'elle les a levées pour se protéger. Les mains présentent fréquemment de telles blessures. À part le fait que ces marques dessinent une croix, rien ne permet de leur accorder une signification particulière.

— Peut-être pas pour quelqu'un de San Francisco, mais elles en ont une à mes yeux, dit Maria.

— Que voulez-vous dire ?

— Avez-vous entendu parler d'Ivan le Terrible ?

— Naturellement. XVᵉ siècle...

— XVIᵉ, rectifia Maria.

— Tyran de Russie. Despotique, fou...

— Mais également très rusé. Quelqu'un qui, dans le registre de la folie démentielle, ferait passer Staline pour un enfant de chœur. Staline a poussé sa femme et son fils au suicide ; suicide à petit feu, par alcoolisme, pour le second. Ivan le Terrible a tué lui-même le sien. Il a également fondé l'*Oprich-*

nina, une police secrète auprès de laquelle le KGB a l'air d'une bande de rigolos. Ivan, quand ça le prenait, leur faisait massacrer la population de villes entières. Quoi qu'il en soit, c'était un mystique halluciné. Dont la vision du monde était très influencée par l'obscurantisme.

— Il a fait construire Saint-Basile, objecta Lara.

La seule évocation de l'église lui nouait la gorge.

— C'est vrai. Et il était obsédé par les monstres.

— C'est-à-dire ?

— Je parle de gens affligés d'une difformité. Il croyait que les difformités — bosses, pieds-bots, etc. — étaient la marque du diable, le signe évident que le diable a joué un rôle dans la conception de l'individu anormal. Quelqu'un lui avait dit que le signe de croix chassait les démons, aussi a-t-il envoyé ses gens de l'*Oprichnina*, vêtus de longues robes noires, chevaucher par tout le pays à la recherche de phénomènes. Lorsqu'ils en dénichaient un, les hommes d'Ivan lui scarifiaient la main.

— Du signe de la croix, poursuivit Lara.

— Entre pouce et index, termina Maria. Eh, que se passet-il ? Vous ne vous sentez pas bien ?

— Je viens tout juste de me souvenir que la pièce où l'on m'a conduite et agressée quand j'étais petite était pleine de croix.

Les deux femmes se regardèrent pendant un moment, puis Lara étudia de nouveau la photo. Elle ne remarquait aucune anomalie sur la femme.

— Elle n'a rien d'un monstre.

— Peut-être n'était-ce pas elle, le monstre, dit Maria. Mais le tueur.

Chapitre 33

Une semaine encore s'écoula, durant laquelle Lara, s'efforçant de surmonter l'affolement de la bête prise au piège, rêva d'incendies chimériques dont les flammes et la fumée l'assaillaient alors qu'elle était bouclée dans sa cellule, de voyages ectoplasmiques qui la catapultaient hors de son enveloppe corporelle pour la faire monter à bord d'un avion en plein vol, en route pour les États-Unis, et elle crut bien devenir folle. Maria lui rendait de fréquentes visites — au moins une fois par jour —, qui l'aidaient beaucoup à vivre mais, le plus dur, c'était la nuit, après le couvre-feu, quand la prison retentissait de bruits d'effroi et de terreur : femmes faisant l'amour à d'autres femmes, battant d'autres femmes ou leur dérobant, par vice, pure méchanceté ou simple démence, leurs rares heures de sommeil. Elle perdit pas mal de kilos, elle qui n'était déjà pas bien corpulente.

Elle passait le plus clair de son temps à lire les rapports de police et à fomenter des tactiques procédurières, qu'elle mettait ensuite au point avec Maria.

— Votre système octroie plus de droits aux criminels qu'aux victimes, se récria un jour cette dernière, au cours de l'un de leurs nombreux accrochages.

— Erreur. Les droits sont les mêmes pour tous. Tout prévenu, quel qu'il soit, est présumé innocent, et c'est à l'État d'administrer la preuve de sa culpabilité, sans l'ombre du moindre doute raisonnable. Cela pour protéger les innocents, non les coupables. Si les criminels ne jouissaient pas des mêmes droits, le gouvernement pourrait confisquer les droits des citoyens ordinaires en les déclarant criminels. Comme en Russie.

— Mais regardez comme le taux de criminalité augmente, là où les garde-fous ont été supprimés, fit Maria. Avant la chute du régime soviétique, on pouvait se promener dans nos rues en toute tranquillité, de jour comme de nuit. À présent, les rues sont le royaume des délinquants.

— Vous oubliez un détail. Les gens ont également repris la rue à la mainmise toute-puissante d'un État totalitaire. Dans chaque société, il existe inéluctablement un certain pourcentage de criminels, argua Lara, comme il existe un certain nombre d'aliénés ou de rouquins. Ce n'est pas la liberté qui pousse au crime, mais la misère et la carence des pouvoirs publics. Et même si elle y poussait, je préférerais vivre libre sous l'épée de Damoclès d'une éventuelle agression, plutôt que dans un régime totalitaire, avec un soldat en faction à chaque coin de rue et des voisins enclins à la délation.

Lara ne cessait d'enfoncer le clou, de stimuler à l'envi la matière grise de Maria en lui répétant encore et encore que police et médecin légiste avaient saboté le travail lors de leur enquête sur la mort de Nadia. Le rapport d'autopsie était un exemple de choix : le médecin légiste avait extrait des balles de la poitrine de Nadia et de l'arrière de son crâne, et en avait conclu que le décès était imputable à des blessures par balles. Mais, dans la mesure où son autopsie était dénuée de toute objectivité, au lieu d'examiner le cadavre de façon approfondie, il s'était contenté d'y rechercher la confirmation de l'hypothèse de la police, qui voulait que Lara ait tué la femme.

— J'ai tenté à deux reprises de le contacter. Il me fuit. De toute façon, que pourrait bien nous apprendre le cadavre, puisqu'il est dûment établi qu'elle a été tuée par balles ?

Lara se serait volontiers cogné la tête contre la table d'exaspération.

— Nous avons déjà parlé de ça trois fois. Imaginez qu'elle ait été droguée et transportée dans la piscine ? On n'a pas pratiqué la moindre analyse sanguine. Ou qu'on l'ait réduite à l'impuissance, pour la contraindre ensuite physiquement à entrer dans cette piscine ? Hormis ces blessures par balles, on

300

n'a fait aucune recherche d'ecchymoses ou de meurtrissures sur son corps. Elle était nue. La police a-t-elle retrouvé ses vêtements ? Et où ? Avait-elle fait l'amour avant d'être tuée ? L'a-t-on tuée ailleurs, pour transporter son corps sur place ? On a très bien pu l'assassiner — ou au moins la maîtriser — ailleurs, pour venir ensuite la déposer dans la piscine afin de me piéger.

« Et les clés ? Il n'est dit nulle part que la police ait retrouvé des clés dans les effets personnels de Nadia. Comment est-elle entrée dans la suite ? Par le grand hall ? À quelle heure ? Était-elle seule, accompagnée ? Le liftier peut-il fixer une heure précise ? Elle s'est déshabillée pour entrer dans l'eau : elle devait donc être là depuis un bon moment avant mon arrivée. Sans rien dire du temps qu'il faut au bain bouillonnant pour chauffer.

— J'ai vu les liftiers, lui dit Maria. Ils avaient déjà fait leur déposition. Ils assurent qu'elle n'est pas entrée par-devant.

— Alors, tâchez de découvrir par où elle est entrée.

Le lendemain après-midi, lorsque Maria revint la voir, la jeune Russe traînait les pieds.

— J'étais à la morgue, ce matin, attendant devant le bureau du médecin légiste qu'il arrive à son poste. Il a prétendu être trop occupé pour pouvoir me parler. Après trois heures passées à poiroter, j'ai réalisé que je pouvais bien attendre jusqu'au jour où l'un de nous mourrait de vieillesse. Je suis repartie, pour ne revenir qu'après dix-sept heures, heure à laquelle il ne pouvait plus être à son bureau. J'ai baratiné son assistant et il m'a laissée entrer pour voir le corps de Nadia.

— Fantastique. Je suis fière de vous.

— Attendez avant de me décorer de l'Ordre de Lénine. Lorsqu'il a sorti le cadavre du frigo, ni l'odeur ni le spectacle n'étaient... très ragoûtants.

— Ce n'est pas seulement l'odeur, dit Lara. Mais de se dire que la personne étendue sur le marbre était encore vivante et lucide il y a peu.

— C'était atroce. Heureusement, l'assistant a eu au moins la gentillesse d'examiner le cadavre pour moi. Il y avait bien sur les deux bras de Nadia des marques qui pourraient être des meurtrissures, ainsi qu'une estafilade dans son cuir chevelu. Il

301

se pourrait effectivement que quelqu'un lui ait tenu les bras avant sa mort et qu'elle ait reçu un coup sur la tête. Mais...

— Mais quoi, alors... ?

— Mais elle aurait aussi bien pu se faire cette blessure au crâne en se cognant la tête contre la piscine après le premier coup de feu. Impossible de fixer l'heure exacte : l'eau très chaude, toujours.

— Et les ecchymoses sur les bras ?

— Il n'a pas paru les trouver particulièrement significatives. Il a dit que Nadia aurait pu se faire ça en faisant l'amour, si elle marquait facilement.

— Pourtant, d'après ce que vous me dites, on aurait également pu la brutaliser avant de la tuer.

— Oui. Mais il y a des dizaines d'autres interprétations tout aussi plausibles.

— Qu'avez-vous pu apprendre sur les clés ?

— On n'a retrouvé aucune clé dans les affaires de Nadia.

— Les gens dans la rue, les voisins...

— Nous avons passé le quartier au peigne fin, un ami et moi, à la recherche de témoins. On ne peut pas vraiment dire qu'ils se bousculaient. (Elle paraissait exténuée.)

— Merci.

— Pour quoi ? Je n'ai pas fait avancer les choses.

— Bien au contraire. Les preuves se réduisent comme peau de chagrin. Vous avez découvert des signes de violences sur le corps de Nadia. Je vous suis très reconnaissante de tout ce que vous faites.

La forme effondrée de Maria parut soudain se redresser, se gonfler d'orgueil.

— Demain, j'irai parler au juge, pour lui demander de débloquer des fonds pour indemniser nos propres experts. Les vieilles méthodes ont fait leur temps ; il faut maintenant que les idées nouvelles travaillent à l'épanouissement des droits de l'homme. Nous ne pouvons plus rester à la merci du gouvernement.

Elle abattit violemment son poing sur la table.

Maria partie, la matonne ordonna à Lara de ne pas quitter le parloir : elle avait un autre visiteur.

Un instant plus tard, Iouri entrait dans la pièce.

Lara se leva et lui tourna le dos. Elle martela la porte pour appeler la surveillante.

— Vous pouvez me reconduire, lui dit-elle.

Le regard de la matonne interrogea Iouri.

— Non, pas encore, fit ce dernier.

La femme claqua la porte au nez de Lara. Celle-ci fit volte-face pour affronter Iouri.

— Que voulez-vous ?

Il alluma une cigarette et tira dessus longuement. Ses yeux étaient las et bouffis.

— J'essaie de vous aider.

— Ah vraiment ? Vous venez ici équipé d'un micro que vous avez dissimulé, vous m'enregistrez...

— Vulko m'en avait donné l'ordre. Si j'avais refusé, on m'aurait immédiatement éjecté de l'affaire. Heureusement, mon chef m'a plus ou moins donné le feu vert pour continuer d'enquêter, en dépit du fait que Vulko a pris la relève...

— Pourquoi devrais-je vous croire ? Nous sommes probablement enregistrés à l'heure qu'il est...

— Vous devez me croire. C'est moi qui vous ai envoyé Rykov. Je le connaissais un peu. (Iouri haussa les épaules.) De toute façon, il voulait cette affaire. C'est censé être un excellent avocat.

— J'ai déjà un très bon avocat.

— Vous devez la virer. Vous n'entendez rien au fonctionnement du système. Elle ne saura pas se faire respecter au procès. Trop jeune, trop inexpérimentée... et pas la bonne couleur de peau. C'est un panier de vieux crabes, et elle n'est pas membre du club.

— Je la garde. Elle a au moins une qualité, que je n'avais encore rencontrée chez personne dans cette foutue ville... elle est honnête.

— Lara, je suis désolé... vraiment désolé. Mais, en un sens, c'est moins moche qu'il n'y paraît. Vous êtes...

— Seriez-vous tombé sur la tête ? Je suis en prison, accusée de meurtre. Mon seul réconfort, c'est de me dire que j'aurai peut-être la chance de crever de froid ou d'intoxication alimentaire dans ma cellule avant le procès.

— Vous êtes en vie. J'ai vainement essayé de vous faire rentrer aux États-Unis. Et vous n'avez eu de cesse de vous obstiner, de retourner courir les rues la nuit. Vous devriez être morte. Tant que je ne serai pas allé au fond des choses, vous serez beaucoup plus en sécurité en prison, bien à l'abri.

303

Elle s'assit, croisant bras et jambes, et releva les yeux. Il avait l'air au trente-sixième dessous.

— Vous semblez en bien pire état que moi.

— Je ne dors plus.

— Qu'est-ce qui vous tracasse ?

— Ce qui me... ? Mais de vous savoir en prison, parbleu !

Elle se releva, subitement fouettée par de furieuses giclées d'adrénaline, et se mit à arpenter sa cellule sans décroiser les bras, en le transperçant de son regard en vrille.

— J'ai du mal à vous cerner, inspecteur Kirov. Chaque fois que nous nous croisons, vous me montrez un nouveau visage. Vous avez déboulé dans ma chambre d'hôtel en prétextant une enquête sur la mort de Belkine, mais je vous avais aperçu la veille au soir à la fête foraine. Que fichiez-vous là-bas ?

— J'enquêtais.

— Quel genre d'enquête peut-on bien mener entre une tente de voyante extra-lucide et une galerie de monstres ?

— Je ne peux rien divulguer. Affaire de police.

— Bizarre, d'ailleurs, cette galerie de monstres autour de laquelle vous traîniez. Maria croit à une sorte de corrélation entre les meurtres et les monstres. Elle se renseigne à ce sujet. Vous ne pouvez rien m'en dire ?

— J'ignore de quoi vous voulez parler.

— Et vous ne saviez rien de moi, ce soir-là, à la fête foraine ? Pas même mon nom ou ma nationalité ? Pour vous, j'étais juste une femme anonyme marchant en compagnie de Belkine ?

— Oui.

— N'empêche que, quelques heures après la mort de Belkine, vous faisiez irruption dans ma chambre d'hôtel. Comment pouviez-vous savoir que j'étais descendue dans cet hôtel ? Comment avez-vous fait pour le retrouver si vite ? Moscou compte sept ou huit millions d'âmes et des hôtels à la pelle. Néanmoins, le lendemain matin de très bonne heure, vous frappiez à ma porte.

Les yeux las de Kirov suivaient son manège incessant dans la pièce.

— Je vous ai dit qu'on avait trouvé votre nom sur lui.

— Il s'est encore produit autre chose, ce matin-là, qui m'incite à m'interroger à votre sujet. Nous avons pris un café ensemble, et nous nous sommes disputés parce que vous insistiez pour que je quitte Moscou. Pourquoi un inspecteur de police enquêtant sur un meurtre exigerait-il de son principal témoin oculaire qu'il prenne le premier vol en partance ? (Elle s'arrêta, se rapprocha et le regarda bien en face.) Je ne peux pas me retourner sans vous trouver dans mon dos. Au moindre drame, vous apparaissez comme par enchantement. Et, à chacune de nos discussions, vous essayez de me faire quitter ce pays.

Elle se remit à tourner en rond comme un lion en cage, en ruminant à voix haute les idées qui lui venaient à l'esprit.

— Un policier cherchant à se débarrasser d'un témoin ? Ça ne cadre pas. À moins qu'il n'ait lui-même quelque chose à cacher. Ah, voilà un postulat intéressant, n'en convenez-vous pas, inspecteur Kirov ?

Si Iouri en convenait, il n'en laissa rien paraître. Il continuait, de ses yeux las, mi-clos, à soutenir son regard féroce.

— Et qui m'a conduite à des conclusions non moins passionnantes. Vous affirmez avoir repéré Belkine et entrepris de le filer sur ces entrefaites ? Et si d'aventure c'était *moi* que vous filiez ? Vous m'apercevez avec Belkine, et Belkine est renversé par un camion. Je vous quitte pour aller voir mon ancienne institutrice, et elle meurt. Je vous parle des archives et je n'ai pas le temps de me retourner que Minski disparaît. Je rends visite à un chauffeur de poids lourd et je vous retrouve sur place. Sur le moment, je vous ai été infiniment reconnaissante de m'avoir sauvée des crocs de ce chien, mais j'ai peine à croire que vous ayez pu filer mon taxi sur cette longue route droite et quasi déserte sans que j'aie jamais repéré votre voiture. Vous savez quoi ? Je me demande si vous n'étiez pas sur place *avant* moi ?

— Votre imagination a dû être empoisonnée par toutes les maladies mentales qui infestent l'air de cette ville, fit-il.

— La prison a son avantage, Iouri. Elle me laisse tout le loisir de réfléchir. Des heures et des heures assise dans cette fichue cellule, toute seule, à me repasser ma vie.

— Vous en êtes là pour avoir refusé de suivre mes conseils. Je vous avais prévenue que Bova était synonyme de pépins.

Elle changea de tactique, consciente qu'elle ne tirerait rien de lui en l'attaquant de front.

— Parlez-moi de Bova.

305

— Qu'avez-vous appris à son sujet ?

— Je vous ai posé une question. Je sais qu'il est riche et cinglé. Que Nadia a été tuée dans sa piscine. Qu'il est peu problable qu'il l'ait tuée lui-même. On ne tue pas quelqu'un dans sa propre suite quand on a le plus grand pays du monde à sa disposition.

— Ne jamais partir du principe qu'un criminel se comporte de façon rationnelle, dit-il. Surtout s'il est cinglé dès le départ. Et j'ignore ce qui peut bien subsister de sa fortune. Le gouvernement lui livre une bataille rangée, parce qu'il a volé tout ce qu'il a pu, des champs de pétrole aux bateaux de pêche. Le plus clair de ses bénéfices est passé dans cette tour, érigée à sa propre gloire. Le gouvernement lui interdit de la rentabiliser en refusant de délivrer les permis d'occupation des sols. Le bruit court que son empire financier peut s'effondrer d'un instant à l'autre. Si ça se produit, on peut s'attendre à de sérieux remous.

— Quel genre de remous ?

— Le genre qui s'accompagne de morts d'hommes. Ce n'est pas son argent qu'il a investi dans cette tour, cette datcha, ses voitures de luxe, ni dans quoi que ce soit. Mais celui des autres.

— La presse en fait une sorte de génie de la haute finance.

Il haussa les épaules :

— Nous sommes cent soixante millions de Russes à ne rien comprendre au monde de la finance. L'économie de marché n'est pour nous qu'un vain mot, qu'on entend partout mais dont nous ignorons les ficelles. J'ai longuement enquêté sur Bova. Il fait eau de toutes parts, semble-t-il. Rien de ce qu'il a volé — les puits de pétrole, par exemple — ne rapporte un centime. Le gouvernement y a jalousement veillé. C'est plus un jeu, pour lui, qu'une affaire de rentabilité. Il possède une banque, et les banques investissent. Mais avant même de rencontrer des problèmes avec la tour, il semblait perdre deux dollars pour chaque dollar investi et gagner malgré tout de l'argent. Étant moi-même un communiste ignare en matière d'économie, je n'ai pas la moindre idée de la façon dont il peut s'y prendre.

— Blanchiment d'argent, dit-elle. C'est la seule façon au monde de faire du business en perdant de l'argent tout en en gagnant. La quintessence du jeu étant que, pour chaque dollar

306

sale qui vous passe entre les mains, vous en perdez la moitié mais que la moitié restante, désormais propre, est tout bénéfice et nette d'impôts.

Iouri opina. Elle ne pouvait ni voir ses yeux ni lire sur son visage.

— Bova est-il impliqué dans un trafic de drogue ? De blanchiment d'argent par le biais d'un trafic de drogue ?

— Certainement pas. Je le saurais.

— Alors de quoi d'agit-il ?

— La question fait toujours l'objet d'une enquête.

— Et quand cette enquête aboutira-t-elle ? Après mon exécution, sans doute ? Épargnez-moi ces balivernes. Je suis en prison en ce moment même, et accusée de meurtre. Il me faut des réponses claires. Nadia savait quelque chose sur Alexeï. Elle soupçonnait Félix de le faire chanter. Que sait Félix sur Alexeï ? Est-ce une histoire de blanchiment d'argent ?

— Félix et Alexeï, ça remonte à belle lurette.

— Que voulez-vous dire ?

— J'enquête sur eux.

Elle se rapprocha de lui, scrutant son visage.

— Pourquoi me faites-vous ça ? Que me cachez-vous ? Quelque chose me dit que je ne suis pas simplement mêlée à une guerre dont l'enjeu est l'argent sale. Que si je savais qui a fomenté le meurtre de ma mère et de notre voisine, je tiendrais l'homme qui m'a fait jeter en prison.

Il lui agrippa le bras et le broya.

— Vous êtes cinglée, chuchota-t-il. En essayant de découvrir qui a lacéré Véra Swen de coups de couteau, vous avancez à l'aveuglette, les yeux bandés, en piétinant des serpents venimeux, sans la moindre idée de ce dans quoi vous fourrez votre nez. Si vous êtes encore en vie, c'est uniquement parce que vous êtes en prison.

Elle recula lentement, jusqu'à ce qu'il lâche son bras. Elle se massa le bras à l'endroit où il l'avait empoigné.

— Nadia avait des meurtrissures aux deux bras, là où quelqu'un l'avait agrippée avant de la tuer. À elle aussi, vous lui avez fait un sermon ? Avant de la tuer ?

Chapitre 34

Le lendemain, à sa visite suivante, Maria lui amena quelqu'un :

— Voici Vladimir Andreïevitch Dzhunkovski. (Elle sourit.) Nous préférons l'appeler Vlad.

Vlad était un grand garçon dégingandé — pas loin de deux mètres, estima Laura —, nanti d'une épaisse tignasse dorée. Maigre, osseux et pataud, tels étaient les mots qui lui venaient à l'esprit en l'observant. Il portait des verres épais, style culs de bouteille de Coke, comme auraient dit des lycéens.

— Vlad est expert en armes et en balles.

— En balistique, la reprit Vlad. Plus précisément, je suis spécialisé dans diverses sortes de projectiles, des munitions pour petites armes de poing jusqu'aux obus d'artillerie. J'ai le grade de lieutenant.

C'était donc là l'expert en balistique dont Maria avait parlé. Dans la mesure où deux balles avaient, de toute évidence, causé la mort de Nadia et où elle savait avec certitude qu'elles provenaient du six-coups qu'elle avait manipulé, un expert en balistique, s'il ne représentait peut-être pas un immense espoir, était au moins un autre fétu de paille auquel se raccrocher.

— Qu'en faites-vous exactement, de ces... euh, projectiles ?

— Mon unité teste l'efficacité et la précision des munitions. Nous tirons des milliers de cartouches avec des armes

308

de dizaines de types différents. Nous modifions la charge des cartouches, la dimension et la forme des balles, et parfois même la longueur et le filetage des canons. Nous disposons de la technologie la plus avancée de cette planète, puisque nous scannons de petites armes à feu avec des lasers, ajouta-t-il avec orgueil.

— Très impressionnant. (Mais à quoi ça peut bien me servir ? se demanda Lara.) Êtes-vous également qualifié pour comparer les marques des striures du canon sur les balles, afin de déterminer si elles ont été tirées par une même arme ?

Il fit la moue et éluda la question d'un geste, comme si elle attentait à sa dignité.

— Un jeu d'enfant. J'ai déjà utilisé à maintes reprises les microscopes et les caméras nécessaires à ce genre d'examen, la plupart du temps à la suite d'un accident au pas de tir, lorsqu'on nous adresse les balles pour déterminer celle des armes qui a tiré. Mais mon domaine d'expertise spécifique, c'est l'évaluation de la trajectoire d'une balle. Sauf si elle est tirée à bout touchant, une balle n'emprunte jamais un trajet rectiligne. Je me sers de lasers pour reconstituer les trajectoires. À partir de ces études, nous améliorons encore l'efficacité des munitions.

— En l'occurrence, nous avons affaire à un tir à bout portant, dit-elle. Avez-vous pu voir les photos de la balle qui a touché Nadia à la poitrine et de celle qui a été extraite du plafond ? Les experts en balistique du procurateur prétendent qu'elles ont été tirées par le même revolver.

— Il n'a pas pu les voir, puisque je vous ai laissé mon unique exemplaire, dit Maria.

Tout en parlant, elle compulsait la pile de rapports.

— Vous constaterez, en lisant ces rapports, qu'il y a eu deux coups de feu, poursuivit Lara. Nadia, lorsqu'elle a été abattue, était assise dans le bain turc, face à la porte, adossée au rebord de la piscine. La balle a traversé le thorax et elle est ressortie par le dos, pour aller se loger ensuite dans la bordure de caoutchouc du bassin. On lui a tiré dessus une seconde fois, probablement alors qu'elle flottait à la surface, le visage dans l'eau. Cette balle lui a traversé la tête. Elle a également été retrouvée. Une troisième a été récupérée dans le plafond de la suite : elle correspond à l'une de celles qui ont tué Nadia.

Il est, euh, notoire que j'avais tiré cette dernière balle dans le plafond quelques jours plus tôt.

Vlad eut un petit sourire timide.

— J'en ai entendu parler. C'est passé à la télé.

— Voilà. (Maria tendait à Vlad le rapport du laboratoire de balistique.)

— Je pourrais me livrer à une comparaison beaucoup plus précise en examinant moi-même les balles, mais commençons déjà par les rapports du labo de la police.

Pendant qu'il lisait, Lara demanda :

— Un quelconque résultat à votre requête au juge, à propos de la désignation d'un médecin légiste ?

Les lèvres de Maria se crispèrent.

— Pas de médecin légiste, pas d'enquêteur, pas d'expertises d'empreintes, pas l'ombre d'un expert. Vlad est mon ami et le meilleur copain de mon petit ami, qui est également dans l'armée. Il nous aidera gratuitement.

— Très gentil à lui. Je lui en suis reconnaissante.

Maria secoua la tête.

— Je sais bien qu'il ne pourra peut-être pas grand-chose, mais...

Lara sourit.

— Un expert en balistique, dans cette affaire, c'est un coup de feu tiré au jugé.

Maria rit. Lara trouva ce son bien plaisant. Le rire de la jeune avocate, sincère et spontané, était le parfait reflet de sa personnalité.

Le joli visage de Maria recouvra son sérieux.

— J'ai parlé au juge et au procurateur. Svetlana m'a téléphoné ce matin, pour me convoquer dans l'heure qui suit à une conférence avec le juge.

— Avec le juge ? Sans moi ?

— J'ai l'impression que la chose a été décidée à son instigation. Elle a déclaré au juge que vous comptiez faire de la mort de votre mère un des arguments clés du procès.

— Bien entendu. C'est même la clé de voûte de toute l'affaire. C'est l'unique raison qui m'a attirée à Moscou, et je reste persuadée qu'il existe une corrélation entre la mort de ma mère et celle de Nadia.

— Le juge ne vous laissera pas aborder le sujet au cours du procès.

— Pourquoi pas ?

Maria se mit à parler comme une mitraillette, en empruntant à Svetlana ses intonations martiales :

— Nous sommes une nation en lutte, qui tente de faire renaître une Russie nouvelle des cendres de l'ancienne. Dans l'intérêt de l'unité nationale, nous devons enterrer le passé et regarder vers l'avenir. L'accusée va tenter de transformer ce procès en un procès politique, pour opérer une diversion et occulter la férocité de son crime.

De rage et de dépit, le visage de Lara vira à l'écarlate.

— Elle essaie de me couper l'herbe sous le pied, d'anéantir le seul système de défense qui me reste. Nous interdire de faire allusion à mon enquête sur le décès de ma mère, c'est vider de leur contenu les autres événements. Comment expliquer, dès lors, ce que je faisais en compagnie de Belkine lorsqu'il a été renversé par un camion ? Et l'institutrice ? L'institut ? Mon irruption dans la suite de Bova ? Tout découle en droite ligne de la mort de ma mère.

— Je comprends parfaitement ce que vous ressentez, dit Maria. Mais le juge a posé une bonne question, à laquelle je n'avais pas la réponse. Il m'a demandé de lui dresser la liste des preuves qui permettent de relier la mort de votre mère à celle de Nadia.

— Belkine assassiné, la mort de l'institutrice, le meurtre de Véra Swen...

— Ce sont là des faits. Mais la preuve matérielle qui les relie à la mort de Nadia ? La théorie de l'accusation, c'est que Nadia et vous projetiez de faire chanter Alexeï, et que vous avez tué Nadia parce que vous vouliez Alexeï et son argent pour vous toute seule.

— La photo, dit Lara. Les deux photos. Celle qu'on m'a envoyée à San Francisco, et celle d'Alexeï en compagnie de ma mère et de Véra. Cette dernière étant ce qui m'a poussée à me rendre chez Bova et à traiter avec Nadia. Elle prouve qu'il m'a menti en prétendant ne pas connaître ma mère, et met en lumière un lien entre le passé et une personne encore vivante aujourd'hui, et impliquée dans l'affaire. Il nous faut cette photo, Maria.

— J'ai demandé à la police qu'on me la remette, mais quelles sont les chances, à votre avis, pour que Félix reconnaisse qu'elle est en sa possession et la confie aux autorités ?

Lara secoua la tête de dépit.

— Aucune.

— Mon petit ami a pris les informations que vous désiriez sur le passé des divers protagonistes, continua Maria. Le service des archives centrales des armées a accouché de choses aussi passionnantes qu'énigmatiques sur vos amis Félix et Alexeï.

— Autrement dit ?

— Le dossier de Félix était classé ATTENTION SPÉCIALE.

— Ce qui signifie ?

— Un dossier peut être classé sous cette rubrique pour tout un tas de raisons. Parce que son titulaire a joué un rôle politique ou militaire éminent, ou bien parce qu'il est le fils d'une personnalité de premier plan. Ou encore parce qu'il a appartenu au KGB. Plus élevé aura été son grade, plus il y aura de chances pour que son dossier soit classé SECRET-DÉFENSE et inaccessible.

Maria jeta à Vlad un regard en biais. Il était plongé dans les photos des balles et le rapport de l'identité judiciaire. D'un signe de tête, elle indiqua à Lara qu'elle désirait lui dire un mot en particulier. Les deux femmes se levèrent et s'éloignèrent de la table, pour s'exprimer ensuite sur le ton du chuchotement.

— Vlad est quelqu'un de confiance, déclara Maria. Mais je ne veux surtout pas qu'il entende des choses qui pourraient leur valoir des ennuis, à lui et à mon ami.

— Je comprends parfaitement.

— Mon ami est un génie de l'informatique. Il adore faire joujou avec les logiciels et il a réussi à avoir accès aux dossiers secrets. Le dossier normal établi sur Félix ne contient que des données dont son voisin de palier pourrait être informé. Mais mon ami a jeté un œil dans le dossier confidentiel que l'armée a constitué sur lui. (Maria eut un grand sourire.) Armée et KGB se livraient une guerre acharnée. Chacun constituait ses propres dossiers secrets sur toute personnalité de quelque importance du service concurrent.

— Je n'étais pas tout à fait sûre que Félix avait appartenu au KGB, dit Lara. Mais ça ne me semblait pas essentiel. Tant de gens, dans ce pays, sont d'ex-membres ou d'ex-informateurs du KGB.

— Il en était membre, assura Maria. Et pas seulement du

KGB. Il ne rendait compte qu'aux plus hautes autorités du Directoire financier.

— Qu'est-ce que le Directoire financier ?

— Le service comptable de tout l'argent destiné à payer, non seulement le million et quelque d'agents disséminés sur le territoire national mais encore tous les agents du KGB à travers le monde. Et qui lui-même ne rendait compte qu'au chef du KGB.

Lara hocha la tête.

— Alexeï se vautre dans l'argent. Félix s'occupait de finances. De milliards de roubles, certainement, et qui valaient beaucoup plus à l'époque, quand l'inflation n'avait pas encore pris des proportions aussi démesurées. L'argent a probablement été ponctionné, confisqué au KGB au cours du règne de Gorbatchev, lorsqu'on s'est avisé au plus haut échelon de l'effondrement prochain du régime.

— Exactement, dit Maria. Mais la fonction occupée par Félix au sein de l'administration n'est pas la chose la plus essentielle qu'ait découverte sur lui mon ami. Le dossier constitué par l'armée sur Félix a été caviardé. Difficile à expliquer. Mon ami dit qu'il ne s'agit pas d'un vrai dossier confidentiel, que n'importe quel ministère pouvait avoir accès à ce qu'il recélait. Il soupçonne son poste au KGB d'être une simple couverture, destinée à dissimuler quelque chose d'encore plus gros, quoi que ça puisse être. Qu'on établisse un dossier fantôme sur vous, c'est une chose. Mais lorsqu'en plus vous bénéficiez d'un dossier confidentiel fantôme, c'est que vous êtes vraiment une huile.

— Où ? Aux yeux de qui ?

Maria haussa les épaules.

— Du KGB. Les choix sont assez limités. Vous comprenez ce que je dis, non ? On s'est donné un mal de chien afin de faire passer Félix pour quelqu'un d'inoffensif.

— Alexeï a beaucoup d'argent.

— Pas assez. Personne n'est assez riche pour ça en Russie, d'ailleurs. Et ces choses-là ne sont pas une affaire d'argent, mais de pouvoir.

— Pourquoi a-t-on fait tout ça, à votre avis ?

— Ma foi, je ne saurais vous dire. (Un grand sourire vint lentement éclairer son visage.) Mais je peux au moins vous dire ce que contenait son dossier d'origine.

— Comment ça ?

— Les dossiers effacés peuvent être récupérés, si aucun logiciel particulier ne s'y oppose. La banque de données est dotée d'un programme permettant de récupérer les dossiers effacés. (Elle sourit de nouveau.) La bonne vieille mentalité soviétique qui refait surface.

— Maria, que racontait ce foutu dossier ?

— Dans les années soixante et soixante-dix, époque où votre mère résidait à Moscou, Félix publiait une petite revue littéraire. Il côtoyait toutes sortes d'écrivains, dont certains écrivaient des choses approuvées par le gouvernement, tandis que d'autres rédigeaient des brûlots, des samizdats, destinés à passer clandestinement la frontière pour être publiés à l'étranger sous des pseudonymes.

— Et il les balançait au KGB, fit Lara intuitivement. Il s'est vanté d'avoir été un phare, à l'époque, pour les gens qui avaient des ambitions littéraires, et d'avoir aidé des dissidents. Tu parles, qu'il les aidait... en les envoyant dans les camps de travail.

— Exactement ce que déclare son dossier secret. Mais de vilains bruits se sont mis à circuler sur son compte et, vers le milieu des années soixante-dix, il travaillait directement pour le KGB et son service financier.

— Pourquoi financier, étant donné sa formation littéraire ?

— Sachant comment fonctionnait le KGB, je dirais qu'il devait connaître quelqu'un au plus haut niveau, probablement le directeur financier en personne. Lorsque je parle du directeur financier du KGB, je parle d'une des plus puissantes instances d'Union soviétique. Le KGB n'était pas seulement une organisation de contre-espionnage, mais une véritable armée, nantie d'une gigantesque bureaucratie employant plus d'un million de personnes. Le directeur financier avait l'oreille du chef du KGB. Félix a occupé un poste au Directoire financier, en tant qu'assistant du directeur, jusqu'en mars 1985.

— Que s'est-il passé en mars 1985 ?

— Gorbatchev est arrivé au pouvoir à cette date.

— Le commencement de la fin, dit Lara. Ils ont dû la voir venir, tous ces vieux singes du KGB. Une économie à la godille, déjà des restrictions alimentaires préoccupantes et, là-dessus, l'homme élu pour diriger le pays qui appelle à un bouleversement des mentalités. Une véritable fortune en roubles passait par les coffres du KGB. Probablement encore plus importante que les tonnes d'or, de pierres précieuses et d'œuvres d'art qu'il avait frauduleusement détournées au fil des ans. Je parie qu'un tas de ces vieilles fripouilles engraissées aux dépens du peuple se sont arrangées pour se ménager une retraite douillette, en prévision des longs hivers russes à venir.

Vlad interrompit leur conversation.

— Puis-je voir ces photos des lieux du crime mentionnées par les rapports ?

— Que pensez-vous du rapport balistique de l'accusation ? s'enquit Lara pendant que Maria cherchait les photos.

— Très précis. Le même revolver, de toute évidence.

— Fabuleux, laissa tomber Lara.

— Combien mesurez-vous ? demanda Vlad.

— Combien je... ? Environ cinq pieds cinq pouces. En mètres et centimètres, ça fait...

— Je vais me débrouiller, lui dit-il.

Maria lui passa les photos et rejoignit Lara dans le coin, pour poursuivre leur aparté.

— Vous allez maintenant m'annoncer qu'en planchant sur Alexeï votre petit ami a découvert qu'il avait lui aussi un dossier normal et un dossier confidentiel caviardé ?

— Le dossier de Bova dépasse largement la simple fiction, dit Maria, dont la voix s'éleva sous le coup de l'excitation. Il n'en a pas, point à la ligne. Comprenez-vous la signification d'un tel fait ? Bova est un Russe, de sexe masculin, résidant à Moscou. Quand on n'était pas né à Moscou, il vous fallait un visa spécial, ne serait-ce que pour visiter la ville. Alors... pour y habiter... L'appareil bureaucratique soviétique conservait la trace non seulement de chaque nourrisson qui voyait le jour, mais du moindre trombone usiné. Même réformé, il est impossible de ne pas avoir un dossier militaire. Ne pas avoir d'existence militaire, serait-elle confidentielle, c'est être assis sur les genoux de Lénine.

— Comme qui dirait à la droite du Seigneur, murmura Lara.

— Comme vous voudrez. Les genoux de Lénine, c'est une vieille expression russe que je viens d'inventer, gloussa Maria. Mon ami était carrément fasciné. Il a utilisé un logiciel de l'armée pour accéder aux archives gouvernementales et n'a trouvé aucune référence à Bova antérieure aux six ou sept dernières années. Si Alexeï Bova n'existe pas sur le papier dans ce pays, c'est qu'il n'existe pas du tout. Point à la ligne.

Lara était abasourdie.

— Ça n'a pas de sens. Vous me parlez d'un des hommes les plus célèbres du pays. Il a dû être examiné à la loupe par tout le monde.

— Vous réfléchissez de nouveau en Américaine. Nous ne vivons en économie de marché que depuis très peu de temps. Personne n'avait entendu parler de Bova jusqu'à ce qu'il surgisse subitement du néant, chef d'entreprise venant de fonder sa propre banque. Rien de particulièrement étrange à ça, la majorité des capitalistes ayant surgi de nulle part. L'une de mes amies travaillait dans un bureau, derrière un ordinateur. Le lendemain, elle importait des ordinateurs.

— Mais on doit nécessairement trouver quelque part des renseignements sur Bova. La presse a dû fouiller dans son passé.

— Non. Elle n'en avait absolument pas les moyens. Nous ne disposons pas de banque de données sur les affaires mondaines. Nous n'avons même pas d'annuaires. Je connais une fille qui travaille pour l'une de ces feuilles de chou de Moscou, qui montrent des bébés à trois têtes mis au monde par des paysannes violées par les Martiens. Elle a jeté un œil sur la fiche de Bova établie par sa rédaction. Inimaginable. Il était soi-disant aide-comptable dans une petite société d'importation de matières premières destinées aux usines gouvernementales.

— Une société privée ?

— Je n'en sais rien. Elle a déposé son bilan en 1985, et tous ses dossiers ont brûlé dans un incendie. L'horreur, c'est que tous les autres employés sont morts dans l'incendie.

— Mais j'ai vu de mes yeux une photo de Bova, assistant à un cocktail qui a eu lieu il y a plus de vingt ans.

— Vous avez vu la photo d'un homme. Savoir s'il s'appelait Alexeï Bova à l'époque...

— Vous avez raison, dit Lara. Et nous revoilà en 1985. Imaginons un instant qu'il y ait eu une conspiration, dont l'objectif aurait été d'aménager, pour les membres de la Nomenklatura du KGB, un nouveau fromage. Conspiration dans laquelle Félix aurait joué un rôle. Ainsi qu'Alexeï.

316

— Le rôle essentiel, dit Maria. Celui du banquier.

— Dont l'argent devait absolument être blanchi.

— Pardonnez-moi mon ignorance crasse mais, en tant que communiste repentie, je ne suis pas certaine de savoir très exactement ce qu'est l'argent blanchi.

— L'argent sale, gagné par des moyens illégaux, se présente sous forme liquide. D'ordinaire, les gens qui se livrent à une quelconque activité criminelle — achat de drogue, recel de butin volé, pots-de-vin — ne paient qu'en cash. Mais notre société ne fonctionne pas sur la base de l'argent liquide, et pas question non plus de le déposer tout bêtement sur un compte, parce qu'on leur poserait des questions sur son origine. Donc, cet argent est blanchi, puis réintroduit dans le circuit bancaire par le biais d'affaires ayant pignon sur rue, qui lui restituent sa légitimité en même temps qu'elles en occultent l'origine. Lorsqu'on possède sa propre banque, ça vous facilite considérablement les choses.

— Puis-je voir le rapport du médecin légiste, s'il vous plaît ? s'enquit Vlad.

Lorsque Maria regagna le coin, Lara lui demanda si son ami avait trouvé quelque chose sur Iouri.

— Un élément assez intéressant, mais je ne sais pas trop à quoi le rattacher. Son dossier militaire est très détaillé, dans la mesure où il a appartenu à la police militaire avant d'entrer dans celle de Moscou. Ses états de service sont plus qu'honorables.

— C'est exactement ce que je craignais : des antécédents solides. Encore pire que pas d'antécédents du tout. Avec Alexeï, au moins, on savait où on mettait les pieds. Qu'avez-vous trouvé d'intéressant sur Iouri ? Son dossier n'a pas été caviardé ?

Maria fit la moue.

— Il a été très gravement blessé en Afghanistan et cité à l'Ordre du mérite pour son héroïsme. Il a poursuivi un prisonnier évadé dans le désert — un meurtrier, d'après mon ami, amené d'un camp de travail pour construire des routes.

— Pourquoi amener un détenu de Sibérie en Afghanistan ?

— L'Afghanistan a été le Vietnam de l'URSS. On ne pouvait exiger de citoyens ordinaires qu'ils construisent des routes dans le désert. Donc, le gouvernement a fait venir des forçats.

317

Mais je ne sais rien sur cet homme. Iouri Kirov a été blessé en 1984.

Lara la regarda :

— Pacha, Alexandre Zourine, le petit voisin condamné pour le meurtre de Véra Swen, est mort en prison en 1984. Votre petit ami ne vous a pas dit le nom de ce détenu ?

— Non, mais je lui poserai la question. C'est sûrement dans le dossier.

— Essayez de le découvrir.

— Vous croyez qu'il existe une corrélation entre Kirov et votre petit voisin ?

— Je ne sais trop qu'en penser. J'ai le tournis.

— Je demanderai demain à mon ami. Croisez les doigts. La seule chose qu'on n'a pas encore pu rattacher à votre affaire, c'est la mort de votre mère et de Véra, il y a des années.

— Sauf par la photo d'Alexeï.

— Sauf la photo mais, à mon avis, un juge ne lui accorderait pas très grand poids. Il existe sûrement une preuve permettant de rattacher ces deux morts au meurtre de Nadia, dit Maria. J'ai réfléchi à cette marque sur la main, en forme de croix, qui pourrait être la signature d'un tueur en série. Je ne sais pas trop par où commencer. J'ai discuté avec deux avocats de mes amis et l'un d'eux connaissait une personne qui travaille aux archives du palais de justice, mais ça n'a rien donné. Apparemment, la cour ne garde pas trace de ce genre de choses. Si la police le fait, elle n'en dit rien.

— Aux États-Unis, on consulterait les archives des journaux, dit Lara. Les crimes sanglants des tueurs en série font fréquemment la une. Il suffit de partir de l'année zéro et d'avancer dans le temps en collationnant les manchettes.

— Ça ne marcherait pas dans un pays comme celui-ci où les histoires de ce genre n'ont jamais été publiées dans la presse, dit Maria.

— Oh que si, ça marcherait.

Vlad venait de se manifester, les prenant toutes deux au dépourvu. Elles n'avaient pas réalisé qu'elles parlaient assez haut pour être entendues.

— La presse a été *informée* de ces affaires, poursuivit-il. Mais ne les a jamais publiées parce que le gouvernement les a censurées. Tous les articles refusés au cours des dix dernières années ont été mis à la disposition des chercheurs. J'ai lu un article là-dessus dans le journal. Les articles censurés ont été recueillis et réunis à l'École de journalisme de l'Université de Moscou. Les archives sont ouvertes aux étudiants.

— J'y passerai demain, dit Maria, après ma journée au tribunal. J'ai toujours ma carte d'étudiante, et je prends encore des cours à l'université. Je peux dire que j'effectue des recherches sur de vieilles affaires, dans le cadre du droit.

— Parfait, merci beaucoup, lui dit Lara. (Puis, s'adressant à Vlad :) Avez-vous trouvé quelque chose qui puisse nous aider ?

Il secoua la tête.

— Je vais devoir pratiquer une expérience réelle sur maquette, mais je n'ai pas grand espoir. (Le jeune homme se leva avec une grimace désabusée.) Je ne vois aucun moyen de prouver que vous n'avez pas tiré le second coup de feu.

Les deux femmes mirent un moment à digérer ce constat, et ce fut Maria qui posa la question qui coulait de source :

— Mais qu'en est-il du *premier* ?

Il haussa un sourcil :

— Mais il crève les yeux, bien entendu, que Lara n'a pas pu tirer le premier.

Lara et Maria échangèrent un long regard, puis dévisagèrent Vlad.

La voix de la première chevrotait lorsqu'elle demanda :

— Et pourquoi n'aurais-je pu tirer le premier ?

— Vous êtes trop petite.

Chapitre 35

Maria découvrit que les archives des articles censurés n'étaient pas logées dans l'université proprement dite, mais dans une annexe, un bâtiment de trois étages, situé à quelques pâtés de maisons, qui avait autrefois hébergé un service administratif. Elle fit la queue à l'admission. Un avis punaisé au mur annonçait le prix du ticket, valable pour un séjour de deux heures dans les archives.

L'employée examina scrupuleusement sa carte d'étudiante et sa carte de membre du barreau de Moscou, qu'elle avait exigé de voir, puis releva les yeux pour la dévisager avec mépris. Maria savait très bien ce qu'elle pensait... comment cette négresse peut-elle avoir une licence en droit quand tant de femmes russes de « bonne » souche balaient les rues ?

— Nous avons épuisé notre quota de tickets pour aujourd'hui. Il faudra revenir un autre jour.

— Demain ? s'enquit Maria.

— Demain si ça vous chante.

— Mais est-ce que je peux acheter le ticket maintenant ?

— Nous avons vendu tous les billets d'entrée.

Cette mentalité aurait fait pousser les hauts cris à Lara, songea Maria, mais elle savait lire entre les lignes.

Elle chercha dans son sac et en sortit une pièce anglaise d'une livre — un peu moins de deux dollars mais pas loin de deux mille roubles au taux actuel du change —, cadeau d'une étudiante de Glasgow venue à Moscou dans le cadre des échanges universitaires, et qu'elle gardait pour l'anniversaire de son ami.

Elle regarda la fille mélanger la pièce aux roubles de la recette des entrées de la journée.

— Il est primordial que j'aie accès immédiatement à ces articles. Une affaire judiciaire de première importance en dépend. Vous me semblez jouir d'une certaine autorité dans cet établissement, dit-elle à cette pétasse aux yeux de poisson mort, à qui elle aurait mille fois préféré casser la figure, et j'en appelle à votre bienveillance.

L'argent disparut comme par magie du comptoir et un ticket d'entrée dûment tamponné fut poussé dans sa direction.

— Au suivant ! dit la fille à la personne qui était derrière Maria.

Maria prit son ticket et se dirigea vers les ascenseurs, non sans vitupérer silencieusement le système. L'économie de marché a infecté jusqu'à l'université, songeait-elle.

Un autre panonceau annonçait que les articles consacrés aux crimes se trouvaient au second étage. Quelqu'un avait gribouillé « jamais perpétrés » après « crimes ».

Quelques étudiants traînaient dans le hall, proposant leurs services pour faciliter les recherches en échange d'une modeste rémunération, mais le prix du ticket avait eu raison de l'argent qu'elle destinait à son dîner et à son déjeuner du lendemain ; elle préféra se passer de leur aide.

A peine sortie de l'ascenseur, elle regretta instantanément cette manie qu'avaient les Soviétiques de ne jamais rien jeter. Des centaines de casiers gris occupaient des tables éparpillées sur tout le second étage. Un nouvel avis punaisé au mur lui apprit que les articles censurés disponibles remontaient à la fin de la Seconde Guerre mondiale, près de cinquante ans plus tôt. Les rangées étaient classées par année, et chaque casier contenait environ une semaine d'articles, précisait le panonceau.

Elle consulta le contenu du plus proche. Les articles inédits étaient dactylographiés sur papier machine au format réglementaire de l'administration. Chaque livraison était le résumé sommaire — guère plus d'un ou deux feuillets — d'un crime.

Pour la seule période de trois décennies qu'elle comptait couvrir, il y en avait fort probablement des milliers. Les informations dont elle avait besoin se limitaient aux seules affaires de meurtres violents perpétrés sur des femmes, mais il n'y avait de classement que chronologique.

Elle passa plusieurs minutes à compulser les classeurs, cherchant l'année qui avait précédé le meurtre de la mère de Lara, puis redescendit au rez-de-chaussée et embaucha deux étudiants. Ça lui coûta une bonne semaine de nourriture, mais son petit ami comprendrait et l'aiderait.

— Je cherche des crimes de sang perpétrés par des déments, dont la particularité est d'être assortis de mutilations, expliqua-t-elle aux deux jeunes gens, garçon et fille, et, aussi, tout ce qui pourrait ressembler, sur le corps de la victime, à une marque ressemblant à une croix chrétienne.

Elle confia les articles remontant aux dix dernières années à son enquêteur mâle en lui donnant l'instruction de revenir progressivement vers le présent, et ceux de la décennie précédente à la jeune fille. Elle-même se chargerait des articles vieux de trente ans, de sorte qu'ils couvriraient toute la période concernée. Ils se mirent à l'ouvrage chacun de leur côté.

Maria s'attendait à ne trouver que des meurtres dans les casiers. À sa grande surprise, la plupart des délits mentionnés étaient des peccadilles : agressions, vols qualifiés, exhibitionnisme, racolage et autres infractions du même tonneau. Pour que le taux de délinquance soit calculé à partir de statistiques décentes, les censeurs avaient interdit la publication de dizaines de milliers de délits mineurs. Un crime de sang occasionnel se glissait parfois dans la masse, enseveli entre un vol de manteau dans le métro et un chapardage de fils électriques.

Les comptes rendus étaient très minutieux : un simple vol pouvait parfois occuper deux feuillets tapés de façon serrée. Après avoir lu rapidement, Maria décida qu'il ne s'agissait probablement, du moins pour ce qui concernait les infractions de moindre gravité, que de la copie mot à mot des procès-verbaux de la police, alors que les crimes plus graves, tels que viols ou meurtres, se présentaient sous la forme de résumés succincts.

Ses doigts compulsaient rapidement les comptes rendus, tandis que ses yeux scrutaient en diagonale le chapeau, placé en tête de chaque texte, qui en résumait la teneur. Elle se résolut rapidement à sauter tout ce qui n'incluait pas un meurtre de femme. Plus elle parcourait les classeurs, plus sa conviction se raffermissait : les Russes manquaient de subtilité dans le crime. Les voleurs faisaient preuve d'une telle stupidité, dérobant tout ce qui leur tombait sous la main plutôt que des choses de réelle valeur ; les meurtres étaient commis la plupart du temps sur un coup de tête et tendaient à être particulièrement sanglants, pour la bonne raison que le meurtrier russe typique s'emparait du premier objet à sa portée — tel ce mari qui avait tabassé sa femme à mort avec une bouteille de vodka vide, au terme d'une scène de ménage où elle lui reprochait son penchant pour la boisson. Quant au travail de police, il n'était pas moins barbare : si le coupable n'était pas pris sur le fait et refusait d'avouer, rien de tel qu'un passage à tabac pour rendre à sa conscience toute sa blancheur immaculée.

Une angoisse la tarabustait : et si elle tombait sur un procès-verbal relatif à sa propre mère ? Maria ne se souvenait plus exactement à quel âge elle avait compris que celle-ci se prostituait ; il lui semblait l'avoir toujours su, peut-être à la suite de quelque quolibet d'un gosse de l'école, ou bien lors d'une de ces prises de bec entre sa mère et une voisine, ou lors d'une conversation dans la cuisine avec quelques prostituées de ses amies.

Elle savait que sa mère avait été arrêtée plus d'une fois et qu'elle avait été toxicomane ; elle savait aussi que sa mère l'avait aimée, à sa façon à elle, bien impuissante, et fait de son mieux pour subvenir à ses besoins. À l'âge de dix ans, elle avait été prise en charge par sa tante, la sœur de sa mère, et elle l'avait rarement revue par la suite. Maria avait travaillé plus dur que quiconque, dans son entourage. Elle avait étudié le droit à la suite de la remarque d'un ami un soir qu'ils étaient assis devant une bière, dans un café proche de la fac : les avocats connaissent la loi. Ils savent quels sont leurs droits. Un concept que Maria était en mesure d'apprécier à sa juste valeur.

Avoir décroché son diplôme avec des notes remarquables n'avait guère contribué à lui ouvrir les portes de la grande société utopique. Alors que les Blancs, les hommes notamment, trouvaient immédiatement une juteuse sinécure au sein de la vaste bureaucratie soviétique, elle s'était vue réduite à prendre le métro pour aller d'un tribunal à l'autre et plaider les miteuses affaires qu'on lui confiait. Ce n'était pas seulement la magistrature qui posait problème. Les inculpés n'étaient pas les derniers... les Noirs eux-mêmes refusaient d'être défendus par un avocat noir.

Seules les prostituées semblaient s'en moquer éperdument. Non qu'elle eût jamais confié à l'une d'elles que sa mère avait exercé le plus vieux métier du monde, mais elle était parfaitement consciente que c'était un secret de Polichinelle au sein de tout l'appareil judiciaire. De temps en temps, une prostituée y faisait allusion. Très tôt, elle avait compris que si les prostituées ne voyaient aucun inconvénient à être défendues par elle, ce n'était pas grâce à leur ouverture d'esprit, mais parce qu'elles se méprisaient elles-mêmes : elles constituaient la racaille, la lie de la société, et étaient donc persuadées d'avoir mérité tout ce qui leur arrivait.

L'affaire de Lara l'avait catapultée à la une des journaux, et jusqu'au journal télévisé de vingt heures. Elle était même sidérée que l'employée de la réception n'eût pas reconnu en elle l'avocate de la plus célèbre affaire criminelle dont Moscou ait été le théâtre, l'espace d'une vie entière.

Et, dans la foulée, s'offrait à elle une occasion unique de se faire une place au soleil dans la nouvelle institution judiciaire russe... ou d'être la risée de la planète. Mais le sort de sa cliente prévalait. Lara avait remis sa vie entre ses mains, après lui avoir parlé quelques courtes minutes. Et Maria n'était pas femme à prendre une telle obligation à la légère.

Quatre-vingt-dix minutes avant la fermeture, Maria achevait ses recherches sur la période de dix ans qu'elle s'était fixée et en ressortait les mains vides mais noires de poussière. Ses assistants étaient toujours plongés dans leurs casiers. Elle s'accorda une pause, le temps d'aller se laver les mains, avant de rejoindre ses chercheurs. Tous deux tenaient un papier à la main.

— Bredouille, leur annonça-t-elle. Vous avez trouvé quelque chose, vous ?

— Une seule affaire, lui dit la fille en brandissant sa feuille. Vieille d'une douzaine d'années. Un clochard assassiné.

— Tout comme moi, ajouta le jeune étudiant. Un meurtre, vieux de cinq ans environ, celui d'un détraqué sexuel, notoirement connu pour traîner autour des latrines.

— Je vous avais dit de ne vous occuper que de *femmes* mutilées, dit Maria.

Les deux chercheurs échangèrent un regard.

— Absolument pas, lui dit la fille. Vous nous avez dit que vous vous intéressiez aux crimes de sang assortis de mutilations, surtout s'ils s'accompagnaient de marques en forme de croix. Celui que j'ai trouvé parle d'un homme dont sexe et testicules ont été tranchés. Sa main droite présentait des lacérations en forme de croix.

— Pareil pour moi, renchérit le jeune homme. Verge et testicules sectionnés, plus deux estafilades entre pouce et index de la main droite. Mon compte rendu ne fait aucun rapprochement avec d'autres meurtres. Pas un truc de tueur en série.

— Le mien non plus, dit la fille.

Maria était abasourdie. Il existait bel et bien un tueur en série qui signait de la croix d'Ivan le Terrible — indifféremment sur un homme ou sur une femme.

— Vous avez raison, leur dit-elle. J'ai été stupide. Je cherchais exclusivement des meurtres de femmes. On va donc devoir reprendre à zéro toute la période qui m'était impartie et aller jusqu'au bout des deux vôtres. (Elle consulta sa montre.) Continuez, tous les deux. Je dois passer un coup de fil.

Elle appela son ami de la cabine publique du hall, pour lui demander de dîner sans elle. « Lara et moi, nous nous sommes polarisées sur le mauvais type de tueur, lui dit-elle. J'ignore ce que ça peut bien signifier, ou même comment ça peut s'articuler dans notre schéma, mais le tueur s'en est pris à deux hommes. Ajoute une victime du sexe féminin et te voilà à la tête d'un tueur qui ne choisit pas ses victimes en fonction d'un critère sexuel. C'est encore autre chose qui le stimule et le fait sortir de ses gonds. Je parie qu'en reprenant ma période à zéro nous allons tomber sur quelque chose. Je n'ai pas même jeté un coup d'œil sur les affaires dont les victimes étaient de sexe masculin. »

Ayant raccroché, elle s'apprêtait à partir, quand elle remarqua qu'une femme avait oublié son sac sur l'étagère installée sous le téléphone voisin du sien.

— Excusez-moi, l'interpella-t-elle en la voyant s'éloigner. Vous oubliez votre sac.

La femme se retourna, lui prit le sac des mains et lui fit un sourire de remerciement.

D'une infirmière, on pourrait croire qu'elle se montrerait moins négligente, se dit Maria en se dirigeant vers l'ascenseur.

Maria et ses deux assistants parcoururent les casiers, couvrant pratiquement une période de trente ans avant l'heure de la fermeture. Maria découvrit une autre victime masculine dans sa propre période. La marque cruciforme avait été retrouvée sur sa main droite, et ses organes sexuels avaient également été mutilés.

Exception faite des mutilations au couteau et de la marque d'Ivan le Terrible, ces affaires n'avaient strictement rien en commun.

On concevait aisément que nul n'ait songé à faire le rapprochement entre tous ces meurtres. Ils s'échelonnaient sur une très longue période, chacun s'était déroulé dans un arrondissement différent de Moscou et ils n'avaient jamais été portés à la connaissance du grand public : tous faits qui concouraient à rendre terriblement ardu l'établissement d'une corrélation entre eux. Mais la raison essentielle tenait à la nature même de la bureaucratie soviétique. Aucun officiel ne tenait à jouer les oiseaux de mauvais augure, en allant colporter partout qu'un tueur sanguinaire sévissait dans les rues de la capitale.

L'un des meurtres, cependant, semblait s'inscrire en faux, étant le fait d'un touriste étranger aux tendances homosexuelles, bien que la victime n'ait pas été identifiée comme telle. Dans un pays où tout pédéraste s'affichant publiquement était immédiatement jeté en prison, l'homosexualité avait bon dos. Le compte rendu précisait que le KGB avait pris l'affaire en main. C'était la procédure habituelle — les crimes impliquant des ressortissants étrangers étaient toujours instruits par le KGB, et non par la police locale. Mais, à part la pure et simple spéculation, rien de tangible ne permettait de relier un quelconque étranger au meurtre. Le KGB, s'agissant de refiler la patate brûlante au reste de la machinerie bureaucratique, n'était pas moins doué que les autres services et aurait fort bien pu s'adonner à ce vice dans ce cas particulier — à moins qu'on ne lui ait tout bonnement confié l'affaire pour qu'il l'enterre.

Maria médita ce point. Le KGB était habilité à superviser toute affaire de meurtre, et un simple coup de fil au commissaire d'arrondissement permettait de transférer l'enquête entre les mains du KGB sans qu'aucune question ne soit posée, tandis que la police locale poussait un grand soupir de soulagement.

Si nous avons pu trouver trois cas de ce genre dans les archives de la censure, combien d'autres ont pu se produire, qui n'ont jamais été à portées à la connaissance des journaux ? se demanda Maria. Lara, venue à Moscou pour faire la lumière sur un crime précis s'était pris les pieds dans une ribambelle de meurtres.

À l'heure de la fermeture, elle donna un bonus à ses chercheurs et sortit de l'annexe. Sa libéralité l'avait conduite à se déposséder de tout ce qui lui restait, y compris l'argent d'un ticket de métro, et elle s'apprêtait à parcourir à vive allure les vingt minutes de marche qui la séparaient de l'appartement de son ami. Elle était bien trop excitée pour rentrer chez elle. Elle voulait partager avec lui ses découvertes, peut-être même inviter quelques copains et organiser une sorte de brainstorming.

Elle remonta le col de son manteau et baissa la tête pour offrir moins de prise au vent. Elle arriva à un coin de rue et attendit pour traverser qu'une brèche s'ouvre dans la circulation. Un klaxon s'égosilla et une voiture vint se ranger à ses côtés. Le conducteur actionna l'ouverture automatique de la vitre côté passager, et Maria se pencha pour mieux distinguer ses traits.

C'était l'infirmière, la femme dont elle avait retrouvé le sac, qui lui renvoyait l'ascenseur en se proposant pour la raccompagner. Maria se félicita de cette aubaine, soulagée de n'avoir plus à endurer cette longue marche dans le froid.

— Vous me sauvez la vie, lui dit-elle en se glissant dans la voiture bien chauffée.

Chapitre 36

À quatre heures du matin, Lara fut réveillée par le bruit de la porte de sa cellule qu'on ouvrait. Elle bondit de sa paillasse.

— Qui est là ?

Elle distinguait une silhouette masculine dans la pénombre.

— C'est moi, dit Iouri.

Elle se leva, en plaquant sa couverture contre son corps.

— Que faites-vous là ?

— Votre avocate est morte.

Elle battit en retraite dans une encoignure, comme pour essayer d'échapper aux mots.

— Vous cherchez à m'effrayer. Je ne vous crois pas.

Il se rapprocha un peu.

— Maria Gan est morte. On a retrouvé son corps sur la berge du fleuve.

— Non... Dieu du ciel, non...

Elle titubait, sonnée. Il tendit la main vers elle, mais elle recula hors d'atteinte, trébucha sur le matelas et s'écrasa contre le mur.

— Oh, mon Dieu, Maria, non, pas ça...

Elle se laissa glisser à terre, les doigts crispés sur sa couverture.

La voix lasse de Iouri lui parvint, sortant de l'obscurité.

— Son corps a été retrouvé dans le parc Gorki. Elle avait la gorge tranchée. On lui avait pris son sac. Une agression.

Sa voix avait le timbre de ces voix de synthèse qu'on entend dans les ascenseurs, égrenant les étages.

— Une agression ? Ce n'était pas une agression ! hurla-t-elle. C'est un mensonge, encore un nouveau mensonge.

Des jurons fusèrent dans le bloc cellulaire. La surveillante, qui se tenait auprès de Iouri, dit sèchement :

— Baissez le ton, détenue.

— Sortez, lui dit Iouri.

La femme sortit de la cellule et il referma la porte. Il s'assit sur le matelas. Une allumette grésilla dans le noir et, l'espace d'une brève seconde, elle distingua le contour âpre et dur de son profil. L'allumette s'éteignit et l'odeur du tabac emplit la cellule.

— Pauvre Maria, dit doucement Lara. (Elle tremblait ; son corps tout entier était couvert de sueurs froides.) Elle voulait tellement m'aider. Devenir un bon avocat. *C'était* un bon avocat.

— On a trouvé dans sa poche un ticket d'entrée aux archives des articles de presse censurés. Faisait-elle des recherches pour votre affaire ?

— Si elle... ?

Un épais brouillard obscurcissait son cerveau. Elle entendait la question, répétait les mots machinalement, sans en comprendre le sens. Elle se laissa aller en arrière et appuya sa tête contre le mur de la cellule. Elle aurait voulu être morte. C'était sa faute, entièrement sa faute. Elle l'avait envoyée courir les rues. Au-devant de la mort. Si seulement Dieu avait pu prendre sa vie, plutôt que celle de Maria.

— Vous aviez raison, dit-elle à Iouri. Je suis en sécurité ici. Et j'ai envoyé Maria à une mort certaine.

Il tira une longue bouffée de sa cigarette et recracha la fumée. Il fuma un moment sans rien dire, puis écrasa son mégot et alluma une autre cigarette. Elle distingua pour la seconde fois les contours de son visage.

— J'aurais dû rentrer chez moi. Quitter Moscou. Elle serait encore en vie, si je m'étais montrée moins stupide.

— Trop tard pour les « si », lui rétorqua-t-il. Dites-moi sur quoi elle planchait, pourquoi elle s'est rendue aux archives.

— Elle travaillait sur mon affaire. (Elle savait sa réponse inepte, mais réfléchir lui était pénible.) Elle est allée là-bas pour essayer de retrouver des articles de presse qui feraient allusion à des femmes aux mains marquées d'une croix. (Elle secoua la tête, tentant de dissiper le brouillard.) Maria avait constaté que Véra Swen portait une marque à la main, une croix, elle affirmait que c'était la marque d'Ivan le Terrible, une scarification qu'il faisait graver sur les mains des monstres, pour éloigner le démon.

— La marque d'Ivan le Terrible, murmura-t-il. J'ai appris ça à l'école, je m'en souviens. Les gens difformes étaient possédés par le démon, et la croix était censée le chasser de leur corps.

— Maria pensait qu'il s'agissait de la signature d'un tueur en série. Elle s'est rendue aux archives pour chercher dans les articles censurés par le régime soviétique.

— C'était sa première visite ?

— Oui.

— Alors, vous n'avez pas la moindre idée de ce qu'elle aura pu trouver. En a-t-elle parlé à quelqu'un ? Un petit ami, une fille avec qui elle partagerait son appartement ?

— Elle avait un petit ami. J'ignore son nom. Il est dans l'armée. Il travaille aux archives.

— Sur quoi travaillait-elle encore ?

— Sur mon affaire.

— Soyez plus précise.

Elle garda le silence pendant un moment, puis dit :

— Non, je ne vous dirai plus rien.

— Vous ne me faites pas confiance.

— Dites-moi ce qui est arrivé à Maria.

Il tira de nouveau une longue bouffée de sa cigarette et la rejeta lentement.

— Je vous l'ai déjà dit. On l'a égorgée. Aucune trace d'agression sexuelle. Rien d'autre qu'une entaille rapide, ainsi que quelques plaies profondes dans le dos, des perforations, comme si elle était assise, peut-être dans une voiture, quand quelqu'un s'est retourné brusquement pour lui trancher la gorge. Elle se sera probablement cramponnée à la poignée de la portière, et le tueur l'aura poignardée dans le dos à deux reprises, avant qu'elle ne lâche prise et ne tombe de la voiture.

Un atroce arrière-goût de bile se répandit dans sa gorge pendant qu'elle écoutait. Elle aurait voulu hurler, courir et pleurer, mais elle restait là, le dos au mur, pétrifiée, paralysée de terreur.

— Je suis persuadé qu'elle a été tuée dans une voiture,

poursuivit Iouri. Je le sens jusqu'au tréfonds de mes os. Mais le chef de la milice locale ne démord pas du vol avec agression. Selon sa version, quelqu'un l'a poursuivie, armé d'un couteau, lui a tranché la gorge, l'a poignardée et s'est emparé de son sac. Mais il n'y avait que très peu de sang à l'endroit où on a retrouvé son corps. Si elle avait été tuée sur place, il y en aurait eu beaucoup plus.

— Quoi d'autre ? Dites-moi tout.

— Je suis allé à l'annexe de l'université et j'ai parlé au vigile. Il devait prendre sa faction à l'heure de la fermeture et il a vu repartir Maria. Les Noirs ne courent pas les rues à Moscou et il n'a eu aucun mal à s'en souvenir.

— Ensuite ?

— Il s'est également souvenu qu'une autre femme sortait à peu près au même moment. C'est son uniforme qui l'a marqué.

— C'était une infirmière, n'est-ce pas ? Allons, dites-moi ! Était-ce une infirmière ?

— Le vigile se souvenait d'avoir vu sortir une femme en uniforme blanc, pratiquement au même moment que Maria.

— Sortez ! *Sortez d'ici !*

Les vannes cédèrent, et elle se mit à sangloter. Elle se cacha derrière ses bras, tandis qu'il se levait pour sortir.

Un instant plus tard, elle réalisait qu'une autre personne était entrée dans sa cellule et elle releva les yeux. La matonne était revenue après avoir reconduit Iouri et la toisait méchamment, de toute sa hauteur. C'était toujours la même gardienne, celle qui avait déjà introduit Iouri à sa première visite et autorisé Alexeï à se faufiler en douce dans sa cellule.

— Salope d'étrangère. Tu fais un raffut d'enfer et ça va me faire des emmerdes.

Elle lui balança un coup de pied en vache.

Lara se releva d'un bond, en hurlant de rage.

— Vous m'espionnez ! Combien sont-ils à vous graisser la patte ?

La matonne décampa sans demander son reste.

Lara pleura, pour la première fois depuis son enfance. Elle pleura sur la mort de sa mère. Sur la perte de sa jeunesse. Sur la perte de tout espoir. Et, surtout, elle pleura sur Maria. « Elle est morte, sanglotait-elle. Morte. »

À l'autre bout du bloc cellulaire, une femme se mit à gémir plaintivement : « Elle est morte. Mon bébé est mort. »

Chapitre 37

Vlad vint la voir deux jours plus tard. Lara avait le visage hagard et marqué par la fatigue. Elle avait à peine dormi depuis que Iouri l'avait réveillée pour lui apprendre la mort de Maria. Ses yeux étaient gonflés, et sa migraine la harcelait sans relâche.

— Elle avait téléphoné des archives à son ami, lui apprit Vlad. Nous avons retrouvé les deux étudiants qui l'avaient aidée dans ses recherches. Ils avaient déjà été interrogés par un policier, du nom de Kirov. (Vlad lui parla des découvertes de Maria aux archives — trois hommes assassinés, les organes sexuels mutilés, le signe de la croix gravé entre pouce et index.) Un médecin, un pervers sexuel et un clochard.

— Quelle sorte de pervers ?

— Un type connu de la police pour rôder autour des latrines des hommes dans les parcs, et pour incitation à la débauche. Assez jeune, vingt-sept ans. Il suivait un inconnu à l'intérieur de l'édicule et faisait irruption dans son box, comme par erreur. Si le premier occupant ne s'offusquait pas de cette soudaine intrusion... (Vlad haussa les épaules.)

— Un jour, il a suivi celui qu'il ne fallait pas. Comment les deux autres sont-ils morts ?

— Le clochard — un type d'une cinquantaine d'années, récidiviste pour ivresse sur la voie publique — a également été retrouvé mort dans les toilettes publiques, mais d'une station de métro, cette fois-ci. Le médecin ne cadre pas dans le tableau. Il a été tué par quelqu'un qui l'attendait dans sa voiture, probablement tapi sur le siège arrière. Il venait de faire une conférence à l'hôpital de l'université.

— Quel genre de médecin était-ce ?

— Un chirurgien âgé et émérite, qui enseignait à la fac de médecine. Une espèce de pionnier de la chirurgie esthétique soviétique, aux alentours des années quarante et cinquante, deux décennies très stimulantes pour la médecine soviétique...

— Et la sorcellerie itou, fit-elle observer.

— Oui, c'est à peu près à cette époque que les choses ont commencé à transpirer, et pas seulement sur ce qui se passait dans les asiles psychiatriques. Certaines pratiques médicales étaient aussi nocives que celles qu'on avait déjà expérimentées dans les domaines industriel et agricole. On prétend que les médecins soviétiques auraient pratiqué des expériences à faire rougir Hitler. Quoi qu'il en soit, ce médecin avait pris sa retraite de l'enseignement à plein temps, et ne donnait plus que quelques cours occasionnels de chirurgie.

Son mal de crâne devenait lancinant.

— Ça n'a aucun sens. Deux victimes seulement ont un point commun... elles ont été tuées dans des toilettes publiques. Le meurtre du médecin fait tache, tout comme au demeurant son âge, ses activités professionnelles et son origine sociale. Et je ne vois aucun rapport avec le meurtre de Véra Swen. (Elle secoua la tête.) Ni même avec la personne qui me file. C'était une infirmière. Une femme.

L'infirmière sortant de l'appartement de Véra sur le palier du dessus ; la femme qui était venue la prendre à l'école et avait tenté de la tuer à Saint-Basile ; une infirmière encore, au chevet de Belkine, alors qu'il gisait sur son lit d'hôpital, souffrant de multiples blessures ; l'infirmière sortant des archives en même temps que Maria....

L'infirmière, l'infirmière, l'infirmière.

— L'un de ces comptes rendus doit forcément faire allusion à une infirmière. Ou au moins à une femme.

— Les chercheurs de Maria n'ont rien dit d'une infirmière. Ni d'une femme. Naturellement, la présence d'une infirmière au moment du meurtre du docteur n'aurait pas signifié grand-chose, puisque ça se passait près d'un hôpital.

— L'un de ces crimes a-t-il été élucidé ?

— Dans le cas du médecin, on a suspecté un homme qui était en traitement à l'hôpital pour désordres mentaux et avait déjà été condamné pour avoir agressé un autre médecin avec un couteau. La police l'a retrouvé mort — suicidé — en venant l'arrêter. Elle a considéré qu'il était l'agresseur et a fermé le dossier. Le cas du pervers sexuel a été « résolu » de façon similaire, poursuivit Vlad. Un homme, arrêté en même temps que lui quelques années plus tôt, surpris en flagrant délit en sa compagnie, a été ramassé par les flics. Il a fait une crise cardiaque au commissariat, pendant son interrogatoire, et est mort sur place. Le procès-verbal de la police fait bien allusion à des aveux, mais en termes si vagues qu'on ne sait même pas exactement à qui il les a faits.

— Et le clochard ?

— Sa mort a été imputée à un homosexuel étranger. Les toilettes publiques étaient situées dans une zone touristique.

— Une telle chose ne peut se produire que dans une société compartimentée de façon étanche, dit Lara, sans chercher à dissimuler le profond dégoût que trahissait sa voix. Dans une société libre, où les médias tiennent la police à l'œil et où les avocats traduisent ses abus de pouvoir devant les cours de justice, de tels crimes ne passeraient jamais aux oubliettes.

— Outre les vices du système, dit Vlad, un très long laps de temps — cinq ou six ans — s'est écoulé entre chaque meurtre, et n'oubliez pas non plus que les meurtres ne se produisaient pas dans le même quartier de Moscou...

— Ce n'est pas une excuse. Il ne s'agit plus d'un simple bâclage des enquêtes, mais bel et bien de corruption. Quelqu'un de très puissant a tiré les ficelles, et toutes ces enquêtes sont allées au caniveau. (Lara secoua la tête derechef, pour essayer d'inciter son cerveau à assimiler ces nouvelles données et à les organiser en un schéma limpide et ordonné, mais il refusait de collaborer.) Les meurtres commis dans les toilettes publiques semblent répondre au pur hasard, sans préméditation, typiques d'un tueur en série — la rencontre subite d'une victime et d'une occasion. Mais celui du médecin pue la préméditation. Et celui de Véra... fiche tout par terre. Bon sang, on ne discerne aucun schéma rationnel.

— Il y en a pourtant un. La marque à l'identique, la marque de fabrique du tueur, sur chaque cadavre.

Elle réfléchit à la somme de cynisme et de puissance qu'impliquait l'effacement total de la piste du tueur et fut subitement prise d'un accès de terreur panique pour Vlad. Elle étendit le bras au-dessus de la table et lui étreignit les mains.

— Vlad, j'exige que vous quittiez Moscou jusqu'à la fin de mon procès. Allez en Sibérie, sur la mer Noire, où vous voudrez, mais quittez Moscou jusqu'à ce que cette histoire soit terminée.

— Votre procès ne débutera pas avant des mois. Vous devez trouver un nouvel avocat. La cour reportera le procès.

— Non. Pas question de prendre un autre avocat. Je me défendrai moi-même. Ce matin, à la cour, j'ai renoncé au droit de me faire représenter. Le juge se disposait à désigner un nouvel avocat, un vieux de la vieille qui m'aurait tenu les bras pendant que cette salope de Svetlana m'aurait marché sur la tête. Je vais plaider ma cause au procès.

— Vous ne devriez pas. Il vous faut un autre avocat...

— Vlad, je suis avocat. Pas un avocat russe, certes, mais Maria était l'unique avocat russe auquel je pouvais me fier. Ma vie est en jeu et je suis la seule personne à qui je puisse la confier. (Elle lui broya les mains.) Je m'inquiète pour vous. Et pour le petit ami de Maria.

Vlad secoua la tête.

— Je reste. J'assisterai au procès, je serai dans la salle, pour que vous puissiez voir au moins un visage connu en vous retournant, quelqu'un qui vous soutienne...

— Je ne permettrai pas....

— Ne vous tracassez pas pour moi. Je joue avec des revolvers depuis que j'ai sept ans. Je saurai me protéger. Je suis venu ici en voiture, avec l'ami de Maria et un autre copain. Ils m'attendent dehors... avec assez de puissance de feu pour soutenir l'assaut d'une petite armée. Je vous aiderai pour ce procès, et pas seulement pour vous, mais pour Maria.

— Vlad...

— Tout est réglé. J'ai fait des maquettes. Nous pouvons d'ores et déjà établir l'angle de tir, du revolver à la poitrine de la victime, en nous fondant sur les brûlures de poudre relevées sur l'encadrement de la porte et la balle extraite du revêtement en caoutchouc de la piscine. Cet angle laisse entendre que le coup n'a pu être tiré que par une personne plus grande que vous de plusieurs centimètres. Je ne peux rien faire pour le second coup de feu, celui qui l'a atteinte à l'arrière du crâne. Il a été tiré à bout portant, pendant que le corps flottait dans la piscine et il m'est impossible de déterminer l'angle de tir. Mais dans la mesure où nous aurons démontré que vous ne pouvez être l'auteur du premier coup de feu, le second ne pèse plus guère dans la balance.

Lara détourna les yeux sans rien dire. Vlad était désormais son dernier et unique espoir, mais il y avait, dans sa théorie, quelque chose qui la dérangeait. Elle semblait logique. Peut-être même un peu trop. Trop commode. Il y avait nécessairement un os et, pour le moment, son esprit aurait été bien en peine de suivre la progression d'une mouche sur un mur, pas plus que la trajectoire d'une balle lancée à pleine vitesse.

Elle s'inquiétait aussi terriblement pour la sécurité du jeune homme.

— J'ai confiance en vous, Vlad. Je sais que vous ferez tout ce que vous pourrez. Et vous êtes mon seul espoir, je suis bien obligée de le reconnaître. Mais je me fais du souci...

— Souciez-vous avant tout de la préparation de votre procès. Je tiendrai mon rôle. Pas question de fuir. Maria était mon amie.

— La mienne aussi, dit Lara. La mienne aussi.

Ils gardèrent le silence pendant un moment. Lara était harassée, aussi bien physiquement que nerveusement.

— J'ai les autres renseignements que vous désiriez, dit Vlad.

— Les autres ? Quels autres ? Désolée, Vlad, mais je ne me rappelle même plus ce que je vous ai demandé.

— Vous vouliez que l'ami de Maria essaie de trouver le nom du forçat abattu pendant sa tentative d'évasion, à l'époque où l'inspecteur Kirov a été blessé en Afghanistan. Il s'appelait Alexandre Zourine.

— Alexandre Zourine. (Elle fixait Vlad d'un œil atone, tout en essayant d'imbriquer de force un renseignement sans queue ni tête dans un puzzle qui ne cessait de changer de forme.) Sacha.

— Ça vous apprend quelque chose ? s'enquit Vlad.

— Oh que oui. Sacha Zourine était mon petit voisin de palier, condamné pour le meurtre de notre voisine.

— Je ne comprends pas.

— Moi non plus. Iouri Kirov est l'un des maillons de la

336

chaîne, expliqua-t-elle à un Vlad proprement mystifié. Je croyais qu'il jouait juste au flicard, ou peut-être un peu plus que ça, mais la chaîne remonte à plus de vingt ans en arrière, et Iouri en est l'un des maillons.

— La chaîne ?

— Une chaîne de meurtres et de tromperies, lui dit-elle.

Sept jours passèrent, apportant chacun son content d'angoisse et d'impatience croissante, avant qu'elle ne soit enfin citée à comparaître devant la cour pour son procès. Pour cette première fois, on ne la fit pas asseoir au banc des accusés, mais à la table de la défense.

Deux autres tables étaient dressées, la première réservée au ministère public, et l'autre à cette étrange créature de la loi russo-soviétique, l'*obchetsvenni* — ou représentant des intérêts de la victime. Lors de l'audition préalable, on lui avait appris que Rykov s'y attablerait avec la sœur de Nadia, et qu'un représentant de l'employeur de Nadia, les *Nouvelles de Moscou*, siégerait également à cette table.

Svetlana n'était pas encore apparue. A l'évidence, elle se réservait d'entrer en scène au moment le plus dramatique possible, se dit Lara.

La présence de soldats armés jusqu'aux dents et du portrait de Lénine à l'un des murs lui imposait l'étrange sensation non seulement d'être à l'étranger, mais d'avoir remonté le temps. Il y avait encore autre chose : une sorte de frémissement émanait de l'auditoire, ce qu'elle n'avait jamais perçu dans un prétoire américain, où des huissiers au visage austère veillaient à ce que les spectateurs restent bien sagement assis à leur place et ne perturbent pas le déroulement du procès. Dans cette salle de tribunal russe, elle sentait s'exhaler du public une assurance confinant à l'arrogance, comme si chacun des spectateurs était, lui aussi, un bras de justice susceptible de s'abattre et de trancher.

Elle se demanda s'il s'agissait de la chambre où siégeait habituellement le juge Rourik, ou si son choix avait obéi à une arrière-pensée : la présence de la presse locale et étrangère. La salle était impressionnante, vaste et vénérable, avec ses meubles en bois massif et ses parois lambrissées.

La galerie était déjà bondée lorsqu'elle fit son apparition, tant et si bien qu'il ne restait plus, au fond de la salle, que quelques places debout. Une odeur de laine mouillée stagnait dans l'air, et elle pouvait distinguer des empreintes de pas humides dans l'allée centrale. Les deux premières rangées avaient été réservées pour la presse. Elle avait déjà décidé qu'elle ne ferait pas un geste ni ne prononcerait une parole sans garder à l'esprit la présence de la presse, puisqu'une presse bien informée restait son unique atout, la seule chose qui lui permettrait de continuer de se battre le dos au mur si le système décidait de l'expédier dans la plus proche prison.

Iouri était adossé à un mur au fond du prétoire, à la gauche de la grande porte à double battant de la sortie ; un imperméable était plié sur son bras et il tenait un parapluie à l'autre main. Elle permit à leurs deux regards de se croiser un instant, avant de se remettre à scruter l'assistance.

Alexeï était debout de l'autre côté de la porte, resplendissant dans son costume croisé italien et sa cravate de soie peinte à la main ; les journalistes s'attroupaient tout autour de lui, pour pouvoir se vanter ensuite d'avoir « côtoyé » le grand homme.

S'il s'était agi d'un procès américain, les gens de l'assistance auraient représenté le panel du jury : une quarantaine ou une cinquantaine de citoyens, parmi lesquels douze seraient élus pour trancher. Il n'y a pas de jurés en Russie, mais Maria lui avait conseillé de faire face à l'assistance, pour que celle-ci puisse lire dans ses yeux son honnêteté foncière, car, si le public s'avisait que la cour avait été induite en erreur, il risquait de faire un sacré chambard.

L'étrange impression d'être un spectateur plutôt qu'un protagoniste de l'affaire s'empara soudain d'elle. Son esprit s'éleva lentement vers un recoin du plafond, puis toisa de là-haut cette populace qui attendait fiévreusement que le couperet s'abatte, que sa tête roule dans le panier d'où, relevant les yeux, elle suivrait la progression d'une mouche sur le mur, d'une mouche qui aurait son visage.

Les doubles portes, au fond de la salle, s'ouvrirent avec fracas, et le Souffle de Staline fit son entrée à la tête de ses troupes. Elle portait son uniforme strict de coupe militaire ; Vulko était en complet trois-pièces, ainsi qu'un jeune homme à l'air traqué ressemblant comme un frère à l'ancien assistant de Svetlana, celui qu'elle avait essayé de refiler à Lara en guise de doublure de Maria.

Avant d'aller s'asseoir au banc de l'accusation, Svetlana fit halte devant Lara et lui adressa un signe de tête de pure forme — rien de commun avec le coup d'œil méprisant que lui décocha Vulko. Il l'avait prise personnellement en grippe, Dieu sait pour quelle raison. Puis Svetlana fit un signe de tête à une autre personne de l'assistance, et Lara se contorsionna sur sa chaise pour voir de qui il s'agissait... un monsieur d'une soixantaine d'années, tiré à quatre épingles, nanti d'une barbe soignée, d'un costume classique mais bien coupé, d'une chemise blanche empesée et d'une cravate club. Il avait l'air d'appartenir à une profession libérale, médecin ou autre. L'idée lui vint qu'il était peut-être un observateur dépêché par le ministère des Affaires étrangères, eu égard à l'intérêt soulevé par son affaire dans la presse étrangère.

L'assistance s'ébroua légèrement lorsque le juge et ses deux assesseurs entrèrent et vinrent siéger à leur place respective. C'était la première fois qu'elle les voyait. Celui qui siégeait à la gauche du juge était une petite femme à la silhouette empâtée, entre quarante-cinq et cinquante ans, exerçant la profession de contremaître dans une usine de revêtements de freins. L'autre était un homme de soixante ans environ, rondouillard, au nez chaussé de verres épais. La fiche de renseignements indiquait qu'il était administrateur dans la voirie. Pendant qu'elle le détaillait, il se pencha vers le juge, pareil à un chien fidèle, pour écouter ce dernier lui murmurer à l'oreille quelque commentaire, et elle se rappela alors ce que Maria lui avait dit du rôle joué par les assesseurs dans le déroulement du procès — ils se fieraient au sentiment du juge. Le juge était le plus important du trio — le seul peut-être qui aurait à se prononcer sur les faits —, et c'était un pro, qui en avait très certainement vu de toutes les couleurs, tout ce qu'on pouvait voir, en tout cas, dans une chambre d'accusation. Les tactiques habituelles n'auraient aucun effet sur lui. Non, se convainquit-elle. C'est sur la presse que je dois jouer.

Le juge Rourik appela l'affaire et, très brièvement, pour mémoire et sans nul doute pour l'édification des médias, présenta les divers protagonistes, en commençant par Svetlana et son équipe, pour passer ensuite à Rykov et à la sœur de Nadia, et terminer par la représentante du journal télévisé de Moscou, une jeune femme aux épaisses lunettes et aux cheveux blonds coupés court, dont Lara aurait juré qu'elle l'avait déjà vue présenter le journal.

— J'ai lu les rapports de l'enquête et ils me semblent exhaustifs et en bonne et due forme, déclara le juge, en adressant un petit signe de tête à Vulko, lequel se leva légèrement de son siège pour saluer le juge d'une brève courbette.

Lara n'avait aucun mal à se l'imaginer claquant des talons pour faire le salut hitlérien.

Le juge poursuivit en résumant succinctement les faits exposés dans le rapport : le coup de téléphone donné par un « bon citoyen, civique mais anonyme » et avertissant la police qu'une femme armée d'un revolver venait d'entrer dans la tour ; la police se précipitant à l'intérieur de celle-ci ; Lara trouvée en possession d'un revolver ; Nadia, une personnalité très en vue des médias, découverte morte...

— Ma sœur était aimée d'un bout à l'autre de la Russie, larmoya la sœur éplorée.

Un chœur étouffé de murmures compatissants s'éleva de l'assistance.

— Je regardais son émission tous les soirs, ajouta Rykov.

— Une grande perte pour ce pays, déplora le juge. Nous sommes ici pour redresser ce tort.

Le cirque a commencé, se dit Lara. Les juges, en Amérique ou en Grande-Bretagne, n'auraient jamais souffert de telles pitreries. Maria l'avait bien prévenue, mais elle n'arrivait toujours pas à se faire à l'idée que les gens pouvaient, en plein tribunal, tenir des discours aussi provocateurs que peu pertinents.

Elle mit un moment à réaliser que le juge s'était adressé à elle.

— Lara Patrick, faites un pas en avant et dites-nous ce vous savez de cette affaire.

Vous n'avez pas le droit de garder le silence, avait dit Maria. Ni celui de refuser de témoigner. La cour vous fera citer en tant que premier témoin et s'attendra que vous lui confessiez vos péchés. La confession met du baume à l'âme...

Chapitre 38

Lara se mit debout. Elle s'éclaircit la voix et leva les yeux pour regarder le juge et ses deux assesseurs, en déployant beaucoup plus d'assurance qu'elle n'en ressentait.

— Que sais-je, à propos de ce crime ? Je sais qu'une jeune femme a perdu la vie. Je sais que j'en suis accusée. Et... je sais également que j'en suis innocente. (Elle prit une profonde inspiration.) Nadia Kolchak n'a pas perdu la vie de mon fait, mais sa mort est une conséquence directe de l'incapacité de la justice soviétique à protéger....

— Miss Patrick, la coupa le juge, nous ne sommes pas ici pour écouter une leçon d'histoire sur les lacunes du système judiciaire soviétique. Mais pour que vous endossiez enfin la pleine responsabilité de vos actes. Dites-nous comment vous avez ôté la vie à Nadia Kolchak. Parlez-nous de ce chantage que Nadia Kolchak aurait fait miroiter à vos yeux, de la jalousie qui vous animait mutuellement, à propos d'Alexeï Bova, et de l'accès subit de fureur et de passion qui vous a conduite à son meurtre.

Livrez-nous les circonstances atténuantes, et vous couperez à la balle dans le crâne. Le message était transparent.

Elle était au carrefour. À la croisée des chemins.

Son genou droit tremblait sous elle, et elle dut s'appuyer à la table pour ne pas fléchir. Ses yeux croisèrent ceux du juge et, d'une voix forte et assurée, elle déclara :

341

— Cette affaire ne débute pas par la mort de Nadia Kolchak. Les événements qui ont conduit à la mort de Nadia ont pris naissance...

— Pardonnez-moi. (Svetlana s'était levée.) Si le juge m'y autorise, j'aurais besoin de quelques minutes pour enquêter sur un sujet d'importance.

Le juge se renfrogna :

— C'est très inhabituel, madame le Procurateur, mais s'il s'agit d'une question à l'ordre du jour...

— En effet. J'en ai pour dix ou quinze minutes.

— La séance est levée pour quinze minutes.

Le juge et ses assesseurs quittèrent le prétoire, et Svetlana leur emboîta le pas, franchissant à leur suite la porte qui conduisait au cabinet particulier du juge et au bloc de détention, un peu plus bas dans le couloir.

Quelques instants plus tard, l'un des plantons disait à Lara .

— Veuillez me suivre.

Elle aurait de loin préféré rester à sa place, en compagnie de ses papiers, plutôt que de se retrouver en cellule pour les quinze minutes de suspension de séance, mais elle ne prit même pas la peine d'élever une objection. Elle se leva, et le garde l'escorta jusqu'à la porte, au fond de la salle du tribunal.

Une fois dans le couloir, elle se dirigeait vers le bloc, quand le planton la prit par le bras.

— Par ici, dit-il.

Il la propulsa dans l'autre sens et fit halte devant la porte du cabinet du juge. Il frappa, ouvrit la porte puis s'effaça pour la laisser passer.

Elle entra et le planton referma la porte.

Svetlana était debout devant la fenêtre, au fond de la pièce, environnée de fumée de cigarette. Elle se retourna lentement, dans le nimbe argenté que dessinait autour d'elle le halo éclairé par la lumière grisâtre du jour et qui, loin de lui conférer un air séraphique, évoquait une allégorie de l'ange exterminateur.

— Tenez-vous à la vie ? demanda-t-elle à Lara.

Lara la dévisagea, un peu perdue.

— Si je tiens à la vie ? Est-ce une question... ou une menace ?

Svetlana gloussa — un ricanement rauque, presque viril. Elle s'écarta de la fenêtre, laissant dans son sillage un panache de fumée, en même temps qu'elle se redressait pour considérer les codes qui tapissaient le mur derrière le bureau du juge.

— La Russie traverse une très mauvaise passe, lui dit Svetlana. (Lara ne savait trop si elle s'adressait à elle ou si elle réfléchissait tout haut.) Les gens n'ont jamais été aussi terrifiés, depuis la fin de la grande guerre patriotique. Toute ma carrière durant, tirer un quelconque bénéfice de la vente de biens ou de services était considéré comme un crime. Et, soudain, on explique aux gens que, s'ils ne font pas de bénéfices, ils perdront leur maison et leurs enfants mourront de faim.

« Mes prérogatives de procurateur m'ont permis d'avoir connaissance de rapports signalant des mouvements de panique dans certaines zones rurales où les réserves de nourriture et d'essence ont atteint leur plus bas niveau, et des atrocités dont je ne peux me résoudre à croire qu'elles ont été commises par de bons citoyens russes.

Elle se tourna et défia Lara du regard.

— Nous survivrons. Mère Russie a toujours survécu, mais la bataille sera longue et pénible. Et lorsque nous aurons repris pied, nous décapiterons les têtes pensantes de l'économie japonaise, allemande et américaine, exactement comme nous l'avons déjà fait avec les Mongols, les Français, les Allemands et tous les autres envahisseurs étrangers.

« Vous autres Occidentaux, vous êtes gras et confits dans le confort. C'est bien pourquoi les Japonais vous infligent une telle déroute dans la guerre des dollars. Mais il n'y a ni lard ni confort en Russie. La Russie est un pays rude. Elle l'a toujours été. Avoir la vie dure, ça vous forge le caractère. C'est pour ça que nous vous battons aux Jeux olympiques et dans la course à l'espace.

« Regardez l'Amérique, bousculée, harcelée par de petits pays du tiers monde, s'efforçant de faire la police sur la planète, avec la grâce d'un éléphant dans un magasin de porcelaine. Votre pays est gras à lard, fainéant et souillon. Mais nous renaîtrons de nos cendres, plus forts et plus rapides que jamais, puis nous nous retournerons contre vous, pour vous toucher en plein cœur.

Lara ne disait rien, se demandant ce qui lui valait cette leçon d'histoire. Svetlana éteignit sa cigarette et s'assit sur le rebord du bureau.

— Avez-vous transigé avec des criminels lorsque vous étiez procureur ? demanda-t-elle à Lara.

Lara rumina la question et y répondit honnêtement.

— J'étais intraitable. Mais juste, du moins je l'espère. Si la défense avançait des preuves qui faisaient planer le doute sur le crime, ou en atténuaient la gravité, ni le non-lieu ni même la relaxe ne me faisaient peur. Cependant je n'ai jamais transigé, jamais requis une peine moins sévère que celle que méritait le prévenu, au regard des preuves qui pesaient contre lui.

— Je ne fais jamais de compromis, dit Svetlana. Je suis procurateur depuis huit ans. Dans toutes les affaires où j'ai requis, le criminel a été reconnu coupable du crime dont il était accusé par mes soins. Avec moi, pas de compromis. Chez moi, la justice n'est pas aveugle, comme à l'Ouest.

— La justice porte un bandeau pour préserver son impartialité, dit Lara. Pas pour s'aveugler.

— Je vous propose un... comment dites-vous ça, déjà... compromis juridique ?

Elle avait craché les mots comme des balles, comme s'il s'agissait d'une chose infâme.

Dans la gorge de Lara, des nerfs palpitèrent, depuis la boule serrée qui lui nouait l'estomac.

— Que m'offrez-vous exactement ?

— La vie.

— Je vois. Et que devrai-je faire en échange ?

Svetlana se laissa glisser du rebord de la table et regagna la fenêtre, tournant le dos à Lara et s'adressant à la grisaille extérieure.

— La Russie a tourné une page. Les règles ont changé. Le procurateur général a reçu des coups de téléphone du ministère des Affaires étrangères et du ministère de l'Économie. Les bureaucrates de ces deux services ne savent strictement rien de cette affaire, sinon ce qu'ils en ont pu lire dans les journaux, et rien des procédures de justice, mais, à une époque où la Russie cherche à emprunter aux pays de l'Ouest, ils redoutent la publicité négative engendrée par un procès fait à une femme que les liens du sang rattachent tant aux États-Unis qu'à la Grande-Bretagne.

— Il ne s'agit pas seulement de moi, n'est-ce pas ? s'enquit Lara. Mais de tous les autres meurtres. Vous ne souhaitez pas que le grand public en soit informé. Ni de la mort de ma mère, ni de celle de notre voisine, ni des autres.

— Vous n'êtes pas autorisée à faire allusion à ces affaires pendant le procès, car elles sont non pertinentes et irrecevables.

— Il faudra me bâillonner. Charmant spectacle pour la presse étrangère, n'est-ce pas ? Un exemple typique de la nouvelle justice russe à l'œuvre.

Svetlana agita les mains, comme pour chasser un insecte nuisible.

— Aucune importance. Il n'y aura pas de procès. J'ai pour instruction de vous laisser la vie.

— En échange de quoi ?

— Plaidez coupable du meurtre de Nadia Kolchak, avec circonstances atténuantes. Nadia et vous étiez rivales dans le cœur d'Alexeï Bova. Laissons de côté votre appétit mutuel pour son fric. Dans le feu de l'action, emportée par vos émotions et par la passion sexuelle, vous avez tué Nadia.

Les genoux de Lara flageolaient, mais elle s'efforça de répondre d'une voix calme :

— Je l'ai déjà dit à Vulko. Je n'irai pas en prison pour un crime que je n'ai pas commis.

— C'est l'autre volet du marché. Vous n'aurez qu'un an de réclusion. Ensuite, vous serez libérée et immédiatement rapatriée. Sous le prétexte qu'un de vos proches parents est gravement malade.

— Je n'ai pas de proches parents.

— Eh bien, je vous offre l'un des miens. Ne dites pas de sottises. Vous assistez à un authentique miracle.

— Je repousse votre offre.

— Quoi ?

— Je ne plaiderai pas coupable d'un crime que je n'ai pas commis.

— Vous êtes folle.

— Je suis *innocente*. Je suppose que ça ne signifie rien pour vous qui, en huit ans, n'avez traité que des affaires tout blanc, tout noir. Je suis restée en fonction bien moins longtemps, mais j'aurai au moins appris qu'il existe des innocents en ce monde. C'est par là que pèche votre système. La justice n'est pas seulement aveugle, en Russie... les gens comme vous lui ont crevé les yeux.

Svetlana se rapprocha d'elle, assez près pour qu'elle puisse respirer son parfum, une âcre odeur de cordite, assez près pour sentir la brûlure cuisante de sa rage et de son mépris.

— Exposez le passé pendant ce procès, chuchota-t-elle, et c'est la Russie tout entière qui sera accusée.

Elle réalisa soudain que Svetlana tenait un objet à la main. Elle baissa les yeux. Svetlana braquait sur elle un automatique de petit calibre, à quelques centimètres à peine de son estomac.

Stupéfaite, se demandant si cette salope n'aurait pas perdu les pédales, Lara regarda en écarquillant les yeux la prise de Svetlana se resserrer graduellement sur la crosse et son index se contracter lentement sur la détente, la repoussant en arrière...

Une flamme jaillit du museau.

Svetlana sourit et porta le briquet à sa cigarette. Elle souffla un nuage de fumée au visage de Lara.

— Mettez la Russie sur la sellette, et j'appuierai moi-même sur la détente le jour de votre exécution.

Chapitre 39

Lorsque le planton reconduisit Lara dans la salle d'audience, Svetlana était déjà installée près de la rambarde de la galerie, en grande discussion avec un homme planté derrière celle-ci. Le monsieur distingué que Lara avait remarqué un peu plus tôt.

Dès que Lara se fut rassise, Svetlana regagna sa place à la table de l'accusation.

Juge et assesseurs revinrent siéger, et le juge hocha la tête à l'intention de Svetlana.

— L'inculpée a nié le crime, fit-il. Vous pouvez procéder à l'exposition des preuves.

Lara tressaillit et se leva au banc de la défense.

— Votre Honneur, je n'en ai pas terminé de ma déclaration liminaire.

— Vous avez nié le crime. C'est amplement suffisant. Si vous préférez ne pas reconnaître votre culpabilité, inutile de faire perdre son temps à la cour. Procédons à l'exposé des preuves.

— Mais je tiens à ce que la cour connaisse de...

Il balaya son objection d'un geste.

— En Russie, un procès n'est pas un vaudeville dans lequel les accusés y vont de leurs petits monologues. Vous pourrez procéder à un contre-interrogatoire des témoins et présenter vos propres témoins à décharge, et on vous accordera le dernier mot à l'issue du procès. (Il fit de nouveau signe à Svetlana.) Poursuivez.

— Mon premier témoin est l'investigateur en chef Vulko, du bureau du procurateur de Moscou.

L'investigateur en chef donna un compte rendu linéaire des résultats de l'enquête de police. Il partit du coup de téléphone anonyme et poursuivit chronologiquement.

— En faisant irruption dans la suite de Bova, la première personne qu'aperçurent les policiers fut l'accusée. Elle traversait en courant le palier du second niveau. Elle tenait un revolver. Craignant pour leur vie, les policiers firent feu.

Vulko entreprit ensuite de décrire les lieux du crime, exhibant l'arme du crime « arrachée à la main de l'accusée » et dépeignant le cadavre de Nadia retrouvé dans la piscine, les deux blessures par balle, les deux cartouches manquantes dans le revolver confisqué à Lara.

Il n'était pas présent, se dit-elle. De purs et simples racontars. Qui faisaient parfois même boule de neige, lorsqu'il attestait de ce que tel policier avait dit à tel autre, qui le lui aurait rapporté...

Elle réalisa avec stupéfaction que le procureur n'avait nullement l'intention de faire comparaître les autres policiers témoins de l'affaire : Vulko en tenait lieu. Ce qu'il disait actuellement suffirait à l'incriminer, sans qu'elle puisse mettre en évidence les lacunes de son récit. Elle ne pourrait même pas procéder efficacement à son contre-interrogatoire, puisque le témoignage tout entier se faisait l'écho de propos tenus par des tiers.

Il élargit ensuite sa déposition à l'enquête de police consécutive, en y incluant les conversations de Lara et de Iouri enregistrées en prison.

— Vous en concluez donc, demanda Svetlana, que l'accusée était l'instigatrice d'une tentative de chantage dirigée contre Alexeï Bova, et qu'elle a tué Nadia Kolchak lorsque cette dernière a éventé le complot ?

— Objection. (Lara avait sauté au plafond.) Cette question est dénuée de fondemement.

— De fondement ? s'enquit le juge.

— Il n'existe pas dans cette affaire la moindre bribe de preuve permettant d'affirmer que j'aurais participé à un chantage contre M. Bova. Bien au contraire : la seule preuve de la matérialité dudit chantage, c'est ma propre déposition, selon laquelle Mlle Kolchak s'apprêtait à faire chanter M. Bova...

— Objection rejetée.

— Mais, Votre Honneur...

— On ne s'adresse pas en ces termes à un juge russe.

— Votre... monsieur le Juge, M. Vulko a attesté la véracité de faits dont il ignore absolument tout. Il vient à présent de tirer de ces faits une conclusion inacceptable. Pour en arriver là, il lui faudrait d'abord disposer d'éléments qui corroborent sa conclusion. Et il n'en n'existe aucun qui aille dans ce sens.

— Madame, vous êtes dans un tribunal russe. Je suis un juge russe. Vous n'êtes pas un avocat russe. On vous a donné l'occasion d'engager les services d'un avocat russe pour ce procès...

— Mon avocat...

— Asseyez-vous ! Et veuillez ne plus m'interrompre.

Il braquait son index sur elle.

Elle se rassit en serrant les dents. Elle n'avait pas la moindre chance de remporter cette discussion. Si elle avait le malheur d'ouvrir encore la bouche, ils la feraient probablement bâillonner et menotter.

— Le code pénal russe, lui dit-il d'un ton plus neutre, prévoit que l'investigateur en chef soit autorisé à tirer des déductions de son enquête lorsqu'elles lui paraissent s'imposer. On lui permet simplement d'en tirer des conclusions raisonnables et irrécusables, mais nous ne sommes pas, comme vous, limités par les règles rigides de l'appareil judiciaire anglo-américain. L'investigateur en chef dispose, dans notre système, d'une très grande latitude, ajouta-t-il, de toute évidence pour la galerie et la gouverne des médias. Mais il en est de même de l'accusé. Miss Patrick sera amplement autorisée à présenter son système de défense. Sans être gênée aux entournures par un contraignant appareil de preuves et de règles artificielles, qui s'interposent entre la vérité et la cour.

Il y a une petite faille dans ton analyse, songea Lara. Vulko n'était pas en train d'exposer la « vérité », mais une conclusion tirée du néant. Elle garda néanmoins pour elle le résultat de ses cogitations et prit soin de conserver toute son impassibilité. Ce procès était une farce, et ce n'était certainement pas en pérorant et en offrant au juge une bonne occasion de la bâillonner qu'elle améliorerait sa situation.

Vulko continua de débiter son histoire de complicité d'extorsion de fonds, puis Svetlana déclara :

— Plus de questions.

Lara se levait déjà pour l'interroger, quand le juge annonça :

— À vous, monsieur Rykov.

Elle se rassit. Elle avait complètement oublié. Le représentant de la famille de la victime passait d'abord. Et, encore après, l'employeur de Nadia, la chaîne d'infos, aurait le droit de placer son grain de sel.

Rykov se leva, se présenta de nouveau à la cour et au public.

Le souvenir d'avoir débattu de son affaire avec lui — avant qu'il ne retourne sa veste pour proposer ses services à l'une des parties adverses — la mettait dans une rage folle. Tout comme d'ailleurs son maintien : il n'était là que pour attirer l'attention sur sa petite personne et se souciait comme d'une guigne des intérêts de la famille de la victime.

— Investigateur en chef Vulko, dit-il, Nadia Kolchak était pour la Russie nouvelle un formidable atout, n'est-ce pas ?

— Objection. Infondé. Rien ne nous permet d'affirmer que M. Vulko connaissait l'existence de Mlle Kolchak avant sa mort.

Avant même que le juge n'ait tranché, Rykov levait les mains.

— Non, non, parfait, monsieur le Juge. Je retire ma question. (Il jeta un regard à l'assistance puis, d'une voix mielleuse, s'enquit :) Investigateur en chef Vulko, vous est-il jamais arrivé de regarder les *Nouvelles de Moscou* à la télévision ?

Le public éclata de rire. Lara se radossa à son siège et croisa les bras, le visage en feu.

Rykov en avait terminé avec ses questions fallacieuses et entreprenait à présent de haranguer la cour et l'assistance, d'invoquer certains « faits » émouvants de la vie de Nadia, en remontant jusqu'à sa petite enfance. Tandis qu'il évoquait la jeune fille russe en fleur, la dépeignant comme une espèce de croisement de Jeanne d'Arc et de Mère Teresa, Lara l'expulsa de son esprit pour songer à la Nadia qu'elle avait connue.

Quelle qu'elle ait pu être, et certainement pas une sainte, elle n'avait pas mérité cette mort atroce.

Rykov continuant de se répandre avec volubilité sur la perte subie par sa famille et par toute la Russie, la sœur de Nadia se mit à sangloter à ses côtés. Lara n'aurait su dire si ses larmes étaient dues au chagrin d'avoir perdu Nadia ou à l'atmosphère mélodramatique créée par Rykov.

Une demi-heure plus tard, Rykov se rasseyait, cédant la place à la représentante des *Nouvelles de Moscou*.

— M. Rykov a exposé à la cour la grande perte que viennent de subir la famille et la nation. M. Rykov disait vrai. Quant à nous, aux *Nouvelles de Moscou*...

L'esprit de Lara se mit à vagabonder et, quelques minutes plus tard, lorsque le juge l'interpella, elle sursauta.

— L'accusée peut à présent interroger le témoin.

Lara se leva, froissa son papier entre ses mains pendant quelques instants, puis croisa le regard de Vulko.

— Revenons un instant sur les lieux du crime, investigateur en chef. Autant que je me souvienne, vous n'étiez pas présent lorsque je me suis retrouvée en présence de la police de Moscou. Est-ce exact ?

— La loi russe ne requiert pas ma présence physique au moment des faits pour déposer. Je suis habilité à instruire une enquête, au cours de laquelle j'interroge policiers et inculpé, pour livrer ensuite mes conclusions.

Il regarda vers le procurateur, puis vers le juge, qui tous deux confirmèrent ses dires d'un hochement de tête.

— De sorte que tout ce que vous savez des événements vous a été relaté par d'autres policiers.

— Je suis habilité à procéder ainsi.

— Je ne vous demande pas si vous avez dérogé à votre mission, investigateur en chef. Je vous interroge sur la procédure suivie. Vous tenez tout ce que vous savez de la bouche d'autres policiers. Exact ?

— Oui.

— Et il est également vrai que vous n'avez pas vous-même, de vos propres yeux, assisté aux événements.

— La loi russe...

— Et, investigateur en chef, en attestant ces faits qui vous ont été rapportés par des tiers, vous n'avez pas, sciemment, écarté certains faits essentiels, qui auraient dû être portés à la connaissance de cette cour, n'est-ce pas ?

— Bien sûr que non. La cour a eu à connaître de tous les faits.

— Mais, n'étant pas présent, vous n'avez pu enregistrer tous les... détails *insignifiants*, comme, fit-elle avec un haussement d'épaule, si mes cheveux étaient défaits, ou bien relevés en chignon ?

Il fit un grand sourire.

— J'ignorais que vous saviez vous servir d'un peigne.

Rires dans l'assistance.

— Non plus que mon expression.

— Non plus que votre expression. (Son sourire s'élargit.)

— De sorte que vous ne pourriez dire si je ne courais pas poussée par la terreur, pour tenter d'échapper au véritable tueur ?

— Je ne vois pas où vous voulez en venir. Je...

— Vous avez déclaré sous serment au procurateur que j'avais fait irruption sur le palier en courant, armée d'un revolver. Mais, ignorant tout de l'apparence que j'offrais, vous ne pouvez pas savoir si j'étais ou non en proie à une quelconque terreur.

— Bien sûr que si. Vous étiez terrifiée, parce que la police vous surprenait en flagrant délit.

— Pardonnez-moi, mais vous venez de déclarer que vous ne saviez rien de mon expression. Revenons sur vos précédentes déclarations : vous faites allusion aux empreintes relevées et analysées par le criminologue sur le théâtre du crime. Ce dernier vous a livré les résultats de ses analyses et votre déposition portait, j'imagine, sur la totalité d'entre elles ?

Flairant une nouvelle chausse-trape, Vulko plissa les yeux et se redressa sur le banc des témoins.

— Il m'a exposé les résultats, en effet.

Les sourcils de Lara s'arquèrent.

— Pourquoi ne nous parleriez-vous pas de ceux que vous avez passés sous silence ?

Vulko hésita, conscient qu'on était en train de le piéger, mais incapable d'anticiper le tour qu'allait prendre ce piège. Il échangea un regard avec Svetlana.

— Ma déposition portait sur tous les résultats.

Parfait, se dit-elle. L'idée générale, c'était soit de l'enfermer dans sa première déposition, soit de l'obliger à s'en expliquer en le poussant dans ses derniers retranchements.

— Bien, insp... euh, investigateur en chef, excusez-moi, on n'a pratiqué aucun test d'empreintes sur le revolver désigné comme étant l'arme du crime. Je me trompe ?

— On n'a pratiqué aucun test d'empreintes sur l'arme du

crime, répéta-t-il lentement, comme si les mots allaient le mordre. Non, on n'a pas cherché à relever les empreintes sur l'arme du crime, parce que...

— Parce qu'on m'a trouvée le revolver à la main. Exact ?

— Oui. C'est exact

— Dans ma déposition aux policiers, lors de l'arrestation, je déclarais avoir trouvé le revolver par terre et l'avoir ramassé juste avant leur irruption. Exact ?

— C'est ce que vous déclariez. Ils...

— Et, néanmoins...

— Monsieur le Juge, elle coupe la parole au témoin, objecta Svetlana.

— Je vous prie de m'excuser, dit Lara, qui n'en pensait pas un mot. (Elle le coupait délibérément, pour l'empêcher de justifier ses négations réitérées.)

— Laissez le témoin terminer ses phrases, ordonna le juge. Ben voyons.

— À présent, investigateur en chef, dites-moi : si quelqu'un avait tenu ce revolver avant moi, je n'aurais pas nécessairement brouillé toutes les empreintes... exact ?

— Je ne suis pas en mesure de...

— N'est-il pas avéré que vous êtes incapable de dire si quelqu'un a manipulé ce revolver avant moi, quelqu'un qui aurait pu tirer, tuer Nadia et laisser tomber l'arme au sol ? Et que, à l'heure actuelle, si les gens du labo avaient relevé les empreintes sur l'arme du crime, cette personne devrait se trouver à ma place dans le box des accusés ?

— Objection, hurla Svetlana. Elle pose de multiples questions, sans laisser au témoin la moindre chance d'y répondre.

— Elle a marqué un point, lui dit le juge.

— N'est-il pas également vrai qu'on n'a pratiqué aucun test à la paraffine, pour vérifier si j'avais tiré un coup de feu ?

— On n'a pratiqué aucun test à la paraffine.

Ses mâchoires s'étaient crispées de façon notable et ses yeux n'étaient plus qu'une simple fente. On ne lui montrait pas tout le respect auquel est en droit de s'attendre un investigateur en chef dans un tribunal, de la part d'un avocat de la « défense ».

— Les tests à la paraffine ne sont pas en usage dans les enquêtes criminelles de la police de Moscou ? Est-ce votre sentiment ?

Vulko hésita et considéra Svetlana. Lara savait que les tests à la paraffine ne sont pas totalement fiables, mais toutes les polices du monde y ont encore recours et leurs résultats ont force de preuve devant tous les tribunaux. Dans son affaire, les policiers qui l'avaient arrêtée étaient tenus d'y procéder.

Vulko se trouvait devant un affreux dilemme : s'il excommuniait publiquement le test à la paraffine en arguant de son inefficacité ou de son imprécision, sa déposition serait répercutée par tous les médias et, juste retour de manivelle, reviendrait le hanter dans toutes les affaires où la police se serait fiée à ce test.

— Il était inutile de pratiquer un test à la paraffine, puisque vous teniez le revolver à la main quand vous avez été arrêtée.

Tout le corps de Lara se détendit de soulagement. Il s'imaginait avoir déjoué le piège, mais c'était précisément la réponse qu'elle espérait.

— On n'a pas pratiqué le test à la paraffine parce qu'on m'a trouvée avec le revolver à la main. On n'a pas relevé les empreintes sur le revolver pour la même raison. C'est bien ce que vous déclarez ?

— Oui, répéta-t-il avec une obstination têtue.

— Donc, poursuivit-elle lentement, vous déclarez sous serment que la police n'a pas, dans cette affaire, procédé avec toute la rigueur scientifique voulue aux tests de routine exigés, qui auraient pu me laver de tout soupçon, parce que leur conviction était déjà faite, avant même d'avoir enquêté, quant à ma culpabilité. (Elle ne lui laissa pas la moindre chance de se rebiffer.) Les policiers ont donc manqué à leur devoir, négligé de mener une enquête, si rudimentaire soit-elle, parce qu'ils étaient persuadés d'avoir pris le coupable sur le fait. Voyons, investigateur en chef... personne ne m'a vue ramasser ce revolver, n'est-ce pas ? Je suis la seule à dire que je l'ai trouvé par terre ?

— La seule.

— Et personne ne m'a vue tuer Nadia Kolchak, n'est-ce pas ? Je suis la seule à dire que je n'ai pas tiré sur elle, n'est-ce pas ? Ma parole contre celle de tous ?

— La seule.

— Eh bien, s'il en est ainsi (son ton monta), c'est uniquement parce que la police de Moscou a bâclé son travail en refusant de conduire les tests qui auraient pu m'innocenter. Vrai ou faux ?

— Objection ! Objection !

Lara se rassit, laissant Svetlana formuler son objection. Elle avait enfin réussi à réveiller les deux assesseurs. Elle jeta un coup d'œil derrière elle, sur l'assistance, et constata que les journalistes gribouillaient fébrilement. Son regard balaya les visages de Iouri et d'Alexeï. Les deux hommes lui adressèrent un sourire d'encouragement, mais il y avait, dans leur expression, quelque chose d'infiniment dérangeant. Comme s'ils savaient une chose qu'elle-même ignorait. Leur regard la mettait dans ses petits souliers et elle se demanda si elle n'aurait pas négligé quelque prolongement crucial.

Le juge trancha en faveur de Svetlana et fit radier la question du procès-verbal mais, ainsi qu'il l'avait lui-même fait observer un peu plus tôt, Lara avait marqué un point. Elle décida qu'il était temps de cesser de harceler Vulko. Elle avait remporté plusieurs passes d'armes essentielles et ne voulait surtout pas les rejeter dans l'oubli en marquant d'autres points de moindre portée.

— Pas d'autres questions, dit-elle, non sans éprouver l'impression terrifiante, vertigineuse d'avoir fait l'impasse sur un sujet vital.

Chapitre 40

La cour décréta une suspension d'audience pour l'heure du déjeuner. Lara resta assise toute seule dans la cellule de contention, derrière le tribunal, incapable d'avaler le sandwich au bœuf rance et au pain rassis fourni aux détenus pendant leur procès. L'impression qu'elle gardait du comportement de l'assistance au cours du procès la taraudait... elle ne voyait vraiment pas ce qu'ils auraient pu savoir qu'elle ignorât. Quand l'assistance était mieux informée que l'avocat de la défense, c'est que les choses ne tournaient vraiment pas rond.

En rentrant dans la salle du tribunal, elle croisa brièvement le regard de Svetlana, et celle-ci lui fit un petit sourire, accompagné d'un signe de tête. Elle mijote sûrement quelque chose, se dit Lara. Elle est trop contente d'elle.

Vulko était d'une humeur diamétralement opposée. Il lui jeta un regard entendu, signifiant qu'il aimerait assez lui faire tâter des bonnes vieilles méthodes de redressement.

Le juge et ses assesseurs vinrent siéger, et le premier ordonna à Svetlana de convoquer son témoin suivant.

Svetlana se leva du banc de l'accusation.

— Le bureau du procurateur cite le Dr Zubov, de l'Institut Serbski, à comparaître.

L'annonce plongea Lara dans une profonde stupeur : pivotant sur elle-même, elle vit le gentleman distingué à qui Svetlana parlait un peu plus tôt se lever de son banc dans le public et pénétrer dans l'arène.

356

L'Institut Serbski. Le nom, dans sa tête, s'identifiait aux psychiatres du KGB qui décidaient de l'aliénation des intellectuels dissidents, tout en les aidant de leur mieux, par leurs « soins », à verser dans la démence. Mais elle réalisa que, pour l'immense majorité des Russes, c'était un nom prestigieux, celui de l'institut psychiatrique le plus éminent du pays.

Elle jeta un regard à Iouri, toujours planté à la même place au fond de la salle. Son visage était sombre. Puis elle dévisagea Svetlana. Son habituelle expression d'intense concentration s'était métamorphosée en un sourire coquet.

Le Dr Zubov s'installa à la barre, s'inclina légèrement à l'intention du juge et rajusta ses lunettes avant de se tourner vers Svetlana.

— Voudriez-vous, docteur Zubov, informer la cour de vos antécédents professionnels.

Zubov rajusta une nouvelle fois ses lunettes et s'adressa au juge et à ses assesseurs, en les regardant droit dans les yeux :

— Je suis diplômé de l'Université de Moscou et j'ai exercé...

Suivit la relation détaillée de ses quarante ans de pratique au service de la psychiatrie russe, dont plus de vingt-cinq à l'Institut Serbski.

Pendant qu'il parlait, Lara se livra à un rapide calcul mental : au début des années cinquante, commencement de la fin pour les Staline et les Beria et époque où Khrouchtchev prenait son essor, Zubov devait encore être un tout jeune psychiatre. Il avait dans les trente-cinq, quarante ans lors des procès des dissidents, à la fin des années soixante. L'âge idéal dans sa profession pour avoir pris part en décideur, au sein de l'institut, à l'anéantissement de certains des plus brillants esprits du pays.

— Docteur Zubov, dit Svetlana, êtes-vous au fait de l'état mental d'une femme du nom d'Angela Patrick ?

À la mention du nom de sa mère, Lara eut un sursaut involontaire.

— Mais très certainement, répondit le psychiatre. Quoique n'ayant pas participé directement au traitement administré à cette femme, j'exerçais à l'Institut Serbski à l'époque où elle y a été internée. Néanmoins, j'étais chargé de réexaminer les cas de certains patients d'autres instituts. Dont Angela Patrick. Le Dr Komoson, mon confrère de l'Institut Charski, était le médecin traitant principal à qui ce cas avait été confié, et nous avons souvent débattu de l'état mental de sa malade. Comme vous le savez, l'affaire remonte à une vingtaine d'années. Le Dr Komoson est décédé voici dix ans.

— Docteur, avez-vous eu récemment l'occasion de réexaminer le dossier psychiatrique d'Angela Patrick, conservé à l'Institut Charski ?

— Oui. Aujourd'hui même, à vrai dire.

— Quelle était la nature exacte du traitement administré à Angela Patrick pendant son internement ?

— Il faut savoir que miss Patrick n'a été internée que très brièvement à l'institut. Malheureusement, son état mental était déjà passablement dégradé au moment de son admission.

— Pourriez-vous préciser ce que vous entendez par un « état mental passablement dégradé » ?

— Cette femme était atteinte d'une paranoïa aiguë non médicalisée. Son état mental s'était détérioré à tel point qu'elle souffrait de délires hallucinatoires et présentait des tendances suicidaires. Hélas, n'ayant jamais été soignée avant son admission à l'institut, et ce en dépit du fait que le diagnostic de paranoïa était relativement flagrant, ses tendances suicidaires n'ont pas été immédiatement décelées. De sorte qu'on n'a pas pensé à redoubler de vigilance à son égard. Rétrospectivement, ce fut une grave erreur, car elle a mis fin à ses jours peu de temps après son admission.

— Qu'est-ce exactement que la paranoïa, docteur ?

— Un désordre mental qui se caractérise par un délire de persécution et la mégalomanie. Et qui s'accompagne en règle générale d'une extrême défiance, sinon terreur, de ses congénères.

Svetlana considéra le rapport qu'elle tenait à la main.

— Pourriez-vous nous dire s'il s'agit d'une tare congénitale ?

Une onde de choc ébranla Lara.

Svetlana se tourna lentement dans sa direction et la fixa, concentrant de la sorte toute l'attention de l'assistance sur sa personne. Le bon docteur scrutait Lara par-dessus ses lunettes, le juge et les assesseurs la toisaient de leur trône majestueux, et toutes les têtes, dans le public, se tournaient vers elle.

Lara fit mine de se lever pour émettre une objection, puis

se rassit. C'était un traquenard dont elle ne triompherait pas par une simple objection.

— Certains indices, en effet, permettent d'affirmer que la paranoïa, à l'instar d'autres affections mentales, est un facteur héréditaire, mais le conditionnement, disons plutôt le facteur comportemental, prévaut. Les enfants, par exemple, adoptent habituellement le comportement de ceux qui les élèvent. Attitude envers autrui, conception de l'éthique professionnelle et de la politique ou même rapports avec les animaux de compagnie, toutes ces choses se fondent dans le moule des schémas comportementaux inculqués par les parents. Un individu élevé par un père ou une mère souffrant de paranoïa tendra, jusqu'à un certain point, à présenter des caractéristiques de nature paranoïde. Hélas, d'aucuns succombent même totalement à son empire.

Svetlana se retourna pour décocher à Lara un autre regard appuyé.

Le visage de cette dernière vira au cramoisi. Elle s'efforçait de rester impénétrable, d'interdire à la peur et à la colère de prendre le dessus, en prenant scrupuleusement note de ce que l'homme venait de dire, alors que l'envie la démangeait plutôt de bondir sur ses pieds pour le traiter de vieille baderne.

— Docteur, avez-vous eu l'occasion d'examiner l'accusée, Lara Patrick ?

— Oui.

— Mensonge ! (Lara se releva d'un bond.) Je n'avais jamais vu cet homme avant qu'il n'entre dans ce tribunal.

Svetlana eut un sourire plein d'onction.

— Si l'on pouvait persuader miss Patrick de se rasseoir, nous pourrions peut-être nous en expliquer.

Lara se rassit. La femme lui avait tendu un nouveau traquenard, l'avait poussée à jaillir de son siège sur commande et, ce faisant, à passer pour une folle.

— Je vous en prie, docteur. Expliquez-nous la nature de cet examen.

— Je ne l'ai pas examinée dans mon bureau. Ce genre d'examen n'a qu'une valeur clinique restreinte. Beaucoup plus fiables sont les examens auxquels on procède lorsque le patient ne se sait pas observé. Dans ce cas précis, ce sont des observations de ce type que j'ai menées.

— Continuez. Parlez-nous de ces examens.

— J'ai observé miss Patrick pendant son séjour en prison — dans sa cellule, dans les couloirs et dans la salle d'interrogatoire. Sur une durée totale de plusieurs heures.

— Qu'en avez-vous conclu ?

— C'est grotesque, Votre Honneur, dit Lara en s'adressant au juge. Cette déposition est totalement infondée. Nous n'avons même pas été informés de l'identité de la personne qui a procédé à ces observations, de leur date, de leur sujet...

— Miss Patrick a entièrement raison, la coupa Svetlana. Dites-nous, je vous prie, docteur, comment on a procédé.

Lara réalisa qu'elle avait de nouveau marché comme un seul homme.

— Je peux vous montrer ça, dit le psychiatre. (Il fouilla dans sa mallette et en sortit une cassette vidéo.) Miss Patrick a été filmée sur cassette vidéo à un certain nombre de reprises. J'ai sélectionné moi-même les passages qui illustrent le mieux mes conclusions.

À point nommé, la porte du fond du tribunal s'ouvrit pour laisser passer un planton poussant devant lui une télévision avec magnétoscope incorporé. Pendant qu'il branchait l'appareil, Svetlana demanda :

— Concernant votre appréciation de l'état mental de miss Patrick, peut-être pourriez-vous nous faire part de votre opinion avant que nous ne visionnions cette cassette. Ainsi, nous éprouverions moins de difficulté à saisir votre démarche.

Le Dr Zubov rajusta ses lunettes et se racla la gorge.

— Mon avis est que miss Patrick souffre de la même sorte de troubles paranoïaques que sa mère.

— Prétendriez-vous que miss Patrick est folle, docteur ?

— Le mot « fou » a une acception psychiatrique et juridique. Du point de vue psychiatrique, à mon avis, l'état mental de miss Lara Patrick l'incite à interpréter de façon erronée les agissements de ceux qu'elle côtoie, à imaginer des conspirations, à voir dans les comportements les plus innocents des menaces contre sa personne. Ainsi sa réaction, lorsqu'elle s'est imaginée que la femme Guk lui voulait du mal. Cette crainte imaginaire a engendré la peur, et elle a réagi en frappant, au risque de tuer cette femme. C'est pourquoi il me semble que Lara Patrick, d'un point de vue clinique, est une femme que son dérangement mental rend incontestablement très dangereuse. Cependant, au sens strictement juridique du terme, elle ne me paraît actuellement frappée d'aucun désordre du système nerveux. Neurologiquement indemne, dirons-nous. Je reste persuadé que le meurtre de Nadia Kolchak était directement inspiré par la paranoïa de l'accusée, mais le mobile du crime était crapuleux et ne relevait pas d'un trouble mental.

— Ce que vous nous dites là, docteur, c'est que l'accusée est une femme perturbée et dangereuse, qui pourrait tuer sous le coup de quelque terreur imaginaire, mais qui, dans le cas de Nadia Kolchak, a tué par pure et simple convoitise.

— Oui...

— Ce n'est pas de la psychiatrie ! glapit Lara. C'est de la sorcellerie !

— Silence ! aboya le juge. Si vous persistez à perturber le cours de ce procès, je vous fais bâillonner.

Svetlana mit le magnétoscope en marche.

À un crépitement de parasites succéda une scène dans laquelle une matonne battait en retraite, fuyant la cellule de Lara. La chevelure de Lara était en désordre et son visage convulsé de rage :

— Vous m'espionnez ! Combien sont-ils à vous graisser la patte ?

La scène suivante la montrait dans la salle d'interrogatoire, hurlant après Iouri, le martelant furieusement de ses poings et l'accusant de comploter contre elle.

Lara se recroquevilla sur sa chaise, à la table de la défense.

Sur la cassette vidéo, elle avait l'air parfaitement cinglée. Dangereusement cinglée.

Chapitre 41

Son tour vint d'interroger le psychiatre, et c'est remplie de terreur qu'elle aborda cette corvée. Elle aurait préféré arracher sa langue à ce fumier, mais elle devait s'astreindre au calme et à un ton professionnel, ne rien dire et ne rien faire qui puisse renforcer les allégations relatives à sa prétendue paranoïa.

Elle se leva lentement, repoussant sa chaise en arrière pour se donner la place de trépigner à son aise :

— Docteur Zubov, vous avez parlé d'état mental. Mais la condition *physique* d'un individu ne peut-elle également avoir des répercussions sur son état mental ?

Il réfléchit pendant un moment à la question. Il avait assisté à son contre-interrogatoire de Vulko et s'attendait à un piège.

— Oui, très certainement. Une affection physique, par exemple, une maladie, peut fort bien induire une dépression.

— La claudication de ma mère aurait-elle pu en quelque façon affecter son état mental ?

— Sa claudication ? Eh bien, une claudication... une claudition ne saurait engendrer la paranoïa...

— Mais il n'en reste pas moins vrai que sa claudication... (Elle s'interrompit.) Vous dites avoir examiné ma mère en personne, n'est-ce pas ?

— Oui. Il y a de nombreuses années, bien entendu.

Sale menteur.

— Et vous vous rappelez qu'elle boitait ?

— Oui, répondit-il après une seconde d'hésitation.

— De quel côté était sa patte folle, docteur ?

— Le côté ? (Il sourit et secoua la tête, tel un instituteur tançant gentiment un enfant dissipé.) C'est si vieux, tout ça. J'ai oublié.

— Très bien, docteur. En fait, c'est bien la seule chose exacte que vous ayez déclaré devant cette cour.

— Objection..., commença Svetlana.

— Il n'y a jamais eu de claudication, Votre Honneur. Je viens de l'inventer. Je voulais voir dans quelle mesure il était prêt à se parjurer au profit du ministère public.

Un frémissement parcourut l'assistance. Le juge s'apprêta à dire quelque chose, puis referma la bouche.

— J'aimerais dire à la cour..., commença Zubov.

— Excusez-moi, docteur, mais la question ne vous a pas encore été posée. À présent, dites-moi...

— Madame, dit sévèrement le juge, vous n'êtes pas ici dans un tribunal américain. Nous ne jouons pas à de petits jeux juridiques. Si un témoin souhaite s'exprimer, il en a le droit et vous n'avez pas à le censurer. Qu'alliez-vous dire, docteur Zubov ?

— L'accusée a raison. Je ne me souviens pas d'une claudication. Pourtant, je ne mentais absolument pas, tout cela remonte à si loin. J'ai tout bonnement admis implicitement que ce que suggérait l'accusée sur sa mère était l'expression de la vérité.

— Merci, docteur. La cour est consciente de vos hautes qualifications et, effectivement, tout cela remonte à bien longtemps. Procédez, miss Patrick.

Elle fit marche arrière, réalisant qu'il serait futile de s'entêter à essayer de le récuser en invoquant ses souvenirs flous.

— Avez-vous déjà été accusé de meurtre à tort, docteur Zubov ? s'enquit-elle.

— Accusé de meurtre ? Bien sûr que non.

— Ni détenu dans une prison moscovite ?

— Non, bien évidemment.

— À votre avis, le fait d'être indûment accusée de meurtre, contrainte de se dévêtir entièrement pour endurer une fouille à corps particulièrement intime, puis retenue prisonnière dans une prison glacée et féroce pourrait-il influer en quoi que ce soit sur l'état mental d'un individu, docteur ?

— Oui, très certainement. Et lorsqu'en outre l'individu en question souffre déjà d'une maladie mentale telle que la paranoïa, de telles privations ne sauraient qu'aggraver encore sa condition.

— Je présume que vous fondez vos conclusions sur les débordements que montre ce film vidéo.

— Vous en parlez comme s'il s'agissait d'un film de fiction. Je me fonde sur des agissements réels, dûment enregistrés sur cassette vidéo.

— Merci, docteur. N'étant pas présent lors de ces événements, vous n'avez donc pu y assister, n'est-ce pas ?

— Non. Bien sûr que non.

— En conséquence, vous ne pouvez pas savoir que cette surveillante était payée pour m'espionner, pas vrai ?

Il pataugea un moment, cherchant à retarder l'inévitable.

— Miss Patrick, à mon avis...

— Docteur Zubov, je vous ai posé une question très simple. Vous ignoriez que cette femme était payée pour m'espionner. Vrai ou faux ?

Il sourit.

— Bien sûr qu'elle était payée pour vous espionner. C'est une surveillante de prison. C'est son travail.

Une houle de rires parcourut l'assistance.

— Exactement. Elle est payée par le gouvernement pour épier les détenus. Pas vrai ?

— J'imagine qu'il s'agit d'une de ses attributions, sans nullement prétendre être un expert en matière d'administration pénitentiaire.

— Mais vous l'êtes suffisamment, cependant, pour savoir qu'une surveillante de prison commet un délit grave en acceptant de l'argent d'un particulier pour épier un détenu. Je me trompe ?

Il hésita, tentant de contourner la fosse béante.

— Je considère votre silence comme un acquiescement, docteur. Et, ignorant que cette femme était corrompue et bafouait son serment, vous ne pouviez donc savoir si les accusations que je proférais contre elle participaient d'un délire de persécution, ou bien si elles étaient la manifestation de la rancœur entraînée par ses exactions, n'est-ce pas ?

— Rien ne me prouve qu'elle était payée pour vous espionner, mais j'ai pu observer votre comportement et il m'a convaincu que votre attitude à son égard était la conséquence directe de votre paranoïa.

— Dites-moi, le meurtre de mon avocate est-il aussi le produit de mon délire de persécution paranoïaque ? Aurais-je imaginé sa mort, imaginé qu'elle a été assassinée ?

— À ce que j'ai pu comprendre, vous n'avez pas *imaginé* qu'elle avait été assassinée par un tiers. La paranoïa ne crée pas la situation, mais son *interprétation*. Des hommes et des femmes sont assassinés sans arrêt à Moscou, à un rythme croissant ; autant de crimes que le passé nous avait épargnés. C'est *votre* interprétation de la situation qui vous porte à croire que le meurtre de votre avocate est le résultat d'un vaste complot ourdi contre vous. La *mienne* épouse la version admise par la police... elle a été victime d'un acte de violence aveugle.

— Aurais-je également imaginé le meurtre de ma voisine de palier, survenu dans mon enfance ?

Il haussa les épaules.

— Des gens meurent tout le temps. Tous les jours, partout dans le monde. Parfois de mort violente.

— Et parfois même assassinés, dit-elle.

Nouveaux ricanements dans son dos, en provenance du public.

— Dites-moi, docteur, lorsque vous avez « examiné » ma mère, portiez-vous votre uniforme du KGB ?

— Objection ! hurla Svetlana. Les affaires du KGB sont « secret-défense ». Le KGB n'a pas sa place dans cette affaire.

— La question est non pertinente, dit le juge. Posez une autre question.

— Mes questions portent toutes sur le KGB et la participation active du docteur à celui-ci. La cour m'interdit-elle de les poser ?

— Oui. Vous avez entendu ma décision.

— Alors, il n'y aura plus d'autres questions.

Elle se rassit, satisfaite. Elle n'avait rien à gagner, à coup sûr, en s'obstinant à poser des questions sur le KGB, de sorte que l'interdiction qu'on lui opposait était de loin préférable à l'éventuelle perspective de perdre la face. À l'issue du procès, lorsque le témoin aurait quitté le prétoire, elle les accuserait, lui et la procuratrice, d'être complices d'un tripotage du KGB.

Elle se leva à nouveau.

— Une toute dernière question, docteur. Autant que je me souvienne, vous avez déclaré avoir travaillé pour l'Institut Serbski pendant près de trois décennies. Combien de cerveaux brillants, combien d'intellectuels...

— Object...

— ... ont-ils été anéantis par vos diagnostics de troubles du comportement, destinés à les empêcher de révéler la vérité au monde ?

— Biffez la dernière question ! hurla le juge. Miss Patrick, vous vous égarez. Vous essayez de transformer une affaire de meurtre en procès politique. Je ne vous laisserai pas faire !

— Mon intention est d'obtenir qu'on récuse le témoin, Votre Honneur, aboya-t-elle sur le même ton. Si cet homme s'est déjà servi dans le passé de son diplôme de médecin pour écraser la dissidence, j'ai le droit de m'assurer qu'il ne récidive pas.

— Vous avez entendu mon arbitrage. Et cessez de m'appeler « Votre Honneur ». C'est là un titre qui ne saurait prévaloir que dans une société de classes. Madame le Procurateur a-t-elle d'autres questions ?

— Oui, une seule. Docteur, vous venez d'avoir l'occasion de parler en tête à tête avec miss Patrick. Cet échange a-t-il modifié en quoi que ce soit votre avis sur sa santé mentale ?

— Oui. (Il fixa Lara droit dans les yeux.) Les questions posées par l'accusée me donnent à penser que son état mental s'est encore détérioré sous l'effet de sa maladie. Les complots qu'elle invente ne se limitent plus aux seules personnes avec qui elle est en contact personnel, telles que Nadia Kolchak ou la surveillante de la prison, mais incluent désormais des gens comme moi, les magistrats de cette cour ou le KGB.

Lara détourna les yeux sans rien dire. Elle avait marqué des points, mais il en allait de l'allégation de démence comme de mauvais traitements à enfants... point n'était besoin d'en apporter la preuve, la calomnie se suffisait à elle-même. Svetlana l'avait battue à plates coutures. Si consternée et coupée du monde qu'elle fût, tout entière absorbée dans ses funestes ratiocinations, elle n'en entendit pas moins le juge demander à Svetlana si elle avait d'autres témoins, et celle-ci lui répondre qu'elle comptait faire citer brièvement à la barre le médecin légiste, afin d'exposer les causes du décès.

— Mais il faudra remettre sa déposition à plus tard, car

elle n'est pas disponible pour le moment, ajouta Svetlana. De sorte que l'accusée peut d'ores et déjà présenter sa défense. Si d'aventure elle en a une.

Lara se releva à grand-peine.

— J'appelle...

Elle s'interrompit pour regarder vers le fond, où Vlad venait d'ouvrir en la poussant du dos la grande porte à deux battants du tribunal. Iouri se tenait à proximité de la porte et l'agrippa pour la lui tenir ouverte, pendant que Vlad entrait à reculons, tirant un chariot bourré de cartons.

— J'appelle Vladimir Andreïevitch Dzhunkovski.

Le juge Rourik se renfrogna.

— Que se propose d'établir ce témoignage ?

— Oh ! M. Dzhunkovski est expert en balistique militaire. Il déposera sur les expertises balistiques.

— L'investigateur en chef Vulko a déposé à ce sujet, fit remarquer le juge.

— Il s'agissait là d'un témoin à charge. Le témoin que je viens de citer présentera une contre-expertise.

— Le bureau du procurateur ne voit aucune objection à ce témoignage, déclara Svetlana.

Les cheveux se hérissèrent sur la nuque de Lara. Il y avait un petit quelque chose, dans le ton de Svetlana, qui...

— Poursuivez, dit le juge.

Vlad transpirait. Elle le sentait extrêmement nerveux. C'était probablement sa première comparution à la cour.

Tout en le regardant se préparer, elle jeta un œil vers Svetlana. Le visage du procurateur était impénétrable. Trahissait tout au plus une neutralité bienveillante. Vulko feuilletait un rapport d'un air détaché, sans s'inquiéter le moins du monde des déploiements de matériel de Vlad.

Il y avait un os quelque part. Elle scruta l'assistance et croisa le regard de Iouri. Il semblait soucieux, préoccupé.

Elle se concentra de nouveau sur Vlad et sur l'équipement qu'il installait. Il avait disposé son laser au milieu du parterre du tribunal, à cet endroit, situé entre le nid d'aigle du juge et de ses assesseurs et les tables des avocats, qu'on appelle le « parquet ». Le support du laser faisait environ trente centimètres de côté et, à son poids manifeste, Lara déduisit qu'il devait contenir la source du faisceau. Une structure en tubes métalliques émergeait de ce support, s'érigeant verticalement sur une hauteur de plus d'un mètre. Au sommet, un tuyau saillait à l'horizontale. A l'extrémité dudit tuyau était fixé un revolver, modifié pour que le tuyau du laser remplace et prolonge partiellement le canon.

Futé, se dit-elle. Le faisceau va traverser le canon. Vlad avait le sens du spectacle.

Le reste du dispositif paraissait être un modèle réduit en carton d'une section du bain turc. Puis Vlad déplia la moitié supérieure d'une silhouette féminine, également découpée dans du carton, et la fixa au simulacre du bain turc. Un impact de balle traversait de part en part le thorax de carton.

Vlad terminant d'installer son dispositif, le juge le toisa comme le directeur d'un théâtre contemplerait le décor d'une pièce dont les recettes ne paient même pas la location de la salle.

Lara commença son interrogatoire en faisant état des domaines d'expertise, formation, études et expérience de Vlad. Puis, ces précisions dûment données, elle le questionna sur son travail au laser. Il expliqua le fonctionnement du laser et l'usage qui en était fait dans sa profession.

— Merci. Maintenant, veuillez préciser à la cour le but du dispositif que vous venez d'installer.

— Ceci est un laser qui émet un faisceau. J'ai modifié le pistolet de façon que ledit faisceau passe par le canon. Imaginez, pour mieux comprendre cette démonstration, que le pistolet modifié est l'arme du crime. (Il désigna la construction en carton installée à l'autre bout de la salle.) Cet assemblage est une reproduction grandeur nature du bain turc. Exactement à l'identique. Le simulacre d'une silhouette féminine a été découpé aux mensurations de la victime, Nadia Kolchak. L'impact de balle est situé à l'emplacement exact de la blessure réelle. (Il se dirigea vers le dispositif et souleva le torse de carton pour que tous puissent bien voir le « rebord » arrière de la piscine.) Le trou dans le rebord du bassin a été pratiqué par la balle après qu'elle a traversé le corps de la victime pour ressortir dans son dos. L'expert a extrait la balle du trou et fait figurer dans son rapport qu'il n'a pu y parvenir qu'en élargissant l'orifice original. Cela en déchirant le rebord plutôt qu'en essayant d'extraire la balle en douceur.

— Avez-vous étudié les rapports établis par l'expert et le médecin légiste à ce sujet ?

— Oui.

— Et ces rapports apportaient-ils d'autres éléments ?

— La victime a reçu deux balles. La première l'a frappée à la poitrine alors qu'elle était assise dans le bassin, face à la porte intérieure de la suite. La seconde l'a touchée à l'arrière du crâne. On n'a trouvé de traces de poudre résiduelle que sur les montants de la porte, à l'entrée du bain turc. Dans la mesure où il n'en a pas été retrouvé plus haut dans le couloir, l'expert a conclu, et je suis d'accord avec lui, que le tueur, pour tirer son premier coup de feu, se tenait dans l'encadrement de la porte.

— Comment la poudre résiduelle a-t-elle pu se fixer sur le montant de la porte ?

— Lorsqu'on tire un coup de feu, une projection de poudre succède immédiatement à l'expulsion de la balle de la chambre. Cette « poussière » à haute célérité peut s'incruster dans les objets situés à proximité immédiate. Dans le cas qui nous occupe, l'expert a procédé à des recherches qui se sont soldées par la découverte de traces de poudre résiduelle sur le montant de la porte. Sa conclusion, à laquelle j'adhère entièrement, est qu'on n'a pu tirer qu'un seul coup de feu de cette position.

— La poudre résiduelle nous apporte-t-elle des éléments d'information sur le tireur ?

— Dans des limites très restreintes. Au minimum, un indice sur l'emplacement occupé par le tueur, au moment d'appuyer sur la détente. Mais autre chose encore, du moins à mon sens : le tireur était de taille adulte. Ce n'était ni un enfant ni un nain.

Vulko pouffa.

— Voilà qui rétrécit notablement le champ des investigations.

De grands éclats de rire montèrent de l'assistance. Lara les ignora et poursuivit :

— Et vous avez pu déterminer lequel de ces deux coups de feu a été tiré en premier... ?

— Le rapport du médecin légiste s'en est chargé pour moi. Ce dernier y déclarait que la balle était entrée dans la poitrine. Et, si l'on se rapporte à la description générale des lieux du crime incluse dans ce rapport, il semblerait que le tueur se soit trouvé à six mètres environ de sa victime. La balle a donc frappé celle-ci à la poitrine, s'est frayé un chemin bien net dans les tissus...

— Qu'entendez-vous par « bien net » ?

— Les balles sont fréquemment déviées de leur course rectiligne par un os ou un cartilage internes. Celle-ci a traversé directement les tissus tendres, pour ressortir par le dos et venir s'incruster dans le rebord de caoutchouc du bain turc.

— Qu'en est-il du second coup de feu ?

— Difficile d'en tirer quoi que ce soit, puisqu'il a frappé la victime à l'arrière du crâne, en l'un des points où l'os est le plus épais. La balle a fait exploser le crâne et ricoché. Compte tenu d'autres faits matériels, je conclus que le corps de la victime s'est convulsé dans le bassin avant de recevoir la seconde balle... que le tueur s'est rapproché de la piscine et qu'il a tiré à bout portant pendant que le visage de la victime était immergé.

Lara ne put s'empêcher de jeter un nouveau coup d'œil vers Svetlana, mais le visage du procurateur était toujours aussi impassible. Cette apparente indifférence ne laissait pas d'inquiéter Lara. Le silence de Svetlana lui faisait l'effet d'une mire de télescope braquée sur sa nuque.

— Avez-vous procédé à des expériences à cet effet ou soumis les conclusions à un réexamen ? interrogea Lara.

Vlad opina.

— Oui. Je me suis rendu sur les lieux du crime. M. Bova a eu la gentillesse de me laisser entrer, ajouta-t-il en désignant du menton Alexeï Bova, debout dans le fond. Et, dans mon laboratoire, j'ai procédé à quelques tirs au revolver, avec une arme de mêmes calibre et modèle que l'arme du crime, pour évaluer un certain nombre de facteurs entrant en ligne de compte, dont le coefficient d'expansion de la poudre résiduelle, la distance sur laquelle le projectile conserve une trajectoire rectiligne et l'incidence du recul. Par recul, j'entends la violence de la ruade du revolver, variable en fonction de la poigne du tireur.

« J'ai de même procédé à un certain nombre d'expériences afférentes aux positions de tir, plus particulièrement en fonction de la façon dont des gens de taille et de poids différents peuvent tenir une arme lorsqu'ils visent un objet de la taille de la victime située à une distance de tir de vingt pas.

— S'agit-il là d'essais et d'expériences de routine dans votre domaine d'expertise ?

— Oui. Il est bien évident que l'expert assiste rarement au crime réel. Comme les policiers, l'expert en balistique ou le médecin légiste, je fonde mes conclusions sur les indices retrouvés sur les lieux du crime et les déductions rationnelles qu'on peut en tirer. Essais et expériences ne font qu'étayer les résultats de l'enquête, en me permettant de me forger certaines opinions sur l'incident. Bien entendu, l'opinion d'un expert dépend au premier chef de l'exactitude des données qu'on lui a fournies.

— Donc, en vous fondant sur toutes ces données, êtes-vous parvenu à une conclusion sur l'identité de la personne qui a tiré le coup fatal ?

— Eh bien... non.

— Non ? (Lara se figea.)

— Je ne sais pas qui a pu tirer ce coup de feu. Mais je sais au moins qu'il ne peut s'agir de vous.

Le soulagement la submergea et ses genoux la trahirent. Elle s'éclaircit la voix.

— Excusez-moi, c'est précisément la question que je voulais vous poser. Voudriez-vous s'il vous plaît exposer à la cour comment vous êtes parvenu à la conclusion que je n'avais pu tirer ce coup de feu.

— Puis-je procéder à une démonstration ?

— Je vous en prie, faites.

Vlad activa son laser. Il se dirigea vers le simulacre de tronc humain et procéda à quelques retouches dans sa position. Lorsqu'il eut terminé, le faisceau du laser surgit du canon du revolver pour aller frapper le tronc de carton à la poitrine, à l'emplacement exact de l'impact de la « balle ». Sans s'éloigner de son matériel, il s'adressa au juge et à ses assesseurs.

— En plus des divers ajustements auxquels j'ai dû procéder en fonction de variables telles que la distance ou la position de tir, j'avais besoin de deux renseignements essentiels sur ce coup de feu. D'une part, il fallait absolument que je connaisse l'angle exact de pénétration de la balle. La blessure à la poitrine, en l'occurrence, nous permettait de le déterminer. J'ai tiré une ligne droite vers l'arrière, conformément à cet angle. Sur le papier, d'abord, puis avec le faisceau du laser. Cette ligne droite, c'était la trajectoire de la balle, du revolver à la victime.

« Le second facteur crucial, c'était l'endroit exact où se *tenait* la personne. Debout. Sans cette information, je n'avais pas la moindre possibilité de fixer l'endroit exact de la trajectoire où je devais placer le revolver. De cet emplacement du revolver dépendait la hauteur à laquelle on avait tenu le revolver pour tirer.

« Si bien que, connaissant la trajectoire de la balle, son angle de pénétration et l'emplacement du tireur, et en procédant à divers tâtonnements, en fonction des autres variables, j'ai pu parvenir à une conclusion sur la taille du meurtrier.

— Et votre conclusion ?

— C'est que le revolver, fit-il en désignant le pistolet, était tenu à cette hauteur et selon cet angle au moment du coup de feu.

— Hauteur et angle que vous avez pris soin d'imprimer à votre arme de démonstration ?

— Oui.

— Et d'où en tirez-vous l'enseignement que je n'ai pu tirer ce coup de feu ?

— Voulez-vous avancer jusqu'ici, s'il vous plaît ?

Lara rejoignit Vlad auprès de l'appareil.

— Tenez-vous près du laser... voilà. Maintenant, empoignez le revolver par sa crosse.

Un murmure parcourut l'assistance, et le juge et ses assesseurs se redressèrent sur leur chaise pendant que Lara tendait le bras pour empoigner la crosse du pistolet. Il crevait les yeux qu'il lui manquait un bon nombre de centimètres pour tenir l'arme dans une position de tir naturelle.

Les yeux du juge se portèrent sur Svetlana et l'investigateur en chef, à la table de l'accusation. Svetlana se contenta d'arquer les sourcils, sans manifester plus d'émotion.

— Je n'ai pas d'autres questions, déclara Lara en regagnant le banc de la défense.

— Pas de questions pour l'accusation, fit Svetlana.

Lara se cogna dans sa chaise en pivotant sur elle-même pour fixer Svetlana. Impossible qu'elle n'ait pas de questions à poser. Laisser passer une telle déposition sans procéder à un interrogatoire contradictoire, c'était ni plus ni moins l'acquittement garanti.

— Pas de question ? s'enquit le juge. Seriez-vous en train de me dire que le bureau du procurateur n'a aucune question à poser ?

— C'est exact, dit Svetlana.

Le juge regarda Vlad.

— Vous avez été formé par l'armée ? Vos supérieurs hiérarchiques approuveraient-ils cette démonstration ?

— Mon chef de section m'a aidé à construire le modèle réduit, dit Vlad.

— Et votre conclusion, c'est bien que miss Patrick n'a, en aucun cas, pu tirer le coup de feu qui a blessé la victime à la poitrine — ce premier coup de feu —, l'angle de tir exigeant qu'il ait été tiré par une personne de plus grande taille ?

— Oui.

— Votre modèle reflète-t-il la taille exacte du tueur ?

Vlad hésita.

— Pas sa taille exacte, mais une approximation, dans une fourchette de plus ou moins quelques centimètres. Je suis incapable de calculer sa stature exacte, en raison de diverses variables, telles que la force de la poigne ou l'expérience des armes à feu de l'assassin, mais j'ai pu l'évaluer approximativement et déterminer qu'il était d'une stature nettement supérieure à celle de miss Patrick, d'au moins dix ou douze centimètres.

Le juge se tourna vers Svetlana.

— Vous avez entendu la déposition du témoin et vous n'avez toujours aucune question à formuler ?

— Pas de questions, dit Svetlana.

Un nouveau frémissement parcourut la galerie. Lara était assise toute raide sur sa chaise, ses nerfs prêts à lâcher. Il y a quelque chose qui cloche terriblement, se disait-elle. Je suis passée à côté d'un truc. Oh, mon Dieu, j'ai dû négliger un point fondamental.

— Néanmoins, dit Svetlana, dès que ce... cet individu, aura consenti à ranger ses joujoux, nous appellerons un autre témoin à la barre. (Elle se tourna vers Lara et lui sourit.)

Le même sourire qu'elle lui avait adressé dans le cabinet particulier du juge, en braquant le pistolet sur elle.

Chapitre 42

— Le bureau du procurateur appelle le Dr Ouspenski.

Encore un psychiatre ? se demanda Lara. Allaient-ils essayer de démontrer que Vlad, lui aussi, était cinglé ? Le nom lui disait quelque chose, mais elle n'arrivait pas à préciser sa pensée.

Une petite femme aux allures de souris, vêtue d'une lourde vareuse de laine et d'une chemise qui tenaient plus de l'uniforme militaire que du vêtement civil, se dirigea vers la barre des témoins. Elle pouvait avoir aussi bien trente que soixante ans — ses vêtements mal coupés et ses cheveux filasse rendaient la seconde hypothèse plus plausible. Elle avait des yeux de chien battu, de grosses joues rondes et la peau d'une blancheur malsaine. Elle rappelait à Lara une espèce de salamandre, qui n'aurait pas vu la lumière du jour depuis des générations.

Svetlana se leva pour s'adresser au témoin :

— Veuillez faire état de vos activités professionnelles, docteur Ouspenski.

— Médecin légiste, déclara la femme.

Médecin légiste ? Qui diable ça peut bien être ? Pas celle qui a rédigé le rapport d'autopsie, en tout cas, songea Lara.

— Et qui est votre employeur ?

— Le service de pathologie de Moscou.

— Est-ce vous qui avez examiné le corps de Nadia Kolchak, la victime dans cette affaire ?

— Une minute, fit Lara en jaillissant de sa chaise. On essaie de me bâillonner, dit-elle au juge. C'est un coup fourré. Le ministère public m'a caché l'existence de ce témoin surprise et le cite maintenant à comparaître, alors qu'il n'en est même pas fait mention dans les rapports qu'on m'a remis.

— L'accusée a-t-elle été informée de l'existence de ce témoin ? demanda le juge à Svetlana.

— Bien entendu. Le Dr Ouspenski est le médecin légiste qui a pratiqué l'autopsie de la victime mais les rapports ont été signés par son chef de service, ce qui explique la confusion de l'accusée. Néanmoins, même s'il n'a jamais examiné le corps, il les a signés dans le cadre normal de ses attributions.

— Mais j'ai cru en toute bonne foi que la personne qui rédigeait les rapports pratiquait également l'autopsie.

Le juge se rembrunit encore.

— C'est bien pour cette raison que nous vous avons proposé à maintes reprises de prendre un avocat qui soit au fait de la procédure russe. Les chefs de service signent couramment les rapports. L'identité du signataire n'a au demeurant aucune importance. Le témoin a pratiqué l'autopsie et peut donc en attester.

— C'est inique, on aurait dû me prévenir de l'existence de ce témoin, pour me permettre de me préparer à l'affronter.

— Nul n'a besoin de se préparer à la vérité. Elle est là, tout bonnement. Vous persistez à élever ce genre d'objections techniques sur lesquelles se fonde le système judiciaire anglo-américain. Ce ne sont pas les considérations techniques qui nous intéressent, mais la vérité. Si vous estimez que le témoin a menti, vous pourrez l'interroger, mais nous ne jouons pas ici à un petit jeu de société dont la vérité serait bannie parce que personne ne vous en a avisée. Ou parce que vous n'avez pas su vous en informer.

— Mais on devrait au moins me laisser le temps de me préparer à affronter ce témoin. Son témoignage sera de nature technique. J'ignore si sa teneur...

— Asseyez-vous et nous ne tarderons pas à le savoir, dit le juge.

Lara se rassit, la tête bourdonnante d'angoisse.

— Docteur Ouspenski, vous avez pratiqué l'autopsie de Nadia Kolchak, la victime. C'est bien exact ?

— Oui.

— Et s'agissant de la cause du décès, quelles sont vos conclusions ?

— Elle a été blessée deux fois par balle. Une fois à la poitrine et l'autre dans la nuque.

— Avez-vous pu déterminer, en examinant le corps, laquelle de ces balles l'avait frappée en premier ?

— Oui, dit le médecin légiste.

Lara sentit béer le piège sous ses pieds. Ils avaient posé des micros et des caméras. Svetlana savait très exactement tout ce dont Vlad et elle avaient discuté : elle n'ignorait aucune des articulations de la théorie de Vlad, savait dans quel sens il allait déposer, et s'y était préparée. D'horreur, le dos de ses cuisses et le creux de ses reins en eurent la chair de poule.

— Et laquelle de ces deux balles a frappé en premier ?

— La balle dans la nuque.

— Comment pouvez-vous savoir que la blessure à la nuque est antérieure à la blessure à la poitrine ?

— L'artère occipitale, sectionnée lors de la blessure à la tête, avait provoqué une hémorragie. Pour observer une hémorragie aussi conséquente que celle que j'ai pu noter dans les tissus avoisinants, il faut nécessairement que le cœur continue de battre.

— Et comment savez-vous que la plaie à la poitrine n'a pu être infligée avant la blessure à la tête ?

— En comparant les deux hémorragies. Dans la région du thorax, l'hémorragie était relativement bénigne. Ce qui signifie que le coup fatal, celui qui a tué la victime, était forcément le premier : la blessure à la tête. La victime n'est pas morte immédiatement, et on a tiré une seconde fois, dans la poitrine cette fois-ci, à peine quelques secondes après, peut-être, mais, entre-temps, la victime était morte. Toutefois, avant de s'arrêter définitivement, le cœur a battu assez longtemps pour provoquer un épanchement de sang.

— Hémorragie pour la blessure à la tête, la première blessure, donc, souligna Svetlana. (Elle compulsa quelques papiers.) Je note que dans le rapport d'autopsie, signé par le chef de service, on fait référence à une, je cite, « première blessure par balle, infligée à la poitrine ». Le passage auquel je fais allusion est-il connu de vous ?

— Oui, mais la « première » ne fait pas référence à la première blessure infligée à la victime ; il s'agit de celle que j'ai examinée en premier. J'ai commencé par la plaie au thorax, puis j'ai retourné le corps pour examiner la blessure à la nuque. (Elle s'interrompit pour dévisager Lara.) Personne ne m'a demandé laquelle de ces deux balles avait frappé le corps en premier, poursuivit-elle, sur la défensive. Quelle importance, de toute façon ? Les deux blessures étaient fatales. On a tiré du pas de la porte dans la nuque de la victime. L'impact de la balle a dû propulser le corps en avant à travers le bassin et l'a sans doute fait culbuter sens dessus dessous, en même temps que les spasmes de l'agonie lui imprimaient de violentes convulsions. Le tueur s'est ensuite rapproché pour tirer dans la poitrine, très certainement pour achever sa victime.

Lara sentit l'enfer s'ouvrir sous ses pieds. Vlad avait certifié que ses calculs exigeaient qu'il connaisse l'emplacement du tueur et l'angle exact de pénétration. Et qu'il était incapable de déterminer l'angle de pénétration de la balle qui avait fait exploser le crâne, dans la mesure où l'impact avait dévié la balle. À présent, dans l'ignorance totale de l'emplacement où pouvait se trouver le tueur au moment de tirer la balle qui avait frappé la poitrine, il serait dans l'incapacité d'évaluer sa stature à partir de l'angle de pénétration.

Chapitre 43

Lara marchait à côté de la matonne, dans un état voisin de l'hébétude. De leurs cellules, de part et d'autre de l'allée du bloc cellulaire, délinquantes, voleuses, putains et meurtrières conspuaient la *prima donna* déchue.

— Tu t'es fait botter le cul, hein, salope d'étrangère.

— Le Souffle de Staline t'a soufflé dans les bronches.

— Eh, fais donc une turlute au bourreau, qu'il graisse la balle pour toi.

Railleries et quolibets ne l'atteignaient plus. Elle était comme morte et glacée à l'intérieur. Une fois verrouillée la porte de sa cellule, elle s'enroula dans la couverture ignoble et se recroquevilla dans un coin. Elle grelottait, mais ce n'était pas de froid ; la peur ravageait son corps, car elle n'avait plus la force de la repousser.

Svetlana l'avait battue, piétinée, roulée dans la farine.

Une erreur fatale. J'ai commis une erreur fatale. Je me suis comportée en avocate américaine. Maria l'avait prévenue, lui avait dit que les murs du parloir avaient des oreilles, mais Lara n'avait pas voulu l'écouter. Le vieil adage se vérifiait, qui dit que l'avocat qui se défend lui-même a pour client une dupe. Le premier venu des avocats russes, même Rykov, n'aurait jamais commis une erreur de débutant aussi grossière.

Elle aurait dû se douter de quelque chose. Svetlana, en n'appelant pas le médecin légiste à la barre dans l'ordre logique du procès, aurait dû lui mettre la puce à l'oreille. Jamais le Souffle de Staline n'aurait permis qu'un témoin clé dépose à contretemps.

Le dernier mot. C'est à ça que se résumaient les choses, désormais. Elle avait droit au dernier mot et demain serait le dernier jour du procès, le bouquet final. Svetlana avait prononcé son réquisitoire, demandé sa tête à la cour, pendant que Lara restait prostrée au banc de la défense, et que la sœur de Nadia réclamait justice, exigeant « une vie pour une vie ».

Elle s'était fait de ce dernier mot l'image d'une sorte de plaidoyer final. Mais c'était une fois de plus raisonner en Américaine. Elle était en Russie — pays rude, impitoyable et cruel. Le dernier mot était une supplique, une prière pour qu'on lui laisse la vie, une requête en grâce adressée à un système omnipotent, peu habitué aux mesures en demi-teintes.

Elle n'avait strictement rien à plaider, de toute façon. Elle n'avait avancé aucune preuve un tant soit peu crédible. Aucune réplique percutante, aucune tactique légale susceptible d'emporter le morceau ne lui venait à l'esprit. On attendait d'elle qu'elle mette genoux à terre et implore merci. Pour l'instant, elle était si vannée et abattue qu'il ne lui restait plus que la force d'aller ramper en pleurant devant le juge.

— Lara ?

Quelqu'un se tenait dans l'embrasure de la porte de sa cellule. Elle reconnut immédiatement sa voix et sa silhouette.

— Vite, chuchota Iouri. Le temps m'est compté.

Elle se leva et marcha jusqu'à la porte en emportant sa couverture avec elle.

— Qu'est-ce que...

— Chut. Il faut faire vite. J'ai dû graisser des pattes. Vulko a donné l'ordre de ne laisser entrer personne.

— C'est quoi encore ? Une nouvelle entourloupe ? Il n'y en a pas déjà eu assez comme ça ?

— Écoutez, le procès a très mal tourné.

Elle aurait bien voulu rire, mais ses mâchoires étaient trop crispées pour laisser fuser autre chose qu'un râle étouffé.

— Vous allez devoir inverser le courant demain. C'est votre seule chance.

— Parce que vous croyez sans doute que je n'y ai pas réfléchi ? Rien à faire. Je suis fichue.

— Vous avez pris le problème à rebrousse-poil. En essayant de faire la preuve de votre innocence.

— Et j'aurais dû faire quoi, selon vous ? Accepter de me confesser, à la bonne vieille mode russe ?

— Il vous manque la pièce maîtresse du puzzle : le coupable.

Son cerveau marchait sur trois pattes et elle le fixa d'un œil un tantinet ahuri :

— Le coupable de quoi ?

— Du meurtre de Nadia. Pourquoi l'a-t-on tuée ? Vous avez essayé de démontrer votre innocence. Rien n'est plus facile que de condamner quelqu'un sur de simples présomptions. Votre seule chance, c'est de prouver qu'un autre est le coupable.

— Je n'ai pas la moindre preuve de la culpabilité d'un tiers... Dieu sait pourtant que les candidats ne manquent pas.

— Réfléchissez-y.

— Vous êtes cinglé, ou quoi ? Le procès est terminé. Je suis foutue.

— Réfléchissez-y. C'est votre seule chance. Il y a une chaîne. Qui part de la mort de votre mère et de Véra Swen et aboutit à celle de Nadia.

— Nadia essayait de faire chanter Alexeï.

— Et on la faisait chanter. Efforcez-vous de reconstituer l'enchaînement des faits. Vous détenez tous les maillons. Il ne vous reste plus qu'à les remettre dans l'ordre.

La porte de la cellule s'ouvrit dans un bruit de ferraille.

— Je dois y aller, chuchota Iouri. (Il passa la main entre les barreaux et lui étreignit le bras.) Bonne chance, Kochka.

Iouri disparut au bout du couloir obscur, et Lara réintégra son propre recoin, dans la pénombre de sa cellule. Elle ne tremblait plus, et son cerveau s'activait comme une ruche.

Elle ne savait pas si elle avait ou non commis une erreur stratégique au procès. Ce dernier ne lui avait pas apporté le moindre indice quant à l'identité du véritable meurtrier de Nadia. Mais il y avait dans ce qu'avait dit Iouri quelque chose qui la tenaillait.

Elle tomba dans un profond sommeil et se réveilla en sursaut au milieu de la nuit. Ce quelque chose qu'avait dit Iouri venait de lui permettre de reconstituer le puzzle dans toute son évidence. Elle savait à présent qui avait tué Nadia. Et aussi comment s'articulaient ce meurtre et la mort de leur voisine.

Chapitre 44

— Quel est votre dernier mot ?

Lara se leva et considéra le fond de la salle du tribunal avant de se tourner vers le juge. Elle était bondée : toutes les chaises étaient occupées et les gens s'amassaient encore dans le fond, debout près des doubles portes. Alexeï se tenait à gauche de celles-ci, un sourire faussement optimiste aux lèvres ; Félix, stoïque, était debout derrière lui. Tous deux portaient un imper. L'odeur habituelle de laine mouillée montait de la salle. Iouri était à droite des portes, vêtu du pardessus bon marché qu'il portait à la fête foraine ; le vêtement était trempé aux épaules. Il tenait un long parapluie noir, dont il martelait sa paume comme d'une matraque dont il s'apprêterait à faire usage.

Leurs yeux se croisèrent pendant un instant. Son visage était impénétrable ; nul message ne passa dans le regard qu'ils échangèrent, mais le cœur de Lara battait la chamade et sa gorge se serra — de peur et de chagrin. Elle se tourna vers le juge et ses assesseurs.

— On dit chez nous qu'un avocat qui se défend lui-même a pour client une dupe. Je fais partie de ces dupes. Et, parce que je suis une dupe, j'ai perdu ce procès. Le procureur m'a terrassée — non pas parce que j'étais coupable, mais parce qu'elle connaissait mieux que moi les règles du jeu.

Le juge décocha un bref regard à Svetlana.

Lara poursuivit :

— En Amérique, nous avons adopté le système de juris-prudence britannique, que cette cour désavoue, lui reprochant de trop reposer sur le savoir-faire des avocats et les chicanes procédurières. Mais, après l'expérience que je viens de vivre dans ce tribunal, je réfute totalement cet argument, dans la mesure où je n'ai pas observé, dans le système russe, l'ombre d'un élément qui joue dans le nôtre un rôle fondamental : l'esprit sportif.

Svetlana se leva à moitié de sa chaise mais le juge lui fit signe de se rasseoir :

— L'accusée a le dernier mot. Laissez-la exprimer le fond de sa pensée.

— Merci, dit Lara. Je n'entrerai pas dans les détails. En termes succincts, j'ai été victime d'un coup monté. Le procu-reur m'a fait espionner, a dissimulé des pièces à conviction et l'existence d'un témoin à charge, dans le seul but de m'inciter à bâtir un château de cartes qu'elle pouvait balayer d'un geste. Autrement dit, elle a joué le jeu d'un avocat occidental, mais sans se plier aux règles de fair-play édictées par les pères fonda-teurs britanniques. J'étais une proie rêvée pour ses traque-nards.

« Je ne cherche pas à gagner l'indulgence de la cour, ni même sa grâce. Mais simplement sa compréhension. Je n'ai rien fait qui puisse m'obliger à supplier à genoux. Je n'ai pas tué Nadia Kolchak. Chose encore plus essentielle, ce procès n'a jamais administré la preuve de ma culpabilité à cet égard. Il a simplement été prouvé qu'elle était morte de mort vio-lente, assassinée, et que des policiers m'avaient retrouvée peu après, folle de panique et l'arme du crime à la main. Ce scéna-rio, assorti d'une présumée tentative de chantage, a conduit à mon arrestation.

« Il ne s'agit donc, personne n'ayant assisté au meurtre, que de pures et simples présomptions. Présomptions fatalement accablantes, pour les raisons citées plus haut. Mais présomp-tions. Et présomptions lacunaires. La cour ne m'a pas autori-sée à combler ces lacunes, et un ministère public qui dissimulait des preuves m'a poussée à présenter une défense inéluctablement vouée à faire long feu.

Elle contourna sa table pour se camper devant celle-ci, lais-sant à sa droite le juge et ses assesseurs, à sa gauche le reste de la salle d'audience. Elle se trouvait à présent à l'intérieur du parquet, cette zone du tribunal interdite aux avocats et aux accusés, dans les prétoires américains et britanniques, parce qu'elle les rapprochait trop de la gorge du magistrat.

— Je suis accusée d'avoir essayé de faire chanter Alexeï Bova, l'un des hommes les plus riches de Russie. J'ai moi-même envisagé le mobile du chantage, d'un chantage non pas exercé par moi, mais par Nadia Kolchak à l'encontre d'Alexeï. Je n'ai réalisé mon erreur qu'hier soir. Nadia n'essayait pas de faire chanter Alexeï... elle était elle-même victime d'un chantage.

Elle s'arrêta pour se servir un verre d'eau de la carafe posée sur la table de la défense. Ses mains tremblaient et elle en renversa un peu. Le prétoire vibrait d'un silence douloureux, comme si l'assistance se préparait à pousser d'une seconde à l'autre un cri de victoire ou d'hallali.

— Pour bien comprendre comment je me suis retrouvée devant le corps de Nadia, un revolver à la main, il faut remonter en arrière dans le temps, bien avant mon retour à Moscou, à l'époque de mon enfance où je vivais ici.

— Miss Patrick...

— Toute la vérité est là, Votre Honneur. Vous disiez que cette cour s'intéressait avant tout à la vérité, alors accouchons-en une bonne fois. En premier lieu, une femme, notre voisine de palier, est morte il y a vingt ans. Elle se nommait Véra Swen et était probablement scandinave, c'est du moins ce que m'a dit Nicolaï Belkine. Elle est morte de mort violente et a été mutilée. C'est un fait, et non une hallucination issue du délire d'un cerveau paranoïaque.

Sa voix chevrotait, et elle inhala une profonde goulée d'air pour apaiser ses nerfs.

— En second lieu, ma mère pensait que cette femme avait été assassinée et qu'on avait camouflé son meurtre. C'est encore un fait. (Le juge s'apprêtant à l'interrompre, elle leva une main.) Oh, je sais, j'étais présente dans ce tribunal lorsqu'un psychiatre est venu s'y pavaner sur commande et déclarer au monde entier que ma mère et moi étions des psychotiques paranoïaques. Un psychiatre qui ne nous avait examinées ni l'une ni l'autre et qui s'est fait un nom au cours de la période la plus ignominieuse de la psychiatrie russe. Quiconque aurait, dans cette salle, accordé foi à ses paroles aurait besoin d'une sérieuse révision de ses facultés mentales. Bref, il n'en reste pas moins vrai que nous n'avons jamais abordé une question lourde de conséquences : une traînée de cadavres, qui s'échelonne sur plus de deux décennies.

« Ma mère et Véra Swen sont mortes de mort violente. Tout le pathos psychiatrique du monde n'y changera rien. Je parle à Nicolaï Belkine. Il meurt quelques heures plus tard. À mon ancienne institutrice. Morte également. Je conviens d'un rendez-vous avec Nadia Kolchak et elle est assassinée. Enfin mon avocate est tuée pendant mon séjour en prison.

— Miss Patrick, fit le juge, vous ne rapportez là que des événements. Dites-nous plutôt ce qui relie la mort de Nadia Kolchak au passé, ou aux meurtres que vous venez de citer.

— Tout d'abord, dit Lara, il nous faut admettre une ultime vérité. La veille au soir de son assassinat, dans la datcha d'Alexeï Bova, Nadia Kolchak m'a parlé d'un chantage, mais je réalise aujourd'hui seulement qu'elle me parlait de celui dont elle était la victime et non de ses propres projets visant Alexeï Bova. Antérieurement, Belkine avait déjà réagi de façon étrange, en essayant de me « fourguer » un accès aux archives du KGB, mission qui visiblement lui répugnait alors qu'il ne semblait guère intéressé par l'argent qu'il pouvait m'extorquer. Pourquoi ? Parce qu'on l'y contraignait. Qu'on faisait également chanter Belkine.

« J'ai su depuis, dit-elle en se retournant pour croiser les yeux de Iouri, au fond de la salle, que Belkine était affligé de perversions sexuelles. J'ignore quels étaient les problèmes de Nadia, peut-être datent-ils de l'époque qui a précédé sa réussite sociale, ou bien étaient-ils en rapport avec l'activité criminelle de Belkine...

— Mensonge ! Mensonge ! Cette salope diffame les morts.

Le cri haineux venait d'échapper des lèvres de la sœur de Nadia.

— Collez-lui une balle dans le crâne ! hurla quelqu'un dans le public, tandis qu'un grondement d'assentiment montait de ce dernier.

Rykov tapota l'épaule de la sœur de Nadia et, dans un aparté assez vibrant pour être perçu de tous, murmura :

— Laissez-la dire. Elle tresse la corde pour se pendre.

Lara but une autre gorgée d'eau. Le silence était revenu

dans le prétoire mais, aux visages hargneux du public, elle comprit qu'ils l'avaient déjà jugée et condamnée à mort.

— La question qui vient automatiquement à l'esprit est celle-ci : qui faisait chanter Nadia et Belkine ? Et pourquoi ? Il fallait qu'il existât entre le passé et cette personne un lien tangible, puisqu'elle m'avait adressé, pour m'attirer à Moscou, la photo d'une femme mutilée provenant d'un dossier de police clos depuis vingt ans. Le but du maître chanteur était de contraindre Belkine et Nadia à m'amener là où il le voulait. Il avait accès aux vieux dossiers de police ainsi qu'à des informations bien plus récentes sur Nadia et Belkine, et avait probablement pris ses renseignements sur moi et sur mes activités en Amérique.

Elle lança de nouveau un regard vers Iouri. Toujours debout près de la porte, raide comme un piquet, le visage inexpressif.

— Un inspecteur de la police de Moscou aurait accès à toutes ces informations. Par exemple l'inspecteur Iouri Kirov.

Les têtes se tournèrent d'un bloc vers Iouri, comme celles des spectateurs d'un match de tennis.

— L'inspecteur Kirov était présent, dissimulé à l'arrière-plan, le soir où j'ai rencontré Belkine. Était au courant de son passé d'exhibitionniste. Enquêtait fort opportunément sur lui au moment de sa mort. Se trouvait à portée de voix quand j'ai découvert un cadavre et que j'ai été agressée par le chien des Guk. Guk étant le chauffeur du poids lourd qui n'a *pas* tué ma mère. La cour, j'en suis sûre, est consciente qu'aucune des versions « officielles » de la mort de ma mère ne contient une seule bribe de vérité.

« Mais, comme je l'ai dit, l'inspecteur Kirov m'a suivie chez les Guk. J'ai même eu le sentiment qu'il m'y avait précédée. S'il me filait, c'était assurément à la vitesse de la lumière.

L'un des assesseurs — la femme —, pouffa, mais son rire s'étrangla dans sa gorge, le juge l'ayant fusillée du regard.

— Mon ancienne institutrice meurt, alors que je viens de quitter Kirov pour aller la voir. Lorsque Kirov appelle son collègue et vient ensuite m'annoncer la mort de cette femme, il est avec moi. Simple coïncidence ? Ou manœuvre délibérée ?

Lara longea lentement la rambarde séparant la galerie du

385

parquet, sans quitter Iouri des yeux. La tension montait dans le public.

— L'inspecteur Kirov. Toujours présent. Y compris lorsque les autres policiers font irruption dans la suite d'Alexeï et me trouvent le revolver à la main. Un détail curieux, cependant... le rapport de police signale qu'il les aurait retrouvés dans le hall.

— Miss Patrick, dit le juge, De simples allégations ne vous gagneront pas la faveur de cette cour. Paroles, que tout cela. Les preuves brillent par leur absence.

— Vous vouliez un lien entre les meurtres du passé et ceux du présent ? Eh bien, ce lien existe : un adolescent du nom d'Alexandre Zourine, condamné pour le meurtre de Véra Swen. Notre petit voisin, à l'époque. Il m'appelait « Chaton » pour me taquiner. Petite Kochka.

« Les états de service de l'inspecteur Kirov signalent qu'il se trouvait en Afghanistan, en 1984, lorsque Alexandre Zourine s'est évadé du pénitencier. Autre coïncidence ? demandat-elle au juge.

— Pure spéculation, qui ne prouve rien, rétorqua ce dernier, mais d'une voix dont le timbre reflétait une hésitation inédite, qui n'y avait jamais transparu depuis le début du procès.

Elle pivota sur elle-même et fixa ouvertement Iouri, la vue brouillée par les larmes.

— Si vous voulez des preuves, demandez donc à un expert de relever les empreintes digitales de Iouri. Je crois que l'homme qui a survécu à de terribles blessures en Afghanistan était Alexandre Zourine, et non le policier militaire qu'on a envoyé à ses trousses. Il est revenu à Moscou sous l'identité de Iouri Kirov, puis m'a attirée ici, dans le but de faire chanter...

Iouri bouscula un homme afin de dégager le passage, s'engouffra en trombe par la porte à double battant et disparut dans le couloir.

Dans le prétoire, le temps semblait s'être arrêté... personne ne bronchait.

— Rattrapez-le ! hurla le juge au planton.

— Il a bloqué les poignées extérieures, beugla le planton tout en secouant les portes de toutes ses forces.

— Enfoncez ces satanées portes ! aboya Svetlana.

Chapitre 45

Moscou était gris et froid, balayé par un grésil de neige fondue lorsque Lara sortit de prison. La nuit tombait, refermant sa serre glacée sur la cité recroquevillée. Dans quelques heures, la pluie glaciale tournerait à la neige et recouvrirait la ville et ses secrets d'une mante de trompeuse pureté.

Personne ne l'attendait. Elle avait soudoyé une gardienne pour qu'elle la laisse sortir par derrière. Elle se sentait souillée, écœurée jusqu'à la nausée par toute cette notoriété intempestive. Épuisée nerveusement et physiquement, elle voulait surtout ne voir personne, ne parler à personne. Le sauve-qui-peut inopiné de Iouri l'avait innocentée mais, au lieu de l'exaltation qu'elle aurait normalement dû éprouver, elle ressentait à peu près autant d'émotions qu'un zombie. Chagrin et prostration avaient étouffé dans l'œuf l'ivresse de la liberté.

La bise glaciale transperçait ses vêtements pendant qu'elle descendait les marches vers la rue, mais elle n'en avait cure... le vent n'est-il pas un symbole de liberté ?

Elle héla un taxi et lui demanda de la déposer au Grand Hôtel. Alexeï lui avait fait parvenir un message, disant qu'il l'attendrait dans la limousine à sa sortie de prison pour la ramener à l'hôtel, où ses affaires étaient toujours dans la suite de la Tsarina. Elle se demanda si Anna serait encore là, claudiquant à travers la pièce tout en l'espionnant pour le compte d'Alexeï.

Elle projetait de faire ses bagages et de prendre le premier avion en partance, pour n'importe où — chez elle autant que possible, mais pour la Mongolie s'il le fallait —, pourvu qu'elle échappe à Moscou. Son sac contenait encore sa carte de crédit et près de mille dollars — à sa grande surprise : elle s'était attendue que ses geôliers la pillent, mais ce n'avait pas été le cas.

Quand le taxi se gara devant l'hôtel, le portier s'approcha, arborant un sourire mécanique qui vira à la stupeur dès qu'il l'eut reconnue.

Il se rua vers l'entrée pour lui tenir la porte, lui murmurant au passage :

— Félicitations. On voit qu'vous aux infos.

Sa traversée du hall fit sensation. Les gens s'arrêtaient net pour la dévisager. Elle fixait le sol obstinément et, piquant droit vers l'ascenseur, s'affaira à fouiller dans son sac à la recherche de la clé de sa chambre. Elle n'était pas mûre pour le vedettariat, ni pour la Galerie des Monstres... pas bien certaine du rôle exact que lui réservait le grand public.

Elle ouvrit la porte, entra dans la suite, alluma et referma la porte. Au même moment, une main vola vers son visage et lui bâillonna la bouche.

— Ne criez pas, lui chuchota Iouri à l'oreille.

Il la lâcha, et elle tituba en avant, avant de pivoter sur elle-même pour lui faire face.

— Vous êtes cinglé, que fichez-vous ici ?

Il lui fit un sourire dénué de toute gaieté.

— Salut, petite Kochka.

Elle avait envie de se précipiter vers la porte en hurlant, mais ses pieds étaient comme soudés au plancher.

— Pourquoi, Iouri, pourquoi ?

— Vous êtes en danger, lui dit-il.

Il se rapprocha, et elle recula d'autant pour s'éloigner de lui.

— Restez où vous êtes ou je hurle.

— Ne soyez pas stupide.

— Vous êtes un meurtrier.

— Je n'ai jamais tué personne.

— Vous avez avoué le meurtre de Véra Swen.

— J'étais un gosse de dix-sept ans, terrifié, qu'on avait confié à un flic sadique qui m'a tabassé. Il m'a conduit chez

Véra et m'a obligé à tout tripoter, pour qu'on retrouve mes empreintes digitales partout dans la pièce. Puis il m'a menacé de faire arrêter ma mère pour complicité si je n'avouais pas. Ma mère était malade, ça l'aurait tuée. Bordel, ça *l'a* tuée. Réfléchissez-y. (Il pointa son index sur sa tempe.) Servez-vous de votre tête. Je ne suis pour rien dans le meurtre de votre mère et son camouflage par le KGB. J'avais dix-sept ans. Le flic sadique qui m'a agrafé pour le meurtre de Véra m'a sauvé la vie. S'il ne m'avait pas arraché des aveux par la force, on m'aurait retrouvé pendu dans ma cellule, avec une lettre de confession.

— Le véritable Iouri Kirov...

— Je me suis évadé au cours d'une escarmouche et j'ai essayé de traverser le désert. Iouri Kirov était le policier militaire qui encadrait la corvée. Un type à peu près de ma taille et de ma corpulence, un très brave type. Il m'a rattrapé en jeep. Il faisait froid et il m'avait fait endosser l'une de ses vestes pour rentrer, quand un obus de mortier nous a touchés de plein fouet. Merde, je n'ai réalisé qu'ils me prenaient pour lui qu'en sortant de mon coma, le corps à moitié rafistolé.

— Je... je ne comprends pas. (Ses genoux la trahirent et elle chancela jusqu'au divan et s'assit. Il vint s'asseoir à côté d'elle, pendant qu'elle cachait son visage entre ses mains et éclatait en sanglots.) C'en est trop, mille fois trop. Je n'y comprends rien.

— Vous aviez raison sur presque toute la ligne, fit-il. Je faisais chanter Belkine et Nadia. Je savais qu'il y avait quelque chose de pourri chez Alexeï et dans son équipe et qu'ils connaissaient Véra et ta mère. Belkine était une fiente qui aimait frapper les femmes. Je l'ai ciblé, persuadé qu'il était l'assassin et j'ai fondu sur lui en piqué, en l'agrafant pour incitation à la débauche. Il m'a juré ses grands dieux n'avoir pas tué Véra, tout en prétendant connaître le tueur. C'est lui qui m'a fourni les renseignements sur le passé de Nadia dont j'avais besoin pour la coincer. Et j'ai aussi enquêté sur toi, découvert que tu étais procureur, et je t'ai attirée à Moscou avec la photo de Véra Swen.

— Pourquoi moi ? Pourquoi ?

— Pour essayer de secouer le cocotier et d'en faire tomber le tueur. Selon Belkine, il y avait deux prétendants au titre... Alexeï et Félix. Tous deux connaissant les deux femmes et

389

tous deux légèrement déjantés. Les jours de l'inspecteur Kirov étaient comptés. Si je ne tombais pas par hasard sur une vieille connaissance, un banal contrôle d'empreintes digitales pouvait à tout moment me faire choper. Il fallait absolument que je trouve le meurtrier de Véra. Et je t'ai attirée à Moscou pour servir d'appât et le faire sortir de son trou.

— Hier soir, tu m'as délibérément dévoilé ta véritable identité. Tu savais que je m'en servirais contre toi au procès ?

Il sourit de nouveau mais, cette fois-ci, un zeste d'âpre gaieté habitait son sourire.

— C'est bien pour ça que je me suis planté devant la porte, armé de mon parapluie. J'avais même demandé à un ami de garer son scooter devant l'entrée. La seule chose dont je n'étais pas bien sûr, c'était si le fait de t'avoir appelée Kochka suffirait, ou si j'allais devoir me démasquer en plein tribunal, pour piquer ensuite un sprint vers la sortie.

Elle jaillit soudain hors du divan ; il lui emboîta le pas, et ils se retrouvèrent tous deux en train de tourner en rond dans la pièce, comme deux fauves s'apprêtant à se bondir à la gorge.

— Tu crois sans doute m'avoir rendu un fier service ? lui demanda-t-elle. Tu m'as attirée à Moscou, tu as failli me faire tuer et, par ta faute, j'ai été accusée de meurtre et j'ai moisi en prison.

— Tu y étais plus en sécurité.

— Tu parles. Très bien, appelons la police, qu'ils te fourrent dans une cellule douillette, bien en sécurité.

— Ne dis pas de bêtises. Je ne survivrais pas à ma première nuit en prison. L'argent changerait de mains et on me retrouverait pendu dans ma cellule au matin ; « suicidé ».

— Et moi, alors ?

— Je payais des matonnes pour avoir l'œil sur toi.

— Alexeï a-t-il tué Véra Swen ?

La question l'arrêta net et ils s'affrontèrent, nez à nez.

— Alexeï...

— Eh bien, quoi, Alexeï ?

— Je ne sais pas. Je n'ai pas encore recollé tous les morceaux. Il y a une chose bizarre, à propos d'Alexeï, une chose sur laquelle je n'arrive pas à mettre le doigt. Il appartenait au KGB. Protégé. Surprotégé. Il entretenait une étrange relation avec le chef du Directoire financier. Un ancien agent du KGB de ma connaissance m'a dit qu'Alexeï était la « femme » du directeur.

— Sa femme ? Alexeï, homo ?

— C'est là où le bât blesse. J'ai remué son passé de fond en comble. S'il est homo, il le cache bien. Et il y a encore une chose parfaitement dingue à son sujet.

— Il n'existe pas. Officiellement.

— Tu... oh, le petit ami de Maria, le génie de l'informatique, hein ? En effet, Alexeï n'a pas de passé. J'ai parlé avec les parents des gens qui ont été tués dans l'incendie de la petite usine où il est censé avoir travaillé. Personne ne se rappelait son nom.

— Et le directeur des finances du KGB ? Où est-ce qu'il intervient ?

— Il est mort il y a deux ans. C'était l'un des hommes les plus puissants d'Union soviétique. Je suis persuadé qu'il a détourné à son propre compte les biens du KGB. Et qu'Alexeï a hérité de leur contrôle à sa mort. Ce dont je suis moins persuadé, c'est qu'Alexeï soit un gestionnaire très avisé.

— Ce n'en est pas un du tout. Il m'a cité un vieux proverbe russe, à propos d'oies retournant chez leur ancien propriétaire. Ses oies, Alexeï les aurait toutes fait rôtir en un unique et gigantesque banquet.

Il la dévisagea, interloqué :

— D'oies ?

Elle éluda la question d'un geste.

— Sans importance. Iouri... Sacha... bon sang, je ne sais même plus comment t'appeler.

— Lara, je suis désolé de t'avoir fait subir tout ça, de t'avoir entraînée là-dedans. C'est pour ça que j'essayais de toutes mes forces de te faire rentrer en Amérique, parce que... parce que je m'inquiétais pour toi. Je ne veux pas qu'il t'arrive quoi que ce soit. Fourre deux, trois vêtements de rechange dans un sac et fonce à l'aéroport.

— Oh, Seigneur, Iouri. (Elle fit un pas en avant et ils s'étreignirent, sous le coup d'un désespoir tacite et partagé.) Que vas-tu devenir ?

— La Russie est le plus grand pays du globe. Il doit bien y avoir quelque part une pierre sous laquelle me tapir.

Un brutal martèlement à la porte les fit tressaillir.

— Alexandre Zourine, on vous a vu entrer dans cet hôtel, nous savons que vous êtes là. Rendez-vous.

L'ordre émanait du chef de service direct de Iouri. Il s'écarta brusquement d'elle et dégaina un pistolet dissimulé au creux de ses reins.

Lara se cramponna au pistolet.

— Non ! Ils te tueraient !

— Couche-toi !

Il l'agrippa par le bras et la fit tournoyer pour l'écarter, mais perdit l'équilibre et tomba à la renverse au moment où la porte s'ouvrait avec fracas, défoncée.

Lara entendit des déflagrations et, pétrifiée, vit le corps de Iouri s'affaler contre la fenêtre et passer au travers.

Elle resta clouée au beau milieu de la chambre, à fixer la fenêtre pendant que les policiers se déversaient dans la pièce. Incapable de bouger, ou même de penser. L'image du corps fracassé de Iouri, gisant sur la chaussée, lui passa par la tête, puis une nuée noire obscurcit son cerveau et l'image s'évanouit.

Quelqu'un la prit par le bras et elle se retourna, pour dévisager Alexeï d'un œil vitreux.

— Venez, chérie, je dois vous sortir d'ici.

Il l'empoigna fermement par le bras et lui fit franchir la porte pour passer dans le couloir.

Chapitre 46

Alexeï dut la propulser tout le long du couloir jusqu'à l'ascenseur. Un policier muni d'un talkie-walkie leur bloquait le passage.

— Appelez votre chef, lui intima Alexeï.

À cet instant précis, le chef en question passa la tête par la porte de la chambre et beugla :

— Prends par l'escalier, jusqu'au sous-sol.

— Ces gens...

— Laisse-les passer. Descends tout en bas.

Alexeï l'entraîna dans la cabine et les portes se refermèrent. Lara les fixait d'un œil absent. Alexeï lui passa un bras autour des épaules et lui murmura quelques mots, mais son cerveau était imperméable aux mots.

Elle se remémorait.

Une froide journée d'hiver. Son institutrice lui disait que sa mère était venue la chercher. Elle se dirigeait vers la cathédrale, en compagnie d'une femme portant le manteau et l'écharpe de sa mère...

La vision fulgurante du corps de Iouri fracassant la fenêtre lui traversa l'esprit, et elle poussa un cri de souffrance.

— Qu'est-ce qu'il y a ? demanda Alexeï.

— Iouri...

Son ordinateur cérébral refusait d'enregistrer cette donnée, la tenant pour inadmissible. Un froid glacial l'envahissait. Elle savait qu'elle aurait dû se concentrer sur l'instant présent, sur Iouri, sur Alexeï, mais lorsqu'elle s'y évertuait, ses pensées se rétractaient, pour aller se réfugier dans ce ténébreux recoin de son esprit où les terrifiants secrets de son passé se claquemuraient depuis son enfance.

Alexeï la fit sortir de l'ascenseur, lui enlaçant toujours les épaules de son bras. Elle était dans le même état de catatonie que ce jour de sa septième année où...

Stenka, le grand cosaque et partenaire de Iouri, se tenait près des ascenseurs, un talkie-walkie à la main, et il s'interposa promptement devant Alexeï, en plissant les yeux d'inquiétude lorsqu'il constata que Lara était en état de choc.

— Personne n'est autorisé à quitter l'hôtel.

— J'ai la tête de « personne », imbécile ? Écartez-vous.

Le large front de Stenka se plissa de façon menaçante et il serra les poings. La voix du chef de la police grésilla dans son talkie-walkie et Stenka prit la communication.

— Sortez et postez-vous en faction à l'entrée.

— Mais... Bova et...

— Qu'ils aillent au diable. Couvrez la façade de l'hôtel.

Stenka les laissa passer à contrecœur, puis emboîta le pas à l'homme le plus riche de Russie, lequel pilotait Lara à travers le hall.

Devant l'hôtel, Alexeï la poussa dans la limousine.

Stenka resta planté sur le trottoir et regarda cette dernière redescendre la rue, tout en passant un appel radio à son chef. Il s'efforça de parler d'une voix neutre, sans trahir son émotion, pour demander :

— Vous avez trouvé Iouri ?

— Non, bordel. Il n'est tombé que d'une hauteur de deux étages et a heurté le balcon du restaurant. On a trouvé du sang, il a dû se blesser dans sa chute, mais il n'est pas sur cette fichue terrasse. Il doit déjà être dans la nature. J'ai demandé qu'on déclenche l'état d'alerte générale sur toute la ville...

Quelque chose attira l'œil du grand cosaque pendant qu'il prenait l'appel radio. Un mouchoir blanc sur la chaussée. Il ne l'avait pas encore remarqué, la limousine étant quasiment garée dessus. Il descendit du trottoir et se baissa pour le ramasser. Il était taché de sang. Il se redressa et recula, laissant le mouchoir là où il était. Là où il serait tombé, grosso modo, de la portière côté chauffeur, songea-t-il. Pourquoi le chauf feur de la limousine aurait-il ensanglanté son mouchoir ? Et l'aurait-il perdu ?

Il releva les yeux vers l'hôtel. Le balcon n'était qu'à l'entresol, mais c'était encore beaucoup trop haut pour qu'on en saute sans se briser une jambe. Bien entendu, *on* avait pu emprunter l'escalier intérieur, ressortir par la sortie latérale et apercevoir la limousine garée à proximité...

Il regarda celle-ci disparaître dans le lointain, tandis qu'une pensée se frayait son chemin à travers son crâne épais.

Chapitre 47

La neige fondue avait tourné à la poudreuse et Lara fixait les flocons qui heurtaient sa vitre avec légèreté. *Concentre-toi, concentre-toi.* L'injonction tournoyait dans sa tête sans la mener nulle part.

À côté d'elle, Alexeï ne cessait de monologuer, se parlant surtout à lui-même, puisqu'elle ne saisissait au vol, par-ci, par-là, qu'un rare mot de ses vantardises comme quoi elle, Lara, aurait été le coup fatal porté à son château de cartes.

— Tout s'écroule, lui disait-il. Ce fumier d'Eltsine a fait investir la Tour noire et ma datcha par ses légionnaires. Ils ont mis ma banque sous séquestre et procèdent à un audit. Mes, euh... investisseurs, pourrions-nous dire, sont dangereusement exaspérés. Ils ont perdu le fruit de leurs pénibles rapines de l'époque du KGB, et vont probablement être mis en examen.

Il éclata encore de rire.

— Ils avaient désigné ce crétin de Félix pour me chaperonner, mais il n'a jamais rien contrôlé. L'argent passait par moi et ils ne le revoyaient plus jamais. Ils pouvaient tout juste rester assis sur leur gros cul, en espérant que mes investissements rapporteraient. Oh, pendant un moment, ils ont bel et bien rapporté. Jusqu'à ce que l'incurie sans bornes du gouvernement précipite ce pays dans le marasme.

« Jamais ils n'ont réussi à comprendre que je n'étais pas

vraiment des leurs. Que je ne voyais dans cet argent que ce qu'il pouvait m'acheter, au lieu de la puissance qu'il leur procurerait. Félix s'imagine que j'ai encore des millions planqués à gauche. Il a raison. Le Brésil vous tente, ma chérie ? Plages brûlantes, musique torride, couleurs bariolées. Avez-vous remarqué combien tout est gris à Moscou ? Au Brésil, il y a des verts, des bleus, des rouges...

Gris. Moscou avait retrouvé sa grisaille hivernale.

La femme l'avait regardée et Lara avait vu des yeux qui n'étaient pas ceux de sa mère. Dans la pièce, au sommet des marches, la femme lui avait fait signe de...

— Approche.

— Quoi ? (Lara fut arrachée en sursaut à l'emprise de ses souvenirs.) Vous disiez ?

— Moi ? Je vous demandais si le Brésil vous tentait.

— Certainement pas. Vous m'avez demandé d'approcher.

— Non, chérie. Vous entendez des voix, j'en ai peur. Je vous parlais du Bré...

— *Vous mentez !*

— Lara...

— Et ne me dites pas que j'entends des voix. Je sais parfaitement ce que vous avez dit. Vous essayez de me déstabiliser.

— Chérie, voyons, reprenez-vous. (Il tendit la main et elle la repoussa d'une gifle.) Le Dr Zubov vous disait un peu...

— Vous avez connu ma mère.

Il se radossa à son siège en soupirant.

— La photo de la réception. Oui, j'ai connu votre mère. J'ai connu un tas de gens. J'étais à cette soirée parce que Félix et Véra avaient une liaison.

— Ce n'est pas à Félix que je m'intéresse.

Il haussa les épaules et sourit, de son sourire le plus candide et le plus juvénile :

— D'accord. Je ne voulais pas en parler, de peur de vous égarer. J'ai eu une liaison avec votre mère...

— Menteur ! hurla-t-elle. Vous n'avez jamais eu de liaison, ni avec elle ni avec Véra, et vous n'avez jamais couché non plus avec Nadia.

Le store vénitien de la vitre de séparation était baissé et à demi fermé, de sorte qu'on ne distinguait du chauffeur que les vagues contours de sa tête et de sa casquette. Alexeï calfeutra encore ses lamelles, avant de tourner vers elle un visage écarlate, aux traits tendus par la colère :

— Vous me semblez au fait de ma vie sexuelle. Y compris celle que j'ai vécue quand vous étiez encore enfant. Seriez-vous subitement devenue extra-lucide ? Ou bien la paranoïa est-elle votre seule et unique faculté extra-sensorielle ?

— Vous avez commis une erreur fatale, Alexeï, en vous vantant de la nuit torride que nous aurions passée dans votre datcha. Vantardise au demeurant sans risque, dans la mesure où, d'inconsciente que j'étais, je me suis réveillée nue dans votre lit.

Son visage se décomposa soudain, chagriné.

— Ne dites pas ça, Lara. Je vous aime vraiment beaucoup. Je vous aime, et c'est la pure vérité. Vous êtes la première femme que j'aie jamais aimée vraiment. La seule. Cette candeur, cette fraîcheur, cette pureté...

— Ça vous paraîtra peut-être étrange, mais je vous crois. En revanche, je ne peux pas vivre dans le mensonge. Et je ne supporterai plus les cauchemars. Vous ne m'avez jamais fait l'amour, Alexeï. Selon moi, vous n'avez jamais fait l'amour à une femme.

— Vous n'avez pas le droit de...

— Si, j'en ai le droit. Vous avez fait une énorme boulette en prétendant m'avoir fait l'amour. Écoutez-moi bien, Alexeï. Je suis encore pucelle, en dépit de mon âge avancé. Je sais que vous ne m'avez jamais fait l'amour. J'étais vierge en sombrant dans l'inconscience, et je l'étais encore à mon réveil.

Il eut un rire aux accents hystériques.

— Et c'est moi le cinglé, d'après vous ?

— C'était capital, n'est-ce pas, pour vous ? Me faire croire que vous m'aviez fait l'amour ? C'est pour ça que vous changez sans arrêt de maîtresse et que les filles comme Nadia sont tellement frustrées. Vous n'avez jamais fait l'amour à une seule d'entre elles, n'est-ce pas ?

— Vous ne comprenez pas. On a usé de moi. Toujours. Le directeur se servait de moi comme de sa... de sa...

— De sa femme, termina-t-elle. Quand j'ai retrouvé Belkine dans le parc, il m'a dit qu'il connaissait un monstre. C'est de vous qu'il parlait. Je réalise seulement maintenant qu'il me sondait, guettait ma réaction à son insinuation.

— Un monstre, dit-il.

— Vous étiez dehors, vous aussi, ce soir-là. Vêtu en infirmière. C'est votre truc, hein ? Vous habiller en femme. En infirmière. Vous l'avez tué, croyant qu'il me révélait votre secret. Que cachez-vous ? Pourquoi cette passion pour les difformités ?

— Les difformités ?

Une partie d'elle-même aurait aimé tendre la main, pour l'effleurer et lui dire que tout allait bien se passer. Elle l'aimait beaucoup, sincèrement. Mais elle savait aussi qu'il était fou.

— Vous ne pouvez plus mentir. Vous vous entourez de gens atteints de malformations. Même votre chauffeur est borgne.

— Donnez du travail aux handicapés, gloussa-t-il.

— Un pervers vous a suivi dans les toilettes et a ouvert votre box. C'est bien ce qui s'est passé, n'est-ce pas ? Qu'a-t-il bien pu voir, pour que vous l'ayez tué ?

Alexeï secoua la tête.

— Vous ne devriez pas dire ça.

— Le clochard, il a fait la même erreur ? C'était peut-être un accident ? A-t-il poussé lui aussi la mauvaise porte ? Est-il mort pour avoir vu ce qu'il ne fallait pas ? Et le médecin ? Qu'a-t-il vu ? C'est là que vous avez commencé à jouer les infirmières, non ? Pour pouvoir vous insinuer jusqu'à lui ?

— Le médecin a fait de moi ce que je suis.

Il parlait à voix très basse ; un chuchotement à peine audible.

— Qu'êtes-vous donc, Alexeï ? Que cachez-vous ? Qu'est-ce qui peut clocher si fort chez vous, pour que vous laissiez dans votre sillage une telle traînée de cadavres ?

Il recouvra brusquement son sang-froid et toute panique disparut de ses yeux. Il la dévisagea en penchant la tête, comme s'il la voyait pour la première fois.

— Je me suis trompé sur votre compte, dit-il. Je nous croyais pareils. Une enfance confisquée, des perdants, des solitaires. Mais je me demande à présent, Lara, si le psychiatre n'avait pas raison quant à votre état mental. (Il se pencha, lui tapota le genou.) Ne vous inquiétez pas, chérie. Nous ne manquerons pas d'argent et je vous offrirai les meilleurs soins.

Ce ton protecteur brisa net l'enchantement, l'arrachant à son calme glacial, et fracassant la digue derrière laquelle, depuis son enfance, étaient retenues ses émotions refoulées.

Je ne suis pour lui qu'une poupée sans valeur, un nouveau jouet dans son univers fantasmatique. Si j'avais frôlé de trop près son secret, il m'aurait broyée comme les autres. La rage la convulsa comme une mauvaise fièvre et elle se mit à le marteler de coups de poing.

— *Espèce de fumier !* Vous avez tué ma mère et vous m'avez fait du mal ! Vous m'avez fait du mal !

Alexeï la gifla, et elle fut rejetée contre son siège. Elle se cramponna à la poignée et se projeta hors de la voiture au moment où la portière cédait. Il tenta de la rattraper par ses vêtements, mais elle bascula à l'extérieur et heurta la chaussée qui défilait à trente à l'heure. La limousine roulait sur la deuxième voie extérieure et elle fit un roulé-boulé jusqu'au caniveau. Son corps meurtri réagit sous un flux d'adrénaline, et elle se releva d'un bond, tandis que la belle ordonnance de la circulation, derrière la voiture, se désintégrait, en proie à des carambolages en série.

Ses pieds la propulsèrent jusqu'à un parc enneigé qui s'étirait le long de la route, tandis qu'elle se repassait un film d'horreur dans sa tête.

Iouri, tombant par la fenêtre de l'hôtel. Sa mère, sanglée sur le lit d'un service psychiatrique, pendant qu'Alexeï, travesti en infirmière, lui injectait la dose fatale. La galerie des monstres...

Que lui avait dit Belkine ? Qu'il connaissait un monstre ?

Des cavaliers noirs, razziant des villages, arrachant des gens de leur maison, pour leur scarifier la main du symbole de la croix.

Il avait été la femme du directeur, avait dit Iouri.

Une femme.

« Le médecin a fait de moi ce que je suis. »

De laides pensées l'assaillaient. Ses larmes trop longtemps refoulées débordèrent et elle sanglota. Elle pleura sur Maria, sur Iouri et sur sa mère, victimes du démon.

Elle titubait au hasard dans le parc, à moitié aveuglée par ses larmes et la neige qui tombait dru. La nuit était glaciale mais sa rage la poussait de l'avant. À travers le voile neigeux, elle distingua un halo flou et multicolore, comme une mêlée de couleurs qu'illumineraient de puissants projecteurs.

L'église Saint-Basile.

La limousine avait longé la rive de la Moskova, laissant de côté la place Rouge. Elle était revenue à la case-départ. Un gloussement hystérique s'échappa de ses lèvres gelées. La vie tourne en rond, se dit-elle. Je n'ai couru jusqu'à l'autre bout du monde que pour revenir à mon point de départ. Elle était revenue à Moscou, et ses pieds la portaient de nouveau vers la place où ses cauchemars avaient vu le jour.

La terreur souffla sur sa nuque, lui ébouriffant les cheveux, et elle se retourna lentement. Quelqu'un rôdait là-dehors, se fondant dans le blanc néant battu par la neige en furie. La personne se dirigeait droit sur elle, sans se hâter. Il se passa un bon moment avant qu'elle ne soit assez proche pour que Lara distingue la silhouette d'une infirmière, vêtue d'une blouse et d'un bonnet blancs.

Chapitre 48

Elle courait, la gorge palpitante de panique : la terreur lui donnait des ailes. L'image du corps mutilé de Véra Swen, lacéré et taillardé, passa devant ses yeux et...

Colère et épouvante se livraient bataille en son for intérieur, mais elle savait qu'elle n'avait aucune chance contre un dément armé d'un couteau.

Le peu qu'elle distinguait de la place Rouge était désert et, sous la neige qui s'abattait, la vaste place d'armes semblait sombre et perdue. Elle courut jusqu'à la source de lumière la plus proche, l'église édifiée avec le sang et les os des ennemis d'un dément, et s'engouffra à l'intérieur.

Un vieil homme assis sur une chaise en bois, près d'une table où gisaient encore les reliefs de son dîner, sursauta en la voyant faire irruption dans Saint-Basile.

— Il y a un tueur, là-dehors, souffla-t-elle, hors d'haleine. Il arrive.

Le gardien écarquilla les yeux.

— Un tueur ?

— Il faut appeler la police. Vite. Où est le téléphone ?

— Au mur. (Il désigna le renfoncement fermé d'un rideau qui conduisait aux marches de la grande tour.) Là-dedans, au mur.

— Cadenassez les portes, lui dit-elle. J'appelle la police.

Le vieil homme fonça vers le portail, et elle se précipita

dans le renfoncement. C'était un téléphone payant. Elle le regarda comme s'il tombait d'une autre planète. Il fallait une vacherie de pièce et son sac était resté à l'hôtel. La police de Moscou avait bien un numéro vert d'urgence, mais elle l'ignorait.

Elle se rua à l'extérieur. Le vieil homme était debout au bout de l'allée, près du portail, une épaule appuyée au mur.

— C'est payant, fit-elle. Qu'est-ce que...

Il se tourna vers elle, et visiblement il lui en coûtait. Son visage était convulsé de douleur et il se tenait le ventre comme pour retenir ses entrailles. Du sang suintait entre ses doigts. Il se laissa lentement glisser à terre, collé au mur.

Horrifiée, elle fit volte-face et se mit à gravir les marches quatre à quatre, le cœur battant, en proie à une panique sans bornes.

Puis cet atroce accès de panique s'évanouit et elle se contraignit à marcher normalement, à reprendre haleine et à recouvrer l'usage de ses facultés mentales.

Elle faisait très exactement ce qu'il souhaitait. Il cherchait à la pousser au sommet de l'escalier, à la ramener à la source de ses cauchemars. Elle jouait son jeu, mais n'avait pas d'autres atouts en main.

Elle continua à monter, cependant qu'à chaque marche une fureur croissante la gagnait. Elle refusait de mourir ; elle combattrait ce salaud jusqu'à son dernier souffle. Fini, les terreurs ravalées et les passions étouffées. Le feu qui la dévorait avait fait table rase, et il ne restait plus en elle qu'une rage froide et mortelle.

Rien n'est plus dangereux au monde qu'un animal pris au piège, et, ainsi acculée, le dos au mur, elle n'avait plus rien à perdre.

Elle tuerait ce fumier avant qu'il ne la tue.

A l'approche du sommet, elle perçut des bruits de pas en contrebas, des traînements de pieds assourdis, et elle se figea sur place, en se demandant si elle n'avait pas entendu plusieurs personnes. Les bruits moururent et elle reprit son escalade.

Arrivée sur le dernier palier, elle entra dans la pièce aux croix, cette pièce où elle était déjà entrée deux fois dans sa vie, cette matrice de ses cauchemars. Le loquet de la fenêtre était mis. Elle l'ôta et poussa les volets de bois. L'échafaudage qui lui avait sauvé la vie avait été démonté. Elle recula d'un pas et une rafale de vent referma les volets.

Elle s'empara d'une des croix accrochées au mur, une lourde croix de bois. Si elle parvenait à l'étourdir d'un coup de croix et à le pousser par la fenêtre... Sa panique s'accrut encore, menaçant de l'asphyxier ; elle la refoula et s'accroupit dans un recoin obscur en brandissant la croix au-dessus de sa tête.

Les bruits de pas atteignirent le sommet des marches. Ses mains se crispèrent sur la croix.

Ils empruntaient le couloir. Par la faute de sa folie, des gens qu'elle aimait étaient morts. Et, maintenant, il allait la tuer.

Elle distingua en premier son ombre, forme noire dans le jour avare qui s'infiltrait par la porte. La silhouette était vague, mais elle portait un chapeau. Ses mains tremblaient, crispées sur la croix, et elle faillit la lâcher. Elle avait les poumons en feu à force de retenir sa respiration et son esprit clamait à tue-tête : *Tue-le, tue, tue, tue !*

L'ombre fit halte sur le seuil et elle cessa de respirer. Lorsqu'elle entra, Lara se concentrait avec une telle intensité sur le chapeau qu'elle en louchait. Elle balança la croix sur l'intrus, à toute volée, en poussant un hurlement.

La croix dérapa sur sa cible, l'égratignant au lieu de la frapper, et elle se sentit perdre l'équilibre. Emportée par son élan, elle bascula en avant. Elle cria en percutant la personne qui s'encadrait dans l'embrasure, et réussit à battre en retraite en brandissant gauchement la croix, au moment précis où elle relevait la tête, pour se retrouver nez à nez avec lui.

Son cœur s'arrêta.

— Iouri !

Elle recula, recroquevillée de stupeur, et lâcha la croix. Son talon se prit dans une aspérité du plancher et elle tituba en arrière. Elle heurta les volets du dos, les ouvrant, et emportée par son propre poids, se retrouva en équilibre au bord du gouffre... une chute libre de plus de trente mètres.

Des mains vigoureuses la retinrent *in extremis* par son manteau et, d'une saccade, la hissèrent à l'intérieur. La casquette que portait Iouri tomba pendant qu'il la remontait.

Une casquette de chauffeur.

— Tu as décampé trop vite de la voiture. J'étais au volant. (Son visage et sa chemise étaient zébrés de sang.) Alexeï est

404

quelque part par là. Et Félix et ses hommes arrivent juste derrière.

— Iouri. (Elle tendit la main et l'effleura.) Je... j'étais sûre de t'avoir perdu.

Il l'étreignit.

— Une chance que tu n'aimes pas l'altitude. Si ta chambre avait été au dixième étage, je serais mort.

— Une rémission toute provisoire, fit une voix.

Félix s'encadrait dans la porte. Un homme armé d'un revolver se tenait à côté de lui. L'escalier résonnait des échos d'autres personnes en train de gravir les marches.

Il entra dans la pièce et la balaya du rayon d'une torche.

— C'est donc là la fameuse pièce où Alexeï terrorise les petites filles et, poursuivit-il à l'intention de Lara, les jeunes femmes.

L'homme au revolver entra et s'effaça, pour en laisser passer un second qui traînait Alexeï.

Ce dernier était échevelé, et du sang lui coulait de l'occiput, ruisselant sur ses joues. Il était grotesque dans sa blouse blanche d'infirmière avec son bonnet blanc de guingois.

Félix secoua la tête.

— Que dirait la Russie si elle voyait son *golden boy* à présent ? Si elle savait qu'il prend son pied à sectionner les organes génitaux de son prochain ? (Il décocha un regard à Lara.) Vous êtes conscient, bien entendu, qu'il s'apprêtait à achever le travail commencé il y a vingt ans. Et vous aviez entièrement raison. Votre pucelage ne risquait rien avec lui. (Il eut un sourire ravi en constatant sa stupéfaction.) Nous avions piégé la limousine et le chauffeur est un homme à nous... celui qu'on a retrouvé inconscient sur le plancher de la voiture.

Il jeta sur Alexeï un regard de mépris.

— C'est un monstre, un hermaphrodite, un homme cloîtré dans un corps de femme. À l'âge d'or de la médecine soviétique, ils ont fait des expériences sur Alexeï : ils ont amputé ses organes génitaux masculins atrophiés pour ne lui laisser qu'un vagin. Très futé de leur part, et l'intervention aurait admirablement réussi dans le cas d'une personnalité féminine piégée dans un corps d'homme et exigeant un changement de sexe, mais...

Félix reporta son attention sur Iouri et Lara :

— Vous saisissez l'anomalie, j'imagine ? Ce n'est pas en

sectionnant les organes sexuels d'un homme affligé d'une personnalité féminine et en le bourrant d'hormones femelles qu'on en fait une femme. Alexeï était encore adolescent lors de l'opération. Le chirurgien a cru lui rendre service en amputant son pénis atrophié, trop petit pour être opérationnel, tout en élargissant le vagin de manière à le rendre fonctionnel.

Alexeï éclata en sanglots.

— Le genre de médecine charlatanesque qui allait de pair avec la psychiatrie dont vous vous plaigniez durant le procès, dit Félix à Lara. Le hic étant bien entendu que non seulement l'intervention est irréversible, mais encore que personne n'a songé à demander à Alexeï s'il désirait être une femme, ou même s'il pouvait en être une. Les hormones femelles n'ont fait que perturber encore plus son cerveau déjà passablement dérangé.

— Le médecin a été la première victime ? s'enquit Lara.

— Oui, c'était bien le chirurgien. Vous avez plus ou moins deviné le reste. Les deux qu'on a retrouvés morts dans les toilettes publiques étaient entrés dans le mauvais box. Il y en a eu d'autres.

— Pourquoi Véra Swen a-t-elle été tuée ? demanda Lara.

— Une jeune Scandinave très libérée sexuellement. Elle a commis l'erreur d'empoigner l'entrejambe d'Alexeï et de s'esclaffer en constatant qu'il n'y avait rien à saisir.

— Et vous avez tué Nadia et l'institutrice, dit Lara.

— Non, je ne tue personne, moi. Je les ai fait tuer. Votre vieille institutrice était compromettante. Tout comme Nadia. Elle était à deux doigts de percer le secret d'Alexeï. On a d'abord cru qu'elle n'en voulait qu'à son fric. Si nous avions su que votre copain l'inspecteur, euh, le meurtrier en cavale, la contrôlait, nous nous serions aussi chargés de lui. Vous devriez m'être reconnaissante, Lara. Je vous ai laissée vivre, en vous montrant la photo histoire de mettre Alexeï au pas. Vous piéger pour le meurtre de Nadia, c'était faire d'une pierre deux coups. (Sa propre boutade lui arracha un sourire.) Le reste, c'est du passé, comme vous deux très bientôt, j'en ai peur. Selon la version officielle actuellement sous presse, l'inspecteur Kirov aurait kidnappé Lara dans la limousine, pour la conduire ici et la balancer par la fenêtre avant de se tirer une balle dans le crâne.

— Et Alexeï ? demanda Lara.

Alexeï releva la tête, cherchant les yeux de Lara ; son visage n'exprimait que honte et souffrance.

— Cette merde sera conduite dans la datcha d'un de nos, euh, investisseurs, et on l'incitera à révéler où il a dissimulé le peu qui subsiste des actifs de notre cartel, ceux du moins que ce fumier n'aura pas dissipés en jouant les grands seigneurs. (Ses lèvres se retroussèrent.) Je l'ai toujours détesté. Mais il a fallu que le directeur financier du KGB flanche pour lui, il y a bien longtemps, quand il était encore adolescent. Le directeur avait des goûts bizarres en matière de partenaires sexuels. Je présume qu'un monstre comme Alexandre devait décupler son plaisir, en...

— Arrête, hurla Alexeï.

Son hurlement prit tout le monde de court. Lara, dans un flou accéléré, le vit se jeter sur son tortionnaire, cueillir le frêle Félix à bout de bras et le catapulter, à travers la pièce, vers la fenêtre. Félix tomba en arrière par la fenêtre, sans lâcher Alexeï, l'entraînant dans sa chute fatale, tandis qu'un cri de terreur s'échappait des lèvres de son compagnon.

L'homme au revolver avait suivi des yeux tous les gestes d'Alexeï. Il tenta en vain de l'empoigner. Iouri s'accroupit pour le contrer et il le heurta de flanc, l'envoyant s'écraser sur les croix, contre le mur d'en face. Comme il rebondissait sur le mur, Iouri lui expédia un grand coup de coude qui lui fracassa l'arête du nez ; le sang gicla. L'homme tomba sans lâcher son revolver. Iouri plongea sur ce dernier, et Lara se jeta contre l'homme qui se tenait près de la porte. Des détonations retentirent. La cible de Lara s'affala de côté avant même qu'elle ne l'ait heurtée. Pétrifiée, elle le fixa pendant qu'il se remettait lentement de sa chute et braquait sur elle son revolver. Puis un autre coup de feu retentit et il s'effondra, lâchant son arme.

Stenka s'encadra dans l'embrasure, un revolver à la main, un grand sourire sur la figure.

Lara et Iouri marchaient devant Saint-Basile. Il marchait en lui tenant la main et elle appuyait sa tête sur son épaule.

La neige avait cessé de tomber et une brume lugubre et glacée oblitérait la place Rouge. Pendant qu'ils progressaient, les clameurs vociférantes d'une manifestation leur parvinrent de l'autre bout de la place.

— Je suis libre, dit-elle en lui broyant la main. (Iouri, Alexandre, Sacha, elle ne savait toujours pas quel nom lui donner mais, dans sa tête, ce serait toujours Iouri.) Nous sommes libres. Tu entends, Iouri ? On peut faire ce qu'on veut, aller où on veut.

— Tu vas rentrer aux États-Unis ? demanda-t-il.

— Tu viens avec moi ?

La question lui avait échappé. Quelques mois plus tôt, elle se serait précipitée sur un lit de charbons ardents plutôt que de parler de cette manière à un homme. Ce n'est pas en se jetant au cou des membres du sexe opposé qu'on devient la plus vieille pucelle du monde.

Le vacarme de la manifestation ne cessait de s'amplifier. Un instant plus tard, elle déferlait sous leur nez, ondulante marée humaine, les gens marchaient épaule contre épaule, formant une longue colonne qui s'étirait jusqu'au cœur de la brume. Des centaines de torches embrasaient la nuit, éclairant les drapeaux rouges, frappés d'un marteau et d'une faucille dorés.

— Nostalgiques du communisme, proscrits par Eltsine, laissa tomber Iouri. Ils veulent renverser le nouveau régime, restaurer le Parti à la tête de la Russie, stopper net la percée de l'économie de marché et reprendre la guerre froide.

— Je sais, dit-elle. Je les ai déjà vus.

Ils marchèrent sans rien dire pendant un moment, prêtant l'oreille aux slogans de ces morts-vivants politiques qui sortaient de leur tombe pour reprendre leur place parmi les vivants. Et polluer de nouveau le monde, se dit Lara.

— Je ne rentrerai peut-être pas en Amérique, dit-elle.

— Ravi de te l'entendre dire. Je n'y tiens pas non plus.

— La Russie est la Nouvelle Frontière. Un bon juriste ne ferait pas de mal à cette ville. Une bonne institution judiciaire, bon sang, pour tout dire. Deux personnes que j'aimais, ma mère et Maria, sont mortes en vain parce que ce foutu système marchait de travers. Je pourrais aider à en bâtir un qui soit fiable. Et botter son cul au Souffle de Staline, si un nouveau procès nous opposait.

Il s'arrêta pour cueillir son visage entre ses deux mains. Celles-ci étaient chaudes et leur contact un pur délice à ses joues glacées. Elle mourait d'envie de sentir tout son corps contre le sien.

— Est-ce ainsi que s'expriment les Américaines ? Botter son cul ? Est-ce là une façon de parler pour une dame ?

— Iouri... Iouri... (Elle parlait lentement, pesant soigneusement ses mots.) Ne t'attends pas que je te dise que tu n'es qu'un sexiste russe dépassé, pour me lancer ensuite dans une querelle stupide avec toi. Plus question non plus d'ergoter à propos du réel vainqueur de la guerre froide. Ni de te faire des sermons sur les cigarettes. Je veux juste être moi-même et...

— Tout comme moi.

Elle médita la chose un instant. Elle ne se ferait jamais aux cigarettes.

— Bon, on en reparlera.

Il l'embrassa tendrement et tout son corps fondit naturellement contre le sien, ainsi qu'il sied aux amants prédestinés.

— Ils peuvent y arriver ? demanda-t-elle.

— Arriver à quoi ?

— Ces gens. Les nostalgiques irréductibles. Peuvent-ils reconquérir la Russie ? Revenir en arrière ?

— Aux oies de répondre, dit-il.

Cet volume a été composé
par Nord-Compo
et achevé d'imprimer sur presse Cameron
par **Bussière Camedan Imprimeries**
à Saint-Amand-Montrond (Cher)

N° d'Édition : 3410. N° d'Impression : 1/2887.
Dépôt légal : décembre 1996.
Imprimé en France